KB074270

카프카처럼 글쓰기

막스 브로트에게

"마지막 부탁이네,
내가 쓴 모든 것을 읽지 말고
불태워주게!"

365일 독자와 함께 지식을 공유하고 희망을 열어가겠습니다.
지혜와 풍요로운 삶의 지수를 높이는 아인북스가 되겠습니다.

카프카처럼 글쓰기

초판 1쇄 인쇄 2014년 8월 3일
초판 1쇄 발행 2014년 8월 15일

지 은 이 프란츠 카프카
옮 긴 이 서용좌
펴 낸 곳 아인북스
펴 낸 이 정유진
등록번호 제 2014-000010호
주   소 서울시 금천구 가산동 550-1 롯데 IT캐슬
　　　　　2동 B201호
전   화 02-857-1488, 02-926-3018
팩   스 02-867-1484, 02-926-3019
메   일 bookakdma@naver.com

ISBN 978-89-91042-48-3 03800
값 14,000원

* 잘못 만들어진 책은 바꾸어 드립니다.

카프카처럼
글쓰기

프란츠 카프카 지음   서용좌 옮김

막스 브로트에게

"마지막 부탁이네,
내가 쓴 모든 것을 읽지 말고
불태워주게!"

아이북스

차례

옮긴이의 글

카프카의 편지는 1900년부터 발견된다. 그러나 엽서와 간단한 조문 편지를 제외하고는 이 서한집에서 첫 편지로 택한 친구 오스카 폴라크에게 보낸 1902년의 편지가 시작이다. 카프카의 마지막 편지역시 친구 막스 브로트에게 보낸 1924년 5월의 편지이다. 이 편지에서나 그에 며칠 앞서 부모님께 보낸 편지에도 죽음은 전혀 암시되어 있지 않았다. 부모님께는 요양원에 방문 오시는 것을 간곡히 반대하는 편지를 썼을 뿐이다.

"열이 오르는 동안이면 가끔 생각나는데, 과거에는 우리가 꽤나 자주 맥주를 함께 하곤 했습니다, 그 아득한 시절 아버지는 수영장에 데려가시곤 했지요. (…) 저는 여전히 매우 예쁜 모습이 아닙니다, 볼품이라곤 전혀 아닙니다. (…) 단지 지금 저는 이들 모든 약화 요인들에서 벗어나서 건강의 회복을 찾아가기 시작한답니다, 도라와 로베르트의 도움으로요. (…) 지금 저의 진척에는 장애들이 있습니다, 예컨대 지난 며칠 동안의 장 인플루엔자 같은 거죠, 아직 완전히 떨쳐버리지 못하고 있답니다. 결론은 놀라운 조력자들에도 불구하고, 좋은 공기와 음식에도 불구하고, 거의 날마다 일광욕을 하는 데에도, 제가 아직 적절하게 회복하지 못했다는 것입니다. 사실상 전체적으로 보아서 최근 프라하에 있을 때만큼도 좋지를 못합니다. 그리고 또한 제가 말을 속삭이는 수준으로만 하도록 허용 받았고, 그것도 그리 자주는 하지 못함을 감안하신다면, 두 분은 기꺼이 방문을 연기하실 것입니다. (…) 그러니 우리 그만 그대로 내버려두면 안 될까요, 사랑하는 부모님?"

마지막 편지의 수신자 막스 브로트가 카프카를 영생하게 했다. 그는 유언 집행자로 지정되어 "마지막 부탁이네, 내가 쓴 모든 것을 읽지 말고 불태워주게!"라던 친구의 유언을 지키는 신의를 지키는 대신 친구의 문화유산의 가치를 높이 평가했다.

당대에 더 큰 영향력을 가졌던 문우 브로트의 공헌은 오늘날 오히려 카프카의 출판 소개로 간주되고 있는 실정을 감안하면, 사람은 해야 할 일을 잘 선택해야 한다는 사실에 두려움을 느낀다. 읽기 까다로운 카프카의 편지글을 얼마나 공을 들여야 이해하며 다른 말로 소개할 수 있는 것인지, 그래도 되는 것인지, 무궁무진한 보고에서 어떤 편지글을 선택해야 하는지 어찌 알랴.

늘 하는 변명이지만 사람은 누구나 할 수 있는 일만 할 수 있다. 하고 싶은 일이라 하여도, 도달하고 싶은 수준이라고 해서, 도달할 수는 없다. 꿈과 현실은 다른 방향으로 달리는 두 마리의 말과 같기 때문이다. 역부족을 탓하고 그냥 있기에는 숨 쉬는 공기가 허무하다. 뭔가를 읽지 않으면 안 될 것 같은 충동에 사로잡힌 어느 독자가 읽다가 오히려 숨이 막히게 될까 너무너무 걱정되지만, 독자와 나 또한 다른 길에서 꿈틀거리는 생명체인 걸 어쩌랴. 두 가닥이 우연히 스치는 순간은 영겁에 비추어 무에 가까울 것으로 위안하고 싶다.

먼 나라 먼 시간을 넘어, 누군가가 카프카를, 카프카의 문학을 알 수도 없으면서 이런 작업을 하지 않을 수 없게 만드는 카프카는 마성이다. 소설을 잘 쓰겠다고 본직까지를 버린 지금에 또 다시 카프카에 걸려든 것은 마가 낀 일이 분명하다. 번역의 온갖 불완전함에도 불구하고 카프카에 다가가려고 이 책을 꺼내드는 누군가도 그 마성의 덫 속에 갇힘일까.

2011년 여름.

서용좌

편지에 나오는 등장 인물

오스카 바움

오스카 폴라크, 1901년

막스 브로트, 1914년

로베르트 클롭슈토크, 1924년

펠릭스 벨치

카프카 사진

카프카의 13살 모습

카프카가 그린 그림

23세 때, 카프카

여동생 오틀리와 함께

아버지에게 보낸 편지

묘비명

카프카의 가족

카프카의 집

아버지 헤르만 카프카

어머니 율리에 카프카, 1895년

카프카의 세자매, 어린 시절

첫째 여동생 엘리, 1910년

둘째 여동생 발리, 1910년

셋째 여동생 오틀라, 1916년

카프카가 사랑한 여인

펠리체 바우어

펠리체와 카프카, 1917년

율리에 보리체크

밀레나 예젠스카, 1917년

도라 디아만트, 1928년

일러두기 :

1. 1912년까지는 Fischer출판사의 비판본 전집 중에서 『Franz Kafka, Briefe 1900~1912』(Hans-Gerd Koch 편, 1999), 1913년 이후는 원래의 막스 브로트 편 『Franz Kafka. Briefe 1902~1924』(1958)를 원전으로 하여 발췌했고, 영역판 『Franz Kafka. Letters to Friends, Family, and Editors』(R&C. Winston 번역, 1958)을 참조했다.

2. 편지의 날짜는 카프카의 필사본에 표기되어 있지 않은 것이 대부분이고, 판본마다 우편소인을 보고 결정했기 때문에 가끔 다른 경우도 있다.

3. 편지의 내용 가운데 작은 회색의 글자는 이해를 돕기 위한 역자의 주석이다. 긴 설명이 필요한 것은 따로 주석을 달았다.

4. 원전에서 강조 표기한 부분은 글자체를 별도로 진하게 표기하였다.

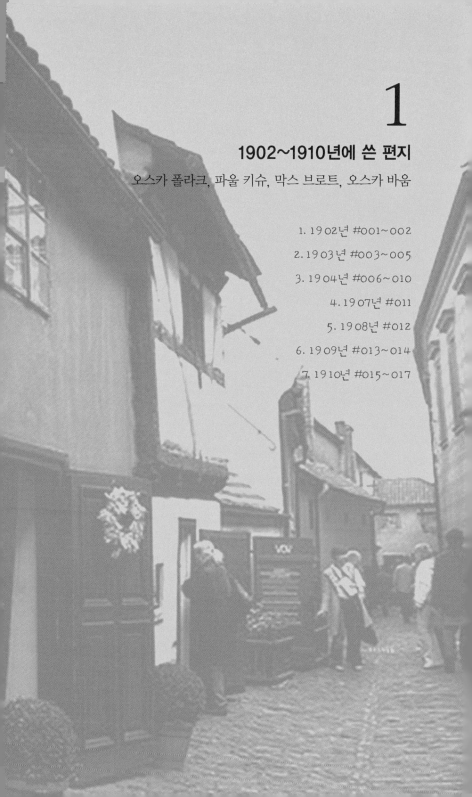

1

1902~1910년에 쓴 편지

오스카 폴라크, 파울 키슈, 막스 브로트, 오스카 바움

오스카 폴라크에게

토요일에 우리가 함께 거닐고 있을 때, 나는 우리에게 필요한 것이 무엇인지 분명히 알았네. 그러나 오늘까지도 난 그것에 대해 자네에게 써 보내지 않았는데, 이유라면 그러한 일은 잠시 그대로 누워서 기지개를 켜도록 두어야 하기 때문이야. 우리가 함께 이야기할 때면, 말들은 딱딱하고 우리는 마치 거친 포장도로 위를 지나듯이 그것들을 건너가지.

가장 섬세한 일들은 어색한 발걸음을 하게 되고, 우린 그걸 어쩔 수가 없어. 거의 서로의 길목을 가로막고 있는 거야. 나는 자네에게 부딪치고 자네는 ― 감히 말 못하겠어, 그리고 자네는 ―. 우리가 사물과 마주칠 때면, 바로 거리의 자갈이나 《예술의 파수꾼》이 아니더라도, 우린 갑자기 가면을 쓴 채 가장의상을 입고 있음을, 모난 몸짓으로 반응하고 있음을(특히 내가, 그래) 그러면 우리는 갑자기 슬퍼지고 지쳐버리지. 누가 나처럼 자넬 피곤하게 하던가? 자넨 정말 병이 날 지경일 게야. 그러면 난 동정심으로 아무것도 할 수 없고 아무 말도 할 수 없지, 그리고 우물우물 어리석은 말이 튀어나오지, 자네가 다음번에는 최고의 찬사로 또 더 좋은 말로 듣게 되는 말들을. 그렇게 되면 난 침묵하고 자네도 침묵하고, 자네는 지쳐버리고 나도 지치고, 그리고 모두가 어리석은 후회 뿐, 손을 잡는 것도 소용이 없어. 하지만 어느 누구도 상대에게 그것을 말하려고 하지 않아, 수치심 혹은 두려움에서 혹은 − 알잖아, 우리는 서로를 두려워하는 것이야, 아니면 내가.

물론 나는 그것을 이해해, 볼품없는 벽면 앞에 수년간 서있으면, 그런데도 그것을 허물지 않으려고 한다면, 그럼 지칠 수밖에. 그래 그렇지만 벽은 자신이, 정원이(만일 그런 게 있다면) 두려운 게야. 그렇지만 자넨 기분이 언짢아지고, 하품을 하고 두통이 일고, 어찌할 바를 모르지.

자네는 확실히 알아차렸을 게야, 우리가 오랜 시간이 지나고 만나게 되면, 서로 실망하고, 짜증내게 되는 것을. 그래, 이젠 그 짜증에도 길들어져 있음을. 우리는 말을 유보해야만 해, 하품을 보지 않게 시리.

⎯⎯

⎯⎯

자네가 이 편지 전체를 이해하지 못할까 두려움이 이네, 이 녀석이 뭘 말하려나 하고서.

미사여구며 베일이며 혹을 떼고 말하지. 우리가 함께 이야기할 때, 우리는 말하고자 하는데 그렇게 제대로 말할 수 없고, 다만 서로 오해하고 묵살하고 심지어 서로를 비웃게 되는 식으로 밖에 나타낼 수가 없는 사물들로 인해서 방해를 받게 된다는 거야. (예컨대 내가 말하자면 "꿀은 달콤해,"* 그러나 그 말을 나직이 혹은 불분명하게 또는 엉터리로 말하게 되고, 그럼 자네는 이렇게 말하지, "오늘은 날씨가 좋군." 대화는 이미 잘못된 방향으로 돌아간 것이지). 우리는 늘 애쓰지만 늘 성공하지 못하니까, 지치고 불만스럽고 고집만 남지. 그런데 그것을 글로 쓰려고 하면, 우리가 말로 할 때보다는 한층 쉬울 것이며, 수치심 없이 그 거리의 그 자갈들과 그 《예술의 파수꾼》을 논할 수 있을 것일세, 왜냐하면 보다 나은 것이 확실하니까. 그것이 이 편지의 요점이네. 이것이 질투에서 온 착상인가?

――――――――――

나는 자네가 이 글의 마지막 장도 역시 읽게 되는지 알 수 없었네. 그래서 내가 이 독특한 부분을 비록 이것이 편지에 속하지는 않지만 갈겨쓴 것이야.

우리는 3년 동안 함께 이야기를 나누고 있네. 그래서 많은 일에서 네 것 내 것이 더 이상 없지. 나는 어떤 말이 나에게서 나온 것인지 혹은 자네에게서 나온 것인지 더 이상 구별 못할 때가 있어, 어쩌면 자네 또한 마찬가지일 것이야.

그런데 자네가 그 처녀와 교제하고 있는 것이 나로서는 몹시 기쁘다네. 자네를 생각해서 그렇다는 것이지, 그녀는 나에겐 아무런 의미가 없다네. 그러나 자네가 자주 그녀와 이야기를 하는 것은 이야기 자체를 위한 것만은 아닐 것일세.

―――――

* 독일어의 '꿀은 달콤해'는 '오늘은 날씨 좋다'와 발음이 비슷함을 들어 이야기한다.

자네는 여기저기 어디든 또는 로츠토크프라하 근교에서도 그녀와 함께 돌아다닐 것이며, 나는 집에서 책상에 앉아 있겠지. 자네는 그녀와 이야기할 때, 한 문장의 가운데서 누군가가 뛰어나와 인사를 한다네. 그것이 바로 날세, 다듬어지지 않는 말과 네모난 얼굴을 지닌 나. 그것은 다만 한 순간에 그치고 자네는 이야기를 계속하지. 나는 집에서 책상에 앉아 하품을 하네. 나는 그렇게 지냈던 거야. 거기서 우리가 서로에게서 멀어지는 것이 아닐까? 그게 이상하지 않은가? 우린 적인가? 나는 자네를 매우 좋아하네.

프라하, 1902년 2월 4일 화요일.

002

오스카 폴라크에게

나는 좋은 책상 앞에 앉아 있었네. 자넨 그것을 모를 것이네. 자네가 어떻게 알겠는가.

그것은 말하자면 충분히 시민 계급적으로 의도된 교육을 담당해야 할 책상이지. 일반적으로 글 쓰는 사람의 무릎이 있는 곳에 두 개의 무시무시한 나무 대못이 있다네. 이제 주목해서 듣게나. 만일 자네가 조용히 조심스럽게 거기에 앉고, 그리고 무엇인가 시민 계급적인 글을 쓴다면 만사형통이라네. 그러나 만일 자네가 흥분하거나 몸을 조금이라도 떨면, 피할 길 없이 그 뾰쪽한 끝이 무릎을 건드릴 것이고, 그것이 얼마나 아프겠는가. 나는 그 검푸른 멍들을 자네에게 보여줄 수도 있어. 그것이 무슨 의미냐고?

"무엇이든 흥분할 만한 것을 쓰지 말고, 그러다가 몸이 떨리지 않도록 하라!"

그래서 나는 좋은 책상에 앉아서 자네에게 두 번째 편지를 쓰고 있다네. 자네는 알고 있는가, 편지란 방울 달린 양과 같다는 것을.

그것이 곧 이어서 스무 마리 양의 편지를 끌고 오기 때문이지.

와우, 문이 날리듯 열려 버리네. 노크도 없이 누가 들어 왔나? 무례한 후원자? 아, 사랑스런 손님. 자네의 엽서라네. 내가 여기에서 받은 첫 번째 엽서라서 묘하네. 난 엽서를 여러 번 읽었네, 자네의 철자 한 자 한 자 전체를 내가 알게 되기까지 말일세. 그리고 내가 거기에 실제로 쓰인 것보다 더 많은 것을 읽어내었을 때, 그제야 멈출 시간이 되었지, 그리고는 내 편지를 찢어버릴 시간이. 쫙쫙 소리를 내더니 편지는 죽었네.

물론 그 속에 넓게 퍼져 있는 것, 무엇인가 읽기에 좋지 않은 한 가지를 읽었지. 자네는 온 몸 속에 그 좋지 못한 비판자를 데리고 여행을 하고 있군. 그것은 누군들 결코 해서는 아니 될 일이야.

그런데 자네가 국립괴테박물관에 대해서 쓰고 있는 것은 나에겐 전적으로 도착적인 오류라 여겨지네. 자네는 자만심과 학생 같은 생각으로 가득 차서 거기에 갔고, 그 명칭에 대해서부터 곧장 불평을 말하기 시작했군. 물론 나는 "박물관"이라는 명칭이 좋아, "국립"은 더욱 좋아. 그래서 결코 자네가 쓴 그대로 몰취미라거나 신성모독 또는 그 비슷한 어떤 것도 아니며, 다만 가장 민감한, 가장 놀랄 만큼 민감한 아이러니지. 자네가 그 서재, 자네의 가장 성스러운 곳에 대해서 쓴 것 역시 자만심과 학생 같은 생각 이외에 아무것도 아니야, 어쩜 약간은 독문학일지, 지옥에서 불타버려야 할.

젠장, 그것은 그 서재를 정연하게 유지시키며, "국가"를 위한 하나의 "박물관"으로서 그것을 설립한다는 가벼운 발상이었지. 어느 목수나 도배공일지라도, 그가 괴테의 장화 벗는 기구를 칭송할 줄 알았던 진짜였다면, 그걸 할 수 있었을 것이며 그것은 칭찬할 만한 일일세.

그러나 어찌 알겠는가, 괴테의 한 가지 유품으로 우리가 간직할 수 있는 가장 성스러운 것이 정말로 무엇인가를 …… 그것은 바로 시골 지방을 다니던 그의 고독한 발걸음의 자취들 …… 바로 그것들이지. 그리고 여기 농담으로, 아주 굉장한 것인데, 이것을 들으면 사랑하는 하느님이 비통하게 울고 지옥은 지옥 같은 웃음의 발작을 한다는 것인데, 우리는 결코 이방인의 지성소를 가질 수 없으며, 오직 우리 자신의 것만을 갖는다네. 농담이야, 아주 굉장한 농담. 오래 전에 내가 자네에게 코테크의 정원에서 아주 굉장하고 조그마한 조각을 맛보게 한 적이 있었지. 자네는 울지도 웃지도 않았지, 자네는 사랑스런 하느님도 사악한 악마도 아니니까.

다만 그 사악한 비판자(튀링엔의 못된 짓)가 자네 안에 서식하고 있으니, 그것은 종속된 악마이며, 그런 것은 떨쳐버려야 하는 거야. 그래서 자네에게 유용함과 경건함을 위해서 그 이상한 이야기를 하겠는데, 하느님이 축복을 내리신 바이란트가 …… 어떻게 프란츠 카프카에 의해서 극복되었는가 하는 것 말이야.

그자는 언제나 나를 쫓고 있었지, 내가 누워있건 서있건 어느 곳이든. 만일 내가 포도밭 담장 위에 누워서 들판을 바라보며 어쩌면 산 너머 저 멀리 사랑스런 무엇인가를 보거나 듣고 있노라면 확실히 알게 되는 거야, 갑자기 누군가가 그 담장 뒤에서 우렁찬 소리를 내며 일어나서는, 현란하게 지껄이며, 이 아름다운 풍경일랑 결정적으로 논문으로 다루어야 한다는 적확한 견해를 장중하게 서술하

그리운 친구여

고 있는 것을.

그는 정교하게 다듬어서, 철저한 논문이거나 사랑스런 전원시의 계획을 상세하게 명시하며, 그것이 실제로 적절함을 입증하는 것이야. 그에게 반대하는 나의 유일한 반론은 나 자신이며, 그것으로는 불충분하겠지.

…… 이 모든 것이 지금 얼마나 나를 괴롭히는지 자네는 상상할 수가 없을걸. 내가 자네에게 쓴 모든 것은 쓰라린 즐거움이자 시골 공기 이외에 아무것도 아니라네. 지금 자네에게 쓰고 있는 것은 눈을 찌르는 날카로운 일광이야. 마드리드에서 온 나의 외숙(역무조역 驛務助役)이 여기 계셨는데, 나는 외숙 때문에 프라하에 와 있어. 외숙이 도착하기 조금 전에 나는 신기한, 유감스럽게도 아주 신기한 착상이 떠올랐어. 외숙께 청하자, 아니 청하는 것이 아니라 여쭈어보자는 생각 말이야. 그러니까 어쩌면 외숙이 이것들로부터 나를 구해내는 어떤 방법을 알 수는 없을까, 어쩌면 내가 새롭게 출발할 수 있을 어떤 곳으로 나를 인도해 줄 수 없겠는가 하는 물음.

그래 좋다, 나는 조심스럽게 시작했네. 이야기 전체를 자세하게 자네에게 말할 필요는 없겠지. 외숙은 점잖게 말씀을 시작했네, 비록 평상시는 외숙이 정말로 친절한 분이지만, 나를 안심시켰지, 좋아 좋아. 그 위에다 모래를 뿌리는 것이야. 원래는 그럴 생각이 아니었는데 난 그만 곧 입을 다물었고, 외숙 때문에 프라하에 있었던 이틀 동안, 비록 내내 그 집에 머물렀지만, 그것에 대해서는 더 이상 말하지 않았지. 외숙은 오늘 저녁에 떠나시네. 나는 일주일 동안 리보흐에 가려고 해, 그러고서 트리슈에서 다시 일주일, 그 다음 프라하에 다시 돌아오고, 다음엔 뮌헨, 대학 공부, 그래, 대학 공부를 하려고. 왜 자네는 얼굴을 찌푸리나? 그래, 그렇다네, 대학에 간다는 말일세. 왜 이 모든 것을 자네에게 쓰고 있는 것일까? 나는 아마 알고 있었나 봐, 그것이 희망 없는 일임을, 자신의 발이 어디를 향하는지를. 왜 그것을 자네에게 쓰는 거냐고? 그렇게 함으로써 내가 인생에 대해서 어떤 생각을 하고 있는가를 자네가 알도록 하기 위함일까, 저 밖에서 돌멩이에 비틀거리는 인생에 대해서, 마치 리보흐에서 다우바까지 절름거리고 가는 그 형편없는 우편 마차처럼. 자네는 단순히 연민과 인내심을 가져주게나.

자네의 친구 프란츠에게.

다른 사람에게 편지를 쓰지 않았기 때문에, 만일 자네가 나의 끝없는 편지에 대해서 누군가에게 말한다면 싫을 것 같은데. 그러기야 하리라고. ― 만약 자네가 답장을 쓸 생각이면 그거야 매우 좋은 일이고, 이번 주 안에는 옛 주소로 쓰면 되네. 리보흐―빈디쉬바우어, 나중에는 프라하, 첼트너가쎄 3번지.

프라하, 1902년 8월 24일(?).

003

파울 키슈에게

이야기? 아니, 그것은 결코 좋은 이야기가 아닌 것 같네.

그것을 만일 책에서 읽었다면 아마 아무런 후회나 생각도 없이 그냥 지나쳐 읽었을 것이야.

그냥 펜과 잉크 이야기이고, 특별한 펜으로 특별한 잉크로 쓰인 것은 아니지. 잉크병 없이는 쓰이지도 생성되지도 않을 이야기야, 물론 하얀 종이가 없이는 안 되고, 거기에다 신중하게 반은 읽었거나 반은 들은 것을 꼼꼼히 그래 꼼꼼히 기록하는 것이지(괴테 등을 읽은 뒤에 그렇게 쓰는 것은 나는 기이한 것으로 보고 싶다네). 작은 감동, 작은 정취, 작은 삶(작은 것은 아니나 작게 만든 삶이 존경할 만한 독일어 주문장과 부문장 안으로 얽혀 들어가는 거야, 어디에서도 필연성이 강타하지도 않고 — 나는 글을 써서는 안 되는 것인데 쓰고 있지 — 어디에서도 함께 사는 것도 아니지. 내 기억 속에 하나의 예가 있어, 두 연인이 창가에 서 있고 서로 포옹을 하는 거야, 크리스마스이고. 펜은 전율할 이야기를 쓰지. "밖에는 하얀 눈송이들 기병대가 몰려온다." 그러면 자네는 그 연인들을 죽인 것이야.

젊다는 것은 가사를 돌보는 것이 아니야. 젊다는 것은 문법을 존중하는 것이 아니지. 그러나 그 이야기는 검소하고 자네는 자네가 생각하기보다 언어에 감사를 덜 하는 것이야.

그러니까 나는 불필요한 이야기를 한 셈이야, 도대체 무언가를 말했다면 말이야, 그리고 그 책을 덮어버린 것이지. 그런데 자네는 그 이야기를 내게 읽어 주었지. 자네는 잘 읽었어, 아주 단순하게 그러면서도 감동적이었지. 자네는 감동을 원했지. 사람들은 진지함과 체험을 믿지. 사람들은 그 이야기가 죽을 때 슬퍼하고, 자네에게 손을 내밀고 싶어 하지. 그러나 거기에는 이야기 자체에서 나오지 않은 다른 많은 것이 끼게 되네. 다음 순간 사람들은 냉정해지고 불쾌해져 좋은 것과 나쁜 것을 말할 수 없게 되고, 기대를 충족시킬 수 없다는 고통스런 감정을 갖게 되는 것이야, 정말 충족시키고 싶은 기대를.

이것이 자네의 이야기에 대한 내 생각일세. 자네는 진지함을 원했는데, 그렇지 않았더라면 글을 쓰지도 않았겠지. 자네가 쓴 무엇이건 또 보내주게나. 자네가 지금 뮌헨에서 쓰게 될 것은 프라하의 사건들을 전혀 인식하지 못할 것이라 생각하네. 사람은 그러한 날카로운 공기 속에서라면 다른 눈과 손과 영혼을 가지게 될 게야.

여기 공기는 두툼하고 짜증스레 부엌칼로 잘린 듯, 마치 침실에서 나오는 듯하네. 여기에서는 착상들을 감시해야 하고, 그것들을 놓아두자마자 그것들은 축 늘어진 배를 하고 땀을 흘리지. 3주가 흘렀네, 그제야 나는 몽마르트르의 술집 같은 것, 뭔가 소리칠 얼뜬 것을 생각했다네. 그런데 1주일 뒤엔, 위에 말한 몽마르트르의 술집이 시내 공원으로 이주했는데 하필이면 4번가 옆이야. 미학적·윤리적 이름이지, 그것은 상세히 쓸 것은 못되고, 아무튼 교양 있어 보이는 곳, 싸구려 알코올을 마시고 뭔가 갉아먹었지. 오스카 폴라크가 모임을 주선했네. 모임은 2주마다 반복될 것이야. 자네가 온다면 내 대신 가도 좋아. 그러니까 나는 대체되어도 된단 말일세. 말이 났으니 말인데 모임이 딱히 지루하지는 않다네, 머리 좋은 사람들도 있거든. 그것이 전부일세.

그래, 그래 우리가 여기 주점에서 하품을 하고 있는 동안 뮌헨은 분주하겠구먼. 허나 사람은 만족해야 해, 배가 있다면 말인데, 두 손을 배에 얹고서 낄낄거리며 하품을 하지. 사람들이 허수아비처럼 마른 것이 진짜 기적일세.

자네의 프란츠
프라하, 1903년 2월 4일 수요일.*

* 카프카는 '1902년'이라고 썼으나, 이는 오류로 간주된다.

004

오스카 폴라크에게

자네가 두 달 동안 어찌 되었는지, 자네를 만나서 보기까지는 내가 이 편지를 그냥 두고 기다렸더라면 아마 나로서는 한층 사려 깊은 일이었을지도 모르겠네. 왜냐하면 난 이 여름 몇 달 동안 생각하건대 눈에 띄게 잘 지내고 있거든. 그리고 여름 동안 자네로부터 엽서 한 장도 받지 못했고, 지난 반년 동안 자네와 말 한 마디 나누지 못했어, 정말 해 볼 가치가 있는 일이었을 텐데 말일세. 그러니 이 편지를 집요함에 대해 성낼 낯선이에게 보내는 것인지, 아니면 이것을 읽을 수도 없는 죽은 사람에게 보내는 것인지, 아니면 이것을 비웃을 한 현인에게 보내는 것인지 모를 판이네. 하지만 나는 이 편지를 써야만 하네. 그래서 이 편지를 써서는 안 된다는 것을 알게 될 때까지 기다리지 않는 것이야.

왜냐하면 나로서는 자네에게 무언가를 바라고 있고, 그렇다고 그것을 우정이나 신의에서 바라는 것이 아니네, 보통 그렇게들 생각할 수 있겠지만 말일세, 아니 그것은 순전히 이기심에서, 분명한 이기심에서 나오는 것일세.

　이번 여름에 내가 푸른 희망을 가지고 들어선 것을 자네는 알아차렸을 수도 있어. 이번 여름에 내가 무엇을 원하는가를 자네는 멀리서나마 아마 알아차렸을 것이야. 말하지, 내가 내 맘속에 간직하고 있다고 믿는 것을(물론 늘 믿는 건 아니지만) 단숨에 고양시키는 것 말이네. 자네는 다만 어렴풋이 알아차릴 수 있었을 것이고, 나와 함께 해준 것에 대하여 자네의 손에 입맞춤이라도 했어야 했네, 왜냐하면 누구든 입이 성이 나서 잠겨 있는 사람의 옆을 걷는다는 것은 내게는 불편한 일이었기 때문일세. 그런데 자네 그 입은 성을 내지 않았네.

　글쎄 여름이 내 입술을 어딘지 약간 벌려놓기를 강요하였네 − 난 한층 건강해졌어(오늘은 썩 좋지는 않지만) − 한층 건강해지고, 사람들과 상당히 잘 어울리고, 여자들과도 이야기를 할 수 있다네. − 나는 여기에서 이것을 모두 말할 필요가 있어, 그러나 신기한 일들이라면 이 여름은 나에게 별다른 걸 가져다주지는 않았네.

　이제 무엇인가가 내 입술을 넓게 벌려놓았는데, 아니면 부드럽게라 할까, 아니 입을 벌려놓았다가 맞아, 그런데 나무 뒤에 서있는 누군가가 내게 나직이 말하는 것이야.

　"너는 다른 사람들 없이는 어느 것도 이룰 수 없을 것이다."

　나는 지금 의미심장하게 그리고 기품 있는 문장 구조를 가지고 이렇게 쓰네.

　"은둔은 지겹다. 정직하게 그대의 알들을 세상에 내어놓아라, 그러면 태양이 그것들을 부화시킬 것이다. 그대의 혀보다는 삶을 물어뜯을지어다. 두더지와 그 동류를 존중하되 그것을 성인 보듯 하지는 말지어다."

그러자 이젠 나무 뒤에 서있지 않은 누군가가 나에게 말하는 것이야.

"그것이 궁극적인 진리이며 여름의 기적이란 말이냐?"

(들어보게나, 간교스러운 편지의 영리한 서두를 그냥 들어보게나. 왜 그것이 영리하냐고? 예전에는 구걸을 하지 않았던 한 불쌍한 녀석이 구걸 편지를 쓰는데, 한숨의 말들로 장황한 서두를 쓰며, 구걸하지 않는 것이 악덕이라는 통찰로 이끄는 수고로운 길을 기술하고 있다네).

자네는 이런 느낌을 이해할 것이야, 누군가가 혼자서 기나긴 밤이 새도록 잠자는 사람들로 가득찬 노란 우편 마차를 끈다고 할 때 갖게 되는 그런 느낌 말이야. 그는 슬프고, 눈가에는 눈물이 조금 고여 있고, 하얀 이정표에서 다음 이정표로 느리게 더듬거리며 나아가는데, 굽은 등에다가, 그리고 계속해서 도로를 따라 내려다보아야 하네, 비록 그곳에는 오직 밤이 있을 뿐 아무것도 없지만 말이야. 에라, 만일 우편 나팔이 하나 있다면 얼마나 좋을까, 이 마차 안의 사람을 얼마나 깨우고 싶겠는가 말이야.

자네, 이제 자네는 내 말에 귀 기울일 수 있을 것이야, 만일 자네가 피곤하지만 않다면.

내가 자네를 위해서 한 보따리 준비해 놓았네. 그 속에 지금까지 내가 썼던 모든 것, 독창적이든 어디에서 파생되어 온 것이든 일체를 담았지. 아무것도 빠진 것이 없을 것이야, 제외되는 것은 어린 시절에 쓴 것들, 자네가 알다시피 이 불행은 일찍부터 나의 등에 얹

혀 왔으니. 그리고 나에게 이미 없는 것들, 또 이런 맥락에서 무가
치한 것으로 여기는 것들, 또 그 계획들은 제외되지, 왜냐하면 계획
들이란 그것을 품고 있는 사람에게는 땅이지만, 다른 사람들에게는
모래일 뿐이니까. 그리고 마지막에는 자네에게조차 보일 수 없는
것들, 왜냐하면 만일 발가벗은 채 서있고 한 사람이 다른 한 사람을
건드린다면 몸서리칠 것이기 때문이야, 비록 바로 그것을 무릎 꿇
고 빌었더라도 그래. 그런데다가 지난 반년 동안은 거의 아무것도
쓰질 못했어. 그러니까 나머지 것들을, 실제로 그것이 얼마나 될지
는 모르겠으나 자네에게 보내겠어, 만일 자네가 이에 대해서 좋다
고 편지를 쓰거나 알려 준다면 말이야.

   이것은 말하자면 뭔가 특별한 것이네, 내가 그러한 일들의 글쓰
기에 매우 서투르다 해도(매우 무식하다 해도), 아마 자네는 벌써 알고
있지 않은가. 자네로부터 듣고 싶은 대답은, 여기에서 기다리는 것
이 기쁨이라거나 또는 가벼운 마음으로 장작더미를 불태워버릴 수
도 있지 않겠느냐는 것이 아니네. 사실 나에 대한 자네의 태도를 알
고 싶은 것도 아니라네, 왜냐하면 그 역시 자네에게 무언가를 강요
하는 것이기 때문이지. 그러니까 내가 원하는 것은 무언가 좀 쉬우
면서도 어려운 것, 자네가 그 내용들을 읽어주기를 바라는 것이야.
설령 관심이 없고 또 내키지 않더라도 말이야. 왜냐하면 그 가운데
는 역시 무관심하고 내키지 아니한 구절들이 있기 때문이지. 이것
이 바로 내가 그것을 원하는 이유인데, 내가 가장 좋아하면서도 어
려워하는 것은 다만 서늘함이기 때문이야, 난 알아, 태양열에도 불
구하고 서늘함. 낯선 두 눈이 그것을 바라보게 된다면 모든 것을 한

층 온화하고 한층 생동하게 만들 걸세. 나는 다만 한층 "온화하고 한층 생동하다."라고 말하는데, 왜냐하면 그것은 진정 확실한 것이니까, 예부터 이렇게 쓰여 있지 않은가,

"독자적인 감정은 훌륭하다, 그러나 대응하는 감정은 좀 더 영향력을 갖는다." [괴테]

글쎄 왜 이렇게 법석을 떠는지, 아니 나는 한 조각을 (왜냐하면 지금 자네에게 보내는 것보다 더 많이 보낼 수 있으니까, 그리고 그렇게 할 것이고말고) 꺼내어, 내 심장의 한 조각을 몇 십장 기록한 종이 안에 깨끗하게 포장해서 자네에게 보내네.

프라하, 1903년 9월 6일 일요일.

오스카 폴라크에게

아니, 나는 자네가 직접 오기 전에 자네에게 편지 쓰는 것을 마치고
싶어. 우리가 서로 편지를 쓰면, 한 밧줄에 함께 고리로 묶이지. 그
러다가 멈추면 그 밧줄은 끊겨, 심지어 그것이 실 이상 아무것도 아
니라도 그래. 그러니 내가 재빨리 잠정적으로 연결을 하겠네.

어제 저녁에 나를 사로잡은 것은 바로 이 이미지였어. 우리 인간
은 우리의 모든 힘을 긴장시키고 서로 사랑하면서 도울 때만이 이
지옥과 같은 심연 위에서 우리가 원하는 어지간한 높이를 유지할
수 있는 것. 우리는 서로 밧줄에 함께 묶여 있으며, 한 사람 주변의
밧줄이 느슨해지고 그가 다른 사람보다 조금 더 낮게 그 텅 빈 공간
어디엔가 내려앉으면, 그것은 벌써 좋지 않은 일이야. 만일 한 사람
주변의 밧줄이 끊기고 이제 그가 추락한다면 그것은 끔찍한 일이
지. 우리가 다른 사람들과 엉켜 있어야만 하는 이유가 거기에 있네.

나는 추측을 해 봐, 처녀들이 우리를 위에서 잡아주고 있을 것이
다, 왜냐하면 그들은 가벼우니까. 그렇기 때문에 우리는 처녀들을

사랑하지 않을 수 없고, 그렇기 때문에 처녀들은 우리를 사랑해야 할 것이라고.

됐네, 됐어. 사실 자네에게 편지를 시작하기가 두렵네, 딱히 그럴 이유가 있어. 왜냐하면 편지는 항상 장황하게 늘어지고 결코 좋은 끝맺음을 찾아내지 못하니까. 내가 뮌헨에서도 자네에게 편지 쓰기를 그만둔 이유가 바로 그것이었어, 쓸 것이 그렇게 많았는데도 그랬어. 뿐만 아니라 낯선 고장에서는 전혀 쓸 수가 없어. 그때는 모든 말들이 내게서 거칠게 흩어지고 나는 하나의 문장으로 그것들을 잡아 가둘 수가 없다네. 모든 새로운 것이 어찌나 압박하는지, 그것에 저항할 수도, 또 그것을 무시할 수도 없게 되지.

이제 곧 자네가 직접 오겠지. 그렇지만 일요일 오후 내내 책상에 앉아 있고 싶지는 않네. 2시부터 여기 앉아 있는데 지금은 벌써 5시, 어서 곧 자네하고 이야기 할 수 있다면 나는 너무도 기쁠 것 같군. 자네가 차가운 공기를 가져 올 것이고, 그것은 여기 모두 무딘 사람들에게 참 좋을 것이야. 정말 기쁘다네. 곧 또 보세나.

자네의 프란츠

프라하, 1903년 12월 20일 토요일.

오스카 폴라크에게

밤 10시 반.

마르쿠스 아우렐리우스를 옆으로 밀어두네, 마지못해 옆으로 밀어놓는다네. 나는 지금으로선 그가 없이는 살 수 없을 것 같다는 생각이네, 왜냐하면 아우렐리우스의 격언 두어 마디를 읽는 것으로 한층 침착해지고 또 한층 긴장되기 때문이야. 비록 이 책 전체가 오직한 사람, 다만 현명한 말과 단단한 망치, 포괄적인 견해를 가지고서, 극기의 상태에 이른, 단호하고 올곧은 사람이 되고자 하는 단 한사람에 대해서 서술하고 있지만 말이야. 그렇지만 우리는 한 인간에 대해서 회의적이 되지 않을 수가 없는 것이, 만일 이런 구절을 들으면 어쩔 수가 없지. 그가 자신에게 이렇게 말하는 대목 같은 것.

"조용히 하라, 무관심 하라, 정열은 바람에게나 줘 버려라, 흔들리지 마라, 좋은 황제가 되라!"

만일 우리가 자신 앞에서 말로서 속을 채워 넣을 수 있다면 그건 좋은 일이겠지. 하지만 만일 우리 자신을 말로 치장하고 장식할 수 있으면 훨씬 더 좋은 것이야. 우리가 마음속에서 바라는 그런 인간이 되기까지 말이야.

지난 편지에 자네는 자신을 부당하게 비난하더군. 누군가가 내게 서늘한 손을 내밀면, 나는 기분이 좋아. 하지만 그 자신이 목을 매면 그건 당혹하고 이해할 수 없어. 그것은 극히 드물게 일어나는 일이기 때문이라고 하려는가? 아니, 아니지, 그건 사실이 아닐세.

많은 사람에게서 무엇이 특별한 것인가를 자네는 아는가? 그들은 아무것도 아니고, 그래서 그들은 그것을 보여줄 수 없고, 심지어 그들 자신의 눈에도 그것을 볼 수 없는데, 바로 그것이 그들에겐 특별한 것이라네. 이런 모든 사람들은 그런 남자의 형제들인 거야. 누구냐 하면, 도시를 돌아다녔는데 아무것도 이해하지 못했고, 분별 있는 말 한마디도 토로할 수 없었고, 춤을 출 수도, 웃을 수도 없었던 사람, 그러나 자물쇠가 채워진 상자 하나를 양손에 경련이 일도록 꽉 쥐고서 끊임없이 가지고 다녔던 사람 말이야. 만일 관심 있는 누군가가 이렇게 물어보았다고 치세.

"그 상자 속에 무엇을 그렇게 조심스럽게 가지고 다니시오?"

그러면 그 사람은 고개를 숙이고서 불확실하게 이렇게 말했네.

"나는 아무것도 모르오, 그건 사실이오. 그리고 분별 있는 말을 토로할 수도 없고, 춤도 못 추고, 웃지도 못하오. 하지만 주의하시오, 잠겨 있는 이 상자 속에 무엇이 있는지, 그것은 말할 수 없소. 아니오, 아니오, 그것은 말하지 않겠소."

당연하게도 이 대답을 들으면 관심 가졌던 사람들 모두가 떠나버렸지. 그러나 그들 중 많은 사람들의 마음속에는 모종의 호기심, 모

종의 긴장감이 남았고, 그래서 계속 의문을 가졌지,

"대체 잠겨 있는 저 상자에는 무엇이 들어 있을까?"

그리고는 그 상자 때문에 그들은 가끔씩 다시 그 남자에게로 되돌아왔고, 그렇지만 그는 아무 말도 해주지 않았다네.

그래, 호기심이야, 그런 종류의 호기심은 오래 지속하지 못하고, 그리고 긴장감은 줄어들지. 마침내 초라하게 잠겨 있는 그 상자가 영원히 이해되지 못할 것이라는 초조감으로 보호된다면, 마침내는 웃게 되는 일조차 그 누구도 배겨내지 못하지. 그 다음에 우리는 정말 그 가련한 남자의 어중간한 좋은 취향을 내버려둘 것이고, 아마도 마침내 그 자신이 웃을지도 모르지, 비록 어딘지 찌그러진 웃음일지라도.

이제 호기심 대신에 나오는 것은 무관심한 거리감에서 오는 연민이라네, 무관심과 거리감보다 더 나쁜 것이지. 지난번보다 수적으로는 더 적어졌지만 여전히 관심 가진 사람들이 이제 묻는 거야,

"그 상자 속에 대체 무엇을 그렇게 조심스럽게 가지고 다니시오? 어쩌면 보물이라도, 응, 아니면 예언, 아니오? 좋소, 그걸 열어만 보시오, 우리는 두 가지가 다 필요하오. 그런데 말이오, 그냥 닫아두시구려, 열지 않아도 그렇게 믿으리다."

갑자기 누군가 유독 매섭게 외친다네. 그는 깜짝 놀라서 둘러보네, 그것은 바로 자신이었어. 그가 죽은 다음 그 상자에서는 두 개의 유치乳齒가 발견되었다지.

프란츠

친애하는 오스카!

　…… 고통스러운 저녁 광기에 이어 서늘한 아침의 후기. 자네가 그 여자를 돕지 않았다는 것에 대해서 나는 하등 부자연스러운 것을 느끼지 않네. 아마도 악의 없는 사람들도 그 일을 하지 않았을 것이야. 그러나 정작 부자연스러운 것은 자네가 그 생각에 잠기는 일. 게다가 이 생각에 잠기는 것과 이 대립을 즐긴다는 것, 그 분열을 즐긴다는 사실이네.

　자네는 번번이 짧게 스치는 작은 감정들에 자신을 너무 오랫동안 꼬챙이에 꿰지, 그러므로 마침내는 단 한 시간만을 사는 것이야, 왜냐하면 자네는 그 한 시간에 대해서 백년을 곰곰이 생각해야 하기 때문이지. 물론이지, 가령 아마도 나라면 그러한 경우 전혀 살지 못할 걸. 어디에선가 나는 한 때 내가 너무 신속하게 살아간다는 무례함을 쓴 적이 있었지. 이런 증거를 가지고서였어.

　"내가 한 처녀의 눈을 들여다본다. 그리고 그것은 천둥소리와 입맞춤과 번갯불의 긴긴 사랑이야기였다."

　그래 놓고서 "나는 신속하게 살고 있다."라고 쓸 정도로 자만심에 넘쳤어. 커튼이 드리워진 창문 뒤에서 그림책을 가지고 있는 어린애 같았지. 이따금 그 아이는 창틈으로 길거리를 언뜻 보고, 그리고는 곧 그 귀중한 그림책에 되돌아가는 것이야. 비유에 있어서 나는 자신에게 관대하군.

프라하, 1904년 1월 10/11일, 일/월요일.

007

오스카 폴라크에게

친애하는 오스카, 자네가 나에게 소중한 편지를 써 보냈는데, 곧 답장을 쓸 수가, 아예 답장이라고는 쓸 수가 없었다네.

이제 자네에게 편지를 쓰지 못한지 2주가 지났네. 그 자체로서는 용서받을 수 없는 일이지만, 나에게는 이유가 있었네. 첫째는 오로지 심사숙고한 이후에야 쓰려고 했는데, 이유인즉 이 편지에 대한 회신은 자네에게 써 보냈던 이전의 어느 편지들보다도 더욱 중요하게 여겨졌기 때문(하지만 유감스럽게도 그렇게 하지 못했네). 둘째 이유라면 프리드리히 헤벨의 『일기』(약 1,800쪽)를 단숨에 읽은 것. 한편으로 예전에는 아주 몰취미한 것으로 여겨졌던 그 일기를 아주 조금씩 뜯어 읽곤 했는데 그리 되었어. 그렇지만 처음에는 아주 유희적 기분으로 그 맥락 속에서 시작했지, 그러다 마침내 동굴에 사는 사람이 된 느낌이었지. 처음에는 장난삼아 한동안 동굴의 입구 앞쪽에 돌덩이를 굴려다 놓는 것이야, 그 다음에는 그 돌덩이가 동굴을 어둡게 하고 공기를 밀폐시킬 때에 둔하게 놀라서 정말 열심히 그

바위를 밀어내려고 애를 쓰는 사람 말이야. 바위는 이제 열 배나 무거워졌고, 그 사람은 다시 빛과 공기가 돌아오기까지 불안 속에서 온 힘을 긴장시켜야 하지. 나는 이즈음 손에 펜을 들 수조차 없었다네. 왜냐하면 누구라도 그렇게 빈틈없이 점점 드높게 탑을 쌓아간 그런 인생을, 너무 높아서 쌍안경으로도 거의 그것에 미칠 수 없을 그런 인생을 개관하다 보면, 양심이 안정을 찾을 수가 없게 되지. 그러나 양심이 폭넓은 상처를 입게 되면 그것은 좋은 일이야. 왜냐하면 그로 인해서 양심은 물린 데마다 더 민감해질 테니까. 우리는 다만 우리를 깨물고 찌르는 책들을 읽어야 해. 만일 우리가 읽는 책이 주먹질로 두개골을 깨우지 않는다면, 그렇다면 무엇 때문에 책을 읽는단 말인가? 자네가 쓰는 식으로, 책이 우리를 행복하게 해주라고? 맙소사, 만약 책이라고는 전혀 없다면, 그 또한 우리는 정히 행복할 것. 그렇지만 우리한테 필요한 것은 우리에게 매우 고통을 주는 재앙 같은, 우리 자신보다 더 사랑했던 누군가의 죽음 같은, 모든 사람으로부터 멀리 숲 속으로 추방된 것 같은, 자살 같은 느낌을 주는 그런 책들이지. 책이란 우리 내면에 존재하는 얼어붙은 바다를 깨는 도끼여야 해. 나는 그렇게 생각해.

그렇지만 자네는 정말 행복하군. 자네 편지는 참으로 빛나고 있네. 내 생각에 자네는 예전에 오직 좋지 못한 교제의 결과로 불행해했던 것 같아. 그거야 아주 자연스러운 일이지. 그늘 속에서는 햇볕을 쪼지 못하는 법이니. 그렇지만 설마 내가 자네의 행복에 책임이 있다고는 생각하지 않겠지. 기껏해야 이렇지, 한 현인이 그 현명함을 자신도 모르는 채로 살았는데, 그가 한 바보를 만나서 겉보기에

요원하게 관련 없는 사안들에 대해서 한동안 그와 이야기를 했었네. 이제 대화가 끝나고 바보가 집에 돌아가려고 했을 때 – 바보는 비둘기장처럼 사람이 들락날락하는 곳에 살고 있었는데 – 다른 사람이 그의 목을 껴안고 입맞춤하고 울부짖는 것이야, 고맙소, 고맙소, 고맙소. 왜냐고? 바보의 바보스러움이 어찌나 컸던지, 현인에게 자신의 현명함이 보였던 것이지.

마치 내가 자네에게 부당한 일을 저질러 용서를 빌어야 할 것 같은 느낌이 드네. 나는 그 잘못을 모르고 있는데.

자네의 **프란츠**

프라하, 1904년 1월 27일 수요일.

008

막스 브로트에게

친애하는 막스, 특히 어제 여름학기 법조인 실습수업을 빼먹었기 때문에, 자네에게 편지를 써야겠다 싶네. 왜 가면무도회의 밤에 자네들과 함께 가지 않았는가를 설명하려면 말이야, 더구나 어쩌면 내가 약속은 해 놓고서.

용서해 주게, 나도 스스로 즐거움을 누리고 싶었고, 자네와 P.프리브람랑 함께 하룻밤 지내고 싶었던 것이야. 왜냐하면 어떤 산뜻한 대위점이 생성되리라 생각했기 때문이지, 만일 자네가 순간적인 불가항력으로 극단적인 발언을 하면 ─ 자네가 가끔 여러 사람들이 있을 때 그러하듯이 ─ 그러면 그는 반대로 그의 이성적인 개관으로 결정적인 것을 들이댄다는 식이지. 그는 예술을 제외하고 거의 모든 분야에 그런 개관을 지녔으니까.

그러나 그것을 생각했을 때, 나는 자네의 동아리, 자네가 속해 있던 그 작은 동아리를 잊고 있었지. 한 낯선 자의 첫 눈에는 그것이 자네를 긍정적으로 보이게 하지 않을 것이야. 왜냐하면 그것은 부분적으로는 자네에게 의존해 있고, 부분적으로는 자네와 무관하기 때문이야. 그것이 의존적인 한, 그것은 마치 준비된 메아리를 지닌 민감한 산처럼 자네를 에워싸고 있다네. 그것은 듣는 사람을 화나게 하지. 눈이 면전에 있는 한 사물을 조용히 다루고 싶은 반면에, 그의 등은 두들겨 맞는다네. 두 사람을 위한 향유력이 사라질 수밖에, 특히 만일 그가 특별히 노련하지 않다면 말이야.

그러나 그 동아리가 독립적인 한, 그들은 심지어 자네에게 한층 더 해를 끼칠 것이야. 왜냐하면 그들은 자네를 왜곡시키고, 그러면 자네는 그들로 인해서 제 자리가 아닌 곳으로 밀리지, 자네는 듣는 사람으로부터 바로 자네로 인해서 반박되는 것이야. 만일 자네의 친구들이 시종일관이라면 좋은 기회에 무슨 도움이 되겠는가. 친구들 무리는 오직 혁명에 있어서만 유용하지, 만일 모두가 다 같이 단순히 행동하면 말이야. 그러나 만일 탁자 주위의 흩어진 불빛 아래 정도의 작은 봉기일 뿐이라면, 그들은 그것을 수포로 만들어 버리지. 바로 이런 것, 자네는 장식품 '아침 풍경'을 보여주고자 하는데, 그것을 배경으로 설정하고 싶겠지. 그러나 친구들은 이 순간에는 '이리의 협곡'이 보다 더 어울린다고 생각하고, 무대의 양면으로 자네의 '이리의 협곡'을 내민다네. 물론 둘 다 자네가 그린 것들이고, 관객은 누구라도 그것을 알 수 있지. 하지만 아침 풍경의 목장에 드리운 어지러운 그림자는 무엇이며, 들판 위를 날아가는 무서운 새들은 무엇인가. 바로 그런 것이라 생각하네. 그런 일은 자네로서는 드문 일이지만, 그러나 종종(그것을 아직 나는 완전히는 이해하지 못하고 있다네) 이런 말을 하지,

"여기 플로베르를 보면 온통 사실에 대한 착상들이다, 알겠나, 전혀 감정의 유황불이 아니야."

만일 내가 어느 기회에 그것을 이렇게 돌려서 적용한다면, 자네를 얼마나 불쾌하게 만들 수 있겠는가 보려나. 예컨대 자네가 "베르테르는 얼마나 훌륭한가!"라고 말하면, 내가 이렇게 말하는 것이야, "하지만 우리가 진실을 말하자면, 거기에는 감정의 유황불이 만연하다." 그것은 우습고 불쾌한 언급이지만, 그것을 말하는 동안에도 나는 자네의 친구라네. 자네에게 나쁜 뜻이 없지, 나는 다만 듣는 사람에게 그러한 일에 대한 자네의 개략적인 견해를 말해주려는 의도일 뿐. 왜냐하면 가끔은 친구의 서술을 더 이상 깊이 생각하지 않는 것이 우정의 징표일 수 있으니까. 하지만 그러는 동안 듣는 자는 슬퍼지고, 지쳐 버리지.

내가 이것을 쓰는 이유는, 만일에 자네가 내가 그날 저녁 자네와 함께 보내지 않은 일로 이 편지에 대해서 나를 용서하지 않는다면 더욱 슬퍼질 것이기 때문이라네, - 따뜻한 문안과 더불어 -

자네의 **프란츠 K.**

아직 치워버리지 말게나, 편지를 다시 한 번 꼼꼼히 읽었는데, 이게 명백하지가 않다고 생각되네. 내가 쓰고자 했던 것은, 자네에게 전대미문의 행복이란 맥 빠진 시간에 느긋하게 지낼 수 있는 것, 그것도 완전히 같은 생각을 가진 사람의 도움으로 인해서, 가고자 하는 곳까지 실제로는 한 발짝도 가지 않고서 도달하는, 바로 이것이 체면 유지의 기회에 자네를 나타낸다네. 그것을 나는 P.의

경우에서 생각했다네, 내가 원한 그대로는 아니고. 자 이제는 충분
히 썼네.

프라하, 1904년 8월 28일 이전(?).

009

막스 브로트에게

초여름에는 즐겁게 지내기가 아주 쉽다네. 생동하는 심장을 하고, 무던한 움직임을 지니고, 제법 미래의 삶을 마주하게 되지. 동양적인 묘한 것들을 기대하는가 하면, 희극적인 인사와 서투른 언사로 그것을 다시 부정하는, 쾌적하면서도 떨리게 만드는 격동적인 유희라니.

헝클어진 침대에 누워서 시계를 쳐다보네. 시계는 늦은 아침나절을 가리키네. 그러나 우리는 흐릿한 색조와 뻗어가는 원경에서 저녁나절을 색칠하네. 그리고 기뻐서 손이 새빨개지도록 비벼대는 거야, 왜냐하면 우리의 그림자는 길어지고, 그렇게도 보기 좋게 저녁다워지기 때문이지. 우리는 그런 장식을 하면서 그것이 우리의 본성이 될 것이라는 은근한 희망을 품지. 그래 누군가 우리가 의도하는 인생에 대해서 묻는다면, 봄에는 대답 대신 확 펼친 손을 흔들어 보이곤 하지, 그러다가 시간이 지나면서 손 움직임은 내려앉게 되는 거야, 마치 확실한 사물들을 맹세하는 것이 우스꽝스럽게도 불필요한 짓인 것처럼 말이야.

만일 우리가 전적으로 실망하게 된다면, 그건 물론 우리에겐 슬픈 일이겠지만, 그러나 한편 다시 한 번 일상적 기도를 경청하는 것과 같겠지, 우리 인생의 일관됨이 외부적인 모양새에 의해 우리에게 자비롭게 유지되어 보존될 것이니.

그러나 계절에 실망은 하지 않아. 끝이 있을 뿐 시작이 없는 이 계절은 우리에게 너무도 낯설고도 자연스러워서, 그것이 설마 우리를 죽일 수도 있으리라는 그러한 상태로 우리를 데려가지.

우리는 미풍의 공기에 의해 제가 좋아하는 어느 곳이든 간에 실려 다니며, 우리가 그 미풍 속에서 이마를 잡거나 또는 우리가 한 말로서 안심하려고 꾀하면, 가느다란 손끝을 무릎에 누르고서, 그러면 익살이 전혀 없는 것이 아니라네. 우리는 보통 어느 정도까지는 충분히 정중해서, 우리 자신에 대한 어떤 분명함에 대해서 무언가를 알려고 하지도 않아, 그런가 하면 이제는 우리가 일종의 허약함으로 그것을 모색하는 일이 생긴 게야. 물론 우리 앞에서 느릿느릿 아장거리는 꼬마 아이들을 따라 잡으려는 것처럼, 그것을 장난삼아 하는 식으로 하더라도 말이야. 우리는 두더지처럼 굴을 파는데, 파묻힌 모래 굴에서 더러워지고 뭉크러진 머리카락을 뒤집어쓰고 기어 나오는 거야, 가냘픈 연민을 자아내려고 불쌍하도록 빨개진 발을 내뻗으며 말이야.

언젠가 산책길에 내가 데리고 나간 개가 마침 길을 가로지르려던 두더지를 발견한 일이 있었어. 녀석은 두더지에게 반복해서 뛰어들었다가는 내버려두고 가도록 하더라고. 왜냐하면 녀석이 아직 어리고 무서움을 탔으니까. 처음에는 나도 재미가 있었지, 특히 그 두더지의 흥분이 재미있더군. 그놈은 단단한 땅에서 구멍을 찾으려고 필사적으로 헛되이 나댔네. 그러나 갑자기 개가 다시 발톱으로 놈을 한 대 갈기자, 놈은 소리를 내질렀네. 캑, 캐캑, 그렇게 울부짖었네. 그러자 내 느낌은 - 아니, 아무것도 느끼지 않았네. 다만 그렇게 착각을 한 것이지. 그날 나는 머리를 유난히도 무겁게 내려뜨리고 다녔기 때문에, 저녁에는 놀랍게도 턱이 내 가슴속으로 자라서 들어가고 있다고 느꼈단 말일세. 그런데 다음 날에는 머리를 다시 멋지게 쳐들고 다녔지. 다음 날에는 한 처녀가 하얀 옷을 입고서 나와 사랑에 빠졌지. 처녀는 그걸로 말미암아 매우 불행해 했고, 나는 그녀를 달래는 데 성공하지 못했어. 그것은 정말 어려운 일이니까. 또 다른 어느 날 짧은 낮잠 후 눈을 떴을 때, 내 삶인지 아닌지 아직 확실하지 않을 때, 어머니가 발코니에서 자연스러운 목소리로 묻는 소리를 들었네. "무엇을 하시나요?" 한 여인이 정원에서 대답하길, "정원에서 간식을 들고 있는 중이어요." 나는 사람들이 삶을 영위해 나가는 확고함에 놀랐네. 또 다른 날에는 구름으로 뒤덮인 날의 자극에 대해서 긴장된 고통을 기뻐했네. 그러고는 1주일이나 2주일 또는 그 이상 색 바랜 날들이었지. 그리고 한 여인과 사랑에 빠지고 말았네. 한번은 선술집에서 무도회가 있었는데, 난 가지 않았어. 나는 서글펐고 매우 어리석었기에, 여기에선 매우 가파른 들길에서 비트적거렸지. 그리고서 한번은 바이런의 『일기』 중에 이 대목을 읽었네(여기에는 대충 적을게, 그 책을 이미 짐으로 싸버렸거든).

"일주일 동안 집을 나서 본 적이 없다. 3일 동안 도서관에서 펜싱

사범과 매일 4시간씩 펜싱을 한다. 창문을 열어 두고서, 나의 정신에 안정감을 주기 위해서."

이제는 이럭저럭 여름이 끝나고, 날이 서늘해짐을 느끼네. 또한 여름 편지들에 답을 할 시간에 이르고 있음을, 나의 펜이 약간 미끄러졌음을, 그러므로 다시 펜을 놓을 수도 있음을 느끼네.

자네의 프란츠 K.

프라하, 1904년 8월 28일 이전(?).

막스 브로트에게

참 이상해, 자네가 토마스 만의 『토니오 크뢰거』에 대해서 내게 한마디도 쓰지 않다니. 그래서 나 스스로에게 말했지.

"내가 편지를 받으면 얼마나 행복한지 그는 알고 있다. 그리고 『토니오 크뢰거』에 대해서라면 뭔가를 말해야 하는 법이다. 그러므로 그는 틀림없이 편지를 썼을 것이다. 그러나 우연한 일이 있는 법, 폭우와 지진들, 그 편지는 사라진 것이다."

하지만 곧 이어 이런 착상에 대해서 화가 났지, 편지를 쓸 기분이 아니었거든. 그러고선 아무래도 쓰이지 아니한 편지에 답장을 해야하는데 대해 욕을 하면서, 그래도 쓰기 시작했지.

그러다 자네의 편지를 받았을 때, 당혹감 속에서 자네한테 가야 하는지 또는 자네에게 꽃을 보내야 하는지 생각해 보았다네. 그러나 그 어느 편도 하지 않았지, 한편으로는 게으른 탓으로 다른 한편으로는 내가 어리석은 짓을 할까 두려웠기 때문이네. 왜냐하면 약간 내 보조에서 벗어나 버렸고, 그래서 비 내리는 날씨처럼 서글프기 때문이네.

그렇지만 자네 편지가 나에게 좋은 일을 했네. 왜냐하면 누군가 일종의 진리를 말해줄 때, 나는 그것을 불손하다고 느끼네. 그는 나를 교화하고 있고, 나에게 무안을 주며, 내게서 반증이라는 수고를 기대하지, 그 자신은 위험에 처하지 않고서 말이야. 왜냐하면 그는 자신의 진리라면 논박의 여지가 없는 것이라 여길 것임이 틀림없기 때문이네. 누군가 다른 사람에게 선입견을 말할 때면, 그것은 의례적이고 무분별하고 감동적이지. 하지만 그것이 정당화될 때에는, 특히 또 다른 선입견에 의해 다시금 정당화될 때에는 한층 더 감동적인 것이야.

아마도 자네는 또한 자네의 이야기 『암적 속으로의 소풍』과의 유사성에 대해서도 쓰는 모양이네. 전에는 나도 그러한 광의에서의 유사성을 생각했지, 이번에 『토니오 크뢰거』를 다시 읽기 전에는 말이야. 『토니오 크뢰거』의 새로운 점은 그 대립의 발견에 있는 것이 아니라(다행히도 나는 이 대립을 더 이상 믿을 필요가 없네. 그것은 위협적인 대립이야), 이 대립에 대한 독특하고 유익한(『소풍』의 저자 말인데) 몰두 그 자체에 있네.

만일 지금 자네가 이 대립들을 썼다고 가정한다면, 내가 이해하지 못하는 것이 있어, 왜 자네의 편지가 전체적으로 그렇게 흥분해 있고 숨이 끊어지는지 하는 점이야. 아마도 자네가 일요일 오전에 그랬다는 것에 대한 내 단순한 기억일지도 모르지. 바라건대 조금 진정하게나.

그래, 그래 그게 좋겠어, 이 편지 역시 사라져 버린다면 말이야.

자네의 프란츠 K

이틀을 공부에 소비한 후.

프라하, 1904년 가을로 추정.

막스 브로트에게

나의 친애하는 막스,

지난 밤 소풍(신나고, 신났던)에서 집에 돌아와 보니, 자네의 편지
가 와 있어서 나를 당황케 했어, 매우 피곤했지만 말이야. 왜냐하면
망설임이 무엇인지 나는 알지, 다른 것은 잘 몰라, 하지만 무엇이든
간에 나를 요구하는 곳에는 바로 빠져들지, 수천 가지 예전의 사소
한 것들에 대한 반쯤의 호의와 반쯤의 의심에 완전히 지친 채로. 나
는 세상의 단호함에 저항할 수가 없어. 그래서 자네의 마음을 바꿔
보려는 시도조차도 나에겐 어울리지가 않은 모양이야.

자네의 여러 사정들과 내 사정은 아주 다르고, 그렇기에 이런 것
도 별 의미가 없겠지, 내가 예컨대 "나는 받아들이지 않기로 결정했
다." 같은 구절에서 마치 어떤 전쟁터 보고문을 보듯 경악을 느껴서
곧 더 이상 읽을 수 없었으니 말이야. 하지만 모든 것이 그러하듯이
여기에서도 모든 사태의 단점과 장점의 그 빌어먹을 무한대가 나를
진정시켰다네.

나는 내 자신에게 이렇게 말했네, 너는 많은 활동을 필요로 한다. 이와 관련된 너의 필요를 나는 확신한다, 비록 이해하지는 못할망정. 1년 내내 산보의 목적지로서 숲 하나는 네게 충분하지가 않다. 그리고 결국에 가서 도시에서 법정 연륜을 쌓는 동안에 문학적 지위를 창출하는 것은 다른 모든 것을 불필요하게 만드는 거의 확실한 것이 아니더냐?

물론 나는 미친놈처럼 자네가 있는 코모토로 달려갔을 것이야. 무엇보다 나는 활동이 필요 없네, 특히 그럴 능력도 없고 하니. 그리고 만일 숲이 어쩌면 내게 만족스럽지 못할지라도, 그럼에도 불구하고 – 그것은 분명하네 – 법정에서의 1년 시보 생활 동안에 전혀 아무것도 성취하지 못했네.

그리고 다음 얘기인데, 전문직이란 누구든 그것에 대결할 수 있게 되자마자 곧 무기력한 것이 되어 버리지. 나는 근무 시간에 다만 6시간일망정 끊임없이 나 자신을 바보로 만들 것일세. 내가 보기에 자네는 세상에 안 되는 일이 없다고 간주하는 것이야, 자네가 편지에 썼다시피 행여 내가 그 비슷한 종류의 일을 해낼 수 있을 거라고 생각한다면.

그와 반면에 저녁에는 상점일과 위안이 오지. 그래, 만일 우리가 위안을 통해서 행복해질 수 있다면, 그리고 만일 약간의 행복만이라도 행복한 실존을 위해 필요하다면 말일세.

아니, 만일 10월까지도 나의 전도가 개선되지 않는다면, 나는 상업아카데미에서 졸업생 과정을 밟을 것이며, 그리고 프랑스어와 영어에 더해서 에스파냐어를 배울 참이네. 자네가 여기에 합세한다면 좋으련만. 공부에서 자네가 나를 앞서는 부분을 안달이 나서 보충할 것이야. 외숙이 우리에게 에스파냐에 자리를 찾아주셔야 하는데, 아니면 그밖에 어디든 남미 또는 대서양의 아조레스 군도, 마데이라 섬까지라도 말이야.

잠정적으로 나는 8월 25일까지 여기에 머물러도 된다네. 나는 전동 자전거를 타고 상당히 돌아다니고, 수영도 많이 하고, 연못가 잔디에 알몸으로 누워 여러 시간을 보내기도 하고, 성가시게 사랑에 얼빠진 한 처녀와 더불어 한 밤중까지 공원을 어슬렁거리고, 벌써 목장에 건초더미를 쌓아놓기도 하고, 회전목마를 만들고, 폭풍우가 걷히자 수목들을 세웠으며, 소 떼며 염소 떼를 돌보고 저녁에는 집으로 데려오곤 해. 당구도 많이 치고, 멀리 산보를 하고, 맥주를 엄청 마시고, 그리고 심지어 사원에도 갔네. 하지만 나는 대부분의 시간을 ― 여기에서 엿새째인데 ― 주로 두 작은 처녀들, 매우 재치 있는 처녀들과 보냈다네. 둘 다 대학생, 지극히 사회민주당 성향의 아이들이야. 이들은 어떤 확신 또는 원칙을 말할 때마다 강요당하지 않으려고 이를 악물고 있음에 틀림없다네. 한 명은 A.아가테, 다른 한 명은 H.W.헤트비히* 아가테는 아주 밉상이야, 헤트비히도 역시 그래. 헤트비히는 키가 작고 뚱뚱한데다, 볼은 끊임없이 한없이 빨갛다네. 위쪽의 앞니들은 커서 입이 다물어지지 않고, 아래턱도 작게 할 수가 없어. 그녀는 매우 심한 근시안이고, 코에 건 코안경을

* 모라비아의 시골 트리슈에서 카프카가 시골의사 외숙의 집에서 휴가를 보내고 있을 때 Hedwig Weiler를 만났고, 빈에서 여러 언어를 공부하던 그녀와 편지 왕래가 한 동안 계속되었다.

주저앉히는 예쁜 동작 때문만이 아니라 그녀의 코끝은 조그마한 평면에서 참으로 예쁘게 모아져 있는데 간밤에 나는 그녀의 짤막하고 토실토실한 다리 꿈을 꾸었다네. 그리고 이러한 우회로서 내가 한 처녀의 아름다움을 인식하고 사랑에 빠지려나봐. 내일은 그들에게 자네의 『실험』을 낭독해 주려네. 그것이 지금으로서는 스탕달과 《오팔》지를 제외하고 내가 가지고 있는 유일한 책이야.

그래, 만일 《자수정》지를 가지고 있었다면, 자네를 위해서 거기에 실린 시를 필사해 줄 텐데. 하지만 그게 집 책장에 있는데, 열쇠는 지금 내가 가지고 있어, 내 저금통장이 발견되지 않도록. 그걸 집안에서는 아무도 몰라, 그게 나한테는 가족 내에서 위계를 결정하는 것이니까. 그러니 자네가 8월 25일까지 기다릴 수 없다면, 자네에게 열쇠를 보내겠네.

이제는 나의 고마움을 표현할 일만 남았네. 나의 불쌍한 친구에게, 자네 책을 위해 내가 그린 스케치의 훌륭함을 출판사에 설득하느라 수고한 것에 대해 감사하는 일.

날씨가 덥군, 오늘 오후에는 숲에서 춤을 출 거야.

부디 자네 가족에게 내 안부를 전해 주게.

자네의 프란츠

* 3편의 시 첨부.

트리슈, 1907년 8월 중순.

막스 브로트에게

나의 친애하는 막스, 지금은 밤 12시 반, 그러니 편지 쓰기에는 좀 이상한 시간이네, 밤이 오늘처럼 무더울지라도 그래. 나방들조차 불빛에 모이지 않네.

보헤미아 산림에서 행복한 일주일을 보낸 후 – 거기에선 나비가 여기의 제비처럼 높게 날더군 – 프라하에 돌아온 지 나흘이 되었어, 여전히 의지할 데 없이. 아무도 날 괴롭히지 않고, 나도 아무도 괴롭히지 않지. 하지만 후자는 바로 그 결과인걸.

드디어 줄곧 읽고 있는 자네의 책『노르네피게 성』만 좋구먼. 형언할 수 없는 불행에 그렇게 깊이 빠진 것은 오래 전 일이네. 나는 읽고 있는 한, 그 책에 몰두하네, 비록 그것이 그 불행한 자를 도와주려는 것이 전혀 아닐지라도. 그 밖에는 절실하게 누군가를, 그저 다정하게 만져줄 누군가를 찾고 있어. 그래서 어제는 호텔에 창녀를 데려갔네. 그 여자는 여전히 우울해 하기에는 너무 나이가 들었지만, 다만 안됐다는 느낌은, 그것이 그녀를 놀라게 한 것도 아니지만 어쨌든, 사람들이 창녀에게는 그들의 연애 상대에게 대하듯이 그렇게 친절하지 않다는 사실이야. 나는 그녀를 위로해 주지 못했지, 그녀 역시 나를 위로하지 못했으니까.

프라하, 1908년 7월 29일/30일(?)

013

막스 브로트에게

나의 친애하는 막스, 그래 어젯밤에는 갈 수가 없었네. 우리 집은 실제로 전쟁터라네.

아버지는 날로 악화되시고, 할아버지께서는 상점에서 졸도하셨네. 오늘 황혼이 깃들 무렵 6시경에 창가에서 《보헤미아》지에서 「사람이 아닌 돌덩이들」을 읽었네. 그것은 매력적인 방식으로 인간 세계에서 끌어내더군, 그것은 죄도 아니고 비약도 아니야, 비록 폭이 넓지는 않지만 공개적인 출발이지, 그 한걸음 한걸음이 정당성을 수반한 출발. 누구라도 이 시를 꽉 껴안으면, 자신의 힘을 들이지 않고도 그 포옹의 기쁨 때문에 실제보다도 더 실제적으로 불행에서 빠져 나오는 듯 생각이 드는 걸.

어제 우리는 크누트 함순의 한 작품에 대해서 논의했지. 나는 그 남자가 호텔 앞에서 어떻게 차를 탔느냐 하는 것은 본질적인 것이 아니라고 말했지. 그 남자는 무엇보다도 자기가 사랑하는 처녀와 어느 레스토랑의 테이블에 함께 앉아 있지. 그런데 같은 레스토랑의 또 다른 테이블에 이제 그 처녀가 사랑하는 젊은이가 앉아 있네. 어떤 술수를 부려 그 남자는 자기 테이블로 그 젊은이를 불러들이네. 젊은이는 처녀 옆에 앉는다네, 남자는 일어서네, 어쨌거나 잠시 후였지만, 틀림없이 그때 그는 의자 팔걸이를 잡고서 가능한 한 진실의 근사치에 가깝게 말하지.

"자 여러분, 매우 죄송합니다만, 댁은, 엘리자베트 양, 오늘 다시 나를 완전히 마술에 빠지게 하는군요, 하지만 제가 분간한답니다, 댁을 소유할 수 없음을, 그게 저에게는 수수께끼이지만요."

이 마지막 문장이, 말하자면 독자의 현존 앞에서 이야기가 스스로 파괴되거나 또는 적어도 흐려지는, 아니지, 축소하고 멀어지는 장면이야. 그래서 독자는 그것을 놓치지 않으려고 그만 그 뻔한 함정에 빠지고 마는 것이야. 마음에 들지 않으면, 내게 곧 편지 보내게나.

자네의 프란츠

프라하, 1909년 4월 11일(?).

014

오스카 바움에게

친애하는 바움 씨, 아닙니다, 아닙니다. 제가 전혀 할 일이 별로 없지 않으며, 만일 당신이 그렇게 여긴다면 그것은 아마도 이런 이유 때문이겠지요, 즉 누군가가 빈둥거리면 일을 잘 상상할 수 없기 때문이며, 시골의 이 혹서 속에서 일과 빈둥거림은 느긋하게 하나로 뭉치려 하기 때문일 것입니다.

그러나 제가 할 일이 많다는 것이 상관 있겠나요. 왜냐하면 그렇지 않더라도 저는 기꺼이 시골에 머물고 싶다는 말 이외에 다른 말을 할 줄 모르기 때문입니다. 시골이란 천상에 있는 것과 비슷하기 때문이지요. 제가 때때로 일요일이면 늘 검토해 보고, 또 당신도 사모하는 부인과 더불어 이제 최고로 알게 되듯이 말입니다.

그 『어둠 속 인생』 에필로그가 잘 완성되지 않으려는 것은 잘 된 일입니다. 이 에필로그를 모든 의미에서 햇볕에 길게 늘어 빼놓고, 당신은 찬란하게 햇볕에 그을린 얼굴로 독자에게 작별을 하는 것입니다. 저는 얼마만큼은 사욕에서 이런 말을 합니다. 왜냐하면 당신의 결론 "하지만 당신은 그것에 대하여 소설을 쓰지 않는다, 등등"이 저에게는 분명하지가 않거든요. 물론 그것은 아름답습니다, 매우 아름답지요, 그러한 이야기의 결말에 가서 몇몇 사람이 함께 모이고 마음껏 웃기 시작한다면. 그러나 그런 식은 아닙니다, 그것은 올바른 웃음이 아닙니다, 그렇게 조용하게 다듬어졌고, 여기에서 일획에 건강하지 못한 어둠 속으로 밀쳐진 그런 이야기에는. 그렇다면 대체 독자가 당신에게 무슨 짓을 한 것입니까, 이 선량한 인간, 적어도 이제 선량한 인간일 이 독자가.

당신의 엽서에서 저를 가장 기쁘게 한 것은 당신의 "후회"라는 언급이었습니다. 왜냐하면 이 후회란 물론 다른 작업에 대한 흥미일 것이기 때문입니다. 당신 자신도 필경 잘 알고 계시겠지요. 그러나 잠시 동안만은 푹 쉬십시오, 그럴 만하시지요. 또한 긴 편지는 원하지도 않습니다, 왜냐하면 모든 것이 편지 쓰기보다는 더 나은 것이니까요. 초원에 누워서 풀을 먹는 것이 더 좋을 것입니다. 아무튼 편지를 받는 것은 다시 정말 좋은 일입니다, 더구나 도시에서는.

계속 행복하시기를 빕니다, 당신과 당신의 사모하는 부인께.

프란츠 카프카 드림

프라하, 1909년 7월 8일 목요일.

015

막스 브로트에게

글 쓰는 것은 행운이네, 가장 친애하는 막스, 우리 모두를 위해서!
자네는 아직 그런 생각을 해보지는 않았나, 자네 자신을 소설 작품
에 내던지게 했던 그 힘이 첫 번째 처녀를 병나게 했듯이 두 번째
처녀를 이해할 수 없게 만들 수도 있음을? 다만 이 열기, 수요일에
도 여전히 자네를 에워싸고 있던 그 열기 말이야! 그 의사가 말한
공기 중에서 그 열기는 이 기간 동안 자네에게 소중히 간직되어 있
어. 머리를 좀 식히게나, 그러면 그 열기는 다시 뛰어나올 것이고,
그것에 대한 의식이 비로소 자네에게 진정으로 머리를 식히는 용기
를 줄 거야. 마침내 다른 방식으로서는 그것을 참을 수 없을 것이
니. 하지만 내가 어찌 알겠나, 그 사이 아마도 그 어리석은 처녀가
그 이야기의 중심에 들어가 버렸는지, 그렇다면 나로서는 그녀의
치마폭을 움켜쥐면서라도 그녀를 멈추게 할 수 있었으면 싶어!

자네의 프란츠

프라하, 1910년 4월 30일 토요일.

막스 브로트에게

친애하는 막스, 자 여기에 책 두 권과 조약돌이 하나 있네.

　난 계속 자네의 생일을 위해서 무엇인가를 찾아보려고 애를 썼네, 중립성으로 인해서 변하거나 잃거나 망가지거나 잊힐 수가 없는 것으로. 그리고 몇 개월 동안 그 문제를 생각한 후에, 결국 다시 한 번 책 한 권을 보내는 일밖에 할 수가 없네. 그러나 책에는 괴로움이 따르지. 책이란 한편으로는 중립적이고 다른 한편으로는 보다 흥미롭네. 그러면 중립적인데 끌리는 것은 오직 나의 확신뿐인데, 확신이라는 것은 내게는 보통 그리 결정적인 것이 못 되거든. 그러나 결국에 가서 나는 또 다른 확신으로, 흥미진진함으로 불타고 있는 책을 손에 쥐는 것이야.

　한번은 내가 부러 의도적으로 자네의 생일을 잊었네. 그것이 책 한 권을 보내는 것보다 더 나았음은 물론, 하지만 그건 좋지 않았네. 그래서 이제는 조약돌을 하나 보내네, 그리고 우리가 살고 있는 한 자네에게 그걸 하나씩 보내려고. 자네가 호주머니에 조약돌을 간직하면, 그것이 자네를 보호할 것이네. 만일 서랍에 놔둔다 해도 그것은 가만히 있지는 않을 것이야. 하지만 만일 자네가 그것을 내던져 버리면, 그것 참 최상의 길일 걸.

왜냐하면 막스, 자네가 알다시피 자네에 대한 나의 사랑은 나 자신보다 훨씬 큰 것이며, 그 사랑은 나의 내부에 산다기보다는 나에 의해서 살아간다네. 또한 그것은 나의 불안정한 본성에 연약한 발판을 지녔을 뿐이야, 그러니 그 조약돌에서 바위처럼 단단한 집을 얻게 되는 것이네, 그것이 비록 자네 집이 있는 샬렌 가의 포도 갈라진 틈에서라도 말이야. 이 사랑은 오래 전부터 나를 구해 주었지, 자네가 알고 있는 것 이상으로 빈번히, 그리고 바로 지금, 내가 어느 때보다도 더욱 갈피를 못 잡고, 완전히 의식이 있음에도 반쯤 잠들어 있는 것 같은, 그렇게도 극히 가벼운 바로 지금 ─ 나는 마치 새까만 오장육부를 지닌 채 돌아다니는 느낌인데 ─ 이런 때에 얼마나 좋은 일인가, 이렇게 조약돌 하나를 세상에 던지며, 그래서 불확실성에서 확실한 것 하나를 구분해 내다니. 그것과 비교해서 책들이란 무슨 의미인가! 책은 자네를 권태롭게 하기 시작하고, 그것으로 그치지 않아. 혹은 아이가 찢어버리거나, 혹은 로베르트 발저의 책 『야콥 폰 군텐』처럼 자네가 받자마자 이미 절단이 나고 말지. 그러나 조약돌은 자네를 권태롭게 할 수 없다네, 조약돌은 또한 망가지지 않지, 만일 그렇다 해도 먼 미래 언젠가에 그럴 뿐이지. 자네는 또한 그것을 망각할 수도 없어, 왜냐하면 자네가 그것을 기억해야 할 의무를 지지 않기 때문이야.

마지막으로, 자네는 그것을 영원히 상실할 수가 없다네, 왜냐하면 처음 눈에 띄는 자갈길에서 자네는 언제라도 그것을 다시 만날 것이기 때문이지. 그것이 바로 그 처음 눈에 띄는 조약돌이었으니 말이야. 그리고 나는 아무리 큰 찬사로도 그것을 손상할 수가 없네. 왜냐하면 찬사가 주는 손상이란 그 찬사로 인해서 그 찬사의 대상이 눌리고 상하고 또는 당혹스러울 때만이 해로운 것이니까. 그런데 조약돌이야 어찌? 단적으로 나는 자네를 위한 생일 선물 중 최선의 것을 발견했네, 그래 자네에게 그것을 건네네. 자네가 존재하는 데 대한 내 서투른 감사를 표현해 줄 입맞춤과 더불어.

자네의 프란츠

프라하, 1910년 5월 27일 금요일쯤.

막스 브로트에게

나의 친애하는 막스, 이번 주에 대해서 다시 이야기할 필요가 없도록 하지.

　우선 자네가 이미 알고 있는 것을 되풀이하겠네, 그럼으로써 한 꺼번에 모든 것이 자네 머릿속에 들어가라고. - 이번 주 모든 일은 내 형편상 지금까지는 겨우 어쩌다 가능했을 정도로 내게는 아주 좋은 상황이 되었네, 모양새로 보아서도 더 이상 좋을 수 없을 것처럼 말이야. - 나는 베를린에 있었어. 돌아온 후 이제는 일상의 환경에 너무도 느른하게 들어앉아서, 마치 나 자신 한 마리 동물로도 처신할 수 있을 것 같은 기분이라네, 만일 그것이 내 본성에 들어 있다면 말이야. - 나는 8일간의 완벽한 자유를 만끽했어. 지난밤에야 사무실 일을 걱정하기 시작했네, 어찌나 걱정스럽던지 책상 아래로 숨어 들어가고 싶었어. 그러나 그것을 심각하게 여기지는 않네, 왜냐하면 그것은 독자적인 두려움이 아니기 때문이네. - 부모님은 지금 건강하시고 만족스러워하시지, 또 그분들과 요즈음에는 마찰도 없네. 단지 아버지께서는 내가 책상에 너무 늦게까지 앉아 있는 것을 보실 때면 화를 내시지, 왜냐하면 아버지는 내가 너무 부지런을 떤다고 생각하시기 때문이야.

나의 건강은 이전 몇 달 동안보다 더 좋아, 적어도 금주 초보다는 낫지. 모든 채소가 나의 창자 속으로 아주 잘 깊숙이 들어가서, 행운의 우연이 오로지 이번 주를 위해서 나를 살찌우는 것 같아.

집안의 모든 일은 아주 평화롭네. 누이동생 엘리의 결혼식이 끝났고, 새 사돈들은 익숙해지고 있는 중이네. 아래층에서 가끔 들려오던 피아노 치는 처녀는 최근 몇 주 동안 집을 비웠나 봐. 이 모든 혜택들이 바로 가을이 끝나 가는 이 계절에 내게 주어지고 있어, 그러니까 내가 그 어느 때 보다 혈기왕성하게 느끼는 계절에.

12월 17일. 엊그제 쓰기 시작한 이 장례식 고사는 끝이 보이지 않아. 그 편에서 보아서 이제 그 모든 불행에 비탄이 추가되는 것이야, 그런데 슬프고도 완전히 입증할 수 있는 그런 감정을 며칠간 잡아둘 상태가 되질 않아. 그래, 정말 그럴 상태가 되질 않는다니까. 내가 지금 여드레 동안을 그 일로 앉아 있는데, 마치 날고 있는 듯, 감정의 회오리 속에 있어. 난 그냥 간단히 나 자신에 취해서, 이 시기에는 가벼운 와인 한 잔에도 전혀 기적이 일질 않아. 더욱이 지난 이틀 동안 변한 것이라곤 거의 없고, 있다면 더 나빠진 것뿐이네.

아버지는 썩 잘되시지는 않나 봐, 요사이엔 집에 계시네. 왼편에서 아침 식사의 소음이 그칠 무렵이면, 오른편에서는 점심 식사의 소음이 시작되지. 문들은 요사이 어디나 열려 있어서, 마치 벽들이 부서져 있는 것 같다네. 하지만 무엇보다도 모든 불행의 중심이 머물고 있어. 글을 쓸 수 없다는 것. 내가 인정하는 단 한 행도 쓰지 못했어, 파리 다녀온 이후에 쓴 것들이 많지는 않지만 모두를 다 지워버렸지.

온 몸이 내게 경고를 하네, 단어마다에서 그래. 단어마다 내가 미처 써내려가기도 전에 우선 모든 방향으로 둘러보는 것이야, 그럼 모든 문장들이 제대로 와해되지. 난 그 내부를 들여다보고, 그렇게 되면 곧 중단해야 하는 거야.

동봉한 단편 소설 「시골길의 아이들」 일부는 그저께 옮겨 쓴 것이야, 그것은 이제 그냥 두려고 하네. 벌써 오래 된 것이고, 틀림없이 결점이 없지는 않을 것이야. 하지만 그것은 이 이야기의 다음 의도를 충분히 말해주지.

오늘 저녁에는 아직 가지 않겠네. 월요일 아침까지, 바로 그 최후의 순간까지 혼자 있으려고 해. 나 자신의 뒤를 바짝 따르는 이것이 아직은 나를 뜨겁게 하는 기쁨이며, 무엇보다도 건강한 기쁨이지. 왜냐하면 그것이야말로 나의 내부에서 보편적 불안을 창출하며, 거기에서 비로소 유일하게 가능한 평정이 생성되는 것 아닌가. 만일 계속 이렇게만 된다면, 나는 그 누구 눈 속이라도 들여다볼 수 있을 것 같다네. 예컨대 자네에게도 베를린 여행 전에는 그렇게 할 수 없었던 것이지만, 그러니까 내가 파리에서도 못했던 일을. 자넨 아마 알아차렸겠지만, 나는 자네를 너무도 좋아해서 눈을 들여다볼 수 없었던 거야. 나는 내 이야기를 가지고 가고, 자네는 아마 자네의 걱정거리를 가지고 오겠지.

그래 내가 월요일쯤 사무실에서 자네로부터 그 결혼 문제에 대한

그리운 친구여

이야기가 적힌 엽서를 기대해도 되겠는가? 아 참, 자네 누이에게 약혼 축하 인사도 빠트렸군. 그건 월요일에 하지.

자네의 프란츠

프라하, 1910년 12월 15일 목요일, 17일 토요일.

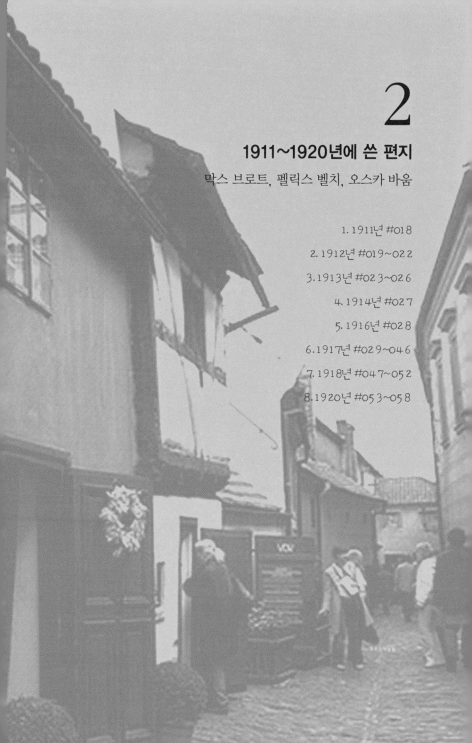

2

1911~1920년에 쓴 편지

막스 브로트, 펠릭스 벨치, 오스카 바움

018

막스 브로트에게

편지지: 예를렌바흐 요양원

나의 친애하는 막스,

　나더러 여기에서 그 소설을* 써야 한다고 자네가 요구했을 때,
자네는 요양소 시설에 대한 무지만을 내보였을 뿐인데, 그와 반면
에 그것을 쓰겠다고 약속했던 나는 무엇보다 내가 잘 알고 있는 요
양소 생활 방식을 어쨌든 잊고 있었음에 틀림이 없어.

　왜냐하면 여기에서 하루는 예컨대 목욕, 마사지, 체조 등이라 불
리는 응용 활동들, 또 이들 응용 활동 이전의 예비 휴식과 그 이후
의 회복 휴식으로 채워지니 말이야. 식사는 어쨌거나 많은 시간을
빼앗지는 않아, 왜냐하면 그것은 사과 소스, 으깬 감자, 걸쭉한 채
소, 과일 주스 따위로서, 만일 원하면 거의 눈에 띄지도 않게 빨리,
하지만 또 원한다면 매우 즐기면서 흘러 들어가게 먹을 수 있는 것
이니 말이야. 다만 검은 빵, 오믈렛, 푸딩, 무엇보다도 모든 견과류

---

* 브로트는 카프카와 둘이서 『리하르트와 사무엘』이라는 제목의 합작 소설을 구상했다.

70
그리운 친구여

로 인해 다소 지연될 수도 있지. 그러나 그 대신 저녁에는, 특히 요즈음에는 비가 자주 내려 사교적으로 보낸다네.

가끔은 우리는 축음기 프로그램으로 즐긴다거나, 그럴 때는 신사 숙녀들이 취리히의 교회당에서처럼 따로 구분해서 앉지. 그리고 노랫소리가 커지면, 예컨대 "사회주의자의 노래"같은 경우에는 그 축음기의 나팔은 신사들 편으로 더 향해지지만, 반면에 부드러운 곡이나 보다 경청을 요하는 곡의 경우에는, 신사들이 숙녀의 편으로 이동하고, 그 곡이 끝난 후에는 제자리로 돌아가거나 또는 경우에 따라서는 그대로 그 자리에 남는다네. 때로는(만일 자네가 이 문장을 문법적으로 점검하려면 자네는 이 쪽 면을 넘겨야 하네) 베를린 출신의 트럼펫 연주자의 연주가 내게 커다란 즐거움을 주거나, 또는 어떤 산간 지방에서 온 남자가 불안정하게 서서 ^{향토작가} 로제거가 아니라 ^{역시 향토작가} 아흐라이트너의 방언극을 낭독하거나, 마침내 어느 친절한 사람이 모든 것을 다 내주며 유머러스한 자작의 운문 소설을 낭독하거나 그러지, 그러면 나는 오랜 습성으로 눈에 눈물을 글썽인다네.

자넨 지금 내가 이들 여흥에 반드시 가봐야 하는 것은 아니라고 생각할지 모르지. 그러나 그건 그렇지가 않아. 왜냐하면 첫째, 누구든 부분적으로 이 요양의 실제로 좋은 효과에 대해 어떻게든 감사를 표시해야 하기 때문이고(생각해 보게나, 내가 파리에서의 지난 저녁에도 약을 복용했지만 오늘 사흘째에 그 효능은 사라진다는 것을) 둘째, 여기는 손님이 어찌나 적은지 누구든 최소한 의도적으로 사라질 수가 없어. 그리고 마지막으로, 여긴 조명 사정이 아주 나쁘다네, 그러니

대체 어디에서 나 혼자서 글을 써야 할지 짐작이 안 가. 심지어 이 편지를 위해서도 약간 시력이 허비되고 있다니까.

물론 만일에 나의 내부에서 글을 쓰는 충동을 느낀다면야, 내가 어쩌다가 한때 상당 기간 그럴 수 있었던 것과 같이, 또는 스트레사에서의 한순간처럼, 거기서는 내 자신이 주먹이 된 느낌이었지, 그 주먹 안에서 손톱들이 살을 파고 들어가는 것 같은 느낌 – 다르게는 그것을 말할 수 없어 – 그렇다면 아무런 장애물이 존재하지 않을 것이야. 나는 간단히 그 응용 활동들을 참지 못하고, 식사 후에 곧장 작별 인사를 할 수도 있겠지, 그러면 사람들이 뒤통수를 쳐다보는 별스러운 괴짜가 되어 내 방으로 올라가 안락의자를 탁자에다 끌어다 놓고, 천장 높이 희미한 촉수의 불빛 아래에서 글을 쓸 수도 있겠지.

지금 생각해 보네, 자네 의견처럼 자네의 예를 따른다고는 말하지 않고 싶은데, 외부의 기호에 따라서 글을 써야 한다고. 그러면 물론 자네가 요양소를 알든 모르든, 내게 한 요청은 옳았던 셈이네, 따라서 사실 나의 수고로운 변명에도 불구하고 모든 것은 내 탓이지, 혹은 보다 좋게 말해서 그것은 작은 의견 상의 차이 또는 커다란 능력의 차이로 환원되네. 그런데 말이지 지금이 겨우 일요일 저녁이니, 내게는 아직도 대략 하루 하고도 한나절이 남아 있네. 비록 여기 마지막에 나 혼자 남아 있는 독서실의 괘종시계는 묘하게도 빠르게 종을 치고 있네만.

건강 문제를 떠나서도 또 한 가지 면에서 나의 이곳 체재는 어쨌든 유용하다네. 손님들은 주로 중산층 노부인들로 이루어졌는데,

말하자면 인종학적인 특성들이 가장 섬세하고 가장 소모적으로 드
러나는 사람들이지. 그러나 만일 우리가 그들의 그러한 특성을 잘
관찰하게 되면, 우리는 그것들을 잘 간직해야 해. 그들의 방언에 대
한 나의 무지 또한 관찰에 도움을 주는 것 같다는 생각이야. 왜냐하
면 그로 인해 훨씬 가까이에서 분류할 수 있거든. 그렇게 되면 우리
는 차창에서 내다보는 것보다는 더 잘 보게 되지, 비록 그것이 근본
적으로는 그렇게 다른 것은 아니지만 말이야. 우선 간단히 말하자
면, 스위스에 대한 평가에서 나는 오히려 고트프리트 켈러나 발저보
다는 오히려 콘라트 페르디난트 마이어를 의지하려 들 것이거든.

전쟁에 대한 자네의 글「전운의 파리」을 위해서 파리에서 아르투르
부셰 대령의 『미래의 전쟁에서 승리하는 프랑스』 책 제목과 그 출
판사의 자체 광고를 함께 복사해 두었네. "제반 작전의 전직 수장
이었던 저자는 진술한다. 만일 프랑스가 공격을 받는다면, 프랑스
는 승리의 절대적인 확신을 가지고서 스스로를 어떻게 방어하는지
를 안다."라고.

나는 독일 문학 첩자가 되어 생드니 대로에 있는 책방 앞에서 위
글을 베껴 썼네. 이것이 자네에게 유용하기를!

자네의 프란츠

난 우표 수집을 좋아해, 만일 자네의 우표 수집이 나보다는 덜 소
중하다면, 이 봉투는 나를 위해서 아껴 두게.

에를렌바흐, 1911년 9월 17일 일요일.

019

막스 브로트에게

나의 친애하는 막스, 대체 누가 자네더러 나에게 편지를 쓰라고 강
요하는 것인가?

　나는 자네에게 편지를 쓰고, 자네와 나 사이의 결합을 끌어당기
는 일로써 기쁨을 만들고(이렇게 말하면서 나는 또한 벨치와 바움을 생각
하네. 그들에게는 독자적인 편지를 쓸 자신이 없어, 뭔가 특별한 초점을 발견
하기 위해서 반복해야 할 일이 너무 많기 때문이지), 뿐만 아니라 자네를
방해하려고 해서는 안 되겠지? 프라하에 돌아가면, 자네는 정말로
자네의 짧은 일기 몇 구절을 내게 설명을 곁들여 읽어주겠지. 그러
면 나는 완전히 만족할 것이야. 다만 조그마한 엽서를 가끔 보내 주
게나, 그렇게 함으로써 내가 이 들판에서 완전히 버림받아 나의 편
지만을 노래하지 않게끔.

　그래 자네는 키르히너 양을 어리석다고 했네. 그런데 그녀가 나
에게 두 번의 엽서를 보냈어. 적어도 독일어권에서 약간 벗어난 아
래쪽 천국에서 온 것이야. 그녀의 문구를 그대로 베껴 쓸게.

존경하는 카프카 박사님!

친절하게도 선생님의 엽서와 우정 어린 회상을 보내주신데 대하여 저는 최선의 감사를 하고자 합니다.

저는 무도회에서 즐거운 시간을 보냈고, 새벽 4시 반에야 부모님과 함께 귀가했답니다. 바이마르 근교 티푸르트에서 보낸 일요일 역시 매우 좋았고요.

제가 선생님의 엽서를 받는 것이 즐거운 일인가 그 여부를 선생님은 묻고 계시는데, 저와 제 부모님께서는 선생님으로부터 소식을 듣는 것이 큰 즐거움이라고 대답할 수 있을 뿐입니다.

저는 즐겨 파빌리옹 전시관 옆의 정원에 앉아서 선생님을 회상합니다.

어떻게 지내시는지요? 잘 지내시길 희망합니다.

저와 제 양친으로부터의 진정한 작별 인사와 우정 어린 안부를 보내며.

Margarethe
Kirchner

키르히너 양의 서명까지 모사했네. 어떤가?

무엇보다도 이 행들이 시작에서 끝까지 문학적임을 생각해 보게. 왜냐하면 만일 내가 그녀에게 불쾌한 존재가 아니라면, 난 꼭 그렇게 생각되었는데, 그렇담 나는 어쨌거나 그녀에게는 항아리처럼 냉담한 존재일세. 하지만 왜 그녀는 마치 내가 그걸 바라는 것처럼 편지를 쓴단 말인가? 편지를 씀으로써 여자를 매어둘 수 있음이 진정이란 말인가!

《문학 연감》은 자네의 엽서에 언급이 없군. 벨치에 대한 짧은 소식을 자네에게 청하네.

나 대신 그를 위로해 주게! 그리고 타우시히 양과 바움 집안사람
에게도 안부 전해 주게.

자네의 **프란츠**

* 적어도 7장의 일기 첨부.

융보른, 1912년 7월 13일 토요일.

020

막스 브로트에게

나의 친애하는 막스, 우리가 다시 한 번 그 불행한 아이들의 놀이를 하는 것인가? 한 사람이 다른 사람을 가리키며 자신의 흘러간 노래를 되풀이하네. 자네 자신에 대한 자네의 순간적 견해는 철학적인 변덕이야, 내 자신에 대한 나의 나쁜 견해야말로 결코 보통으로 나쁜 견해가 아니지. 이 견해 속에 오히려 나의 유일한 장점이 있다고나 할까. 그것은 내가 살아온 과정에서 확연히 경계를 긋고 난 뒤에는 결코 단 한 번도 의심하지 않았을 그런 것이지. 그것은 내 안에서 질서를 부여하고, 개괄할 수 없는 것들 앞에서 곧 무너지고 마는 나를 충분히 안정시켜 준다네. 무엇보다도 우리는 서로 다른 사람의 견해의 근거를 들여다 볼 수 있기에 충분하리만치 가깝네.

　나는 그래 세부적인 것에서는 성공적이었어, 그것에 대해서 너무 많이 기뻐하고 있어, 자네조차도 그것을 옳다고 할 그 이상이지, 그렇지 않다면야 내가 아직 손에 펜을 들고 있을 수 있겠는가? 나는 모든 것을 희생하고서 무엇인가를 관철하는 그런 인간은 결코 아니야. 그러나 바로 그 점이 문제지. 내가 지금까지 써 온 것은 미지근한 목욕탕에서 쓰인 것들이고, 진짜 작가들의 영원한 지옥은 체험해 보지 못했어, 몇 가지 예외는 접어두지만 말이야. 그 예외란 것들은 그 무한한 강도에도 불구하고 희소성과 작용하는 힘의 허약성 때문에 내가 판단에서 유보할 수 있을 것 같거든.

나는 여기에서도 글을 쓰며, 물론 쓰나마나한 정도로, 나 자신을 비탄하고 또한 기뻐하네. 이런 식으로 경건한 여인들이 신에게 기도드리는데, 그러나 성서 이야기에서는 신은 다르게 발견되네. 내가 지금 쓰고 있는 것을 자네에게 한참 동안 보여줄 수 없으리라는 사실을 막스 자네는 이해해야 해, 비록 나만을 위해서라 해도. 그것은 작은 부분들로서, 총체적이라기보다는 오히려 연이어서 작업이 되고 있으며, 고도로 바람직한 원으로 돌아들어가는 귀착 전까지는 한동안 곧바로 나아갈 것이야. 그러고는 내가 그 방향으로 작업하고 있는 그 어떤 순간에 이르러서야 비로소 모든 것들이 뭐랄까 더욱 쉬워지지 않겠는가. 그때까지도 불확실했던 내가 그때가 되면 넋을 완전히 잃어버리는 일도 아마 가능할 것이고. 그런 까닭에 그게 초고가 완성된 이후라야 비로소 우리가 이야기할 수 있는 무엇인가가 생겨날 것 같아.[*]

자네는 그 "방주"를 타자기에 치게 하지 않았는가? 자네, 무엇보다도 내게 그 사본 하나를 보내 줄 수 없겠나? 그 성공은 한 마디 언급될 가치가 있는 것 아닌가?

---

[*] 「실종자」의 원고를 뜻한다.

벨치가 아직도 자리에 누워 있다고? 그것이 그를 아예 때려 눕혔군! 그런데 나는 그에게 편지를 쓰지 않았고, 아직도 쓰지 않고 있으니. T.타우시히 양과 벨치에게 그리고 가능하면 바움네 가족에게도 내가 그들 모두를 사랑한다는 것, 사랑이란 편지쓰기와 무관하다는 것을 말해 주게나. 세 통의 실제 편지보다는 그 편이 더 좋게 더 우정 어린 모양새로 받도록 그들에게 말해 주라고. 원하기만 하면, 자네는 그럴 수 있지 않나.

우리의 공동 소설에 대해서 말인데, 나는 세부적인 것 이외에도 다만 일요일이면 '자네 곁에 있다'는 것만으로도 즐거웠어, 절망의 발작은 물론 빼놓고 말이야. 그리고 이 기쁨은 그 일을 계속하도록 나를 유혹할 것이야. 그런데 자네가 해야 할 보다 중요한 일이 있다지, 그게 다만 『율리시스의 항해』일이려나.

내게는 그 어떤 조직적 재능도 없어. 그래서 《문학 연감》의 제목 같은 것도 결코 창안해 낼 수가 없어. 다만 명심하게, 그저 그런 심지어 나쁜 제목들도 현실에서 분명 예측할 수 없는 영향의 결과로서 좋은 외형을 갖게 됨을.

사교성에 거슬리는 어떠한 말도 하지 말게! 나 또한 인간들 때문에 유래했고, 내가 적어도 그 점에서 환멸을 느끼지 않았음에 만족하네. 대체 난 프라하에서 어떻게 사는가! 인간을 향한 이 열망, 내가 지닌 이 열망이 성취되면 곧 불안으로 변하고, 휴가 동안에야 비로소 바른 길을 찾네. 확실히 나는 약간 변했어. 그런데 말이지만 자네는 내 시간 표기를 자세히 읽지 않았나 봐, 나는 8시까지는 대강 글을 쓰지만, 8시 이후엔 아무것도 안 써. 비록 그 시간대에 이르면 가장 해방된 느낌이 들지만 그래. 그 문제에 대해서 더 많은 것을 쓸 수도 있을 텐데, 그러니까 만일 바로 오늘 특히나 어리석게도 공놀이, 카드놀이 그리고 정원에 앉아 있거나 누워 있는 따위로 보내지 않았더라면 말일세. 소풍은 이제 전혀 안 나가! 내가 그 브로켄 정상을 전혀 못 보게 되리라는 것이 가장 심각한 위험이네. 짧은 시간이 어떻게 지나가는지를 자네가 안다면 얼마나 좋을까! 그것이 물처럼 그렇게 명쾌하게 흘러간다면 얼마나 좋아, 하지만 그것은 기름처럼 흘러가 버려.

토요일 오후에 난 여기를 떠나는데(하지만 그때까지 자네로부터 엽서를 받을 수 있다면 얼마나 좋을까) 일요일엔 드레스덴에 머무를 것이고 그날 저녁에 프라하에 도착해.

내가 바이마르를 경유하지 않는 이유는 오직 너무도 확실히 보이는 허약함 때문. 그녀키르히너로부터 짧은 편지를 받았어, 모친이 친필로 쓴 안부와 동봉한 사진 세 장도 함께. 세 장 모두 그녀는 각기 다른 포즈를 취하고 있는데, 이전의 사진들과는 비교할 수 없는 선명함에다가, 또 그녀가 얼마나 아름다운지! 그런데 드레스덴에 가면 나는 꼭 그래야만 하는 것처럼 동물원을 관람할 것이야, 내가 소속된 그곳을!

프란츠

* 9장의 일기 첨부.

막스, 자네는 알고 있는가, "이제는 안녕……"이라는 노래를? 우리는 오늘 아침 일찍 이 노래를 불렀는데, 나는 노래 가사를 베껴

그리운 친구여

썼네. 특별히 주의해서 필사를 잘 했다네! 이건 순수함이요, 또 얼마나 단순한가. 구절마다 감탄과 긍정의 고갯짓으로 이루어졌으니. 그밖에도 이 여행에 대해서 잊어버린 몇 쪽을 덧붙이네.

융보른, 1912년 7월 22일 월요일.

021

막스 브로트에게

나의 가장 친애하는 막스!

  일요일에서 월요일 밤 사이에 난 글『실종자』의 3장을 잘 썼어, 그날
은 밤새도록 글을 쓸 수도 있었어, 낮과 밤 그리고 낮 그러다가 결
국 다 날아가 버리네, 그 후로는 오늘도 틀림없이 잘 쓸 수 있었을
것이야 – 한 장을, 아니, 사실 어제의 열 장의 호흡 발산에 불과하
지만 한 장을 다 완성했어 – 그런데 다음의 이유로서 중단해야만
해. 난 그 사실을 행복한 방심 상태에서 거의 주의하지 않고 있었는
데, 공장장인 내 매제가 오늘 일찍이 사업 때문에 여행을 떠났으니,
10일 내지 14일 동안 소요될 것이고, 이 기간 동안 공장은 실제로
작업 실장 한 사람에게 맡겨지고, 어떤 투자가라도 특히 우리 아버
지처럼 그렇게 신경이 곤두선 분이라면, 지금 이 공장에서 이루어
지고 있는 완전한 속임수의 경영을 의심쩍어 할 것일세. 그런데 사
실은 나도 이 일에 관한 한 동감이야. 금전에 관한 불안 때문은 아
니어도, 정보의 차단과 양심의 불안 때문이지. 결국은 내가 상상할

수 있는 한에서 참 무관한 그런 사람도 아버지의 불안이 정당함을 특별히 의심을 해서는 안 된다네. 비록 내가 잊어서는 안 될 것이, **나는** 근본적으로 그 이유를 전혀 통찰하지 못한다고 해도 그래. 왜 독일 제국의 작업 실장은 매제가 부재중이면 예전처럼 매사를 동일한 질서 속에서 운영할 수 없는가 말이야, 매제에 비하면 그는 모든 기술적이고 조직적인 사안에는 엄청나게 월등한데도. 왜냐하면 우리는 결국 인간이며, 도둑들이 아니지 않는가.

그런데 이제 작업 실장 말고 또, 매제의 동생도 여기에 있거든. 가령 그가 사업을 제외하고선 모든 일에 멍청이라고 쳐도 그래, 아무튼 사업상의 일조차 상당한 정도로 관여를 하지. 그러면서도 그는 실팍하고, 부지런하고, 주의 깊고, 한 마디로 "뛰는 놈"이라 말하고 싶어. 그런데 그 사람도 상당 시간을 사무실에 있어야 하며, 게다가 대리점을 경영하네, 그러니 그 목적을 위해서 하루의 절반을 시내를 돌아다녀야 하고, 사실 공장에 있을 시간은 거의 없다네.

근래 언젠가 내가 자네에게 말했었지, 외부에서 오는 그 어느 것도 지금 글 쓰는 일을 방해할 수 없을 것이라고, 그것은 물론 스스로를 위한 위로였을 뿐 결코 허풍은 아니었네, 난 오직 그런 것만을 생각했지, 왜 어머니가 내게 거의 매일 저녁이면 투덜거리시는지, 아버지를 안심시키도록 한 번쯤 여기저기 공장을 둘러보아야 한다고, 또는 왜 아버지 역시 그 나름대로 표정이나 다른 우회적 방법으로 훨씬 강하게 화를 내셨는지. 그러한 간청이나 비난들은 대부분 허튼 소리에서 나온 것은 아니었어. 왜냐하면 매제의 감독이 확실히 그와 공장을 위해서 상당히 좋은 일이기 때문이지. 다만 나는 그러나 – 바로 여기에 이런 요설의 허튼 소리, 죽일 수도 없을 허튼 소리가 숨어 있지 – 그런 종류의 감독을 내 최선의 맑은 정신 상태에서도 수행할 수가 없는걸.

하지만 다음 2주 동안에는 그런 것이 문제가 되지 않는다네. 이 기간 동안에는 임의의 두 눈이, 비록 그것이 내 눈이더라도, 공장 안에서 어슬렁거리도록 하는 일 외에 더 필요한 일은 없다네. 이 요구사항이 내게로 향해진 것에 대한 반대란 털끝만큼도 불가능해, 왜냐하면 모든 사람들의 견해에 따라 공장의 설립에 대한 주요 책무를 내가 짊어져야 하니까. 나는 반쯤 꿈속에서 이 책무를 위임받았음에 틀림없네, 아무튼 그렇게 여겨져, 게다가 그렇지 않으면 실제로 공장에 갈 수 있을 사람이 아무도 없어, 왜냐하면 부모님은 어차피 고려의 대상이 될 수 없지만, 아무튼 이제 상점에서 가장 분주한 시절을 맞으셨으니 말이야. 상점은 새 위치에서 더 잘 되어가는 것 같아, 오늘은 예컨대 어머니가 아예 점심 식사 시간에도 집에 못 오시더라고.

오늘 저녁, 그러니까 어머니께서 또 다시 해묵은 한탄을 시작하셨을 때, 내 책임으로 인한 아버지의 짜증과 병고에 대한 암시는 제쳐 두고서, 또한 매제의 출발과 이 공장이 완전한 고립무원의 상태라는데 대해 새로운 논증을 거론했을 때, 그리고 막내 누이 오틀라는 통상 내편에 서는데, 올바른 감정, 근래에 내게서 그녀에게로 전이된 감정을 가지고서, 동시에 엄청난 몰지각으로 나를 어머니 앞에 두고 떠나 버렸네, 그리고 통절함이 – 글쎄 그게 다만 쓸개인가 그건 모르겠어 – 전신을 흐르는 거야. 그때 내게는 이 순간 두 가지 가능성만 존재한다는 것을 완전히 분명하게 깨달았지. 통상적인 취침에 들었다가 창문에서 뛰어내리거나, 아니면 다음 2주 동안을 날마다 공장으로 매제의 사무실로 나가는 것. 첫 번째 것은 모든 책임을, 나의 글쓰기의 교란과 버려진 공장 양편을 탈피하는 가능성을 주었을 것이고, 두 번째 것은 무조건 글쓰기만을 중단시켰어 ― 14일 간의 밤잠을 내 눈에서 간단히 씻어낼 수는 없는 일 ― 그리고 만일 내가 의지와 희망의 힘을 충분히 가지고 있다면, 2주일 후에 가능하면 바로 그 지점에서, 그러니까 오늘 내가 중단한 그 지점에서 계속할 전망이 내게 남겨진 것이겠지.

그래서 나는 뛰어내리지 않았네, 그리고 이것을 작별의 편지로 하고픈 유혹들은(작별을 위한 영감은 다른 방향으로 나가네) 그렇게 강한 것은 아니네. 나는 창가에 오랫동안 기대서서 창틀을 밀어보았지. 그런데 나의 추락으로 다리의 징수원을 놀라게 할 일이 내겐 더 여러 번 어울렸을 것이야. 하지만 나는 줄곧 너무도 확고하게 느꼈기에, 길바닥에 내 자신을 산산이 부서지게 하는 결정이 적절한 결정적인 깊이로 침투케 할 수가 없었어. 이런 생각도 들었지, 살아남는 것이 죽음보다는 나의 글쓰기를 ― 심지어 만일 다만 중단에 대한 말만 하더라도 ― 덜 중단시킬 것이라고. 그리고 그 소설의 시작과 그것이 계속되는 사이 짐짓 2주 동안에 어찌되었건 하필 공장에서, 하필 만족해하는 부모님을 마주보며, 내 소설의 가장 깊숙한 공간 내부에서 움직이고 그 안에서 살게 되리라는.

내가 자네에게, 가장 친애하는 막스, 이 모든 것을 자네 앞에 내미는 것은 아마 자네의 평가를 구하는 것은 아닐 것이야. 왜냐하면 물론 자네는 거기에 대해 판단을 내릴 수 없겠지만, 그러나 내가 작별의 편지도 없이 뛰어내릴 결심을 굳게 했기 때문에 - 끝에 가면 누구든 지치는 법이야 - 그러다가 나는 다시 내 방의 점유자로서 물러서야 하겠기에, 그 대신 재회의 긴 편지를 자네에게 쓰려고 한 것이지. 그래 여기 편지가 있네.

그리고 이제는 그냥 입맞춤과 밤 인사를 보내네. 이로써 내일 나는 그들이 요청하는 대로 공장장이 되는 것이네!

자네의 **프란츠**

화요일, 새벽 12시 반.

1912년 10월.

그렇지만 지금은 아침이니까 이것을 숨겨서는 안 되는데, 나는 그들 모두를 싫어해.

차례대로 모두, 그리고 생각해 보니 2주 동안 그들에게 인사도 제대로 나올 것 같지 않아. 그러나 증오가 - 그것이 다시 내 자신을 향하고 있는데 - 침대에서 편안히 잠자는 것보다는 창밖으로 블타바 강물 속으로 뛰어내리는 쪽으로 더 많이 기울고 있네. 한밤중보다 지금 훨씬 덜 확고해.

프라하, 1912년 10월 7, 8일.

022

막스 브로트에게

*오틀라 카프카의 필체

가장 친애하는 막스, (나는 침대에 누워서 편지를 받아쓰게 하고 있네, 게으르게 침대에서 삶아낸 편지가 같은 위치에서 종이로 옮겨가도록 말이야.) 난 그저 자네에게 말하고 싶어, 일요일에 바움네 집에서 낭독을 하지 않으려고. 현재로선 그 소설『실종자』전체가 불확실해. 어제는 내가 나 자신을 다그쳐 제6장을 억지로 끝냈어, 그러니 조야하고 형편없이 끝냈지. 그 속에 그대로 등장했어야 할 인물 두 사람을 삭제했어. 글을 쓰는 동안 소설 속에서 계속 그들이 나를 뒤쫓고 있었고, 그들이 팔을 걷어붙이고 주먹을 불끈 쥐게끔 되어 있었으니까, 똑같은 제스처를 내게 향해서 하더군. 그들은 내가 쓰고 있었던 것보다 더 생생하게 살아 있었네. 그런데 게다가 오늘은 아예 아무것도 쓰고 있지 않아, 쓰고 싶지 않아서가 아니라, 내가 다시 눈이 너무도 쑥 들어갔기 때문이야.

베를린의 펠리체에게선 물론 아무것도 오지 않았네. 그런데도 어떤 바보 녀석이 무엇인가를 기대했었다? 자네는 그곳에서 사람이 호의, 이성 그리고 예감을 가지고서 말할 수 있는 가장 극단적인 것을 말했지. 하지만 거기서 자네 대신 한 천사가 그 전화를 했을지라도 내 악의에 찬 편지에는 대항하지 못했을 것이야. 글쎄, 일요일에 한 베를린 꽃가게의 심부름꾼이 봉투에 주소도 서명도 없는 편지를 배달할 것일세. 내 자신의 그 밖의 고통을 그래도 조정하기 위해서, 나는 이 제3장을 약간 읽어보았네. 그런데 이놈을 진창에서 끌어내기 위해서는 내가 지닌 힘 말고 아주 다른 힘들이 필요함을 알았어. 그리고 그러한 힘들조차도 차마 그 장을 현 상태로 자네들 앞에서 낭독하게 해내지는 못할 것이야. 물론 그렇다고 그것을 그냥 넘겨버릴 수는 없고, 그러니 자네에게 남은 일은 다만 내 약속 파기를 두 가지 선행을 함으로써 갚아 주는 것뿐일세.

첫째 나에게 화내지 말고, 둘째 자네가 낭독하게.

안녕(이제 나는 대필자 오틀라와 함께 산책을 나가려네. 누이는 저녁에 상점에서 이리로 왔고, 내가 파샤처럼 침대에 누운 채로 누이에게 받아쓰기를 시켰어. 그러면서 누이에겐 입을 다물라고 명령하지, 왜냐하면 누이가 자꾸만 뭔가를 언급하려고 중간 중간에 주장하려 하거든). 이런 종류의 편지가 좋은 점은 끝에 가서는 처음을 보면 사실 같지 않다는 거야. 나는 지금 처음보다 훨씬 마음이 가벼워졌네.

(친필로) 자네의
프라하, 1912년 11월 13일 수요일.

023

막스 브로트에게

가장 친애하는 막스,

만일 그것이 충분한 설명이 없더라도 너무도 어리석게만 보이지 않는다면 – 그런데 내가 그것을 말로서 충분한 설명을 한단 말인 가! – 간단히 말해시, 나의 현재 그대로 최선은 내가 모든 시야에서 사라지는 것이 가장 정확한 대답일 것이야. 전에는 만일 다른 방법 이 없을 때도, 나는 적어도 사무실에는 꼭 붙어 있었다네. 그러나 오늘은 내가 만일 나의 쾌락만을 따른다면 알게 될 것도 같아, 많은 억압이 있는 것도 아니야, 그저 나의 상사의 발 아래 몸을 내던지고 서 인간적인 이유로(다른 이유를 알 수가 없지, 외부 세계는 오늘따라 한층 더 행복하게도 다른 것들만을 보네) 나를 파면하지 말아달라고 탄원하는 것보다 더 나은 것이 없을 것 같아. 예컨대 이런 상상, 내가 사지를 쭉 뻗고 바닥에 누워 있는데, 구운 고기처럼 잘게 저며져서는, 그런 고기 조각을 천천히 손으로 집어서 구석에 있는 개에게 밀어주는 거야 – 그런 상상들이 내 머릿속에 일상의 자양분이 된다네. 어제 베를린의 펠리체에게 위대한 고백을 써 보냈네. 그녀는 진짜 순교자이며, 나는 분명히 토대를 허물고 있는 것이야, 그녀가 예전에 행복하게 온 세상과 조화 속에서 살아온 토대를.

오늘은 정말 가고 싶었어, 친애하는 막스, 다만 중요한 일이 하나 있어서.

나는 교외의 누슬레에 가봐야겠어, 누슬레 고개의 원예사를 찾아가서 오후 시간 일자리를 맡을 수 있을지 알아보아야 해. 그러니 내일 갈게, 막스.

프란츠

프라하, 1913년 4월 3일.

024

막스 브로트에게

가장 친애하는 막스, 어제 내가 드디어 자네에게 끔직한 인간이라는 인상을 남겼음에 틀림없구나 하는 느낌이 들어, 작별 인사 때의 웃음으로 말이야. 동시에 나는 알았네, 지금도 알고 있어, 바로 자네에게라면 정정 따위는 필요하지 않음을.

그럼에도 불구하고 나는 말하지 않을 수가 없어, 자네를 위해서라기보다는 오히려 내 자신을 위해서겠지. 내가 어제 내보였던 것, 오직 자네, F. 그리고 오틀라만이 그러한 모양새로 알고 있는 것인데(물론 자네들에게도 난 그것을 억제했어야 해), 그것은 물론 나의 내면의 바벨탑 다만 한 층 안에서 일어난 사건이지.

바벨탑 안에서는 위와 아래에 놓여 있는 것을 전혀 모른다네. 어쨌든 이것은 과잉이야, 설혹 내가 그렇게 쉽사리 할 수 있기나 하듯이 그렇게 연습한 손으로 여전히 그렇게도 열심히 다시 손질하려고 했던 것은. 그게 그대로 남아있네그려, 끔직하게 - 전혀 끔직하지 않게. 그런데 웃음이라는 것이 정말 무엇을 의미하겠는가, 5분 후면 다시 똑같은 카드가 이어질 수밖에 없는 그런 웃음이. 사악한 인간들이란 의심의 여지없이 존재한다네, 사악함으로 번뜩이면서.

프란츠

프라하, 우편 소인(1913년?) 8월 29일.

막스 브로트에게　　편지지 : 하르통엔 박사 요양원 및 물리치료소

나의 친애하는 막스, 자네의 엽서 두 장을 받았지만, 회답을 할 힘이 없었네.

　그런데 회답 없음은 또한 사람 주변을 조용하게 하는데 기여하는군, 나는 가능하면 이 조용함 가운데로 가라앉아 다시는 떠오르지 않고 싶어지네. 고독이 나한테 얼마나 필요한지, 매번의 대화가 나를 얼마나 더럽히는지! 어쨌거나 요양소에서 나는 아무 말도 하지 않아. 식탁에서는 한 노장군(그 역시 아무 말 없고, 그러나 말을 하기로 결심한 때는 매우 분별 있게 말하는, 적어도 다른 이들을 훨씬 능가하는 사람)과 스위스 여자, 무딘 목소리에 조그마한 이탈리아인처럼 생긴 여자 사이에 앉지. 그녀는 식탁에 마주앉은 사람들에 대해 불행해 하지. 그런데 내가 바로 알아차린 것은, 내가 말을 할 수 없을 뿐만 아니라 글도 쓸 수 없다는 것이야. 자네에게 많은 얘기를 하려는데, 그게 차례로 맞추어지지도 않고 혹은 틀린 방향으로 빗나가 버려. 사실 2주 동안 아무것도 쓰지 않았어. 일기도 계속 쓰지 않고 편지도

93
1911~1920년 | 41통의 편지

쓰지 않네. 지나가 버리는 나날들이 엷어질수록 더 좋네. 모르긴 해도, 만일 오늘 보트에서 누군가가 나에게 말을 걸어오지 않았다면 (나는 가르다 호반 말세지네에 있었어), 그리고 오늘 저녁 바이에른 술집에서 만날 약속을 하지 않았더라면, 그랬더라면 나는 여기에 있지도 않고, 자네에게 편지를 쓰지도 않으며, 실제로 시장 광장에 나가 있을지도 모른다는 생각이 들어.

그밖에는 나는 매우 이성적으로 생활하며 건강도 좋아지고 있어. 화요일 이후로는 매일 수영도 했다네. 다만 그 한 가지 일펠리체에게 쓴 이별 편지에서만 벗어난다면, 다만 내가 그것을 늘 생각할 필요가 없다면 얼마나 좋을까, 여러 번, 대개는 일찍이, 아침에 일어날 때, 무언가 생명체처럼 내게 덮쳐오지만 않는다면. 그런데 그 모든 것이 너무도 선명해, 지난 2주 이래 완전히 끝났어. 난 내가 할 수 없는 일이라고 말해야만 했어, 그리고 실제로 할 수가 없어. 그런데 왜 지금 갑자기 어떤 특별한 이유도 없이, 그 일에 대한 생각만으로도 곧장 다시금 가슴속이 요동친단 말인가, 프라하에서 가장 어려웠던 때처럼. 지금 내게 아주 분명하고도 끊임없이 끔찍하게도 현존하는 것을 써 담을 수가 없겠지, 만일 내 앞에 편지지가 없다면 말이야.

이것 말고는 아무것도 의미가 없네. 나는 단순히 이 동굴 안을 맴돌고 있을 뿐. 자네는 그러겠지, 고독과 침묵이 이런 생각들에 그러한 초능력을 부여하는 것이라고. 그러나 그건 그렇지 않아. 고독에의 필요는 독립적이며, 나는 고독에 탐닉하고 있어. 밀월여행에 대한 상상은 내게 경악을 불러일으켜. 모든 밀월 중인 부부는, 나 자

그리운 친구여

신을 여기에 집어넣든 말든, 나에겐 거북한 광경이야. 내가 만일 구역질을 하고 싶다면, 내 팔로 한 여인의 엉덩이를 감싸고 있다는 상상만으로도 된다니까. 그래 이보게 – 그럼에도 불구하고, 그래 그 사안은 끝났음에도 불구하고, 내가 편지를 쓰지도 않고 또한 편지를 받지도 않지만 – 그럼에도, 그럼에도 불구하고 나는 벗어날 수가 없어. 여기에서는 나의 상상 가운데 여러 불가능성이 마치 실제처럼 가까이 밀착하여 버티고 있네. 나는 그녀와 함께 살 수도, 그녀 없이 살 수도 없어. 이와 같은 일필로서 지금까지는 부분적으로 나를 위해서 자비롭게도 은폐되어 있던 내 실존이 완전히 폭로되고 말았네. 나는 매질을 당하고 사막으로 내쫓겨야 마땅해.

자네는 알 수 없을 것이야, 이런 모든 한 복판에서 자네의 엽서가 내게 얼마나 큰 기쁨을 주었는지. 자네의 작품 『티호 브라헤의 신을 향한 길』가 잘 나가고 있고(그가 막혀있다고는 생각하지 않어), 그리고 막스 라인하르트가 『청춘으로부터 이별』을 생각하고 있다는 것. 만일 내가 깊은 내면에서 자네의 신경과민을 몰아내려고 한다면 우습겠지, 그것은 자네 자신이 곧 철저하게 할 일이야. 자네의 사랑스런 부인과 펠릭스에게도 안부를(그에게도 이 편지가 해당되네, 편지를 쓸 수 없어, 하지만 회답을 기대하지도 않어, 자네에게서나, 그에게서나).

프란츠

가르다 호수의 리바, 우편 소인 1913년 9월 28일.

펠릭스 빨치에게   편지지 : 하르통엔박사 요양원 및 물리치료실

아닐세, 펠릭스, 그게 잘될 것 같지 않아, 어떤 것도 내게서 결코 잘 되어 가지 않을 것 같단 말일세. 가끔 이런 생각을 하네, 내가 이미 이 세상에 있는 것이 아니고 어떤 연옥을 떠돌아다니고 있다고. 자 네는 아마 죄책감이 내게는 구원이요 해결이라 생각할 테지. 아닐 세, 내가 죄책감을 갖는 유일한 이유는 다만 그것이 나로서는 후회 의 가장 정교한 형식이기 때문이네. 그러나 누구든 너무 자세히 들 여다보아서는 안 되지, 죄책감이란 단순히 회귀욕이니까. 그 일이 생기자마자 벌써 후회보다 훨씬 무섭게 자유의 감정, 구원의 감정, 상대적인 만족감이 고개를 쳐드네, 모든 후회를 훨씬 넘어서 높이. 오늘 저녁 막스의 편지를 받았네. 자네는 그것에 대해 알고 있는 가? 내가 어째야 하나? 아마도 회답을 하지 말까, 확실히 그것이 유 일한 가능성이네.

　일이 어찌 되어 갈 것인지, 카드점에 나와 있네. 며칠 전 저녁에 우리 여섯이 함께 앉아 있었는데, 부자이며 매우 우아한 젊은 러시아 여인이 권태와 절망에서 모두에게 카드점을 쳐주었어, 우아한 사람들은 우아하지 못한 사람들 사이에서 그 반대보다는 훨씬 더 혼란스러워 하는 법이지. 카드점을 심지어 두 가지 다른 방법에 따라 각자에게 두 번씩이나 했어. 그래서 이것저것들이 나왔지, 물론 대부분 우스운 것들이거나 반쯤 진지한 것들로, 누군가 그걸 믿었다 하더라도 결국엔 아무 의미도 없는 것이지. 다만 두 경우에서 무엇인가 아주 결정적인 것이 나왔는데, 모든 조정 가능한 것들 중에서 그것도 두 점에서 일치하는 것이었다네.

한 처녀의 성좌에서 그녀가 노처녀 오틀라가 되리라는 것이 쓰여 있었고, 그런가 하면 나의 성좌에서는, 그밖에 다른 어디에서도 그 비슷한 일도 없었는데, 사람의 형상을 가진 모든 카드는 나로부터 가능한 한 멀리 가장자리로 밀쳐지더니, 그 멀어진 형상들 중에서도 한 번은 다만 두 개만 있더니, 또 한 번은 내가 보기에 아예 하나도 없어졌다네. 그 대신 내 주변을 맴돌고 있는 것들은 '근심', '재물' 그리고 '야심'으로서, '사랑'을 제외하고는 카드가 알고 있는 유일한 추상 개념들이었네.

여러 면에서 볼 때 카드점을 문자 그대로 믿는 것은 어리석은 일이지, 하지만 카드를 통해서 또는 임의의 외적인 우연을 통해서 혼돈의 불투명한 표상의 원 안으로 명료성을 가져오게 하는 것은 내적인 정당성을 갖지. 내가 여기에서 말하는 것은 물론 내 카드가 내게 갖는 효력이 아니라 다른 사람들에게 갖는 효력일세. 그리고 이것은 노처녀 오틀라가 될 것이라는 그 처녀의 성좌가 내게 준 효력을 시험할 수 있게 한다네. 여기에 아주 젊고 상냥한 오틀라가 거론되고 있는데, 그녀에게는 겉보기에 아마도 머리 모양새를 제외하면 그 어느 것도 미래의 노처녀 오틀라를 누설하는 것은 없다네. 그럼에도 불구하고 내가 이 전에는 눈곱만치도 이 처녀에 대해 생각해 본 일이 없었다가, 처음부터 유감스러워 한 것이 그녀의 현재 때문이 아니라 아주 분명한 그녀의 미래 때문이었으니 말일세. 카드점이 그렇게 나온 후로, 이제 그녀가 노처녀 오틀라가 될 것이 틀림었다는 사실이 내게는 아주 의심할 여지가 없으니 말이야. 자네의 경우는 펠릭스, 아마도 내 경우보다 더 복잡하지, 그렇지만 한층 비현실적이네. 그 가장 극단적인, 실제로 항상 가장 고통스러운 가지들 속에서도 그것은 여전히 다만 이론일 뿐이네. 자네는 고백한 대로 풀 수 없는 문제를 풀려고 고심하고 있네, 해답이란 없어, 우리가 보기에는 자네에게도 그 누구에게도 유용할 수 없을 것 같을 뿐. 하지만 나야말로 불행한 인간이기로 말하자면 자네는 저리 가라지!

만일 여기를 떠날 필요가 없게끔 내게 도움이 되리라는 최소한의 희망만이라도 있다면, 나는 요양소 출입구의 기둥이라도 움켜쥘 것이니.

프란츠

리바, 1913년 9월.

막스 브로트에게

나의 친애하는 막스!

치통과 두통으로 집에 있는데, 지금은 반시간 동안 어둡고 과열된 방에서 책상 한 모서리에 앉아 있어. 방금 전에는 난로에 기대어 반시간을 보냈고, 그에 앞서는 안락의자에 반시간을 웅크리고 있었고, 그에 앞서는 반시간을 안락의자와 난로 사이를 오가고 있었지. 이제야 털고 나가네. 사실은 자네 이름으로, 막스, 왜냐하면 자네에게 편지를 쓰겠다는 마음을 정하지 못했더라면, 가스등에 불을 붙일 힘도 없었을 테니까.

자네가 『티호』를 나에게 헌정하겠다는 사실은 나에겐 근래 들어 오랜만에 직접 나와 관련하여 처음으로 느끼는 기쁨이야. 그와 같은 헌정이 무엇을 의미하는지 자네는 알지? 그것은 내가 (설사 그것이 다만 가상에 지나지 않는다 하더라도, 이 가상의 측면에서 나오는 빛 같은 것일지라도, 실제로 나를 따뜻하게 해준다네) 높이 치켜세워지는 것이며, 나보다는 훨씬 활력이 넘치는 『티호』에 결부되는 것이야. 이 이야

99
1911~1920년 | 41통의 편지

기 주변에서 나야말로 얼마나 왜소하게 맴돌고 있는가! 하지만 나는 이 이야기를 나의 가상의 소유물로서 얼마나 사랑하게 되겠는가! 항시 그렇지만, 막스 자네는 내가 받을 자격이 없는 그 이상의 좋은 일을 해주는 거네.

그런데 자네는 빌리 하스의 『클로델』를 그렇게 쉽게 이해했는가? 매번 그 외국어까지 모두 다? 그리고 만일 그가 자네의 보편적 견해를 확인시켜준다면, 그렇다면 그 루드비히 폰 피커(이름자를 k-h라고 쓰지는 않겠지, 아마)와는 어떤 관계인가, 그 글로 그렇게 감동받을 수 있다는 그 사람? 또 자네는 로베르트 무질에게 내 주소를 주지 말았어야 했어. 그가 대체 뭘 하려는 거야? 그가 내게서 뭘 어쩌려는, 아니 도대체 누구라도 내게서 뭘 바란다는 것이야? 그리고 그가 내게서 무엇을 얻을 수 있겠어?

그래, 이제 나는 치통의 와중으로 되돌아가네. 그게 사흘 동안 점점 더 심해지는 상태야. 오늘에야 비로소 (어제 치과에 갔는데 치과의사는 아무것도 발견치 못했어) 그놈이 어느 치아인지 정확히 알겠군. 물론 그 치과의사의 책임이지. 통증은 의사가 이미 땜질한 치아, 그 땜질 부분 밑이라. 그 차단막 밑에서 무엇이 끓고 있는지 누가 알아. 아래쪽 임파선도 부어오르고 있다니까.

내일 판타 부인의 모임에 가지 못할 것 같아, 거기에 그렇게 가고 싶지도 않고. 다음 주 언제 쯤 자네가 내게 낭독해 줄 수 있을지 편지로 알려주지 않으려나?

주지하다시피 난 이제 『티호』에 관한 한 무엇인가 명령을 해도 된다고 생각하는데?

프란츠

프라하, 1914년 2월 6일.

막스 브로트에게

가장 친애하는 막스, 한정 없이 미루지 않고 바로 오늘은 보다 상세하게 대답을 하겠네, 왜냐하면 오늘이 F.*와 함께 하는 마지막 날이거든(아니면 원칙으로는 마지막 그 전날인지, 왜냐하면 내일은 어머니를 만나러 프란체스바트에 그녀와 함께 갈 것이니까).

연필로 엽서를 쓰는 이 아침이 (로비에서 쓰고 있는데, 여긴 가벼운 신경질로 서로 방해를 하고 계속 신경질 나게 하는 곳이지) 말하자면 끝이었네, (내 자신도 이해할 수 없는 수많은 과정들이 있었고) 아무튼 그러니까 일련의 끔찍한 나날들, 더욱 끔찍한 밤이면 푹푹 삶아지는 그런 나날의 끝. 난 정말 쥐가 막다른 구멍에 내몰린 느낌이었어. 그러나 더 이상 나빠질 수가 없었기 때문에 이제 좋은 쪽으로 돌아선 거야. 나를 동여매었던 밧줄이 어딘지 좀 느슨해졌고, 이제 조금 제정신을 차렸어. 완전한 허공 안으로 멈추지 않고 구원의 두 손길을

---

* 1914년 6월에 약혼 후 6주 만에 파혼했던 펠리체와 다시 만나는 중이었고, 이 만남은 1917년 8월 카프카의 각혈로 인하여 또다시 파혼으로 끝났다.

뻗었던 그녀가 다시 도움이 되었고, 나는 그녀와 더불어 지금까지 알지 못했던 인간과 인간의 관계에 도달한 것이야. 우리가 편지를 주고받던 최선의 시기에 가졌던 그 관계에까지 미치는 가치에 도달한 것이지. 기본적으로 나는 어떤 여자와도 그런 친밀함을 나눈 적이 없었지, 단 두 경우만은 예외로 한다면 말이야, 그 때 그 추크만텔에서(거기에선 그녀는 부인이었는데 나는 소년에 불과했지), 그리고 리바에서의 경우(거기에선 그녀는 거의 어린아이였고, 나도 완전히 혼란했고 또 사방으로 보아도 병들어 있었지). 하지만 이제 나는 한 여자의 신뢰의 눈길을 보았고, 자신을 억누를 수가 없었다네. 내가 영원히 간직하고자 했던 많은 것들이 열어젖혀진 거야(그게 어느 특정 사항을 말하는 것이 아니라 전체적인 것 말이야). 그리고 이 틈새에서는 인간의 한 평생보다 더 많은 충분한 불행이 솟아나오는 것을 알겠어. 그런데 이 불행이란 불러일으켜졌다기보다는 차라리 강요된 것이라네. 나는 그것에 저항할 권리가 없어, 만일 일어나 버린 일이 일어나지 않는다면, 다만 그 눈길을 다시 붙잡기 위해서 만이라도 내가 자발적으로 내 손으로라도 그렇게 할 것 같으니, 더욱 저항할 수 없는 것.

나는 지금까지 그녀를 정말 몰랐네. 다른 의구심은 제쳐두고라도, 그 당시에는 바로 그 편지 쓴 여자의 실재에 대한 두려움이 나를 곤란하게 했지. 그녀가 약혼의 입맞춤을 받기 위해 큰 방에서 나를 향해 걸어 왔을 때, 전율이 엄습했어. 부모님과 함께 한 약혼 여행은 여로의 한 걸음 걸음마다 내게는 고문이었지. 결혼 전에 F.와 단 둘이 있다는 사실만큼 두려움을 가져 본 적이 없었어. 이제는 모든 것이 달라졌고 그리고 좋다네. 우리의 합의는 간단해, 전쟁이 끝나면 즉시 결혼하는 것, 베를린 교외에 두 세 칸짜리 집을 빌리고, 각자 자신을 위해 경제적 책임을 지는 것이야. F.는 그동안 쭉 해왔던 대로 일을 계속할 것이며, 나는 글쎄 나로서는 아직 말할 수가 없네. 누구든 그 상황을 이미지로 그려보려면 카를스호르스트 쯤에 방 두 개의 풍경이면 될 것이야. 그 중 한 방에서는 F.가 일찍 일어나서 나갔다가 밤에는 기진맥진해서 잠자리에 드는가 하면, 다른 방에는 소파가 하나 있고, 나는 거기에 누워서 우유와 꿀을 마시고 있는 거야. 그러니 거기에 부도덕한 남편이 (상투적인 문구로 말하자면) 축 늘어져 있는 꼴이지. 그럼에도 불구하고 이제 거기에 안정감, 확실성과 더불어 인생의 가능성이 있다네(돌이켜 보건대 이 말들은 연약한 펜으로 계속 써낼 수 없을 강력한 것이네).

현재로선 쿠르트 볼프에게 편지를 쓰지 않으려네. 그것이 그렇게 급한 일도 아니고, 그 사람 역시 그리 급하지 않을 것이야. 모래부터는 혼자 있을 것이며, 그렇게 되면 내가 다음 월요일까지는 시간이 있거든.

검사를 좀 받을까 – 하고 말하려고 그랬어, 그런데 그러는 동안 수요일에서 금요일이 되었네. 나는 F.와 함께 프란첸스바트에서 어머니와 발리를 방문했고, 이제 F.는 떠났고, 그리고 혼자네. 테플에서 보낸 그날 오전 이후로는 그렇게 사랑스럽고 편안한 나날을 보냈어. 그런 날들을 경험할 수 있으리라고는 결코 생각하지 못했을 만큼. 물론 그 사이에 어두운 짬들이 있었지만, 사랑스러움과 편안함이 지배적이었으며, 심지어 어머니의 면전에서조차 그랬어, 그리고 이것은 아주 비상한 일인데, 어찌나 비상한 일이던지 그것은 동시에 나를 놀라게도 해. 자 그런데 여기 호텔에서는 불유쾌한 놀랄 일이 생겼지. 고의인가 또는 부지중 혼동에서인가 그들은 새로 온 손님에게 내 방을 내주고 나에게는 F.의 방을 준 것이야. 그 방은 훨씬 덜 조용한 것이, 좌우 양쪽에 다 손님이 차 있고, 외짝 문에, 창문도 없고, 발코니만 달랑 있었다니까. 그러나 나는 다른 방을 구하기 위해 둘러볼 힘이 거의 없었어. 아무튼 이 편지를 쓰고 있는 바로 지금도 엘리베이터 문이 닫히고, 한 무거운 발걸음이 자신의 방을 찾아가고 있어.

볼프 이야기로 돌아가려네. 당분간 그에게 편지를 쓰지 않을 것이야. 우선 세 편의 단편 소설 모음집으로 등장한다는 것이 썩 그렇게 이로운 것도 아니야.[*] 그 중 두 편은 이미 인쇄가 된 것들이니 말이야. 내가 제시할 새롭고 완성된 무엇인가를 내놓을 수 있기까지는 조용히 처신하는 것이 아무래도 더 좋을 것 같아. 만일 그리할 수 없다면, 그땐 영원히 조용히 있어야 하겠지.

《일간》에 실린 글을 – 생각해 봐, 추밀樞密 고문관이여 물러가시오! – 동봉하네, 나를 위해 그것을 부디 간직해 두게. 그것은 매우 호의적이지, 그리고 이 호의는 그것이 그 순간 우연히도 에거란트 호텔 한 카페 탁자 위에 놓여 있음으로써 고양되었지. 우리의 관자

---

[*] 카프카의 첫 단행본 출판은 18편의 소품을 묶어 『관찰Betrachtung』(1913)로 로볼트 출판사에서 출간했다. 출판인 에른스트 로볼트와 쿠르트 볼프의 강한 개성은 양자가 양립할 수 없는 것으로 입증되었고, 곧 볼프가 그 회사를 인수했다. 볼프는 이후 『변신Die Verwandlung』(1915) 등을 출판했다.

105

1911~1920년 | 41통의 편지

놀이가 더 이상 지탱될 수 없겠다고 생각했던 그 순간에 말이야. 그것은 정말로 성유聖油였어. 나는 그 점에서 그 고문관에 감사를 표시했어야 하는데, 아니 아마 앞으로 그리 할까.

자네의 수집을 위해서, 그것을 난 칭찬까지는 안 하지만 이해는 하네, 그림 둘을 자네에게 보내네. 무엇보다도 묘한 점은 둘 다 귀를 기울이는 모습이야, 사다리에서 보는 관찰자며, 책 위로 굽어보는 학생 아닌가(지금 내 방 외짝 문 밖에는 웬 사람들이 쿵쿵거리는지! 어쨌거나, 그 아이가 이 학생을 성가시게 하지는 않는다네).

9,000에서 14,000부라! 축하하네, 막스. 그렇게 너른 세상이 충분한 것이야. 특히 프란첸스바트에서는 『티호』가 모든 진열장에 놓여 있다네. 어제 우연히 《전망》을 읽었는데, 그셀리우스라는 서적상이 그 책의 광고를 냈더군. 《전망》의 서평을 나에게 보내 줄 수 있겠는가?

내 여기에 두 가지 부탁을 되풀이하네, 오토의 주소와 그 그림 구매에 관한 주선. 그런데 세 번째 부탁이 또 있어. F.에게 유대민족 가족캠프의 내용 견본을 하나 보내 줄 수 있겠는가? (기술공장, 베를린 O-27 마르쿠스슈트라쎄 52번지) 우리는 캠프에 대한 이야기를 나눴는데, 그녀는 견본을 매우 가지고 싶어 하더라고.

자네는 『리하르트와 사무엘』에 대해서 늘 애착을 가지고 있었지, 난 알아. 그때는 굉장한 시간이었어. 왜 그게 꼭 좋은 문학이었어야만 하는가?

무슨 작업을 하고 있는 중인가? 자네는 화요일부터 일주일 프라하에 있으려나?

이 편지는 물론 펠릭스에겐 보여주어도 되지만 여자들에게는 안
되네.

자네의 프란츠

마리엔바트, 1916년 7월 중순.

029

막스 브로트와 펠릭스 벨치에게

친애하는 막스, 자네와 펠릭스에게 먹지로 복사하여 편지를 쓰네.

　우리 어머니께 드린 첫 번째 설명은 놀랍게도 쉬웠네. 나는 단순히 부차적인 것처럼 말씀드렸네, 잠정적으로 아파트를 빌리지 않겠다고. 나는 건강이 아주 좋지는 않고, 약간 신경이 예민해져 있고, 차라리 상당 기간의 휴가를 내보도록 하여 O.오틀라에게 가겠노라고. 어머닌(만일 어머니가 관련하실 문제라면) 사소한 암시라 해도 임의의 휴가를 주고 싶은 무한한 배려의 마음에서, 내 설명에 하등의 의심점을 발견하지 못하셨어, 그래서 그 일은 적어도 현재로선 그대로 머물러 있을 것일세. 우리 아버지께도 역시 마찬가지일세. 그러므로 만약 자네가 이 일에 대해 누군가에게 말한다면(그 자체가 물론 비밀은 아니며, 나의 지상의 소유물은 한편으로 결핵의 첨가물에 의해서 증대했으며, 다른 한편에는 약간 감소했지), 그 사람에게 동시에 말해주거나, 이미 발설했다면 추후에라도 덧붙여 말해주길 부탁하네, 제발 나의 양친 앞에서는 그 사안을 입에 담지 말아달라고, 심지어 대화 가운데 어떻게든 요청받는 일이 있더라도 말일세. 잠정적으로나마 양친을 걱정 끼치지 않는 일이 그렇게 쉽다면 어쨌거나 그리 해볼 노릇이지.

다시 한 번, 이 부분은 사본이 없네, 자네에게 고맙네, 막스. 내가 의사피크 교수에게 갔던 것은 매우 잘한 일이었고, 자네가 없었더라면 그리 못했을 것이야.* 그런데 말이야, 자네는 거기서 내가 경솔하다고 말했지, 하지만 그 반대라네. 나는 오히려 너무도 계산적인 것이야, 이런 자들의 운명은 성서가 미리 일러주고 있지 않는가. 나는 분명 불평하고 있는 것이 아니네, 오늘은 어제보다도 덜해. 또한 나 스스로도 그것을 예감했지.

자네 기억하는가, 『시골 의사』에 나오는 피 흘리는 상처를? 오늘은 F.에게서 편지가 왔네. 조용하고, 우정 어린, 전혀 원망함이 없이, 내 최고의 꿈들 가운데에서 보았던 그 모습 그대로. 이제는 그녀에게 편지 쓰기가 어렵다네.

프라하, 1917년 9월 5일.

---

* 카프카는 9월 3일에 뮐슈타인 박사의 '폐결핵' 진단을 부모에게 당분간 알리지 않는데 성공했다. 9월 4일에 브로트와 함께 피크 교수에게 갔는데, 그는 뮐슈타인 박사의 진단을 재확인하고 3개월의 휴가를 권고했다. 따라서 카프카는 회사에 휴가를 내고 약혼을 파기하고, 상당 기간을 시골에서 보냈다.

030

막스 브로트에게

친애하는 막스, 첫날 나는 글쓰기에 착수하지 못했네, 여기 모든 것이 그렇게도 좋다 보니까 그랬어. 또한 내가 했어야 할 만큼 거창한 일로 과장하고 싶지도 않았고, 그렇게 함으로써 형편없는 것에도 표제어를 주어야 했을 것이고. 하지만 오늘은 매사가 이미 자연스런 외관을 갖네, 내부의 약점들이 (질병 말고, 그것에 대해 나는 아직 거의 아는 것이 없어) 자신을 드러내고, 길 건너 농장으로부터 때로 노아의 방주에서 나올 듯한 우렁찬 외침이 들려오네, 영원한 양철공이 양철을 두드리고, 나는 식욕이 없으면서도 너무 많이 먹는다네, 저녁에는 불빛도 없고 등등. 그러나 내가 지금까지 본 바에 의하면 좋은 일이 훨씬 압도하네. 오틀라는 이 어려운 세상을 헤쳐 가는데 그녀의 날개 위에 나를 문자 그대로 떠받치고 있어. 방은 (동북향이지만) 훌륭해, 통풍이 좋고, 따뜻하고, 이 모든 것이 거의 완벽한 집의 정적 속에 있는 것이야. 내가 먹어야 하는 음식들도 풍부하고 좋게도 나를 둘러싸고 있고(다만 내 입술이 스스로 그것들을 가로막고 있을 뿐.

하지만 변화의 처음 며칠은 난 항상 그렇지 뭐), 그리고 자유, 무엇보다도 자유가 있어.

그러나 여기에서도 아직 상처가 있네, 그 징표는 다만 폐의 상처이지. 자네는 그것을 잘못 알고 있네, 막스 복도에서 자네가 마지막에 한 말에 의하면 그래. 하지만 아마 나도 그것을 잘못 알고 있는지도 모르지. 하긴 (자네의 경우에도 내적 사안들은 그럴 것이야) 이런 일들에는 이해란 아예 존재하지 않는지도 몰라. 왜냐하면 전체적 개관이 없기 때문이야, 그래서 그렇게 요동치며 그리고 간단하지 않게 움직이는 것은 거대한 질량, 결코 성장을 멈추지 않을 질량이지. 비탄, 비탄, 그리고 동시에 다만 고유의 본성 이외에 아무것도 아니지. 그러다 만일 비탄이 끝나고 궁극적으로 매듭이 풀어진다면 (그런 일들은 아마 여자들만이 할 수 있을 것이야), 자네와 나는 부서지고 말걸.

어쨌든 오늘 결핵에 대한 나의 태도는 마치 어머니한테 매달린 한 어린애가 어머니의 치마폭을 붙들고 있는 것과 흡사하네. 만약에 그 질병이 어머니에게서 옮겨왔다면, 그 이미지는 더욱 잘 들어맞을 것이야. 그리고 우리 어머니라면 그 무한한 섬세함으로 이 일을 하셨을 것이야, 이 사안에 대한 이해와는 엄청 다르지만. 나는 이 질병에 관한 설명을 끊임없이 찾고 있는 중이야, 스스로는 그것을 아직 노획하지 못했으니까. 가끔은 내 두뇌와 폐가 내 양해도 없이 서로 합의에 이르렀다는 생각이 들어. "이런 식으로 계속할 수는 없다."라고 두뇌가 말했고, 그리고 5년이 지난 후에 폐가 말하지, 도울 준비가 되어 있다고.

그러나 전체가 이런 형식으로는 틀렸어, 만약에 내가 말한다면 그래. 그 첫 계단의 인식. 그 층계의 첫 계단, 그 정점 위에 나의 인간적인 (그러면 무엇보다도 거의 나폴레옹적인) 현존의 보상과 의미로서 혼인의 자리가 평안히 펼쳐져 있겠지. 그 자리는 결코 만들어 질 수 없을 것이고, 나는 그렇게 정해져 있는 것이야, 결코 코르시카를 떠나지 말라고.

그런데 이것들을 취라우에 와서 인식한 것은 아니네. 그게 이미 기차 여행에서부터 나를 따라왔고, 여행 중에 자네에게 보여준 엽서들이 내 봇짐 중 가장 무거운 부분이었어. 그러나 물론 나는 그것들에 관해서 곰곰이 생각을 계속하려네.

모든 이에게, 그리고 특히 자네 부인에게 몰리에르의 『타르튀프』에 관한 안부를 보내네. 그녀의 눈매는 나쁘지 않지만 너무 집중적이야, 핵심만을 보는 것이지. 그 핵으로부터 달아나는 방사들을 따르기가 그녀에겐 너무 힘든 것이지.

진정을 담아서.

프란츠
취라우, 1917년 9월 중순.

막스 브로트에게

친애하는 막스, 이 섬세한 본능을 나도 자네처럼 가지고 있나 봐! 매 한 마리가 안정을 찾아서, 위로 나르다가 직선처럼 곧게 이 방 아래로 내리닫네. 맞은편에는 피아노 한 대, 거칠게 그 페달을 밟으며 이제 연주하고 있는 중, 확실히 여기 전 지역에서 유일한 피아노를. 하지만 나는 그것을 던져버리네, 불행히도 다만 비유적으로, 여기에서 주어지는 많은 좋은 것 속으로 섞이라고 말일세.

우리의 편지 내왕은 매우 단순할 수 있네. 나는 내 편지를 쓰고, 자네는 자네의 편지를, 그러면 그것은 이미 답장이요, 판결이며, 위안이며, 절망이지, 하고 싶은 대로. 그것은 같은 칼, 그 날카로움에 우리의 목구멍, 불쌍한 비둘기들의 목구멍이, 하나는 여기에서, 하나는 저기에서 잘려나가는 칼. 그러나 그렇게 서서히, 그렇게 도발적으로, 그렇게 유혈을 아껴가며, 그렇게 가슴을 끊어내며, 그렇게 가슴을 끊어내며.

도덕성은 이 맥락에서는 아마도 마지막 고려 사항이며, 혹은 어쩌면 마지막 것이 아닐지 몰라, 유혈이 첫째요, 둘째요, 그리고 마지막이네. 문제는 얼마나 많은 정열이 거기에 있느냐, 얼마나 많은 시간이 걸리느냐 그거야. 심장 벽을 충분할 만큼 가만히 뛰게 하려면 말이야, 그러니까 만일 폐가 심장에 앞서 지쳐 쓰러지지 않는다면.

F.가 몇 줄의 편지를 보냈는데, 오겠다는 거야. 나는 그녀를 이해할 수가 없어. 그녀는 특별해, 아니 더 낫게 표현하자면 그녀를 이해해, 그렇지만 그녀를 붙잡을 수는 없네. 나는 마치 신경질적인 개한 마리가 동상의 주변을 돌 듯 그녀 주변을 뛰면서 짖어대는 것이야. 혹은 똑같이 참된 대조의 모습을 제시하여 말한다면, 나는 마치 박제된 동물이 조용히 자기 방에서 살고 있는 사람을 바라보듯이 그녀를 바라보는 것이야. 절반의 진실, 천분의 일의 진실. F.가 틀림없이 오리라는 것만이 진실이지.

그렇게 많은 일들이 나를 조이네, 난 여기에서 출구가 없어. 내말 뜻은 시골에서, 철도에서 멀고, 그 누구라도 그 무엇도 눈곱만치도 저항할 수 없는 풀리지 않을 저녁 가까이에서, 영원히 머물고 싶었다면, 그것은 거짓 희망이요 자기기만이었나? 만약에 그것이 자기기만이라면, 그럼 그것은 내 혈통이 나를 외숙의 새로운 현신現身으로 유혹하기 때문이지, 내가 가끔 (모든 최고의 관심을 가지고서) '지빠귀'라 부르는 시골의사 말이야, 왜냐하면 그렇게도 사람소리 같지 않게 가느단, 노총각 같은, 좁아진 목구멍에서 나오는 듯한, 새와도 같은 재담을 하시거든, 재담이 아예 떠나질 않아. 그리고 그는 그렇게 시골에서 살며 꼼짝도 하지 않을 것이며, 만족해하기를 마치 가벼이 살랑거리는 광기가 사람을 만족하게 만들 수 있다는 듯이 그래. 인생의 멜로디로 간주하는 그 광기가. 그러나 시골로 향하는 욕망이 자기기만이 아니라면, 그렇다면 그것은 뭔가 좋은 일이지. 그렇지만 내가 서른네 살에 지극히 의심쩍은 폐를 가지고서 또한 더욱 의심쩍은 인간관계를 가지고서 그것을 기대해도 되겠는가? 시골 의사는 더 개연성이 있지, 자네가 확언을 바란다면 말인데, 곧 이어 아버지의 저주가 있지. 희망이란 놈이 아버지와 싸우려 들면, 신기한 밤의 광경이 벌어지는 것이야.

자네가 그 소설과 관련해서 가지고 있는 의도는 (우리 싸움꾼들이랑 집어치우세) 정확히 내가 바라는 바네. 그 소설은 위대해지게 되어 있어. 그러나 이 의도에 비해서 여전히 가벼운 처음 두 장은 자신을 주장할 만한가? 내 느낌으로는 결코 그리 못하네. 자네가 쓴 제3장은 뭔가? 그것들이 전체에서 무언가를 결정하는가? 그것이 『티호』를 반박하는 것이 고통인가? 그 작품을 반박하지는 않을 것이야, 모든 참된 것은 반박될 수 없으니까. 반박은 안 되지, 진압이라면 몰라도. 그러나 모든 종군기자들이 쓰듯이, 여전히 최고의 공격 방식 아닌가, 일어서라, 달려라, 진압하라? 그 굉장한 요새를 상대로 끊임없이 되풀이되어야 하는 과정, 전집의 마지막 권에 가서 복되게 지쳐서 쓰러지거나, 혹은 – 더 고약한 운으로 – 무릎을 꿇게 될 때까지 반복되는 과정.

이것을 슬픈 일로 말하는 것은 아니네. 내가 또한 기본적으로 슬픈 것도 아니네. 오틀라와 더불어 단출하고 즐거운 결혼 생활처럼 살고 있네. 통상적인 난폭한 고압 전류에 기초를 둔 결혼이 아니라 똑바로 흐르는 전류의 작은 나선형 줄에 기초한 그런 것처럼. 우리는 절약의 생활을 하고 있고, 자네들 모두 바라건대 마음에 들어 할걸. 나는 약간의 물품을 자네와 펠릭스, 그리고 오스카를 위해서 절약하려고 애를 쓰는데 그리 쉽지가 않네. 이곳에도 식료품은 많지 않고, 그리고 먹여 살려야 할 많은 가족의 입에 우선권이 있다네. 그러나 언제나 무엇이 있기 마련, 그것을 사사로이 조달해야 한다네.

그래, 내 병 이야기가 남았군. 열은 없네. 도착할 때 몸무게는 61.5킬로그램이었는데, 하지만 벌써 약간 불어났네. 아름다운 날씨일세. 태양 아래 오랫동안 누워 있게나. 한때라도 스위스를 부러워 말게나, 그곳에 대해서는 어쨌거나 지난해 소식이나 들을 수 있을걸.

매사 즐거운 일이 되기를, 하늘에서 떨어져 내리는 위안을 기원하네!

프란츠

여백에 적은 메모 :

편지 전달자가 필요하다면, 나의 타이피스트에게 쉽게 부탁할 수 있다네.

자네는 내 편지 한 통을 이미 받았을 것이야. 편지 한 번에 사나흘이 걸리네.

취라우, 1917년 9월 중순.

032

막스 브로트에게

가장 친애하는 막스, 자네 편지는 첫 번째 읽을 때는 분명하게 베를린 투가 있었는데, 두 번째 읽을 때는 이미 그 음은 사라지고 다시금 자네의 목소리였네.

　나는 때가 되면 내 병 이야기를 할 시간이 있을 것이라는 생각을 늘 했지, 헌데 자네가 알고자 하니 말인데, 난 체온을 계속 쟀는데 전혀 열이 없다네, 그러니까 곡선이 없다는 말이지, 교수도 첫 주의 자료 수집 이후에 당분간 그 문제에 관심을 갖지 않더군. 아침 식사는 찬 우유. 교수가 말하길 (방어할 경우, 내 기억력이 훌륭해진다네), 우유란 얼음처럼 차거나 아니면 뜨겁게 마셔야 된다는군. 아직은 더운 날씨이니 찬 우유에 대해 반대할 이유가 없지, 그것에 습관이 되어 있으니 말이야, 그리고 경우에 따라서는 찬 우유 반 리터쯤에 많아야 1/4리터의 따뜻한 우유를 마시지. 끓이지 않은 우유를 말이야. 해결되지 않은 논쟁일세. 자네는 세균들이 많아질 것이라 생각하겠지, 내 생각에 그 점은 그렇게 수학적이지 않고, 끓이지 않은 우유가 힘을 더 보강해 준다네. 하지만 나는 고집을 부리지는 않아, 그래서 끓인 우유도 마찬가지로 마시네, 그리고 날씨가 보다 차지면 다만 따뜻한 우유나 요구르트만을 마실 것이야. 간식 시간은 따로 없어. 단지 처음에, 그러니까 내가 몸이 불어나기 전에, 또는 그 이후에는 전혀 식욕이 없을 때, 그렇지 않으면 오전, 오후에 요구르트 1/4리터를 먹지. 더 자주는 마실 수가 없어, 인생이란 (일반적으로) 충분히 처량하다네. 휴식 요법은 없냐고? 매일 대략 8시간 정도 휴식을 취하네. 정식으로 안정요법 의자에 눕지는 않지만, 내가 경험했던 많은 다른 안정요법 의자보다 더 편안한 어떤 의자에 누워 있곤 해. 그것은 널따란 낡은 안락의자인데, 앞에 두 개의 발 걸상을 세워 놓고서 말이야. 그 조합이 적어도 당분간은 아주 훌륭하다네, 내게 담요가 필요 없을 때까지 말이야. 따뜻하게 감싸지 않느냐고? 하지만 나는 지금 햇볕에 누워서 바지를 벗지 못하는 것을 아쉬워한다네, 그것이 지난 며칠간 나의 유일한 옷가지인데 말이야. 진짜 안정요법 의자가 이미 다가오고 있어. 의사한테 가는 도중이니.

내가 언제 말했던가, 의사에게 가지 않을 것이라고? 내키지 않으면서도 가겠지, 가기는 가야 할 거야, 모리츠 슈니처는 회답이 없네. 자네는 내가 이 질병을 미래의 관점에서 너무 무겁게 평가한다고 생각하는가? 아니야. 이 병의 현재가 내게 너무 안이하고 또 여기서는 느낌이 가장 결정적인 요인인데, 내가 어찌 그럴 수 있겠나. 만일 내가 언젠가 그런 종류의 무엇인가를 말했다면, 그것은 공허한 꾸밈에 지나지 않아, 그런 꾸밈 가운데서 가난한 시기에 그렇게 풍요롭게 느끼는 것이지. 아니면 그것을 나 자신이라기보다는 그 질병이 말했던 것이겠지, 왜냐하면 내가 그 질병에다 그러기를 요구했기 때문이지. 확실한 것은 다만, 내가 더 완전한 믿음으로 귀의할 수 있는 것은 죽음 이외에는 아무것도 없다는 것이야.

F.의 방문에 관한 긴 전사, 그리고 역사에 대해서는 아무 말 않겠네, 왜냐하면 자네의 편지에도 자네의 문제에 대해서는 일반적인 한탄만이 표현되어 있기 때문이네. 그러나 한탄이란, 막스 당연한 것이지, 비로소 그제야 핵심이 깨어지는 것이지.

자네가 옳아, 그것은 전적으로 관점에 달려 있어, 이 우유부단인지 또는 그 밖의 다른 무엇인가가 드러나는지 간에. 우리는 늘 우유부단 중에 있는 초심자들이네. 오랜 우유부단이란 결코 존재하지 않아. 그것은 항상 시간을 갉아먹거든. 자네가 내 처지를 이해하지 못한다는 것이 이상하면서도 한편 사랑스럽군. 내가 F.에 대해서 보다 너 잘 실명할 수 있을지, 그래야만 한다 하더라도 – 완전히 평생을 지속하게 만들어진 이 경우는 결코 사라지지 않을 걸세. 다른 한편으로 감히 결코 이렇게 말하지는 않겠네, 만약에 자네의 처지라면 나를 위해 할 수 있는 일을 알 것 같다고 말이야. 나로선 자네경우나 내 경우 모두 지금 밖에서 짖는 개처럼 속수무책이네. 다만 나의 내부 속에 지닌 미약한 온기로 도움이 될 수 있을지, 더 이상은 없네.

몇 가지를 좀 읽어 봤는데, 하지만 자네의 상태를 고려해 볼 때 아무런 언급할 가치가 없어. 기껏해야 스탕달에서 나온 한 일화인데, 그게 플로베르의 『감정교육』에 나오는 것일지도 몰라. 그는 젊은 이로서 파리에 처음 온 사람이지, 직업이 없이 빈둥거리며, 탐욕적이고, 파리와 모든 것에 불만인 거야. 그가 기식하던 친척의 지인 중에 한 유부녀가 매번 그에게 다정하게 대했지. 한 번은 그녀가 자기 애인과 함께 루브르박물관에 가자고 그를 초대한다네. (루브르였던가? 의문이 일기 시작하네. 글쎄 그런 종류의 어떤 장소일세.) 그들은 함께 갔네. 박물관에서 떠나는데 비가 몹시 쏟아지고 온통 진흙투성이야, 집으로 가는 길은 멀고, 그래서 그들은 마차를 타야 했네. 그는 주체할 수 없는 현재의 기분에 빠져서 그들과 함께 타기를 사양하고 그 황량한 길을 혼자서 도보로 걷는다네. 그러다가 자기 방으로 가려 하지 않고 이 여인에게로, 즉 가까운 골목에 살고 있는 이 여인을 방문할 수도 있으리라는 생각이 떠올랐을 때, 그는 거의 울 뻔 했어. 그는 완전히 넋이 나가서 계단을 오르네. 물론 그가 목격한 것은 이 여인의 애인과의 정사 장면일세. 혼비백산한 그녀는 소리 쳤네.

"하느님 맙소사, 왜 당신은 우리와 함께 마차를 타지 않았어요?"

스탕달은 곧장 뛰쳐나오네. 말이 났으니 말인데, 그는 인생을 어떻게 처신하고 전환하는가 잘 이해하고 있었지.

프란츠

다음번에는 무엇보다도, 제발 자네 이야기를 써 주게.

취라우, 1917년 9월 말.

033

오스카 바움에게

친애하는 오스카, 이곳으로 오는 여행은 놀랍게도 간단하네.

우선 미헬로프행 기차를 탄다고 하면, 7시 전 이른 아침에 국립역에서 급행열차로 출발하여 여기에 9시가 지나면 도착하지, 혹은 2시에 완행을 타면 저녁 5시 30분에 여기 도착이네. 전보로 알려주면 우리가 자네를 데리러 마차를 끌고 갈 것이고, 대략 반시간이면 취라우에 도착한다네. 이 여행은 하루 나들이로 할 수도 있고 (밤 10시 이전에 프라하에 돌아감) 또는 더 오래 머무를 수도 있지. 왜냐하면 내 방에는 두 개의 훌륭한 침대가 있고, 그 동안에 나는 또 다른 방에서 잠잘 수 있는데다가, 그 방 또한 아주 좋아서 만일 난로만 있다면 내가 영영 거처하고 싶은 그런 방이니까. 우유 같은 것들은 충분히 마련될 수 있고, 심지어 몇 가지 식료품도 실어 올 수 있다네.

그럼에도 아주 편한 마음으로 자네들에게 오라고 권할 수는 없네. 아마도 첫 주와 여전히 둘째 주까지도 사정은 달랐네. 그때는 내가 자네들 모두가 여기 오기를 바랐고, 그리고 만약에 자네들에게 개별적으로 방문을 청하지 않았다면 그것은 오로지 이런 이유들 때문이었네, 한편으로는 자네들 모두가 와야 한다는 것이 나에겐 당연지사로 보였기 때문이며, 다른 한편으로는 여기에선 믿을 수 없는 기분과 얼뜨기의 모습을 한 우편이 너무 먼 길을 우회하기 때문이네 (취라우–프라하–취라우 = 8일 또는 전혀 불통), 그러한 긴박한 소식을 위탁할 수 있기에는 더더구나 먼. 그런데 지금 셋째 주에는 사정이 변하고 있으며, 사람을 초대해서 무슨 득이 있을지 잘 모르게 되었네. 어쨌거나 내게 취라우는 옛날의 취라우이며, 나는 여기에 이빨로 꽉 물고 있으려 생각한다네. 사람들이 나를 여기에서 끌어 내려면 그 전에 내 턱을 부셔야 할 정도로 말일세(아닐세, 이건 하나의 과장이고, 그것을 썼을 때도 나는 전체적인 조망을 갖지 못했네). 어쨌거나 모든 것이 여기는 나에게 좋다네. 하지만 누군가 다른 이에게는 아무도 좋아할 수 없는 것들이 있겠지, 심지어 자네들 두 분, 그렇게 온순한 두 분 조차도 좋아하지 않을 일들이. 무엇보다도 나 자신, 혹은 전혀 '무엇보다도'가 아니라 그냥 다만 나 자신이 문제이지. 그래서 자네에게 청하는데, 내가 솔직하게 말해도 좋을 자네에게 말인데, 처음에 자네들에게 오기를 청했던 꼭 그만큼 진심으로 청하는데, 지금은 오지 말게나.

이것은 물론 의학적으로 증명된 내 질병과는 아무런 관련이 없네. 내 상태가 그전보다 더 좋은지 여부는 난 전혀 몰라, 그냥 예전처럼 잘 지내고 있네, 지금까지는 그렇게 쉽게 견디고, 그렇게 억제할 수 있을 그런 통증이 없었고, 만약에 이 미심쩍어 보일 수 있는 것만 아니라면 말이네, 하긴 그게 아마 그것일 걸세. 나는 어쨌거나 보기에 좋아서, 어머니가 일요일에 여기에 오셨는데, 내가 역으로 마중을 나갔을 때 나를 알아보지 못하셨네(그런데 말이지, 우리 부모님은 결핵에 대해서 아무것도 모르셔, 그러니 자네들이 조심해 주어야 하네, 그렇지 않은가, 만약에 자네들이 부모님과 우연히 마주칠 경우 말일세). 지난 2주 동안에 몸무게가 1킬로그램 반이나 늘었네(내일 세 번째로 무게를 달아볼 것이네). 잠자는 것은 매우 다양하지만, 그러나 평균은 그렇게 나쁘지 않다네. 그밖에도 내가 곧 (내가 '곧'이라고 말한 뜻은 '이달 말'이며 ─ 여기에서 그렇게 시간의 도사가 되었네) 프라하에 가게 될 것이고, 자네는 이 모든 것을 좋든 나쁘든 간에 확인할 수가 있을 것일세.

친절하게도 자네가 보내준 그 새로운 요리법은 우리를 부끄럽게 했네. 이 일 또한 취라우식 발전을 겪었다네. 처음엔 우리는 감격했고, 코르크와 코르크 기구가 없는 것이 아주 본질적인 장애는 아닐 것으로 보였다네. 그러다가 그 감격은 사라지고 이제는 코르크와 코르크 기구를 도저히 구할 수 없다는 확실성만 남았네. 이제 자네가 쓰기를, 그 병들을 밀랍으로 봉인할 수도 있다고 하네. 그것은 이 일을 다시금 약간 되살릴 수도 있겠다 싶어. 그렇지만 현재는 무엇보다도 농장에서 할 일들이 한없이 많고 오틀라는 끊임없이 엄청난 일 속에 파묻혀 있네.

내 주요 관심사 가운데 하나는, 비록 내가 안정요법 의자에서 꿈꿀 때만 일어나는 일이지만, 내가 어떻게 자네들에게 무언가 식료품을 조달해 줄 수 있을까 하는 것이네. 안타깝게도 가진 것이 얼마 없고, 우리 자신도 이 얼마 안 되는 것에 의존하고 있어, 우리는 닭도 없고 소도 없고 충분한 식량도 없으니까. 게다가 우리가 모을 수 있는 버터와 계란 등은 무엇이고 프라하의 가족이 아우성을 치네.

사냥 짐승도 괜찮겠나? 잠정적으로는 자네들을 위해서 4킬로그램의 좋은 밀가루를 비축해 두었네. 그것은 자네들 것이고, 늦어도 내가 프라하에 도착한 직후에는 받게 될 걸세. 다가오는 겨울의 어둠 속에서 그것은 다만 희미한 빛일 뿐이라는 것을 알고 있네.

취라우, 1917년 10월 초.

034

막스 브로트에게

친애하는 막스, 내 질병 말인가? 터놓고 하는 말인데 나는 고통을 거의 느끼지 않네.

열도 없고, 그렇게 많이 기침을 하지도 않고, 통증도 없네. 호흡은 짧아, 그건 사실이야, 하지만 눕거나 앉아 있을 때는 괜찮은데 걷거나 어떤 일을 하고 있는 동안 나타나지. 이전보다 두 배쯤 급히 숨을 쉬네, 하지만 그것이 본질적인 고통은 아니고. 나는 이런 생각을 하기에 이르렀어. 내가 지닌 그런 종류의 결핵이란, 특별한 질병이 아니고 특별한 이름값을 하는 질병이 아니라, 다만 그 의미로 보면 보편적인 죽음의 싹이 잠정적으로 예측할 수 없게 강화된다는 것이야. 3주 동안에 몸무게가 2킬로그램 반이 불었고, 이처럼 이동하기에는 상당히 무거워진 몸을 만들어 버렸네.

펠릭스에 관한 좋은 소식들이 나를 즐겁게 하네, 비록 이미 한물 간 것이지만. 어쨌든 그것은 전체적인 평균 또는 전망을 좀 더 위안해주는 데에 기여하지. 하긴 그것이 그에게 이롭기보다는 해가 될 수도 있겠지만. 그에게는 2주 훨씬 전에 편지를 썼는데, 아직 답장을 못 받았네. 그가 나에게 화를 내고 있지는 않겠지? 만약에 그렇다면 나는 형편없이 그에게 내 질병을 상기시키고 이런 환자에게는 누구도 화를 내지 않는 법이라고 상기시켜야 할지도 몰라.

소설의 새로운 부분이라고. 아주 새로운 부분인가, 아니면 자네가 나한테 아직 읽어주지 않았던 그 부분의 개작인가? 만약에 자네가 그것이 첫 장으로 적합하다고 생각한다면, 그건 더할 나위 없겠네. 이것이 나에게 얼마나 묘하게 들렸는지 아나, "이제 내 앞에 나타난 문제점들"이라니. 그 자체로서는 뭔가 당연한 것이지, 다만 그것이 나로서는 이해가 되지 않는데 자네에게는 그토록 친숙해진 것이라니. 그것이야말로 진짜 투쟁이야, 생과 사의 가치가 있지, 사람이 그것을 극복하든 말든 그건 남는 거야. 최소한 자신의 적수를 보았거나, 적어도 하늘에서 그의 가상을 본 거야. 내가 그것을 생각해내려고 애를 쓰면, 문자 그대로 아직 태어나지 않은 느낌이야, 어둠 그 자체, 나는 어둠 속에서 헤매네.

하지만 전부는 아니야. 자넨 이 눈부신 자기 인식의 단편을 뭐라 할 텐가, 그 부분을 내가 F.에게 쓴 편지에서 베꼈거든. 아마도 좋은 묘비명이 될 걸세.

"만약 나의 궁극적인 목적을 검토해 본다면, 나는 도대체 좋은 사람이 되고 어떤 최고의 권위에 일치하고자 노력하는 것이 아니라, 매우 대립적으로 전 인류와 동물계를 조망하고, 그들의 기본적인 선호, 소망, 윤리적 이상을 인식하고 더 나아가서 가능한 한 나 자신을 모두의 마음에 들게 하는 방향으로 발전하고자 노력하고 있음이 드러나오. 그것도 — 여기에 비약이 따르는데 — 어느 정도 기쁘게 하는가 하면, 보편적인 사랑을 잃지 않고, 마침내는 화형당하지 않은 유일한 죄인으로서 나의 내부에 깃든 비천함을 솔직하게 모두의 면전에서 드러내도 좋을 그런 정도로 모두의 마음에 들기를 바란다오. 단적으로 말해서, 인간과 야수의 법정만이 나의 관심을 끌 뿐이오. 뿐만 아니라 나는 이를 기만하려 하오, 물론 기만하지 않고서.”

이러한 자기 인식의 중점은 다양한 결론과 논증의 가능성을 주겠지. 브로트의 번역극『수양딸』을 받았네. 독서는 음악이네. 그 대본과 음악은 본질적인 것을 가져다주네, 자네는 그것을 마치 거인처럼 독일어로 번역해냈군. 이 반복에 불과한 것들을 자넨 정말 살아 숨 쉬게끔 해냈어!

곁들여서 내가 사소한 점들을 언급해도 되겠나? 다만 이것이야, 우리가 “창작”에서 벗어날 수 있을까? “이봐, 그럼 널 사랑하랴?” 이건 우리가 우리의 비독일인 어머니의 입술에서 배워 귀에 익은 독일어가 아닌가? “인간의 오성 — 물속에 빠지다.”는 인공적인 독일어야. “두근거리는 열정” — 이게 여기에 합당한가? 판정자의 각주 둘은 이해할 수가 없어. “권련이 있었더라면……”이라거나 “학자들 없이 내가 거기에서 보고(서있고?)*……”라거나, 마지막의 “기꺼이”도 이 대단한 위치에서는 약간 거슬리네. 노래 가사들은 더

---

* 독일어에서 ‘보다sehen’와 ‘서있다stehen’는 매우 혼동하기 쉬운 단어이며, 카프카 자신이 이를 혼동하고 있다.

아름다울 것으로 기대했는데, 그게 아마 체코어에서도 아주 좋지 않았을 수도 있어. 나라면 "찡그린 죽음"을 후고 라이헨베르거에게 맡기겠어, 자넨 또한 제2막의 끝을 망쳤다고 했지. 하지만 내 기억으로는 이 부분이 자네를 가장 힘들게 했고, 자넨 아마 다만 이본異本으로 그 원고 안에 비슷한 번역을 갖고 있을 거야. 그 "성물 보관녀"의 의미에 대해서는 주석을 달아둘 필요가 있지 않을까?

막스 셸러에 대해서는 다음에 쓰기로 하지. 한스 블뤼어의 글*을 읽고 싶어 안달이 나네.　나는 글을 쓰지 않고 있어. 내 의지 또한 글 쓰는 방향으로 되지 않네. 만약에 내가 두더지처럼 무덤에 구멍을 파서 나를 구원할 수 있다면, 나도 구멍을 팔 거야.

프란츠

그로스, 베르펠 그리고 오토 그로스가 제안한 잡지에 대해서는 아무것도 듣지 못했는가?

코모토-테플리츠 여행은 어찌 되었는가?

오틀라의 소묘에 대해선 자네는 아무 말이 없네 그려. 그 애는 자네에게 자신의 변호용으로 편지를 보내는 걸 그렇게 자랑스러워했네, 그래서 그 편지를 등기로 보냈던 걸세.

취라우, 1917년 10월 초.

---

* 한스 블뤼어, 『남성사회에서 에로티시즘의 역할』 전2권 중 제1권 『도착의 유형』(1917).

035

펠릭스 벨치에게

친애하는 펠릭스, 그래 자네는 화를 내지 않은 거로군, 좋아, 그러나 "거짓말" 주변에서 진리의 가상을 볼 수 있음은 거짓말쟁이를 위안해 줄 수 없다네. 어쨌거나 그 사안 자체에 관해서 내가 몇 가지 보충할 것이 있네만, 그게 자네에게는 필요 없는 말이네 뭐. (그런데 말이지 오늘, 짐짓 유쾌한 하루를 보낸 후에, 내가 어찌나 권태롭고 나 자신에 대해 어찌나 편견에 빠져 있는지, 이제 정말로 편지 쓰기를 그만 두어야겠어).

놀라운 일이야, 자네가 가르치는 그 범위 말일세. 학생들과 관련해서는 놀라울 게 없어, 내가 항시 예측했었지 않은가, 그들은 내게 심지어 느릿느릿 다가왔네, 하지만 놀라운 건 자네란 말일세. 그러한 극기, 변덕 없음, 제정신, 확신, 진정한 노동 신조, 또는 거창한 어휘로 말해보자면, 남성다움이 그런 일에 속하겠지, 그러한 일에 관계하고, 그것들에 집착하고, 실제로 매우 거센 역풍에도 불구하고 그것들을 자네의 정신적인 이득으로 전환하는 일, 자네가 사실상 행하고 있는 것과 같이 말일세, 설령 자네는 그렇지 않다고 맹세하려 할 테지만 말일세. 이것이 꼭 언급되어야 할 말이었네. 그리고 심지어 이런 점에서 나는 기분이 한결 좋다네.

이제 자네는 아이들의 시끄러움을 이 수업 결과에 대한 환희로 받아들일 수도 있게 되었네. 어쨌거나 아이들의 시끄러움은 가을이 깊어짐에 따라 사라질 것이 틀림없네. 더 이상 환호성 지를 일도 없는 이곳에서처럼 말일세, 여기서는 차츰 거위를 가두어 들이고, 들녘으로 치닫는 것을 그만 두고, 대장장이들은 그들의 대장간에서만 일을 하라 하고, 아이들은 집에 머물고, 다만 밝은 노래 부르는 듯한 사투리와 개 짖는 소리만이 그치지 않는 거야. 반면에 자네의 집 앞은 오래 전에 조용해지고, 그리고 여학생들은 방해받지 않고서 자네를 응시하게 될 것이네.

그래 자네의 건강은 한결 좋다는 것이로군(이상하지, 멍울에 대한 자네의 비밀스러운 선호, 그건 요드에 대한 선호로 더욱 두드러지게 되는데), 내 질병은 더 이상 나쁘지 않다네, 이미 3킬로그램 반에 이른 체중 증가는 중립적인 것으로 여기네. 내 질병의 원인과 관련해서 나는 고집불통이 아니야, 하지만 이 '사례'에 대한 나의 소견을 가지고 있다네, 왜냐하면 내가 어느 정도 원본 문서를 가지고 있기에 의견을 견지하는 것이며, 심지어 먼저 문제된 폐에서 제대로 그것을 입증하는 그르렁거리는 소리를 듣는다니까.

건강 회복에는 물론 자네 말이 옳아, 무엇보다도 회복 의지가 필요해. 그야 내게도 있지, 어쨌거나 내가 이 말을 꾸밈없이 할 수 있는 한에서 말인데, 또한 반대 의지도 가지고 있어. 이것은 특별한 병이며, 이렇게 말해도 좋다면 일종의 선천적인 질병이야, 지금까지 내가 견뎌 온 다른 모든 병들과는 다르지. 행복한 연인이 이렇게 말하듯이 말이야, "지난 모든 것들은 다만 착각이었을 뿐, 이제야 비로소 나는 사랑을 한다."

'비스……까지'에 대한 설명 고맙네. 내게 유용한 것은 다만 이 예문이네, 그것은 "우리가 다시 만나면 그때 가서 나에게 빌려다오."의 뜻이라는 가정에서, 그리고 "우리가 …… 할 때까지 그렇게 오랫동안 빌려다오."의 뜻이 아닐 때 말이네. 그것은 단순한 인용문만 보아서는 알 수가 없지.

그 책들 때문에 자네는 날 오해했어. 나로서는 대체로 체코어 원본이나 프랑스어 원본을 읽는 것이 중요하지, 번역들이 아니라. 그런데 말이지만 그 총서류를 알고 있네, 그것은 내가 읽기에는 (적어도 라코비차 편 『페르디난트 라살』이) 너무 형편없이 인쇄되었어, 이곳의 조명은 내 북창에서는 도시보다 현격히 좋지 못하지, 물론 프랑스어 판들은 내가 읽기에 무한대로 있지, 체코어 판이라면 별다른 것이 없다면 그 비슷한 것도 좋지만 학술 서적인 라이히터 총서류를 읽었으면 하네.

전체적으로 보아서 나는 그렇게 많은 독서를 하지는 않네. 시골 생활은 내게 썩 잘 어울리나 봐. 수용하기 어려운 모든 느낌들, 그러니까 근대적인 원리에 의해 설치된 동물원에서 살고 있다는 느낌, 거기에서는 동물들에게 완전한 자유가 주어졌다는 그 느낌을 극복하게 되면 곧, 시골 생활보다 더 쾌적하고 그리고 무엇보다도 더 이상 자유스러운 생활은 없다네, 정신적인 의미에 있어서의 자유스러움 말이야, 주변 세계와 과거 세계에서 오는 억압이 겨우 최소이니까. 이 생활은 소도시의 그것과 동일시되어서는 안 되네, 그건 아마도 끔찍할 것이야. 나는 언제나 여기에서 살고 싶네. 다다음 주에는 아마도 프라하에 갈 것이야, 내게는 힘든 일이겠지만.

　자네와 자네 부인에게 진정으로 안부 보내네. 벌써 12시야, 지난 사나흘을 이렇게 늦도록 지새우고 있네. 결코 좋은 일은 아니지, 내 몰골을 위해서나 극소한 석유 재고량으로 보아서도 그렇지. 그밖에 어떤 일에도 좋지 않네. 하지만 그건 지극히 유혹적이야, 그것뿐, 그 밖에 아무것도 아닐세.

프란츠

취라우, 1917년 10월 초.

036

막스 브로트에게

친애하는 막스, 나는 사실은 이걸 항상 의아해 했었네, 자네가 나와
또 다른 사람들에게 "불행 중에 행복하다."라는 표현을 쓰는데 대
해서, 그것도 극심한 경우에 대한 단순한 진술이나, 또는 유감이나,
또는 경고로서가 아니라, 비난의 뜻으로서 말이네. 그것이 무엇을
의미하는지 자네는 알지 못한단 말인가? 물론 "행복 중에 불행하
다."를 함축하고 있는 이 배음背音으로 아마 카인에게 그런 징표가
찍혔겠지. 누군가 "불행 중에 행복하다"면, 그것은 세상과의 공동
보조를 잃었다는 의미이지. 그리고 나아가서 매사가 그로부터 떨어
져 나가버렸거나 떨어져 나가고 있는 중이며, 어떠한 소명도 온전
한 채로 그에게 더 이상 도달할 수 없다는 것이며, 그래서 어떠한
소명도 솔직하게 따를 수 없다는 것이지. 나는 그렇게 완전히 나쁘
지는 않아, 아직까지는 그렇지 않았어. 난 이미 행복과 불행 모두를
겪었지, 하긴 평균적으로 본다면 아무래도 자네가 옳겠지, 이 시기
를 고려할 때는 대부분 그래. 그렇지만 자네는 그것을 다른 음조로

말해야 하는 거야.

이 "행복"에 대한 자네의 태도와 비슷하게, 나 또한 "확실한 비애"의 다른 부수 현상들에 그런 태도이네, 말하자면 독선에 대해서 그래. 독선이 없이는 그런 비애가 등장하지도 않지. 난 자주 그것을 생각했어, 가장 최근에는 《신 전망》지에 게재된 토마스 만의 「팔레스타인」을 읽고 나서야. 만은 내가 탐닉하는 작품들을 쓴 작가 중의 한 사람이야. 이 수필 역시 굉장한 음식이야, 하지만 그 속에 둥둥 떠 있는, (예컨대 거기 표현된) 후고 잘루스의 곱슬머리 수량 때문에, 누구든 그것을 먹기보다는 감탄하게 되지. 누구든 슬픔에 가득 차 있으면, 세상의 그 슬픈 광경을 드높이기 위해서 몸을 뻗치고 펴는 것 같은 생각이 들어, 마치 여인들이 목욕 이후에 그렇듯 말일세.

물론 나는 강연 예정지 코모토에 갈 것이네. 방문객에 대한 나의 우려를 오해하지 말게. 다만, 사람들이 상당한 비용을 들인 긴 여행으로 가을 날씨에 여기로 오는 것을 바라지 않는 거야, (외지인에게는) 황폐한 이 마을, (외지인에게는) 어쩔 수 없이 무질서해 보이는 살림살이, 하찮은 불편함에 심지어 거부감까지 일으킬 그런 곳이기에, 단순히 나를 만나보기 위해서 오는 것을 말이야, 때로는 지루해하고(나로서는 가장 형편없는 것도 아니지만), 때로는 과민하기도 하고, 때로는 오고 있는 편지에, 또는 오지 못하고 있는, 또는 곧 들이닥칠 편지에 대한 불안에서, 때로는 자신이 쓴 편지 한 장에 안심을 하고, 때로는 자신과 자신의 안락을 위해 무한정 염려를 하는, 때로는 자신을 가장 끔찍한 자로서 경멸하기도 하는, 그러고는 곧 푸들 강아지가 파우스트 주변을 맴돌듯 그렇게 뱅뱅 도는 나 같은 놈을 말이야.

반면에 자네가 이따금 지나쳐 가는 것이 나 때문이 아니라 코모토 사람들 때문이라면 내가 더 무엇을 바라겠나? 그런데 말이지만, 취라우 방문은 거의 불가능하다네. 만일 코모토에서 일요일 아침 제 시간에 출발할 수 있는 경우라면 또 몰라도 이 순간에는 기차 시간이 대충 떠오르지만, 정오에 취라우에 도착하기 위해서 말이야. 그럼 자네들은 일요일 저녁에 매우 편하게 프라하로 돌아갈 수 있네. 숙박은 권할 만한 것이 아니네, 왜냐하면 월요일 꼭두새벽에 떠나야 하니까, 자네들이 정오까지 프라하에 돌아가려 한다면. 그리고 어쨌든 이 시간대에는 마차의 대기가 여간 어려운 일이 아닐 듯하네, 왜냐하면 바로 지금은 들판에서 해야 할 일들이 많기 때문이네! 그밖에도, 나도 자네와 함께 프라하에 돌아갔으면 하네, 혼자서 돌아간다는 사실에 직면하기가 두렵기 때문이야, 벌써 사무실에서 오는 친절한 편지와 특히 사무실에서 자신을 소개해야 하는 필연성이 나를 몸서리치게 하네.

그래서 나는 이런 방법을 생각했네, 내가 토요일에 미헬로프에서 자네 열차에 승차해서, 우리가 일요일에 함께 취라우에 오고, 저녁에는 함께 프라하에 가는 것 말일세.

건강해질 필연성에 관한 자네의 논거는 좋아, 하지만 유토피아 같아. 자네가 나에게 준 이 과제는 부모님의 결혼 침대 위에, 또는 더 좋게는, 우리 민족의 결혼 침대 위에 있는 천사나 수행할 수 있을걸, 나 또한 그런 침대를 가졌다고 가정하고 말이야.

그 소설을 위해 좋은 소망을 비네. 자네의 짧은 언급은 위대한 것을 의미하는 듯하네. 사무실로 인한 어려움에도 불구하고 그 소설은 내가 프라하에서 다른 한편으로 그래도 어쩌면 절반이나마 균형을 유지하도록 하는 데 도움이 되겠네.

자네와 자네의 부인에게 진심 어린 안부를. 어쨌거나 나는 카바레떼 공연에 갈 기분은 아니네, 하긴 가 본 적도 없네. 그녀는 어떤가? 그러나 카바레떼 자체가 나에겐 지금서부터 출입금지야. 모든 '발언대포들'이 발포되면, 폐 한 쪽의 장난감 권총을 가지고서야 내가 어디로 기어 나가겠는가? 어쨌거나 이 상태가 오래 전부터 지속되고 있다네.

프란츠

자네가 일요일 K.에서 언제 마무리 지을 수 있는지, 미리 제때에 나에게 알려 주게, 그래야 우리가 이어 취라우로 올 수 있는지, 마차가 우리를 태우러 올 것인지, 그리고 내가 짐을 어찌 해야 하는지 알 수 있겠네.

취라우, 1917년 10월 12일.

037

펠릭스 벨치에게

친애하는 펠릭스, 자네의 강좌가 내게 심어준 인상에 대한 간단한 증거를 제시하는 의미로, 여기 오늘 꾼 꿈을 적네. 그건 굉장했네, 말하자면 나의 잠이 굉장했다가 아니라 (잠이야 오히려 나빴지, 근래에는 도대체 그렇듯이. 만약에 내가 체중을 잃고, 그 교수가 나를 취라우 밖으로 내보낸다면, 난 무얼 하지?) 꿈도 굉장했다가 아니고, 그런데 그 꿈속에서의 자네의 행동이 그랬어.

우리는 골목길에서 만났네. 나는 확실히 방금 프라하에 도착했고 그리고 자네를 만난 것이 매우 기뻤네. 상당히 여윈, 신경과민에, 그리고 전문직업인다운 비꼬임에 (자네는 그 시곗줄을 그렇게도 억지로 – 마비된 듯 지니고 있었네) 그런 자네를 보았지. 자네가 말하더군, 자네가 강의하고 있는 대학에 가고 있는 중이라고. 내가 말하기를, 나도 자네와 함께 가는 것이 엄청 기쁘겠다고 했지, 다만 잠시 상점에 들려야 한다고, 그 때 바로 그 앞에 있었거든 (거기 있는 큰 주막 건너편의 랑엔가세 끝쯤이었어). 자네는 기다리겠다고 약속을 했지, 그러나 내가 안에 있는 동안 자네는 마음이 변해서 나에게 편지를 남겼네. 내가 어떻게 그걸 받았는지 이미 기억이 없어, 하지만 그 편지의 필체는 여전히 볼 수가 있네. 무엇보다도, 수업이 3시에 시작하므로 자네가 더 이상 기다릴 수 없다는 것, 그리고 수강생 중에 독문과 자우어 교수가 있는데, 자네는 지각함으로써 그분을 성나게 할 수가 없다는 것이었지. 많은 여인들과 처녀들이 주로 그분 때문에 그 강의에 출석하고 있고, 만약에 그분이 물러서면 수천 명이 물러서는 것이기에 자네는 서둘러야 한다고.

그러나 나는 재빨리 따라가서 로비 같은 곳에서 자네를 발견했네. 그 건물 앞 거친 들판에서 공놀이를 하고 있던 처녀가 이제 무엇을 할 것인지 자네에게 묻더군. 자네가 말하기를 이제 한 강좌를 강의할 것이며, 거기서 읽을 독서목록을 말하는데, 두 사람의 저자와 그들의 저작물 그리고 어떤 장을 읽을 것인가를 말하더군. 모두 매우 박식하더군. 나는 단지 헤시오도스의 이름만 기억나네. 두 번째 저자에 관해서는 다만 그가 핀다로스가 아니라는 것, 그 대신 그냥 비슷한 이름으로 그러나 훨씬 지명도가 덜 높은 누구인데. 난 혼자서 "자네가 왜 '최소한' 핀다로스를 읽지 않을까?" 하고 자문했지.

우리가 들어갔을 때는 강의가 벌써 시작되었더군, 자네는 그러니까 이미 도입을 했지만 단지 나를 보려고 나왔겠지. 강단 위에는 키가 크고, 힘센, 아주머니 같은, 예쁘지도 않은, 검은 옷에 뭉툭한 코를 지닌 검은 눈빛의 소녀가 앉아서 헤시오도스를 번역하고 있었네. 난 한 마디도 알아듣지 못했어. 이제야 기억이 나는데, 꿈에서도 그녀가 누구였는지 나는 전혀 몰랐는데, 그녀는 오스카의 누이였네, 단지 약간 더 날씬하고 키가 훨씬 컸지.

나는 (자네의 경제학과 추커칸들 교수 관련 꿈을 분명히 상기하면서) 완전히 자신을 작가라고 느꼈고, 나의 무지를 이 처녀의 엄청난 지식과 비교하면서, 나 자신에게 계속 말했네,

"처량하군 – 처량해."

나는 자우어 교수를 보지는 못했네, 하지만 많은 숙녀들이 출석했네. 나의 앞줄 두 번째 의자에는 (이 숙녀들은 눈에 띄게도 등을 강단 쪽으로 하고 앉아있었는데) G.부인이 앉아 있었네. 그녀는 긴 곱슬머리를 하고서 머리카락을 흔들고 있었네. 그녀의 옆에는 또 다른 숙녀였는데, 자네는 내게 그녀를 프라하여중 홀츠너 교장선생님이라고 알려 주었네(그런데 참 젊더군). 우리의 앞줄에서 자네는 헤렌가쎄의 다른 비슷한 학교 소유자를 가리켜 주었네.

이들 모두가 자네로부터 배운다는 것이지. 누구보다도 나는 다른 좌석에서 오틀라를 보았네. 그 아이와 자네의 강좌 일로 얼마 전에 다투었었지(그 애는 그러니까 오려고 하지 않았지만, 그러나 지금 이렇게 고맙게도 여기에 와 있고 그리고 심지어 매우 일찍 왔다네).

여러 주위에서, 그러니까 잡담만 하고 있는 이들조차도 헤시오도스에 관해서 이야기하고 있었네. 나로서는 그것이 일종의 안도감이었는데, 우리가 들어갈 때 그 낭독을 하던 오틀라가 웃어버린 것 말이야. 오틀라는 청중의 양해에 따라 한동안 그 웃음 때문에 진정을 못했지. 그렇지만 웃느라고 제대로 번역을 못한다거나 설명을 그치지는 않았네.

오틀라가 번역을 끝마치고 이제 자네가 정식 강의를 시작해야 했

을 때, 나는 자네 쪽으로 몸을 굽혔지, 자네 책에서 함께 읽으려고 말이야. 그러나 그 때 내가 본 것은 너무나 놀랍게도 자네가 손에 가지고 있는 낡도록 읽은 지저분한 레클람 판이었던 거야. 그런데 자넨 그리스어 텍스트에도 – 전능하신 하느님! – '능통' 하지 않은가 말이야. 이 표현은 자네의 지난 번 편지에서 도움 받은 것일세. 이제 그런데 아마도 내가 이러한 여건 하에서는 그 강의를 더 이상 따라갈 수 없음을 지각했기 때문에 전체 장면이 더욱 불분명하게 되었네. 자네는 나의 예전의 한 동급생 같은 모습이었는데(게다가 난 그를 많이 좋아했지, 그는 총으로 자살했고, 또한 – 지금 막 떠오른 것인데 – 앞서 낭독하던 여학생과 약간 닮았다네), 그러니까 자네의 모습이 변하더라고, 그리고선 새로운 강좌가 시작되었네, 상세한 설명은 줄이고, 음악 강좌였네, 자그마한 검은 피부에 붉은 뺨을 지닌 젊은 남자가 주도했지. 그는 내 먼 친척 누군가와 닮았으며, (이것은 음악에 대한 나의 태도에 특징적인데) 화학자이며, 아마도 미쳤을 거야.

그래 이것이 꿈이었네, 아무래도 그런 강좌들에 어울리는 품위라고는 없는 꿈. 이제 나는 자리에 누워 어쩌면 더욱 집요한 강좌의 꿈을 꿀 지도 모르겠네.

프란츠

취라우, 1917년 10월 중순.

038

오스카바움에게

친애하는 오스카, 나는 마르쉬너 국장에게 어쨌든 편지를 쓸 수가 없네.

국장에게 내가 한 마디라도 연락한 것이 3개월이 넘었네. 그는 내 문제에 관한 한 나에게는 일종의 '슬픈 섭리'로 여겨지며, 내 병가 연기에도 불구하고 단지 돈을 내주면서 참기만 하는 분이지. 그러나 다행히도 그에게 편지를 쓸 필요가 없네. 재향군인원호청, 포리츠 7번지, 청장이 F.박사님이신데(그 기구의 쇠퇴해 가는 유대인 중 그가 첫째요, 나는 둘째이자 마지막이네), 출중한 분으로, 그 일에 애정을 가지고 있으며, 반쯤이라도 될 성 싶은 어떤 부탁에도 귀를 기울이는 분이네. 이 사태에 대해서 그에게 내가 방금 편지를 썼네, 그것으로 아마 충분할 것일세. 하지만 만일 자네가 9시와 1시 사이에 그분의 사무실에 직접 들른다면 한결 나을 것일세. 나는 자네를 어쨌거나 그에게 이미 알렸네. 내가 이것을 특히 권고하는 것은, 나는(맹인원호 프로그램의 상세 내용을 전혀 모르고 있지만) 8,000크로네는 보통의 전쟁

부상자 원호에서는 전대미문의 엄청난 높은 금액으로 보이기 때문이며, 구두로 설명하는 말이 훨씬 더 유익할 것 같아서 그러네.

어쨌든 F.박사의 모습을 자네에게 일러주겠네. 그는 4분의 3이 체코인이며, 4분의 4가 사회민주당원. 그의 모국어는 독일어이며 (그와 독일어로 말하는 것을 주저치 말게, 내가 늘 그렇듯이) 어려운 젊은 시절을 겪었고, 무엇보다도 《포스신문》의 노익장 클라르의 비서였으며, 문학 같은 것에는 원천적으로 무관심하고 이제 4, 50대에 체코인 타이피스트와 결혼을 했지. 장인은 가난한 목수이고, 그러니까 요컨대 그와 더불어서 수월하게 터놓고 이야기할 수 있는 그런 사람이네. 자네가 부차적으로 그가 업무 추진하는 솜씨를 칭찬하게 된다면, 자네는 그를 행복하게 할 것이며 그렇다고 거짓말을 한 것은 아니라네. 그런데 그의 사소한 약점이랄까, 아마도 자네에게 반은 무심결에 그런 말을 요구할지도 모르네. 아무튼 그 사무실에 길게는 있지 말게, 그는 할 일이 많지만 이야기하면서 그 일을 망각하고는, 나중에는 그것을 후회한다네. 특히 그의 누이에 대한 P.의 염려가 그를 감동시킬 것이네. 그것이 무슨 의미인가는, 그가 자신의 경험으로 알고 있다네.

재향맹인원호청의 조무는 문서수발자이며, 그가 자네를 그 사람에게 안내할 터인데(그는 인수한 어떤 사안을 다른 사람에게 위임하지는 않지만), T.박사이네(박사가 아니지만 그렇게들 부른다네). 그는 매우 특이해, 전쟁에 참여했고, 극히 통례적인 창백하고 여윈 얼굴 모습에, 중키쯤인데, 얼굴에는 완고함을 말해주는 깊은 주름이 몇 개 있네. 말은 매우 느리게 하며, 쩡쩡 울리는 목소리인데, 그가 말하는 내용은 그 긴 휴지(休止), 강조점, 입술의 긴장들을 정당화하지 못하는 듯하네. ─ 그러니까 전반적으로 차라리 흉하다고나 할까, 그러나 내 경험에 의하면 그것이 별 의미는 없고, 그는 아주 좋고 유쾌한 사람이네, 물론 누구든 그의 지시에는 맞춰 가야 한다네.

내 이름이 언급되면, 아마 그의 사무실 동료인 부서기 K.씨도(그 이름을 다시 써 보겠네, 분명하게 하기 위해서. K., 이것은 진짜 이름이네, 자네가 지어낸 것이 아니라) 대화에 참견하러 들 것이네. 그는 나의 가장 가까운 동료야, 내가 여기에 와 있으니 그가 더 그립네(F.박사는 그를 좋아하지 않아), 그래 자네는 점차 세 친구들로 둘러싸이게 될 것이며, 바라건대 그들이 P.씨를 위해 좋은 쪽으로 유도하게 되겠지.

여름 거처가 마땅치 않다는 소식에 매우 섭섭하네. 하긴 나도 역시 여기에 여름 거처를 마련하게 되는지 거의 어렵네만. ─ 키르케고르는 스타이구먼, 그러나 나로서는 거의 접근할 수 없는 저 영토 위에서. 자네가 키르케고르를 이제 읽게 될 것이라니, 나도 기쁘네. 나는 다만 『공포와 전율』을 알 뿐이네. ─ 자네가 내게 또는 우리에게 크라스티크『불가능한 것으로의 출구』를 원고 통째로 보내주겠는가? 여기에 세 명의 귀한 독자가 있네, 각자 자신의 방식으로. 자네와 부인에게 진심 어린 안부를 보내며.

취라우, 1917년 10월/11월.

039

막스 브로트에게

가장 친애하는 막스, 오늘 우리에게 방문객이 있었는데, 나의 의지와는 아주 반대야, 여비서카이저 (글쎄, 오틀라가 그녀를 초대했는데) 뿐만 아니라 사무실의 한 남자가 동행하였네. (아마 자네는 기억할 거야, 언젠가 밤에 어떤 손님들과 우리가 부둣가를 따라 산책하고 있었지, 그때 내가 한 쌍의 남녀에게 인사를 나누려 돌아선 적이 있었지, 바로 그들이야), 그 자체로는 매우 훌륭한 사람이요, 나에게도 매우 상쾌하고, 또 흥미로운 사람이지(천주교 신자에다 이혼을 했으니), 하지만 예고된 방문이라 해도 충분히 놀라운 이 지방에서는 정말 놀라움이지. 나는 그러한 일에 견딜 수가 없고, 그 처녀에 대한 순간적인 질투, 심한 불편함과 무력감에 젖고 말았네(나는 그녀에게 확신도 없이 충고했는데, 그 사내와 결혼하라고 했지). 온 종일 내내 완전한 황량함에 빠져서, 그러면서도 나는 완전히 추한 어중간한 느낌을 언급조차 하지 않았네. 허나 작별의 인사에는 약간의 슬픔, 전적으로 무의미한 것, 위장의 어떤 변덕인지 그런 것이 담겼지. 전체적으로는 다른 모든 방문객 맞는 날과 같은 그런 날이었네, 말하자면 교훈적인 날, 단조로운 학습, 그런데 그렇게 여러 번 복습을 할 수는 없는 학습이지.

자네에게 이 모든 것을 말하는 것은 오직 우리의 대화와 관련되는 한 가지 사실 때문이네, 그러니까 저 '순간적인 질투' 때문이지. 그것이야말로 그 날의 유일한 좋은 순간, 내가 적을 가진 순간이었네. 그밖에는 하나의 '탁 트인 들판' 이었지, 거의 내리막길로 치닫는 들판.

프랑크푸르트낭독회에는 아무것도 보내지 않겠어. 난 그것이 내가 관여해야 할 그런 일로 느껴지지가 않아. 만약에 내가 그걸 보낸다면, 단지 허영심에서 그렇게 하는 것이고, 만약에 내가 그걸 보내지 않는다면, 그것 역시 허영심 때문이네, 하지만 결코 허영심만은 아니지. 그러니 무언가 더 낫지 않는가. 내가 보낼 수 있었을 단편들은 나에게는 본질적으로 아무것도 아닐세. 그것들을 썼던 그 순간만을 나는 존중하네. 이제 그건 여배우 노릇이나 하는 것이네, 자신의 이익을 위해서 훨씬 영향력 있는 것을 찾게 되리, 그러나 그녀가 빨리 혹은 천천히 추락하게 될 허무에서 찾는 것이겠지, 하루 저녁에 한 순간 높이 뜨게 될 그런 여배우. 그건 무의미한 노력이야.

호흡곤란과 기침. 자네는 그 자체로서 틀리지 않아, 나 또한 프라하 이래 이전보다 훨씬 주의 깊게 되었지. 내가 다른 고장에서 더 많은 시간을 밖에 누워 있게 된다거나, 더 신선한 공기를 마시게 되는 일 등등이 가능한 일이지. 그러나 - 그것이 내 신경 상태를 위해서, 다시 그 신경 상태는 나의 폐를 위해서 매우 본질적인데 - 내가 그 밖의 어떤 곳에서도 그렇게 편안함을 느끼지 못하리라는 것이네. 그 어디에서도 기분 전환해야 할 일들이 거의 없을 것이고 (방문객을 제외하고는, 하지만 이들 방문도 따로 동떨어져서 이 평화로운 생활 속으로 가라앉아 버리지, 아주 큰 흔적일랑 남기지 않고서). 또 그 어디에서도 저항, 짜증, 조바심을 덜 내면서 하숙이나 호텔 생활을 견디지 못할 것이야, 여기 내 누이동생 집에서가 낫지. 나의 누이에게는 뭐랄까 이방인적 요소가 있는데, 거기에 나는 이 각별한 형태로 아주 손쉽게 적응할 수 있다네. (언젠가 빌헬름 슈테켈이 나와 다수의 환자들에게 흠을 잡았던 '인격에 대한 불안' 을 난 실제로 가지고 있어. 그러나 나는 그것이 완벽하게 자연스럽다고 생각하네, 심지어 "자신의 영혼의 구원에 대한 불안" 과 동일시하지 않는다 하더라도 말이네. 언젠가는 사람이 '자신의 인격' 을 필요로 하거나 또는 필요의 대상이 되리라는 것, 그러니까 그것을 준비해 두어야 한다는 희망이 항상 존재하네). 이제는 그 어디에서도 내게 낯선 요소 뒤에 확실히 설 수가 없을 거야, 내 누이동생의 뒤에 선 것처럼은. 여기에서는 내가 적응을 할 수 있어. 땅바닥에 누워 계시는 아버지께도 적응할 수 있지. (똑바로 서 계시는 분에게라도 또한 기쁘게 그럴 수도 있을 거야, 하지만 그건 허용되지 않네).

자네는 소설『대 모험』에서 세 부분을 나에게 읽어줬지. 그 첫 번째의 음악, 세 번째의 강한 명쾌성이 내게 단적으로 행복을 가져다주었네(첫 번째에서 그 실제적인 '유대적인 대목' 은 약간 방해하는 듯 눈 위를 흘러가더군, 마치 어두운 홀에서 매 지점마다 모든 불빛이 재빨리 켜졌다 꺼졌다 하듯이). 실제로 나는 두 번째 부분에만 주춤하네, 하지만 자네가 언급한 그 이의들 때문은 아냐. 공굴리기 말이야, 그게 자네의 유대적이라는 의미에서 유대적인 놀이인가? 기껏해야 여주인공 루트가 자신에게 다른 유희를 하고 있었다는 점에서 유대적이겠지, 하지만 그게 문제는 아냐. 이 유희의 엄격함이 자학이요 연인의 학대라면, 그렇다면 그것을 이해하네, 그러나 그것이 독자적인 확신이라면, 루트든 자네의 인생살이든 그런 것과 하등의 직접적인 원인적 연관이 없는 것이라면, 그것은 꿈속에서나 그런 일이 일어나듯이 팔레스타인을 눈앞에 볼 수 있는 그런 절망적인 확신인 게야. 그 전체는 그렇지만 거의 전쟁놀이 같아, 그 유명한 돌파 이념 위에 축조된 전쟁, 힌덴부르크 작전 같은.* 아마도 내가 자네를 오해하는지도 몰라. 그러나 만일 해방의 무한한 가능성들이 없다면, 특히 우리의 생의 매 순간에서 그러한 가능성들이 없다면, 그렇다면 아마도 가능성들이란 전무한 것이야. 내가 자네를 정말로 오해하는가 보네. 그 유희는 정말이지 계속해서 되풀이되고 있고, 순간적 오보는 다만 그 순간의 상실만을 의미하는 것일 뿐, 전체의 상실은 아닌 게야. 그렇다면 그것이 언급되어야 하네, 바로 간호사 같은 고려에서라도.

프란츠

볼프에게서 1916~1917년 분의 『관찰』 102부에 대한 정산서를 받는데, 놀랍게도 많은 판매였다네, 하지만 자네를 통해서 약속했던 정산서는 보내지 않는군, 『시골의사』에 대한 것도 없고.

동봉한 것은 자네의 배급할당 신청서 양식이네, 이것을 그 공책

---

* 제1차 세계대전 중 제8군 사령관 파울 폰 힌덴부르크(1847~1934)의 타넨베르크 전투를 가리킨다. 대 러시아 전선을 격파한 이 전투는 포위섬멸전의 전형으로서 힌덴부르크에게 '전쟁의 신'이라는 별명을 안겨주었고, 그는 이어 바이마르공화국 시대에 대통령으로 선출된다.

속에다 두고 잊었더군. 제발, 막스, 《유대 전망》은 항상 보내 주게, 그리고 오틀라가 2주 후에 프라하에 가서 나의 퇴직을 조정할 작정이라네.

취라우, 1917년 11월 초.

그리운 친구여

040

막스 브로트에게

가장 친애하는 막스, 내가 하고 있는 일은 좀 단순하고 자명한 것이네.

도시에서, 가족, 직장, 모임, 사랑 관계(자네가 원한다면 이것을 첫 번째로 하지)에서, 현존 또는 장차 예상되는 민족 공동체에서, 이들 모든 관계에 있어서 난 내 자신을 입증하지 못했네, 그것도 – 이 점을 예리하게 관찰했지 – 내 주변의 어느 누구에게서도 일어난 적이 없는 그런 방식으로 말일세. 그것은 본질적으로 유아적 사고이기에 ("나처럼 미미한 사람은 아무도 없지"), 나중에는 새로운 고통으로 바뀌네. 그러나 이 관계에서(여기서 비천함 또는 자기비하가 문제가 되는 것이 아니라, 자신을 입증하지 못한다는 분명한 내적 사실을 말하는데) 이러한 사고를 똑바로 견지했고 또 여전히 그러고 있지. 나는 내가 살지 아니한 인생과 관련된 고통을 자랑하려는 것이 아니네. 그것은 (예로부터의 아무리 작은 단계들에서도 모두) 회고하건대 실제 사실들과 비교하면 턱없이 사소하게 여겨지네, 그 사실의 압박에 저항했음에도 말이네. 어쨌든 계속 견디기에는 고통이 너무 컸지, 아니면 그게 너무 크지 않았다면 너무도 무의미했던지(이 저지대에서나 어쩌면 의미의 문제가 허용될 수 있을지). 어쩌면 이미 유년 시절 이래 제공된 가장 가까운 탈출은 자살이 아니라, 자살에 대한 생각이었어. 나의 경우 자살로부터 나를 저지시킨 것은 특별히 꾸며낼 수 있을 비겁함이 아니라, 단지 동시에 무의미성으로 끝나는 이런 생각 때문이었지. "너, 아무것도 할 수 없는 네가, 하필 이 짓을 하겠다고? 어떻게 감히 그런 생각을 할 수 있어? 자신을 죽일 수 있다면, 말하자면 더 이상 그럴 필요도 없겠다, 등등." 나중에는 천천히 다른 통찰이 덧붙여졌네, 자살에 대한 생각은 그만 두었지. 이제 내 앞에 놓여 있던 것은 내게 혼란된 희망들, 외로운 황홀경, 부풀린 허영심을 초월해서 생각해 보았을 때(이 "초월해서"라는 것은 생에-머물러-있기가 해낸 것에 비해 매우 드물게 성취할 수 있었던 것이네), 참담한 삶과 참담한 죽음이었네. "그것은 마치 치욕이 그의 뒤에 살아남은 듯했다." 이것이 말하자면 『소송』소설의 마지막 말이네.

　이러한 완전성에서 이제껏 불가능하게 여겨졌던 새로운 길이 보이네, 그것을 자력으로(결핵이 '자력'에 속하지 않는 한) 찾아낸 것은 아니지. 나는 이 길을 보고 있으며, 보고 있다고 믿지, 아직 가고 있지는 않아. 그 길은 이런 거야, 이런 것일 게야, 내가 사적으로만이 아니라, 방백傍白이 아니라, 공개적으로 나의 행동을 통해서, 내가 여기에서 나 자신을 입증할 수 없다고 고백하는 것이지. 이 목적을 위해서 나는 다른 어떤 일도 할 필요가 없어, 그저 지금까지의 삶의 윤곽을 단호한 결심을 하고 따르는 것이라. 그렇게 되면 바로 나타나는 결과는 내가 자신을 응집하고, 무의미성에 방치하지 않고, 시각을 자유롭게 하는 것이겠지.

이것이 나의 의도이겠지, 그것이 설령 수행된다고 하더라도. ‒ 그건 아냐, 자체로서 '경탄할 가치가 있는 것'은 전혀 아냐, 다만 뭔가 매우 일관성을 지닌 의도. 만약에 자네가 그것을 경탄의 가치가 있다고 한다면, 나를 자만에 빠지게 하네, 내게 허영의 잔치판을 만들어 주는 것이야, 물론 내가 더 잘 알고 있지만 그건 유감이네. 트럼프로 지은 집의 무상함은 그만 허물어지고 말지, 그 지은이가 허풍을 떨면(다행히도 틀린 비유네).

자네의 길은 내가 보기에는, 여기서 "본다"가 있다고 치고, 전적으로 다르네. 자네는 자신을 입증하지, 그러니 자신을 입증하라고. 자네는 서로 반항하려는 것을 응집시켜 낼 수 있는데 난 못하지, 적어도 지금까지는 못해. 우리가 한층 가까워지고 친근해지는 것은 우리 둘 다 "가고 있다"는 데에 있네. 지금까지 나는 너무도 자주 나 자신을 자네의 짐으로 느꼈네.

자네가 "혐의"라 하는 것은 가끔 나에겐 단순히 잉여의 힘들의 유희쯤으로 보이네. 자네가 더러 자네의 문학 또는 시온주의에, 하긴 둘 다 하나인데, 어느 하나에 불완전하게 집중한 경우에 거기에 보류하는 잉여의 힘 말일세. 그러므로 이런 의미에서는 만일 그렇게 말하고 싶다면 "근거 있는 혐의"이지.

자네 부인이 그 이야기나의 「학술원에 드리는 보고」를 낭독하는 일에 전적으로 동의해, 하지만 **그 모임에서는 절대로 안 되네.** 반대 이유는 내가 프랑크푸르트 건에 관해서 그랬던 것과 같네. 자네는 무대에 나갈 권리가 있지만, 내 생각으로는 어쩌면 푹스나 파이글(주소지 '조합')은 조용히 있을 권리가 있다고나 할까, 우린 그 점을 이용해야 하네.

《다이몬》지에 대해서는 어찌 생각하는가? 베르펠의 주소를 나에게 알려 주게. 만약 어떤 잡지가 상당 기간 나를 유혹하는 것처럼 여겨졌다면(순간적으로야 모두가 그렇지), 그것은 그로스 박사의 이야기였네. 아마 그것이 내게 적어도 그날 저녁에는 일종의 인간적 연결의 열기에서 나온 것처럼 여겨졌기 때문이네. 인간적으로 서로 연결되었다는 노력의 징표, 아마도 잡지란 그 이상은 아닐 것이야. 하지만 《다이몬》은 어떤가? 그것에 관해서는 《도나우란트》에 실린 그 편집진의 사진이 내가 아는 전부야.

이제 덧붙이는 말은, 최근의 꿈에서 나는 베르펠에게 입맞춤을 했고, 지금은 블뤼어의 책『남성사회에서 에로티시즘의 역할』속에 빠져 있네. 하지만 그것에 대해서는 다음에 쓰지. 그 책은 나를 흥분시켰지, 그래서 이틀 동안 독서를 중단해야 했네. 그래서 말인데, 그 책은 기타 심리분석학적 저작과 공통적인 점을 지녀서 첫 순간 충분히 질려 버리지, 그렇지만 조금 있다가는 곧 다시 지난 굶주림을 느끼게 하네. 심리분석학적으로는 '물론' 쉽게 설명될 수 있는 것, 특급 억압 본능. 왕실 열차가 가장 신속하게 해결하겠지.

이제 이것만 덧붙이지, 건강은 좋고(교수는 남쪽에 대해서 아무 말이 없었으니까), 방문 통보는 환영이며 좋네, 선물 구상은 심히 의심쩍고, 다음 편지에 그에 대한 반박이 있을 것이야.

아니, 지금 바로 반박하지. 왜냐하면 그게 아주 정확하니까. 우리의 '선물'은 전적으로 우리 자신의 즐거움으로 하는 것이네, 그것도 자네들에게 감정적 또는 물질적 손해를 주면서. 왜냐하면 만일 우리가 '선물'이 아니라 판매할 것이라면, 우리는 물론 지금까지보다 더 많이 보낼 수 있기 때문이며, 그렇게 되면 자네들은 여기 값과 프라하 값의 차이 때문에 훨씬 많은 이득을 볼 수 있을 것이네, '선물'의 가치보다 훨씬 더, 뿐만 아니라 자네들은 더 많은 식료품을 갖게 될 것이니 말이네. 그러나 우리는 판매를 하지 않고 자네들에게 해를 주면서 그저 분별없이 '선물'을 하네, 그것이 우리에게 기쁨을 주기 때문이지. 그러니 참게나. 우리는 정말이지 겨우 조금 보내며, 그세 또 점점 줄어들 것이니.

취라우, 1917년 11월 중순.

041

펠릭스 벨치에게

친애하는 펠릭스, 취라우에서의 첫 번째 치명적인 잘못은 쥐새끼들의 밤, 끔찍한 경험이었네. 나 자신은 다치지 않았고, 머리카락도 어제보다 더 희어지지도 않았지만, 그러나 그것은 세상에 없는 전율이었네. 이미 전에도 여기저기에서 (나는 매 순간 편지 쓰기를 중단해야 했는데, 자네는 그 이유를 이제 들어보면 알 것이네), 밤중에 살금살금 갉아먹는 소리를 듣곤 했는데, 한 번은 내가 참 와들와들 떨면서 일어나서 사방을 둘러본 적도 있었지, 그랬더니 그 소리가 즉각 멈추더군 – 이번에는 그러나 한판 소동이 벌어졌네. 어찌나 끔찍한 멍청한 시끄러운 놈이던지! 새벽 2시경 침대 주변에서 부스럭거리는 소리에 잠이 깼는데, 그게 글쎄 아침까지 멈추질 않았다니까. 석탄상자 위로, 아래로, 방의 대각선을 가로질러 달리고, 빙빙 돌고, 나무를 갉아대고, 쉬는 동안에는 살며시 엿보며, 그러는 동안 내내 정적의 감정, 억압받는 프롤레타리아의 은밀한 노역의 감정이 온통 감돌았네, 그에게 이 밤이 속하거늘. 나를 사상적으로 구출하기 위해서, 나는 그 소리가 난로 둘레에 집중되어 있다고 단정했지, 그런데 그 난로는 방 길이만큼은 내게서 멀리 있으니. 그러나 그 소리는 어디에나 있었고, 그놈들 모든 떼거지가 어디선가 한꺼번에 뛰어내릴 때는 정말 끔찍했네. 나는 완전히 속수무책, 내 존재 어디에도 안정할 곳이 없었고, 감히 불을 켜려고 일어나지도 못했네. 내가 할 수 있는 모든 짓은 악을 몇 번 쓰는 것이었지, 그것으로 놈들에게 겁먹게 하려고. 그렇게 해서 밤이 새고, 아침에는 역겨움과 처참함으로 말미암아 일어날 수가 없어 그냥 낮 1시까지 침대에 그대로 있었네, 들리는 소리에 귀를 쫑그리고서, 그러니까 지칠 줄 모르는 쥐 한 놈이 오전 내내 옷장 속에서 간밤의 작업을 마무리 짓고 있든가 아니면 다음날 밤 준비를 하고 있었으니. 지금은 내가 고양이(그걸 나는 옛날부터 은근히 미워하는데) 한 마리를 방으로 들여놓았는데, 가끔 녀석을 쫓아내야만 해, 그게 내 무릎에 뛰어들려고 하니 말이야(편지 쓰기 중단). 만약에 녀석이 더러워지면 아래층 처녀에게 데려가라고 해야지. 녀석은 얌전해 (고양이), 난로 가에 누워 있어, 창가에서는 일찍 일어난 쥐 한 마리가 여지없이 긁어대기 시작. 오늘은 만사가 틀렸네, 심지어 농장에서 만든 그 좋고 흐뭇한 빵의 향기도 맛도 쥐 냄새야.

말이 났으니 말인데 간밤에 자리에 들었을 때 난 이미 불안했었네. 자네에게 편지를 쓰려고 했었고, 이미 두 쪽을 썼는데, 그게 잘 안 되었어, 그 사태에 대한 심각성에 이르게 되질 않더군. 아마도 그것은 자네가 편지 서두에서 그렇게 가볍게 자신에 관한 말을 하고, 또 전혀 조롱감일 수 없는 자신을 조롱했기 때문이었네. 만약에 자네 말대로 그렇게 양심이 경박했다면, 자네는 지금 나이까지 살지도 못했을 것이네. 내 말은, 그것 말고는 똑같은 상황에서라면. 그러니 "바위덩어리 같은 신앙"과 동시에 그 신앙을 근본적으로 뒤엎는 "경박한 이론들"은 있을 수 없고, 다시 이 이론들과 동시에 그것들을 뒤엎는 "첨단 사고"라는 것도 존재하지 않네, 그래서 결국 그 "첨단 사고"만 남는다거나, 아니면 그것마저도 혼자서는 전환 불가이므로 아예 그것도 없어진다는, 그런 일은 있을 수 없네. 만약에 그렇다면 자네는 행복하게 전적으로 근절되었어야 하겠지, 그러나 행복하게도 자네는 여전히 현존하고 있으며, 그것이 가장 좋은 것이네. 그 점에 대해서 자네는 정말이지 놀라워해야지, 그것을 정신적 성취로서 감탄해야 한다고, 그러니까 막스와 나와 일치해야 할 것이네.

그밖에도 자네는 원칙적으로 옳지 않네. (놀랍네, 녀석이 무언가 냄새를 맡고서 옷장 뒤에서 어두운 곳으로 뛰어 들어가네. 거기서 녀석이 앉아 망을 보네. 나로선 얼마나 다행인가!) 이 쥐구멍 소유자의 말을 잘 듣게나, 자네의 아파트는 환상적이라는 것을, 그리고 겨우 (물론 자네가 놀라울 정도로 전혀 방해를 받지 않는다는 점을 제쳐두고라도) 그 '공간적 잉여'는 '시간적 결손'을 낳기 때문에 그것으로 방해가 되고 있다는 사실을. 자네의 시간은 예컨대 현관 객실에 있는 양탄자처럼 누워 있네. 그걸 거기에 그냥 놓아두게, 그건 양탄자로서 멋있고, 가정의 평화로서도 멋있네. 그러나 미래의 시간은 변화된 것 없이 그대로 멈춰 있다네, 자네에게나 모든 사람에게나.

그 "윤리"에 대한 나의 질문은, 지금 생각해 보면 사실은 서면으

로 작성된 강의록을 부탁한 것이었는데, 지금 생각하니 너무 엄청
난 것이라서 철회하네. 어쨌거나 신앙과 은총 그리고 막스 또는 심
지어 나와 갈라서련다는 언급을 가지고서 뭘 어찌해야 좋을지 모르
겠네.

나의 건강은 꽤 괜찮은 편인데, 쥐 공포증이 결핵을 방지하는 것
은 아니라는 전제에서 말이네.

중앙유럽 열강군의 1918년 군사 프로그램에서 한 가지 흥미 있는
항목을 덧붙이려네. 나의 징집 면제의 기한 만료일이 1918년 1월 1일
자로 확정되었네. 이번만은 힌덴부르크전선가 너무 늦어버렸네.

자네와 자네 부인에게 (부인에게는 지갑 사건* 이후로 아무것도 잃을 것
이 없지만) 진심 어린 안부를 보내며.

프란츠

취라우, 1917년 11월 중순.

---

* 카프카는 그 해 여름(7월 20일) 이르마 벨치에게 사과의 편지를 쓴 적이 있다. 벨치 집을 방문한 직후 약혼
녀가 지갑을 거기에 놓고 왔다고 생각하여 다시 방문해서 문의한 일이 있었는데, 지갑은 다른 곳에 있었고
지갑을 찾은 일을 빨리 전하지 않아서 사과한 것이다.

오스카 바움에게

친애하는 오스카, 나는 그동안 자네에게 전혀 편지를 쓰지 않았고, 자네는 약속한 그 소설을 보내지 않았네. 그러나 이것은 외형적인 일들이고, 그밖에는 여기는 아무것도 변한 것이 없으며, 그쪽 또한 그리리라 나는 희망하네.

취라우는 늘 그렇듯이 아름답네, 다만 겨울 색이 되어가네. 창문 밖 거위 연못은 벌써 가끔씩 얼어붙고 있으며, 아이들은 멋지게 스케이트를 타고, 그리고 저녁 강풍에 연못에 날려버렸던 내 모자는 아침에 얼음판에서 간신히 건졌네. 쥐들은 끔직한 것으로 드러났네, 이것을 자네에게 숨기기는 불가능하네, 나는 그놈들을 고양이와 함께 얼마쯤 쫓아버리곤 하는데, 저녁마다 광장 너머에서 그 고양이를 "팔에 따뜻하게" 안아서 데려온다네. 그러나 어제는 우악스런 부뚜막 시궁쥐, 아마 틀림없이 아직 침실에는 한 번도 없었던 그놈이 전대미문의 쿵쾅 소리를 내면서 방으로 쳐들어왔네. 그래서 나는 옆방에 있던 고양이를 불러들여야 했네. 녀석의 청결 교육을

그리운 친구여

못 시킨 나의 무능과 침대에 뛰어들까 하는 불안 때문에 옆방에다 놓아두었던 것이라네. 그 예쁜 놈이 어떻게나 준비되었다 싶게 상자에서 뛰어나왔는지, 그 상자는 내용물을 알 수 없는 상자인데다가, 아무래도 잠자리는 아니고 우리 집 안주인 것으로 보였는데 말이네. 그러더니 조용해지더군. 그 밖의 다른 소식들이라면, 거위 한 마리가 배가 터져 죽었고, 밤색 말은 옴이 올랐고, 암염소들이 수놈에게 갔으며 (그 수놈은 유별나게 잘 생긴 젊은 녀석으로 보이네. 암염소 한 마리가, 이미 그 수놈 곁에 있었던 적이 있는지, 갑작스러운 기억을 하면서 우리 집에서 그 수놈에게까지 먼 길을 다시 한 번 달려갔네), 그리고 돼지가 다음번에 곧 도살당하게 되어 있다네.

이것이 신년에 자네가 마주치게 될 생사의 축소판 그림이네. 내 자신의 상태가 어찌 될 것인지는 나도 정말 확실히는 알지 못하네. 지난달 교수의 의견에 의하면, 나는 벌써 사무실에 복귀해 있어야 한다는군, 비록 내가 시민사회적 관점에선 확실히 건강하지 못하지만 말이네(어쨌거나 나는 건강상 그 언제고 더 좋게 느낀 적도 없었다네). 하지만 만약에 내가 적어도 잠시만이라도 더 오래 사무실을 면할 수 있다면, 바로 그것에 (그러니까 면제에) 내 온갖 소망이 겨냥되어 있는데, 그렇다면 이렇게 하려 하네. 12월말에는 어쨌든 프라하에 돌아가야 해, 왜냐하면 나의 징집면제가 1월 1일에 만료되고, 자진 출두를 해야 하니까. 그래도 그들은 나를 플레스_{군막사}에서 간호해 주는 데에 흥미를 가질 리가 없을 거야, 나 스스로 이곳에서 그렇게 하는 데 말이야, 그래서 아마 틀림없이 나를 (징병위원회의 건전한 이성 이외에도 아마 또 다른 도움을 기대해도 된다네) 되돌려 보낼 것이네. 그러면

서둘러 다시 취라우로 돌아올 것이며, 자네는 나와 더불어 멋지게 여행할 수 있을 것이야. 그것이 최선의 길이겠지, 주로 나를 위해서. 자네로서는 어쨌든 여기에 와야 하네, 내 운명이 어떻든 간에 고려하지 말고.

오틀라는 매우 기뻐하고 있어. 침대와 고양이가 준비되어 있고, 눈과 서리는 저희들 나름으로 오게 되겠지.

그리고 그 소설은? 진심 어린 안부를 자네와 부인 그리고 아이에게.

프란츠

취라우, 1917년 11월 말/12월 초.

043

막스 브로트에게

친애하는 막스, 내가 오늘에야 비로소 답장하는 것은 순전히 우연이고, 그러나 또한 방, 불빛, 쥐들 문제이네. 그러나 그것은 신경성의 문제 또는 도시−시골 간 교환 조건 문제는 전혀 아니네.

쥐들에 대한 나의 반작용은 순전한 공포일세. 공포의 원인을 탐구하는 일은 정신분석학자의 과제인데, 난 그게 아니지. 확실히 이 공포는 곤충에 대한 공포증과 같이, 이 동물들의 예기치 못한, 불청객의, 불가피한, 다소간에 침묵의, 집요한, 비밀스런 의도의 출현과 관련되어 있으며, 그것들이 담벼락 주위에 수백 배로 터널을 뚫고 뚫어서 그곳에서 잠복하고 있으리라는 감정, 그들에게 속한 밤 시간으로 인해서 그리고 또한 그 작은 크기로 우리로부터 멀리 떨어져서 있음으로 해서 잡기도 어렵다는 감정과 관련되어 있네. 특히 그 왜소함은 중요한 공포 성분을 부가한다네.

만일 예컨대 꼭 돼지만한 모습으로 보이는 어떤 동물이 있다는 상상은, 그러니까 그 자체로서 재미있다네, 그러나 그것이 쥐처럼 예컨대 구멍에서 마룻바닥으로 쿵쿵거리며 기어 나온다면, 그것은 소름끼치는 상상이 아닌가.

지난 며칠 동안 진짜 좋은 해결, 비록 단지 잠정적이긴 해도 일단 해결책을 발견했네. 밤사이 나는 비어 있는 옆방에 고양이를 두었는데, 그렇게 함으로써 내 방을 더럽히는 것을 막았지 (어려운 점은 이런 고려에서 한 동물과 상호 이해를 해야 한다는 사실이네. 거기에는 오로지 오해만 있는 것 같은데, 왜냐하면 고양이는 매질과 그 밖의 상이한 설명의 결과로서 이 필수적인 실행이 뭔가 좋지 않은 일이라는 것과 그것을 위한 장소가 조심스럽게 선택되어야 함을 알 뿐이기 때문이네. 그러니 녀석이 무얼 할 것인가? 글쎄 예컨대 녀석은 어두운 장소를 택하네. 그것은 나아가서 나에게는 녀석의 충성을 증명하는 것이고, 뿐만 아니라 물론 녀석에게도 기분 좋은 곳이고. 그러나 인간의 편에서 보자면 이 장소는 우연히도 내 슬리퍼의 내부라네. 그러니까 오해라는 것이지, 그리고 그런 것들은 밤과 본능의 필요만큼이나 많다네). 또한 침대에 뛰어들 가능성을 막았고. 그렇지만 한편으로 만일 사태가 악화되면 곧 그 고양이를 들여보낼 수 있다는 안도감도 갖게 되지. 요 지난 며칠 밤은 조용했네, 적어도 쥐들의 분명한 징후는 없었네. 하지만 사람이 고양이의 과제 일부를 위임받게 되면, 귀를 쫑긋 세우고서 불길 같은 눈을 똑바로 또는 앞으로 내리깔고서 침대에 쪼그리고 있다 보면, 그게 자는데 도움이 될 리가 없지. 그렇지만 그것은 단지 첫날밤이었네, 곧 좋아질 것이야.

자네가 자주 내게 들려줬던 특별한 덫 이야기가 기억나네. 하지만 그것들은 지금은 가질 수도 없고, 또한 애당초 그것들은 쓰고 싶지도 않아. 덫은 실제로 유혹해 내지, 그리고는 단지 그렇게 죽이는 쥐들만을 근절하지. 고양이들은 반대로 단지 그 존재만으로도 벌써 쥐들을 쫓아내는 거야, 어쩌면 단순히 그들의 배설물만으로도. 그러니 이들을 절대로 경시해서는 안 되네. 고양이가 온 첫 번째 밤에는 특히 눈에 띄었지, 그게 굉장한 쥐들의 밤 다음이었으니까. 아직 "쥐 죽은 듯 고요한" 것은 아니었으나, 한 놈도 더 이상 얼씬거리지 않았고, 고양이는 억지로 장소를 이동한 터라 침울해져서 난로 쪽 구석에 앉아있더군, 움직이지도 않고서. 그러나 그것으로 충분했지, 마치 교사가 현존해 있을 때처럼, 쥐구멍의 여기저기에서 재잘거리는 소리뿐이었네.

자네는 자네에 대해서 별로 쓰지를 않으니, 그래 나는 쥐새끼들로 복수를 하네. 자네는 "구원을 기다리고 있음"이라 쓰는군. 다행히도 자네의 의식적인 생각과 자네의 행위는 완벽하게 일치하지는 않네. 그 누가 자신의 과제와 투쟁하는 동안 "병나고, 죄의식에, 무력감" 등을 느끼지 않겠는가, 그것도 자신을 구원하는 과제인데? 누구든 자신이 구원되지 않고서야 누구를 구원할 수 있겠는가?

레오시 야나체크 또한 (그의 편지를 내 누이가 자네에게 부탁하네) 그의 연주회 날에 프라하를 돌아다닌다네. 말이 났으니 말인데, 자네는 불쌍한 것이 아니라, 그 모든 것은 순간이네. 그리고 그 탈무드 이야기를 나는 다르게 이야기하려네. 정당한 자들이 우네, 왜냐하면 그들은 너무도 많은 고통을 겪어왔다고 생각했는데, 이제 와서 지금 가지고 있는 것과 비교했을 때 그것들은 아무것도 아니었다는 인식 때문이네. 그렇지만 정당하지 못한 자들은 그런 것이 있기나

한가?

　자네는 요 전전번의 내 편지에 한 마디 대답도 없었고, 베르펠의 주소도 보내지 않았네, 그렇기 때문에 이제 자네에게 내 편지를 베르펠에게 직접 보내라고 부탁하네. 《시작》지에 초빙된 것은 자네가 권유한 것인가?

프란츠

취라우, 우편 소인 1917년 12월 초.

044

막스 브로트에게

친애하는 막스, 한 가지 오해가 있네, 쥐새끼들 때문에 영 잠 못 자
는 밤들은 아니라네, 그 우악스런 첫날밤을 제외하고는. 도대체가
아주 잘 잔다고 하지는 못하겠지 아마, 그러나 평균적으로 프라하
에서 최상의 잠을 누리던 시절만큼은 잔다네.

　"불길 같은 눈"이라 하는 것은 다만 내가 쥐새끼의 어둠을 꿰뚫
을 수 있는 고양이의 눈을 만들어보고자 했던 시도, 그것도 실패작
으로, 그것을 의미할 뿐이라네. 그리고 이제 그 모든 것은 불필요한
것이네, 적어도 당분간은. 왜냐하면 그 고양이가 이전에 양탄자와
소파에 흩어놓았던 거의 모든 것을 모래 한 상자에 모아 놓았으니
까. 사람이 동물과 타협이 된다는 것은 놀라운 일이네. 저녁에는 잘
자란 어린애처럼 지나가지, 우유를 먹이고 나면 모래 상자로 가서
그 속에 들어가 등을 웅크리고 있다네, 그 상자가 너무 작으니까.
그리고는 해야 할 일을 하네. 그러니까 이 순간은 아무 걱정이 없
네. '쥐 없는 요양원'이라, '쥐 없음'은 동시에 '고양이 없음'을 의

미하고, 어쨌거나 대단한 단어이지, 그러나 '요양원'이란 단어가 작을 만큼 그렇게 대단한 단어가 못되네. 그렇기 때문에 기꺼이 들어가고 싶지는 않아. 나의 건강은 일관되게 좋네. 외관도 만족스럽고, 기침도 가능한대로 프라하에서보다는 덜 한다네. 어떤 날은 내가 그것을 의식하지는 않지만, 전혀 기침을 하지 않은 때도 있다네. 숨 가쁜 것은 어쨌거나 아직도 여전히 있지, 말하자면 그것은 내가 일상적으로 일하지 않는 삶에서는 도대체 나타나지 않는다는 말, 산책에서도 안 나타나지, 다만 내가 걸어가면서 누군가와 말을 나누어야 할 때 ─ 그것은 무리가 되지. 그러나 그것은 전체적인 상황의 부수 현상일 뿐이며, 그것에 대해서 내가 얘기했을 때, 그 교수와 뮐슈타인 박사도 전혀 심각하게 받아들이지 않았네. 요양원 문제가 왜 바로 지금 결정되어야 하는지 나는 모르겠네. 그건 아나, 보험공사 문제는 해결되어야 하네, 왜냐하면 내가 이제 그 교수에게 가면, 그는 나를 겨울 동안에 공사로 보내려고 할 것이네. 그러나 가지 않을 것이며, 혹은 너무도 끊임없이 망설이므로, 경영진 측에서 볼 때는 가지 않는 것으로 보일 것이네. 그렇지만 그들이 내게 진정으로 친절하기 때문에 즐겁지가 못해. 많은 일들이 많은 사람에게 특히 많은 사람에 의해서 설명될 수가 없다네.

두 번째 오해는 자네가 병난 것에 대해 내가 의심을 표현함으로써 자네를 위안시키려고는 하지 않아. 내가 어떻게 그것을 의심한단 말이지, 내가 보고 있는 터에. 나는 자네보다도 더 단호히 자네 편에 있네, 왜냐하면 자네의 존엄, 자네의 인간적 존엄성이 그로 인해서 위협당한다고 느끼기 때문이며, 또한 자네가 병으로 너무도

166
그리운 친구여

고통 받고 있음을 느끼기 때문일세. 확실히 조용한 시간에는 누구나 그러한 판단을 하기 쉬우며 자네도 마찬가지일 것이야. 하지만 예컨대 나의 이전 상태와 자네의 현 상태 사이의 비교는 그래도 구분될 것이네. 내가 절망적이었다면, 그렇다고 그것이 내 책임은 아니었네. 나의 병과 병에서 오는 고통은 단 하나였고, 그밖에 거의 아무것도 없었네. 하지만 자네는 그 경우가 아니네. 자네의 경우에는 그런 강한 훼손은 '없을 것이다'가 아니라 '없어야 된다.'라고 해야 하네. 훼손이 강해서 자네가 그것에 물러나는 그런 것은 없지. 자네가 지금 그렇게 하는, 아니면 이건 내 생각인데 (자네를 위안하려는 것이 아니라 다만 내 생각인데), 자네가 그렇게 한다고 여기는, 혹은 자네 자신에게도 그렇게 하는 것처럼 여겨지는, 그런 만큼의 강한 훼손은 없네.

내가 자네에게 보다 본질적인 조언을 줄 수 있었을 것 같지는 않네, 시시하고 불확실한 말 몇 마디라면 모를까. 난 무엇보다도 자네의 사무실에 자네와 함께 몇 시간이고 앉아있었으면 좋겠네, 그곳에서는 특별히 좋았지, 그리고 자네 이야기에 귀 기울일 수 있었으면. 하지만 그것은 단지 나에게 기쁨을 줄 뿐이었겠지, 낭독한 것의 좋은 점과 나쁜 점과는 아무 상관없이, 그러니 결코 결정적인 조언은, 어떤 구체적인 경우에 쓸 만한 조언 같은 것은 나오지 않았지. 그러한 조언을 난 해본 적이 없어, 그러나 이제는 또 다른 이유에서 그러네. 그러한 조언은 오로지 극기의 교육학이라는 정신에서만이 나올 수 있는 법인데, 난 그런 것에는 항상 속수무책이거든. 내게 떠오르는 것은 그것도 매우 불분명하게나마, 프리드리히 푀르스터의 예라네. 한 어린이에게 어떻게 완벽하게 확신을 심어줄 수 있는가인데, 방에 들어갈 때 뒤에서 문을 닫아야 하는 것은 인간 누구나 그래야 되는 것일 뿐만 아니라, 바로 이 어린이도 이 문을 그렇게 해야 한다는 것. 그 앞에서 난 아마 속수무책이 될 과제이지, 하지만 그 앞에서 속수무책이란 옳은 것이라 생각해. 문 닫는 능력을 자극시키는 것, 그것은 확실히 어려운 일이지, 하지만 그것 또한 무의미한 것이야, 그것이 적어도 옳지 못한 일이라고까지 하지 않으려면 말이야. 그러한 내 말의 뜻은, 조언이란 것이 어쩌면 가능하겠지만, 더 좋은 것은 전향시키지 않는 것이라는 말. 막스, 최소한 더도 말고 자네를 보고 싶네, 하지만 자네가 존재한다는 나에게 자네가 있다는, 자네에게서 편지가 온다는 그 의식만으로 이러한 점에서 나에게 평안을 준다네. 뿐만 아니라 나는 자네가 그 소설 쓰는 행복을 누리고 있음을, 또한 그것을 어떤 방법으로도 변명할 수 없다는 것을 알고 있네.

프란츠

\# 여백에 적은 메모 :

《시작》지의 초빙 건에 대해서 내가 왜 물었느냐 하면, 그들이 내 취라우 주소를 어디에서 알았을지 달리는 설명되지 않아서였네. 그러니까 자네가 그들에게 말했는가? 자네가 언제쯤 드레스덴에 가는지 제 때에 편지 주게나. 내 프라하 여행 때문이네.

취라우, 우편 소인 1917년 12월 10일.

그리운 친구여

045

막스 브로트에게

친애하는 막스, 나는 벌써 오래 전에 자네의 극 『에스터』에 대해 고맙다는 말을 했어야 했네.

하지만 그 책이 하필이면 내적으로 최악이던 며칠 사이에 도착했네, 왜 그런 날들이 있지, 지금까지 취라우에 있었던 중 최악의 며칠. 그것은 격동, 파도의 격랑이며, 창세기가 철회되지 않는 한 결코 멈추지 않을 그런 것일세. 그러나 그것은 자네의 고통과는 다르다네. 나를 제외한 그 누구도 거기에 개입되지 않은, 아마도 바라건대 점차로 느낌 자체가 그치게 될 그런 격동이라면 몰라도.

그래 자네의 사건은 진전이 있었다지, 나로서는 그런 것을 거의 기대하지 않았었는데. 그러나 나는 아직도 여기에서 좌우 어느 편으로 결정하든 그것이 여자들에게서 나오는 것이 아니라고 믿네. 왜냐하면 다른 곳에서는 그것이 어떠하든, 자네가 이쪽도 저쪽도 무조건 사랑한다고 보지는 않네. 이쪽의 부정적인 요소가 자네를 앞으로 내몰고 넘어가게 하지만, 저쪽의 부정적 요소가 자네를 다시 뒤로 내몰지. 아마 자네는 ^{작품 모델이 된} **루트 편**으로 결정을 할 수도 있겠지, 하지만 이들 두 여자들 사이에서 자네는 그렇게 하지 않지, 마치 자네가 할 수 있는 것처럼도, 혹은 마치 그것이 자네에 의해 요구되는 것처럼도, 또는 마치 그것이 자네의 일인 것처럼도 하지 않지. 눈물은 자네가 흘리고 있는 그곳에는 맞지가 않아. 여기 서는 저 여자 때문에, 저기서는 이 여자 때문에 울고 있으니까. 만 일 꼭 이러한 분명한 경우는 아닐지라도, 자네는 어느 쪽에서도 안 정을 찾지 못하고 있네. 그것을 두고서 자네가 도대체 이 순환 고리 에서 떨어져 나오고 싶어 한다고 해석해도 되지 않겠나? 물론 이런 해석은 완전히 내 표현이기는 하지만.

여성은 초인간적인 것을 행하는가? 그렇고말고. 아마도 오로지 초남성적인 것이겠으나, 하지만 그것 또한 물론 충분하고말고.

『에스터』를 내가 오틀라에게 단숨에 낭독해 주었네(호흡의 위업이 기도 하네, 안 그런가?). 전체적으로 프라하에서의 인상이 확인되었네. 그러니까 그 서곡 대부분, 하만과 관련된 거의 전부에 대한 나의 감 탄 말이네 – 다음에는 참으로 긴 중단, 그 결과 내가 시작 쪽을 끊 어버린다니까, 주로 중단 때문이지. 우리 집 아가씨^{도우미} 마렌카가 오늘 플뢰아우에 가서 저녁때 우편물을 가져왔더군, 보통 때 같으 면 내일 아침에야 왔을 것인데. 주로 자네의 선물, 인쇄물 송부, 엽 서, 그런데 거기에 대해서는 아무 말도 없었지(베르펠은 늘 그런 식으 로 돌출하더군, 그리고 그것이 자네에게는 나에 대한 호의로 보인다면, 어찌 되었건 그렇다고 치세), 그리고 신문, 《자기 방어》, 그리고는 내 상관^오 ^{에겐} 폴의 장문의 편지(그 사람하고는 매우 가까운 사이이지, 여기 방문도

했었어), 그리고 마지막으로 이것이 그 중단인데, 그녀가 성탄절에 도착하겠다고 알리는 F.로부터의 편지야. 우리가 진작 그러한 여행의 무의미함, 심지어 나쁜 점에 대해서 분명히 합의했던 걸로 여겨지는데 말이네. 열거할 가치도 없는 여러 가지 이유들로 해서 그러니까 나는 아마도, 원래는 성탄절 이후에야 프라하에 가려고 했지만, 이번 일요일 저녁쯤에 가겠네.

그럼 이제 다시 『에스터』이야기로 돌아오지, 그 다음 할 수 있는 최선이니.

나를 사로잡은 제2막의 감탄, 그리고 유대인 관련 대부분. 자네가 알다시피, 세부 사항에 대한 모든 거부감은 그대로지. 나로서 근거를 댈 수 있으니까.

다른 한편으로 처음부터 알고 있던 것은 내가 그 극을 프라하의 소동 한복판에서와는 다르게 읽게 되리라는 것이었네. 그런데 결과는 내가 그 극을 더 잘못 이해한다는 생각이며 동시에 내게서 그 극의 중요성이 더욱 상승되고 있다는 것이네. 내가 말하고자 하는 것은 나는 처음에 그것을, 이를테면 무엇인가를 그 손잡이로 파악하는 식으로, 그러니까 예술 작품으로서 파악했던 것이네. 하지만 나는 그것을 포괄적으로 이해하지 못했고, 그러기에는 극에 대한 나의 이해력이 미치지 못하지. 아마도 그것은 무엇인가 필연적으로 진실하지 않은 것이 주어진 근본적인 난점에 원인이 있지 않을지. 3인의 극중 인물인 하만, 왕, 에스터는 다만 하나일 뿐이며, 예술적이자 또한 기교적인 삼각관계는 서로 맞물리는 부분들로 인해서 전제, 긴장, 통찰 및 결론을 생성하는데, 이것들은 다만 부분적으로만, 물론 어쩌면 상당한 부분일지도 모르지만, 부분적으로만 사실이며, 또는 더 옳은 것은 영혼의 이야기를 위해서는 그것이 무조건적으로 필수적이라는 것이네.

여기 하나의 예를 들지, 내가 그것을 완전히 파악하지 못하므로 어쩌면 틀린 예일 수도 있지만. 하만과 에스터는 같은 시기에 같은 날 저녁에 날아오르네, 사실상 뭔가 깊은 인형극적인 요소가 그 안에 숨겨져 있다고는 하나, 전체 극에서 같은 날 말이야(예컨대 최종 막의 절망에서, 그런데 내가 대목들을 열거하느라 그 절망을 잊었네). 또한 하만이 왕의 식탁에 7년 동안을 관망하면서 앉아 있는 것은 매우 좋지만 비인간적 처사이네. 그렇다면 이날 밤에 그들이 처음 등장하는가? 왕은 이미 본질적인 생애를 뒤로 하고 있지, 그는 죄를 지었으며, 고통을 받았으며, 자제했고 그렇지만 상실했지. 아마도 그 모든 것은 이제 일어나고 있는 것보다는 한층 아래의 차원에 있는 거야. 그렇지만 아마 또 가장 높은 지점에서 보았을 때는 그 모두가 똑같은 것이겠지. 어쨌든 하만과 에스터가 없이는 그것은 가능하지가 않다네. 반복되는 동굴 방문은 그것을 암시하지, 하긴 도대체 왕이 첫 막에서 벌써 전체의 무대를 알고 다 이해하고 있지, 마치 그것이 옛날에 지나가 버린 연극인 것처럼. 그리고 최종 막의 작별의 대사에서는 그것이 단순히 극의 사건으로서보다는 차라리 일종의 불투명성 속에서 충분히 이야기되네. 그러나 이 장면의 전제들 가운데 말이 너무 없으면, 다시금 제2막의 천년 역사에서 분출되는 것이네. 그렇게 됨으로써 내 생각에는, 예술 작품을 오히려 강화시켜 주지만 다가가기 어려운 어떤 미로가 되고 말지. 내가 따라갈 수 없는, 자세히 들여다보자면, 내 내면의 무엇인가가 따라가기를 거부하는 미로이지. 왜냐하면 그 미로들은 예술에 넘겨진 희생이며 자네의 손상이기 때문이네. 내 말의 뜻은, 그러니까 대충 자네의 소설에서처럼 (최근에 썼던 것 말이네), 자네의 본성이 세 부분으로 나누어지게 되어, 각 부분은 다른 부분들을 유감으로 여기며 위로하는 그런 손상일세. 여기에 아마도 예술과 참 인간성 사이에 해독을 입히는 대립이 생기는 모양이네. 전자의 경우 어떤 예술적 정당성이 요구되는데 (바로 그것이 예컨대 자네로 하여금 왕을 – 그는 사실상 오래 전에 결단이 나버린 인물인데도 – 마지막까지 이끌고 갈 뿐만 아니라 미래에까지도 마주치도록 하게 만들지. 혹은 예컨대 자네로 하여금 그래도 세상을 짊어진 에스터를 극 중 생애에서는 왜소하고 아무것도 알지도 못한 채 – 그녀가 어찌되었건, 극의 관점에서는 다른 의미를 부여받을 수도 있겠지만 – 그저 하만 옆에서 가도록 한다거나, 불변의 그녀를 그의 살해로 인해 본질적으로 변화시킨다거나 하는 것 등). 그렇지만 후자에서는 다만 결정적인 현존재를 요구할 뿐이라네.

　너무 늦었지만 할 말은 너무 많네. 우린 서로 곧 보게 되네. 하긴 이 문제들에 대해서는 편지로 쓰는 것보다는 할 말이 적겠네.

프란츠

여백에 적은 메모 :

　덫은 이미 주문함. 그래, 푹스로부터 《시작》지의 주소가 왔네. 그는 내게 "미천한 시작"이라는 말을 썼는데, 그가 나에게 청탁하도록 했다는군. 나는 오래 전에 그들에게 그 회람장이 마음에 들었지만 협력 못한다고 솔직하게 설명했네.

취라우, 1917년 12월 18/19일.

046

막스 브로트에게

친애하는 막스, 여기 원고를 보내네, (내 유일한 사본들인데) 자네 부인을 위해서지, 그것을 누구에게도 보여주지 말게.

　내 비용으로 「양동이를 탄 사나이」와 「옛날 책」 사본 하나씩을 만들어서 보내 주게나, 파울 코른펠트 씨에게 주려고 그것들이 필요하네.*

　소설 『아메리카』와 『소송』은 동봉하지 않네. 왜 해묵은 긴장을 건드리겠는가? 다만 내가 아직 그것들을 불태우지 않았기 때문에? 다음번에 내가 갈 때까지(아니, 가게 되면. 방금 F.에게서 편지가 와 있네. 『에스터』에 대해서 매우 고마워하면서, 자네에게도 고맙다고 인사해야 하는지 묻고 있네). 아마 그때나 바라건대 가져가겠네.

　그런 '심지어' 예술적으로 실패한 작품들로 법석을 떠는 의미가

---

* 「양동이를 탄 사나이」와 「옛날 책」은 『시골의사』(1920) 속에 포함될 단편이었다. 그 근간이 될 「양동이를 탄 사나이」는 정작 『시골의사』에 포함되지 못했고, 이듬해 《프라하신문》에 발표되었다.

어디에 있는가? 이 작품들에서 내 전체가 요약되기를 사람들이 희망하고 있다는 사실에 있나? 내가 곤궁하면 내 자신을 그 품에 던지게 될 어떤 소명의 법정이? 그런 것은 가능하지 않다는 것을 알고 있네, 거기에선 아무런 도움도 나오지 않음을. 그러니 이 일로 내가 어찌해야 하는가? 나를 도울 수 없다는 그들이 나를 또한 해치려는가? 이 지식을 전제한다면 그렇게 하고야 말 것인데? 도시는 나를 갉아먹고 있네, 그렇지 않고서야 내가 그 원고들을 가져간다고 말하지 않았을 것이야.

지난밤에 대해 짧게 몇 마디 하지. 그 사안이란 것이 원래의 고통에 관여되지 않는 나에게는 다음과 같이 여겨지네. 자네 부인은 주된 비난 속에서 어쩌면 보다 본질적인 문제를 건드렸네, 자네가 편지에서 말한 것보다도 더.

너무 늦었네, 난 또 사무실에 가봐야 하네. 취라우에 가자마자 곧 편지를 쓰겠네. 바로 오늘 자네들 둘 사이에서 말하지 않게 된 것이 아마 다행스럽네.

프란츠

한 가지 더 부탁인데, 군대 등록 양식을 보내 주게, 내 생각으로 1월에는 써내야 하거든.

프라하, 1917년 12월 말.

047

막스 브로트에게

가장 친애하는 막스, 오스카가 여기에 있는 동안 나는 자네에게 편지를 쓰지 않았네, 한편으로는 내가 혼자 지내는 습관이 있어서 (조용함이 아니라 혼자 있는 자체에) 편지를 쓸 수가 없었기 때문이며, 다른 한편으로는 그가 곧 직접 취라우에 대해서 자네에게 말하게 될 것이라서 그랬네. 그는 몇 가지 점에서 내게는 보다 분명해졌네. 유감이야, 분명함에 대해서 항상 끊임없이 분명한 얼굴을 보이기에 충분히 강하지가 못하니. 전체적으로 나보다 자네가 오스카에 대해서 확실히 더 옳게 판단했지. 세부적인 면에서는 자네가 착각을 한 것 같군. 그 소설『불가능한 것으로의 문』은 많은 대목에서 놀랍네. 여태까지는 오스카의 변화된 작업 방식에서 너무 과도한 피상적인 것을 보았네, 그런데 그게 아니야, 오히려 거기에는 진실이 들어 있어. 다만 그것이 지극히 긴장된, 그러면서도 너무 좁은 한계에 부딪쳐서, 거기에서 지루함, 잘못, 취약성, 고함소리가 나오는 것이야. 행여나 취라우가 그에게 약간이라도 도움을 주었다면, 그와 나 모두를 위해서 매우 기쁘겠어, 하긴 난 그것을 의심하지만. 자넨 아마 그것에 대해서 내게 편지 주겠지.

《타블레테》, 《액션》 그리고 서식 용지 고맙네. 이번에 내가 F.에게 《타블레테》를 선사해도 되겠는가?

우리의 마지막 저녁은 좋지 않았지. 그 이후로 자네로부터 무슨 소식을 들었으면 했네. 그 저녁이 좋지 않았던 것은, 내가 (물론 속수무책이었지만 그건 내게 아무것도 아니었지) 자네가 속수무책임을 보았기 때문이었네. 그건 내가 견딜 수가 없지, 비록 이 속수무책을 나름대로 자신에게 설명하려고 했지만 말이네, 그러니까 누구든 옛 멍에를 처음으로 파괴하고 그것이 정말 움직이면 바른 걸음을 즉각 취할 수는 없다는 식으로. 자네가 불확실한 것을 말했을 때, 방안에서 왔다 갔다 하는 것도 꼭 그렇게 불안했지. 그리고 내가 보기에는 자네 아내가, 다른 방식으로 그것에 맞는 말인데, 자네보다는 훨씬 더 권리가 있는 것 같았네, 아마도 일반적으로 여자들에게, 물론 다른 일들의 해결을 위해서, 보다 많은 권리가 주어져 있듯이 말이네. 자네가 결혼에 쓸모없는 인사라는 비난은 적어도 자네 부인의 입술에서 나오는 한에서는 타당하게 들리네. 만일 자네가 그것이 바로 고통당하는 점이라고 반박한다면, 부인에게는 이런 답변이 있겠지, 자네는 그것을 그녀의 고통으로 만들어서는 안 되는 것이었다고, 왜냐하면 그것은 그녀의 고통이 아니었으니까. 자네에게 남은 답변이라면 기껏, 그녀는 바로 여자이며, 그리고 이것은 그녀의 몫이라고. 그렇게 함으로써 그러나 모두 그 사안을 한층 높은 법정으로 옮기는 것이며, 그 법정은 선고를 결코 내릴 수 없게 되고 재판을 처음부터 다시 시작하게 하지.

　아내는 이 '결혼에 쓸모없음'을 보는 것이네, 나 또한 그녀와 더불어 (아니, 자네 아내하고 그렇게 연루되고 싶지는 않네, 그녀는 그것을 아마 달리 보겠지) 그 말에서 이렇게 생각하네, 자네는 결혼을 필요로는 하지만 다만 부분적이며, 다른 한편 자네의 다른 본성이 자네를 떠나게 하고, 그로 인해서 유부남 부분을 끌어내리며, 그리고는 바로 그 부분, 그것을 전혀 원하지 않은 부분으로 인해서 결혼의 토대를 절단한다고. 물론 자네는 전 존재로서 결혼을 했네, 하지만 그 분할에 알맞은 원거리 시선을 가지고서 했지, 그게 곁눈질을 하게 만드는 것이지만, 아무 쓸데없는 것. 그러니 예컨대 자네는 자네 부인과 결혼을 했으며, 그녀와 더불어 그러고선 그녀를 넘어서 문학과 결혼을 했지. 이제 와서 예컨대 어떤 다른 여자와 결혼을 하려는지, 그녀와 더불어 그러고선 그녀를 넘어서서 팔레스타인과 결혼을 하려는지. 그러나 이런 일들은 불가능한 일이네, 설령 어쩌면 필요한 일일지라도. 반면에 참된 남편이란 이론상 이렇게 요약하려네. 아내 안에서 세계와 결혼해야 해, 그러나 아내의 저편에서 결혼해야 할 세계를 보는 그런 식으로가 아니라, 세계를 통해서 아내를 보는 것이네. 다른 모든 것은 아내의 고통이며, 그러나 아마도 저 이상적 결혼에서처럼, 바로 남편의 구원 또는 구원가능성일 것이네.

프란츠

취라우, 1918년 1월 중순 일요일.

048

오스카 바움에게

친애하는 오스카, 먼저 그 훌륭한 선물에 감사하네. 생각하건대, 자네는 그 아름답고 이타적인 피아노 연주에 대한 보답으로 아무것도 받지 못하고, 그저 내가 R. 씨와 이야기하는 것을 듣는 즐거움뿐이었군(나는 기꺼이 자네의 메시지를 그에게 전달해 주었겠지만, 그것을 이해하지 못하네), 반면에 나는 오틀라가 여행용 가방에서 예상 밖에 이 두 가지 놀랄 물건을 꺼내는 것을 바라보네, 내 재미로 벌었을 뿐인데, 그러다가 나는 (다시 또 한 번) 세상이 무엇인가 잘못된 것임을 발견하네. 특히 그 나무딸기 시럽이라니, 첫 방울부터 마지막까지 순전한 향유이지, 난 탐욕에서 그만 그것을 망쳐놓을 뻔 했다네, 성급해서 코르크를 병 속에 처박았으니 말이네. 하지만 오틀라가 나를 위해 그걸 구했고, 조금도 손대지 않고서 매일 구한다네. 그 시럽은 또 다른 가치가 있지, 왜냐하면 그건 고상한 무엇인데다, 심지어 탐욕까지를 가져가 버리네. 이제 나는 자유의 정신에서 그걸 마시네, 그것이 거기 있기 때문에 그리고 선심을 환기시키기 때문이라네.

여기는 아무것도 변한 것이 없네, 그저 적당히, 자네가 떠난 것 말고는. 그러니 자네가 돌아온다면 모든 것이 전적으로 예전처럼 될 것이네. 자네는 오기만 하면 되네. 나는 단지 행운아라는 이름을 앞질러 회피하기 위해서, 지난 며칠 동안 평상시보다 좀 더 풀이 죽었네. 하지만 그건 다만 시간의 부침 성쇠라네.

자네는 그러나 운이 좋았지, 왜냐하면 그 쥐들을 모면했으니까. 자네가 떠나고 난 후 사흘쯤 되었을까 고양이를 더 이상 들여다 놓지 않는데, 밤중에 소음 때문에 잠이 깨었네. 처음에는 거의 그건 고양이겠지 생각하다가 곧 그것이 쥐라는 것이 확실해지는 것이야, 꼬마처럼 버릇없이 덫을 가지고 노는 거야, 녀석이 베이컨을 조심스럽게 탈취해 가는데, 그러는 동안에 덫의 문이 위아래로 덜커덕하는데 쥐가 그 속에 빠져들 만큼 넓게는 열리지 않는 거야. 막스로부터 대단한 신임으로 추천을 받은 덫이지만 덫이라기보다는 경보장치이네. 그런데 말이지만, 다음날 밤에는 또 다른 덫에서 베이컨을 도적맞았어. 바라건대 설마 자네는 내가 반쯤 졸면서 찬장 밑으로 살금살금 기어가서 내 스스로 베이컨을 가지러 간다고 생각하지는 않겠지. 어쨌든 그것도 최근 며칠은 조용해졌네.

그러니까 그 시칠리아 여가수가 톨스토이의 『일기』에 대해서 나쁘게 말한다지. 그것이 놀라운 일인가, 아니면 감정과 이성의 결합인가? 그녀에게 그 책 서평을 부탁한 것이 바로 감성과 이성의 결합이겠지, 그것을 톨스토이 백작 미망인에게나 주었더라면 좋았을 걸 그랬네. 창문 아래에서 테니스하던 열기에 젖어 있는 채로 갑자기 『일기』에 들어가면, 대체 그 여자는 무슨 말을 할 것인가. "보수주의는 항시 예술에 해롭다."라는 문구는 사실 『일기』 자체에서 나온 인용구나 같은데, 우리는 그것을 읽었지 않은가.

크라스티크는 자네랑 함께 프라하에 잘 도착했는가? 그리고 자네의 극적인 이야기 책소설집은? 볼프가 편지했던가? 그리고 잠은?

자네와 자네 부인에게 진심으로 안부 보내며.

프란츠

취라우, 1918년 1월 중순.

049

막스 브로트에게

친애하는 막스, 자네의 이번 편지는 나에게 특별히 중요했네(다시 한 번 그 내용과는 관계없이. 나는 이전에도 자주 그런 말을 했었지, 그걸 분명히 느끼네). 왜냐하면 내가 근래 두세 가지 불행한 경우를 당했기 때문에, 아니 어쩌면 단 한 가지 불행이라 말해야 할지, 아무튼 불행을 당했기 때문에 그래. 그것들이 어찌나 끊임없는 혼란을 가중시키는지, 마치 내가 예컨대 김나지움 최종 학년에서 초등학교 1학년으로 낙제당하는 것과도 같은 기분인데, 그 근거라는 것이 나로서는 접근할 수 없는 교사 회의의 결정 같은 것이지. 게다가 그것은, 제발 나를 올바르게 이해해 주도록 하는 말인데, '어느 정도' 불행한 경우들이라네. 나는 그 장점을 존중하고 그것에 대해서 기뻐할 수도 있고 또 기뻐했지, 하지만 '어느 정도'의 한계에서는 그것들은 완벽하게 불행인 거야.

그런 한 중요한 예가 오스카의 방문이었네. 그가 여기에 있는 동안에는 나는 그 일의 본질을 조금도 몰랐거나, 또는 겨우 뭔가 아주 조금을, 그것도 아마 마지막 날에서야 알았을 뿐일 거야. 하지만 이 것은 나약함과 피곤함의 일상적인 느낌, 더 이상 증명할 가치도 없는 느낌이었을 뿐이야. 그리고 그런 것은 한 개인 내부라기보다는 두 사람 간에서 더 명시적으로 나타나는 것이지. 일주일 내내 우리는 기분이 들뜬, 아마도 너무 들뜬 상태였었네, 처음 며칠 우리가 오스카의 불행을 지치도록 깊이 생각을 하고 난 이후에 말일세. 어쨌든 나는 내가 알고 지내는 어느 누구보다도 한층 쉽게 지쳐버리는 것 같아. 하지만 여기서 그 이야기를 할 계제가 아니지. 그랬다간 옛날 고통의 이야기에서 순전히(?) 역사적인 것을 발견하게 될 터이니.

오스카의 불행 또한 이 맥락에 정확하게는 들어맞지 않는다네. 하지만 자네가 그걸 묻는데, 지금까지 나는 그걸 일반적으로 언급했을 뿐이었네, 왜냐하면 그것이 최근에야 나에게 비밀까지는 아니라 해도 일종의 고백으로서 털어놓은 것이라서 말이네.

또한 자네가 다음에 오스카를 만났을 때 자네 마음속에 이런 생각을 가지고 있기를 바라지 않았으니까. 그리고 마지막으로 자네는 그 경우 이미 사실에 거의 다가가 있었기 때문에 그것이 정말 필요한 것은 아니었으니까. 그 불행은 굳이 말하자면 세 가지 견해를 갖지(우리 일단 잠정적으로 비밀로 해두세), 그러나 더 자세히 본다면 그것은 훨씬 더 복잡해질 뿐이야. 첫째, 오스카는 끝없이 분석한 수많은 원인들로 인해서 아내와의 결혼 생활을 지탱할 수가 없다네. 그럴 수 없는 것이, 내 생각에는 그가 결혼 7년째 같은데, 5년 전부터라네. 둘째, 그는 누가 물으면 항상 먼저 아내의 불가능성에 대해 이야기를 시작하지만(아내는 그에게 성적인 면에서 잘 맞고, 또 그가 그녀를 한계 내에서 매우 사랑스럽게 생각하지), 그것은 결혼의 불가능성, 도대체 결혼이라는 것의 불가능성을 의미한다는 것이 드러나네. 확실히 여기에는 미해결의 잔재가 남는 거야, 예컨대 한 단편 소설 시도가 그에게 특징적이라 할 수 있지, 그 소설에서 그가 잘 아는 일련의 부인과 처녀와 직접 결혼을 한다는 테마를 가지고 썼던 것인데, 이 때 항상 끝에 가서는 완전한 불가능성이 입증되는 것이었지. 셋째, 여기에선 완전히 방대한 불확실성이 시작되지, 그는 어쩌면 아내를 떠날 수도 있을 것이래, 비록 엄청난 잔인함이라고 느꼈던 이 행동에 대해서 지금은 내적 외적 정당성을 가지고 있다고 생각하는 것이야. 그러나 그는 자기 아들에 대해서는, 비록 부성이라는 정서에서가 아닐망정, 이 죄를 떠맡을 수가 없다는 것이야. 비록 이별만이 유일하게 옳은 일이며, 이것을 놓친다면 그가 결코 평안에 이르지 못할 것임을 그가 알고 있다고 해도 그렇다네.

전체적으로 특히 '현세적인' 구성과 밤의 유령들이 풍부하게 넘쳐나는 나머지(우리는 한 방에서 잤으며, 유령을 막을 병균을 교환했네) 그는 다가가도 느낄 수 없는 고통을 안은 채로 자네의 소설 『대 모험』의 아스코나스 박사와 밀접한 관계에 있더군, 이 박사가 또한 우리의 서유럽 유대교의 시대와 밀접하듯이. 그런 의미에서, 곧 사회적 의미에서 그 소설은 대단히 솔직한 서술이며, 그리고 그것이 정말 그렇다면 넓은 독자층에 영향을 줄 때야 비로소 진정으로 그 자체를 드러낼 것이야. 그건 아마도 이러한 확언, 이러한 시대−측면에− 뛰어들기 이상의 것은 아니겠지만, 어쨌든 위대한 시작일 수 있어. 우리는 처음 몇 밤을 그 소설에 대해서 이야기를 나누었는데, 마치 이 것저것 증거를 대는데 사용되는 역사적 문서에 대한 이야기 같았 네. 물론 그것은 『노르네피게 성』과 같은 것이었지, 그러나 당시에 는 나는 거기서 별로 감동을 받지 않았어.

오스카의 문제에 대한 나의 태도와 관련해서, 이것은 적어도 그 의도에서는 매우 단순했네. 흔들렸어, 내면적이지만 아마도 편견을 지닌 단호함일망정, 그의 동요와 더불어 내가 '그래'와 '아니'를 들었다고 생각했을 때면, 나 또한 '그래'와 '아니'를 말했지. 다만 그렇게 들었다고 생각하는 것 자체가 내 일이었지, 그를 좋게나 나 쁘게나 영향 주기에는 그것이면 충분했어. 그 점에 대해서 기꺼이 자네로부터 뭔가를 들어보고 싶어. 그밖에도 나의 의도와 무관하게 반쯤은 취라우가 영향을 주었지, 취라우와 더불어 그때까지 여기서 내게 일어난 것들이 함께. 그리고 또 트뢸취와 톨스토이도, 그 저서 들을 내가 그에게 낭독해 주었거든.

그러나 이 모든 것이 나에게 역작용으로 드러났네. 한참 뒤에야 그걸 알아차렸지. 나는 그 방문 시험에 반쯤 합격을 했는데, 그러나 나중에 이미 종이 울렸을 때는 낙제한 것이야. 최근에 오스카에게 편지를 썼지, 일주일 함께 지냈으면 환경 바꾸기가 어렵노라고, 그 리고 우리는 그를 그리워한다고. 그것은 사실이네, 적어도 나 혼자 에 관한 한, 하지만 그것은 일주일 간 같이 지낸 것과 관련해서 그 럴 뿐, 전적으로 그런 것은 아니네. 나는 맘에 드는 이 사람과 함께 있었음을 느끼고 있네, 하지만 내가 그의 고뇌를 고뇌한다거나 그 어떤 구체적인 나 자신의 고뇌가 함께 일고 있다거나 그런 의미에

서는 아니네. 그것은 아주 추상적으로, 그의 생각의 방향, 그의 상
태가 원칙적으로 절망적인 것, 입증될 지경에 이른 그의 갈등의 미
해결 상태, 그 자체로서 무의미한, 모욕적인, 여러 겹으로 반영되
는, 서로 기어오르는 – 자네 소설에서 나오는 전문 용어인데 – "구
원의 구조"의 혼란, 그리고 이 모든 것이 나의 내부로 밀려드네, 죽
은 강물처럼, 일주일이 살려 놓은 강물처럼 말이야. 얼마나 거대한
힘이, 얼마나 거대한 힘과 그 이전의 고독이 필요하겠는가, 한 사람
에게 굴하지 않기 위해서 말이야. 그의 곁에서 잠시 낯설고도–친숙
한 악마들 사이에서 걸으면서, 그것들의 바로 중심에서, 그것들의
원 소유자가 중심인 만큼 말이야.

여기에서 나는 약간 과장을 하고 있어, 물론 다르게 덧붙일 수도
있겠지, 하지만 기본적인 진실은 남아. 더군다나 나는 부분적으로
는 그 방문의 여파로서 『이것이냐 저것이냐』를 읽기 시작했다네,
그것도 특별한 도움에 대한 열망을 품고서 오스카의 출발 전날 밤
부터, 이제는 오스카가 보내준 마르틴 부버의 마지막 책들*을 읽고
있지. 가증스럽고 역겨운 책들, 세 권 다 그래. 바르게 정확하게 말
하자면, 그 책들과 『이것이냐 저것이냐』는 극히 뾰쪽한 펜으로 쓰
였다는 거야(그 책에서는 거의 루돌프 카스너가 통째로 굴러 나오고 있어),
그러나 그것들은 절망으로 가는 것이야. 그 책들을 앞에 두고서, 긴
장감 속에서 독서하면서 흔히 일어날 수 있는 일인데, 무의식적으

---

* 「연설, 교리 그리고 노래Die Rede, die Lehre und das Lied」, 「사건과 조우Ereignisse und Begegnun-
gen」(1917).

로 이것들이 세상의 유일한 책들이라는 느낌을 갖게 되면, 최고로 건강한 폐라 하더라도 숨을 못 쉬게 될 것이야. 이것은 물론 상세한 설명을 요구하겠지만, 단지 내 현 상태가 그런 식으로 말하게 하는 군. 이런 책들은 누군가가 적어도 그것들보다 진정한 우월감의 흔적을 지니고 있다는 그런 방식에서만 집필되고 독서할 수 있을 책이지. 그렇게 그 책들에 대한 혐오감이 내 손 안에서 자라고 있어.

　자네의 문제와 관련해서 자네는 나를 설득시키지 못하고 있네. 혹시 자네가 나를 오해하고 있는 것이 아니라면 우리가 부지중에 어떤 점에서 이미 조우하고 있지는 않을까? 나는 자네가 문학 때문에 자네 아내와 결혼한 것이라고 주장하는 게 아니야, 문학에도 불구하고 그랬다는 것이지. 또한 자네 **역시** 진실한 이유에서 결혼했을 것이므로, 자네가 이 _{"문학}에도 불구하고"라는 내 말을 문학적으로 "합리적 결혼"(자네 의견에 따르자면)을 했다는 사실을 통해서 잊으려고 했다는 주장이 아니야. 자네는 "합리적 이유들"을 결혼에 들여온 것이지, 자네가 바로 그 완전한 신랑의 정서를 지니고서는 결혼할 수가 없었기 때문이었지. 그리고 바로 지금도 내가 보기에는 비슷한 행동으로 보이네. 자네는 두 여자들 사이에서 동요하는 것이 아니라, 결혼과 혼외 사이에서 동요하고 있는 것으로 보이네. 이 동요를 두 가지 요소의 어느 하나에 상처를 주지 않고서 여자가 확고함으로 이끌어야 한다는 것이지, 이것이야말로 '안내자'로서의 여인을 향한 자네의 욕망일세. 하지만 이 갈등이 도대체 단숨에 해결될 수 있을지는 제쳐두고서는. 그러니 이 해결은 아마도 도대체가 여자들의 과제가 아니라 자네의 것이네. 그리고 이 책임 전가의 시도가 다음에는 일종의 죄책감이 되는 것이지.

그래서 이 죄책감은 어떤 의미에선 자네가 더 이상 죄책감이라고 부르지 않는 것, 더 바르게 말하자면, 죄책감이긴 해도 한편 호의라고 하는 데에서 계속되는 것이네. 확실히 자네는 인정이 많지만, 그렇다고 이것이 보증될 계기는 전혀 아니네. 그건 마치 한 외과 의사와 같네, 그는(원칙에 대한 양심의 가책으로, 그러나 결코 질병으로 인해서 죄를 진 생물체에 대한 양심의 가책이 아니라) 용감하게 십자로 대각선으로 베고 찔러댄 이후에, 이제 와서는 마음 약함과 슬픔 때문에, 이 중요한 경우가 그 자신으로 인해서 영원히 작별을 고하게 되지나 않을까 하는 슬픔 말이야("내 아내는 나에 대한 부차적-정신적 관계를 끊지 않고서 뭔가 그렇게 해야 될 텐데……"라고 쓴 것), 이제 와서는 그 마지막 절개, 어쩌면 치유를, 어쩌면 중병을 야기할 수 있는, 어찌면 죽이는, 그렇지만 어쨌거나 결정적인 일보를 내딛는 것을 망설이고 있단 말이지. 나는 하우프트만의 『침종』을 읽지는 않았지만, 자네의 말로 미루어 보아서 그 갈등은 자네의 것이라고 짐작하네. 그러나 거기에는 단지 두 사람만이 붙잡혀 있는 것으로 보이네, 왜냐하면 산중에 있는 자는 인간이 아니기 때문이네.

그리고 올가는? 그녀는 원초적으로 창조된 것이 아니라, 의도적으로 이레네의 상대역으로서, 그녀로부터 구원받기 위해 창조된 것이지.* 그러나 이 모든 것을 떠나서, 여기에서 자네에게 보이는 것, 확

---

* 올가, 이레네 : 브로트의 『유대 여인들』의 주인공.

실하게 보이는 것, "에로스에서 안정이요 완전한 자유"라는 것은 뭔가 너무도 엄청난 것이라서, 자네가 이의 없이 받아들이지 못하고 있다는 사실만으로도 반박되는 것처럼 여겨지네. 다만 자네가 그것을 보다 덜 환상적인 이름으로 부를 때라야만 의심을 할 수 있을지. 그러나 여기에서 나는 다시 내 의견으로 되돌아가네, 왜냐하면 자네가 그것을 그렇게 칭하니까, 다른 갈등의 개연성만 커지네.

　베르펠이 말했던 것은 틀림없이 다만 지나친 김에 한 말이었고, 다른 사람들의 경우에 절망 같은 것이 자리한 곳에서 그의 경우에는 분노하는 식으로 그렇게 유별나게 생긴 사람은 아니네. 그렇지만 이 점만은 특별하지, 그는 조용한 침묵으로 시의 순간을 불러낸다는 것, 그러니까 나, 자네 그리고 모두들처럼, 마치 여기에 무엇인가 소명해야만 할 그런 것이 있는 것처럼, 그러다가 만일 책임져야 한다 싶으면, 거기서 차라리 눈길을 다른 데로 돌리려 해선 아니 될 어떤 것. 말이 났으니 말인데, 이 말 또한 형제 같고 배신자 같지, "오직 공허한 나날은 견딜 수가 없다."라니. 이건 저 분노하고는 일치하지가 않아.

프란츠

「황제의 칙명」 동봉하네. 『타블레테』 고맙고.

취라우, 1918년 1월 중순/말.

050

막스 브로트에게

친애하는 막스, 자네가 답장이 없으니 자네 문제에 대해서 이 말만
첨가하네.

　나 역시 여자의 유혹을 믿네, 예컨대 에덴동산의 타락에서 보여
주었듯이, 그리고 일반적으로 그 때문에 나쁜 보상을 받았듯이. 자
네 부인 역시 예컨대 이런 의미에서는 유혹자이지, 자네를 그녀 자
신의 몸 너머로 다른 여자에게까지 유혹해 내는 점에서, 그리고 유
혹해 낸 다음에는 이렇게 자네를 붙들고 있음은 또 다른 범주에 속
하지, 그래 아마도 그것으로 그녀가 비로소 제대로 유혹하는 셈이
지. 자네가 내게 본래적 성생활의 보다 깊은 영역을 알지 못한다고
말한다면 그 말 또한 맞네, 나 역시 그렇게 생각하니까. 그렇기 때
문에 나는 자네의 경우 이 부분에 대한 판단을 회피하는 것이며, 혹
은 기껏 이런 말로 제한하는 것이네, 말하자면 자네에게 성스러운
불꽃이라는 것은 내게서 정말 이성적인 저항감을 불살라버릴 만큼
그렇게 충분한 힘을 갖지는 못했네. 왜 단테의 경우가 자네 하는 식

으로 그렇게 해석되어야 하는지, 난 그걸 모르겠어. 그런데 설사 그 렇다 하더라도 그건 자네의 경우와는 사뭇 다른 경우이지, 적어도 지금까지 진전되어 온 것을 보면 말이야. 단테는 그녀가 죽었으니 떠나버렸지, 자네는 그러나 그녀로 하여금 죽어서 떠나게 하지 않 는가, 그녀를 포기하겠다는 강박관념에 사로잡힌 듯한 느낌으로 말 이네. 물론 단테도 그의 방식으로 그녀를 포기했고 자의적으로 다 른 여자와 결혼을 했지. 그렇다고 그것이 자네의 해석을 정당화해 주지는 않아.

하지만 오라고, 와보라니까, 그걸 반박하려면 말이야. 오직 제 시 간에 앞서 전보만 하라고, 우리가 자네 마중을 나갈 수 있게, 또 예 컨대 자네의 도착이 내 출발과(만일에 내가 2월 중순에 군에 출두해야 한 다면) 겹치지 않게 말이야. 또한 자네의 방문이 내 매제의 방문과 겹 치는 것을 피했으면 해, 매제는 2월 초에 올 거야. 그런데 갑자기 생각이 나는데, 그건 뭐 아무래도 좋을 것 같기도 해. 매제는 일요 일 하루 방문으로 오지는 않을 테니까, 자네도 아마 그렇겠지만. 그 래 자네가 미리 전보를 하면, 2월 내내 방해될 것이 없겠네. 그리고 만일 오틀라가 여기에 있었다면(그 애는 지금 프라하에 있는데, 아마 월 요일쯤엔 자네를 찾아가겠지만 자네 강연 여행 때문에 만나지는 못하겠군) 자 네를 이리로 유인할 목록을 다 헤아리지도 못할 것이네(그 애로선 충 분해도). 자네가 만일 토요일 아침에도 출발할 수 없다면(이 경우에는 벌써 금요일 오후에 출발하는 것이 더 좋을 테지만), 토요일 오후 2시 이후 국립역에서 출발하여 5시 30분이면 미헬로프에 도착하네, 거기서 우리가 마차를 가지고 자네를 기다릴 걸세. (일요일 당일 여행은 이제는 여정에 맞지 않아, 새벽차가 신년 초하루 이래 이곳 미헬로프에서 정차하지 않거든).

그 원고 사본들 매우 고맙고(비록 더 이상 필요는 없지만, 적어도 코른 펠트 건으로는 이제 필요하지 않아, 내가 다른 해결책을 찾았으니까), 그리고 큰 인쇄물 소포도 정말 고맙네. 또한 볼프에게 나를 상기시켜 준 것도. 이렇게 자네를 통해서 상기시키는 것이 내가 하는 것보다 훨씬 더 편하네(자네가 그것을 불편하다고 여기지만 않는다면), 왜냐하면 그렇게 되면 그가 어떤 것에 흥미가 없을 때라도, 그걸 쉽게 말할 수 있거든. 그렇지 않고 직접이라면, 이건 그저 내 인상인데, 그는 솔직하게 말하는 사람이 아니야, 적어도 편지로는 그래, 직접 대할 때는 훨씬 더 솔직하지만. 난 이미 그 책의 교정지를 받았네.

오틀라가 자네에게 부탁을 가지고 갈 형편이 아니라서 말인데, 그 앤 이미 월요일 정오에는 이리로 돌아오거든. 작가협회에서 나에게 통지하기를, 《오스트리아 조간신문》에서 「학술원에 드리는 보고」의 무단 복사에 관한 건으로, 나를 대신해서 고료를 징수해도 되는지를 물어왔네. 30마르크의 고료 중에 30퍼센트는 그들이 보관하는 것이고. 내가 동의해야 하겠는가? 20마르크는 나에겐 매우 환영할 일이겠지, 예컨대 키르케고르를 더 살 수 있는 액수니까. 그런데 이 협회는 추잡한 사업을 하는군, 그런 징수라니, 그리고 그 신문은 바로 유대계 조간이지 아마. 그런데 내가? 그 신문 호수를(그게 아마 12월 어느 일요판, 또는 1월 것일 계야) 나를 위해서 블체크_{신문도매상}를 통해 주문해 줄 수 있을까?

그에 대한 고마움의 표시로 프랑켄슈타인_{재향군인}요양원의 권유문에서 한 문장을 인용하려네, 이 기쁨을 나눌 사람이 아무도 없거든. 아르투르 폰 베르테르라는 한 신사이자 대기업가가 요양원 첫 이사회에서 대단한 연설을 했는데, 사실상 그것이 인쇄되기를 바랐고 그래서 그 협회에 유인물로 쓰도록 제공했던 것이네. 이 연설문은 이런 종류 어떤 글보다도 나았네, 꽤 신선하고 티 없는 구절 등등. 최근 프라하에서 나는 최종 단락을 덧붙였네. 그것이 그의 입장에서는 수정과 보충의 촉진이 되었던지, 이제 인쇄된 것을 읽어보니 이렇구먼.

"여러 해 동안 실제적인 생활에 서보니 제 삶의 해석은 모든 이론들과 무관하게 이런 의미로 끝납니다, 즉 건강하기, 실팍하고 성공적으로 일하기, 자신과 자신의 가족을 위해, 그리고 약간의 재산을 영예롭게 획득하는 일, 이것이 인류를 지상에서 만족감으로 이끕니다."

여백에 적은 메모 :
막스, 톨스토이 『일기』의 루브너 판은 뮐러 판과 무엇이 다른지 펨페르트잡지편집인에게 좀 물어봐 주게.

취라우, 1918년 1월 28일.

051

막스 브로트에게

친애하는 막스, 이렇게 아름다운 날씨인데도 나는 곧장 답장을 쓰고 있네.

나의 침묵을 자네가 오해하고 있네, 그것은 자네에 대한 배려가 아니었으며, 그것이었다면 답장을 포기했어야 한층 더 잘 표현되었을 것이야. 그건 그냥 역부족이었지, 편지 세 통을 이 기나긴 동안에 시작했지만, 모두 그만두고 말았어. 하지만 제대로 이해하자면 "퇴색"은 아니네. 왜냐하면 그것은 대단한 노력에 의하여 말해질 "나의 일"이니까(왜냐하면 나는 너무도 대단한 노력을 기울여서야 비로소 이 간단한 일을 할 수 있기 때문에, 예컨대 행복하고-불행하게 전달된 키르케고르와는 다르지, 그는 조정할 수 없는 비행선을 그토록 놀랍게 지휘하질 않나, 그것이 그에게 전혀 문제가 되지도 않고, 사람들이 그가 말하는 의미에서 무엇이 전혀 문제가 되지 않는 그것을 할 수 없을 것임에도), 그러니까 말은 해도 전해지지는 않을 것, 그러다가 내가 정말로 그것을 말도 할 수 없게 되고 마는 때문이네. 그리고 침묵은 또한 시골에 어울리며,

그것에도 어울리는데, 내가 프라하에서 돌아오면(지난번 여행에서는 문자 그대로 완전히 취해서 돌아왔지, 마치 내가 취라우에서 취하지 않게 되는 목적 달성의 본보기인 양, 그리고는 겨우 취하지 않는 상태로 접어들면, 곧장 프라하로 여행을 했었지. 제때에 다시 완전히 취하도록), 하지만 그것은 여기에 어울리네, 내가 꽤 긴 기간을 여기 있으면 항상 여기에. 그것은 스스로 그리 되지, 나의 세계는 정적으로 인해서 점점 더 가난해지고, 나는 참으로 (상징들의 현신으로서!) 세상에다 나 자신을 위한 다양성을 불어넣을 수 있을 폐활량을 충분히 지니지 못했다는 것을 항상 특별한 불행으로 느꼈지, 세상은 우리의 눈이 가르쳐주듯이 그런 다양성을 확실히 지녔는데 말이야. 이제 나는 그러한 노력을 더 이상 하지 않아. 그런 것들은 나의 하루 일과에서 여지가 없고, 일과는 그러므로 더 이상 어둡지도 않지. 하지만 말하기는 그 때 당시보다 더 잘 못하네, 그래서 내가 말하는 것은 거의 내 의지에 반하는 것들이야.

키르케고르에서 아마 나는 정말로 길을 잃었나 보네. 난 자네가 그에 대해서 쓴 글을 읽으면서 놀랍게도 그것을 깨닫게 돼. 그것은 실제로 자네가 말한 그대로이네. 결혼 실현 문제는 그의 주요 과제이지, 의식 내부에까지 계속 침투하는 주요 과제야. 그의 작품 『이것이냐 저것이냐』와 『공포와 전율』 그리고 『반복』에서 (마지막 것들은 지난 2주 동안 읽은 것들이고, 『인생길의 여러 단계』는 주문해 놓았어) 그것을 보았네. 그러나 그것을 – 어찌되었건 키르케고르가 요즈음 늘 내 곁에 현존해 있음에도 불구하고 – 참으로 망각했었네. 난 어딘가 다른 영역으로 배회하고 있었던 거야, 비록 그것과 완전히 접촉

196
그리운 친구여

을 끊은 것은 아니지만. 그와의 '신체적' 유사성, 그 소책자 『키르케고르의 그녀와의 관계』를 (인젤출판사, 그걸 여기 가지고 있네, 자네에게 보낼 거야, 그것이 본질적인 것은 아니지, 나중에 음미하려면 몰라도) 읽은 후 느꼈던 그 유사성은 이제 완전히 사라져 버렸네. 그것은 마치 이웃이 어떤 별이 되어버린 것처럼, 나의 찬탄과 공감의 어떤 냉기도 모두 말이야. 어쨌거나 나는 결정적인 말을 감히 하지 않겠네. 위에 언급한 책들 이외에 단지 마지막 권인 『순간』을 알고 있어. 이것은 정말로 서로 매우 다른 렌즈들이야 (『이것이냐 저것이냐』와 『순간』), 이 둘을 통해서 우리는 인생을 앞으로 또는 뒤로 살펴볼 수 있고, 물론 또한 동시에 양방향으로 살펴볼 수 있을 것이야. 그렇지만 여기에서나 저기에서나 그를 부정적으로만 말할 수는 없지. 예컨대 『공포와 전율』에서 (자넨 그걸 당장 읽어야 해) 그의 긍정성은 엄청나지, 그러고선 ― 평범한 조타수 앞에 와서야 멈추지. 긍정성이 너무 높이 올라가는 것, 그것에 대한 이의는 아니라 해도 내 생각은 그래. 그는 보통 사람을(이상하게도 그는 바로 그런 사람과 대화 나누는 법을 잘 이해했는데) 보지 못하며, 구름 속에다 엄청난 아브라함을 그려 넣고 있네. 그렇지만 그것 때문에도 그를 부정적으로 말해서는 안 되지 (기껏해야 그의 초기 책들의 용어 사용이라면 몰라도). 그리고 그의 우울증 그 모든 것을 누가 말할 수 있겠는가.

완벽한 사랑과 결혼에 관한 한 자네들 둘은 『이것이냐 저것이냐』의 바탕 위에서 아마 일치할 것이야. 다만 완벽한 사랑의 결여가 A.로 하여금 B.의 완벽한 결혼을 불가능하게 만드네. 『이것이냐 저것이냐』의 제1권을 혐오감 없이는 여전히 읽을 수가 없다네.

오스카의 감수성을 나는 그렇게 이해하지(사람들이 그를 그런 비참한 말로서 화해시켜서는 안 될 일이었지, 다른 쪽 사람이 그에게 그렇게 보였을 리는 없으니. 하지만 그걸 떠나서), 그가 그것을 그런 식으로 고통스럽게 느낀다는 것, 처음 출발 시에는 제대로 느끼지 못했던 그런 식으로 자신을 억압하면서, 그가 자학하면서 그냥 그대로 있을 수는 없고, 자네에게라도 약간 고통을 준다는 것을 이해하지. 이런 점에서 그를 이해할 수 있으며, 또 그런 일들을 하찮은 것이라고 생각하지 않을 수 있다네.

다행히도 나는 오토 피크에게서 아직 아무것도 받지 않았네. 아마도 친절한 말로 거절하게 될 거야, 나를 혼란시키기 정도는 아니지만 정말 대단한 유혹일 것을. 하지만 자네에게야 적용되지 않겠지. 나는 라이스출판사에서 친절한 초대를 받았고, 볼프에게는 첫 교정 이후에 아직 아무것도 오지 않네.

자네에 대한 한스 리프슈퇴클의 서평은 역겨운 증오심의 분출이었네. 글쓰기 방식의 역겨움에서도 나머지 『수양딸』에 관한 비평들과는 달랐지. 내 느낌으로는 답변이 그를 약간 지원했다 싶네. 답변은 독자에게 우리가 그러한 것에 대해서도 논의를 해야 한다는 점을 비로소 의식하게 해주니까.

독일에서 많은 행운과 즐거움을 누리기를!

자네의 프란츠

여백에 적은 메모 :

펠릭스와 오스카에게도 안부 전해 주게. 곧 그들에게 편지를 쓰게 되려는지 모르겠어.

자네 미안한 말이네만 그 루브너 판 톨스토이의 『일기』 때문에 펨페르트에게 문의했는가?

자네는 동분서주다, 고충이다, 그러는데 대체 뭔가?

보험공사와의 관계는 끝없는 고민거리네. 할 수 있는 한 오래 여기에 머무르려네.

두 개의 소포 매우 고맙네. 자네는 내게 너무도 잘 해주네, 다만 "변함", "퇴색" 같은 말만 하지 말게.

취라우, 1918년 3월 초(?).

052

막스 브로트에게

친애하는 막스, 드레스덴에서 일이* 그렇게 잘되었다니 놀랍네.

    그들이 그 작품을 거기서 그렇게 해석할 수 있었다니, 내 말은 해당하는 모든 배우와 극장 관련자들 말이야. 놀랍고 환상적이네. 그리고 자네 부모님을 거기에 모신 행운을 나는 잘 이해할 수 있네. 자네 부인은 안 왔었다고? 어쨌든 좋은 날들이었으며, 이 좋은 일들이 당분간 자유 의지의 상실에 대한 보상이 될 수 있네. 이 말을 내가 썩 경망스럽게 말하는데, 왜냐하면 완전한 황무지에 이르도록 단순화된 나의 눈으로는 자유 의지라는 개념을 지평선의 어느 특정한 지점에서 자네처럼 그렇게 제정신으로는 파악할 수가 없기 때문이지. 말이 났으니 말이지만 자네는 나름대로 그 자유 의지를 이 시점에서도 보유할 수 있을 것이고, 또는 적어도 잃어버리지는 않을 수 있지. 자네 자신을 잠정적으로 부인하거나, 그것을 은총으로서

---

* 브로트의 「감정의 절정」 초연.

받아들이거나, 혹은 은총으로서 받아들이되 그 은총을 아무것도 아닌 것으로 여기거나 하면서. 이 자유 의지는 우리에게서 사라질 수 없지. 그리고 자네는 아는가, 자네가 여러 해 동안의 진정한 작업을 통해서 간과할 수 없이 빛을 발하는 운동으로 가져온 것이 무엇인지? 난 이 말을 자네를 위해서 하지, 나를 위해서가 아니라.

볼프에게 주선해 준 것 고맙네. 내가 그 책을 아버지께 헌정하기로 결심한 이후, 책이 곧 출간되는 것에 마음을 쓰고 있네. 내가 이런 식으로 아버지와 화해할 수 있겠다 하는 것이 아니네. 이 반목의 뿌리는 여기서는 잘라 낼 수가 없을 만큼이야, 그러나 난 적어도 무엇인가를 했어야 하네. 비록 팔레스타인으로 이주는 하지 않을망정, 어쨌든 지도 위에서 손가락으로라도 갔어야 한다고. 볼프가 내게 단절하고, 답장도 없고, 아무것도 보내지 않기 때문에, 그런데 아마도 그것이 나의 마지막 책이 될 것이기에, 난 원고를 내게 친절한 제의를 해온 라이스에게 보내려고 했네. 난 또한 볼프에게 최후의 통첩을 써 보냈지, 그것 또한 회신 없이 그렇게 있네. 다만 그 사이 약 열흘 전엔가 새로운 교정지를 보내왔어, 난 그래도 그걸 근거로 라이스에게 거절 편지를 보냈지. 그런데도 그것을 어디 다른 출판사에게 보내야 할까? 그 사이에 파울 카시러에게서도 청탁이 왔네. 그가 도대체 어디에서 내 취라우 주소를 알았을까?

자네 혹시 언제 파울 아들러와 키르케고르에 대해서 이야기 나누어 본 적이 있나? 그는 내 마음속에 이미 그렇게 현존해 있지 않네, 한동안 옛날 책들을 읽지 않기 때문이지(이 좋은 날씨에 나는 정원에서 일하곤 했었지). 그런데 『단계』는 아직 도착하지 않았어. — 자네는

"심사숙고"를 말하면서, 나와 더불어 우리는 자신의 용어 사용, 자신의 개념 발견에서 달아날 수 없음을 느끼고 있지. 예컨대 그의 "변증법적인 것"이라는 개념도, 또는 "불멸성의 기사들"과 "신앙의 기사들" 또는 아예 "운동"의 개념 말이야. 이러한 개념으로부터 우리는 즉각 인식의 행복으로 이입될 수 있지, 그리고서 또 한 번의 날갯짓을 하는 것이야. 이것이 완전히 독창적인 건가? 그 배경 어딘가에 셸링이나 헤겔이 있는 것은 아니고?(하긴 이 두 사람의 반대로 매우 몰두하기도 했었지.)

어쨌든 그 번역가쉬렘프는 수치스럽게 처신을 했어. 나는 『이것이냐 저것이냐』에서만 해도 그가 저자의 '젊음을 고려하는 차원에서 고쳤구나.' 라고 생각했지, 하지만 이제 그렇다면 『단계』에서도 똑같이 그러려나? 그것은 역겨운 일이야, 특히 거기에 대해서는 절망감을 갖게 되지. 그렇지만 독일어 번역이 정말 형편없지는 않아. 여기저기 추기에서 필요한 주석들도 있고, 그것은 키르케고르에게서 무한한 빛이 방사되고 있기 때문에 모든 심연에도 불구하고 그중 조금은 방사되어 나온 것들이지. 어쨌거나 출판사에 의한 이 '심연'은 불려나올 필요가 없는 것이었어.

책의 출판에서 (『단계』는 내가 모르고, 그러나 이런 의미에서 그의 모든 책들은 타협되어 있는 것이야) 나는 그의 기본 의도에 결정적인 모순이 있다고 보지는 않아. 그 책들은 일목요연하지 않고, 그가 나중에 일종의 분명성을 전개시킨다 해도 이것은 다만 그의 정신, 애도, 신앙이 섞인 혼돈의 일부일 뿐이야. 그의 동시대인들은 우리보다도 더욱 분명하게 그것을 느꼈을 것이야. 뿐만 아니라 그의 타협적인 책

202
그리운 친구여

들은 정말이지 익명으로 되어 있네. 더욱이 그 익명은 거의 핵심에 가까운데, 그것들은 전체로 보아서 그 고백의 풍요로움에도 불구하고, 뜬구름 너머에서 쓴 유혹자의 혼란된 서한들로 간주됨이 타당하네. 설혹 그렇지 않다고 하더라도, 시간이 감에 따라 부드러워지는 영향 하에서 그들은 그의 약혼녀레기네 올젠로 하여금 이 고문 기계를 빠져 나온 안도의 숨을 돌리게 했음에 틀림없어, 이제는 공전의 바퀴를 돌고 혹은 적어도 그 그림자로서 종사하고 있는 고문 기계를. 이 대가로 그녀는 거의 매년 나오는 출판의 '몰취미성'을 견디어 왔을 것이야. 그리고 마침내는 키르케고르의 방법론(아무도 듣지 말라고 소리치기, 혹시 그래도 사람들이 들어야 될 경우를 위해서 거짓으로 쓰기)의 정당성을 위한 최선의 증거로서 거의 새끼 양처럼 무흠無欠으로 남아 있었던 것이야. 아마도 여기에서 키르케고르는 조금은 그의 의지를 거슬러서 혹은 어디 다른 곳으로 향하는 길에서 성공했던 것이야.

키르케고르의 종교적 상황은 비상한 명쾌성이랄까, 내게 역시 매우 유혹적인 명쾌성으로 와 닿지를 않으려고 하네, 내겐 자네처럼 안 되는걸. 단순히 키르케고르의 입장은 ─ 그는 한 마디의 말도 할 필요가 없어 ─ 자네를 반박하는 것으로 여겨질 것이야. 신성한 것에 대한 관계는 키르케고르로서는 우선 모든 낯선 판단을 회피하는 것이야. 얼마나 심하던지, 예수마저도 그를 추종하는 자가 얼마나 멀리서 따라왔는지 판단을 해서는 아니 되는 것이야. 그것은 키르케고르에게 다소간 최후의 심판의 문제인 것으로 보이네. 그러니까 이 세상을 하직한 뒤에야 답변할 수 있을 것, 답변이라는 것이 아직도 필요하다면 말이지. 결과적으로 종교적인 모든 관계에 대한 현재의 외적 이미지는 의미가 없네. 가령 종교적 관계가 계시되고자 하더라도, 그러나 이 세상에서는 그럴 수가 없네. 그러므로 분투하는 사람은 자신의 내부에 그 신성한 요소를 지키기 위해서 이 세상을 거역해야만 하네. 또는 동일한 것이겠지만, 신성한 것은 자신을 지키기 위해서 그 사람을 세상에 거역하도록 내세운다네. 이처럼 이 세상은 키르케고르나 또는 자네에게 능욕당하는 것이지, 여기에서는 자네로부터 더 많이, 저기에서는 그로부터 더 많이, 그것이 단순히 능욕당한 세상의 입장에서 볼 때의 차이점들이네. 그리고 다음 대목은 탈무드에서 인용하는 것은 아니야. "뭔가 원시적인 것을 지닌 한 사람이 오자마자, 그러므로 그는 세상을 있는 그대로(사람이 큰 가시고기로 자유롭게 유영한다는 징표) 취해야 한다고 말하지 않고, 대신에 이렇게 말한다. 세상이 어떠하든 나는 본성으로 존속할 것이다. 그것을 세상이 좋다는 것에 알맞게 바꾸지 않을 것이다. 이 말이 발음되는 순간에 모든 존재 안에 변신이 닥친다. 그 말이 발언될 때, 마치 동화처럼 백 년 동안 마술에 걸렸던 성이 열리고, 모든 것은 생명을 얻는다. 그리하여 현 존재는 온통 주의가 환기된다. 천사들은 해야 할 일들을 얻고, 거기에서 무슨 일이 벌어지는가를 보기 위해 호기심으로 바라본다. 왜냐하면 이것이 그들을 몰두하게 하니까. 다른 한편으로 어둡고 섬뜩한 악마들, 오랫동안 아무것도 하지 않고 앉아서 손가락을 뜯던 악마들이 뛰어오르다가 사지를 뻗는다. 왜냐하면, 그들은 이렇게 말한다. '그들이 오랫동안 기다렸던 여기에, 뭔가 우리를 위한 것들이 있다.' 등등."

그리운 친구여

이제 자학의 신 문제. "기독교가 만들어 내는 가정들(보통 기준 이상의 고통과 특별한 종류의 죄의식), 그것들을 나는 지니고 있으며, 기독교에서 나의 피난처를 발견한다. 그러나 그것을 강압적으로 또는 직접적으로 다른 사람들에게 고지하는 것, 그것을 난 정말 할 수가 없다. 왜냐하면 나는 그 가정들을 그들에게 마련해 줄 수가 없기 때문이다."

이제 프로이트 문제(예수는 언제나 건강했다는 그의 관찰과 관련해서). "신체적으로 심리적으로 완전히 건강하면서 참된 정신생활을 영위하는 것, 그것은 어떤 인간도 할 수 없다."

만일 자네가 그는 본보기가 아니라고 말한다면, 그 말뜻은 최종적 본보기가 아니라는 말일 게야. 틀림없지, 어떤 인간도 그렇지 않다네.

프란츠

취라우, 1918년 3월 말.

053

막스 브로트와 펠릭스 벨치에게

친애하는 막스, 이 첫날 저녁 나의 오토부르크에서 새 방인데, 썩 좋게 여겨지네.

   방 구하는 일, 결정, 그 무엇보다도 옛 방과 작별하는 고통(그것은 내 발밑 유일한 땅이라 여겨지나, 돈 몇 푼 때문에 또는 그 밖의 더 안정된 조건에서 다시금 가치가 생기는 그런 하찮은 것들 때문에 버리게 되지), 이 모든 고통을 새 방이라고 해서 물론 보상해 주지도 않으며 또 그럴 필요도 없네. 그것들은 이미 과거이며, 다만 그 근원은 존속하네, 모든 여기 초목보다도 더 열대성으로 내몰며.

   나는 발코니에서 편지를 쓰는 중이네. 지금 시각은 저녁 7시 반(서머 타임), 아직은 조금 쌀쌀한 날씨이고. 발코니는 정원 속으로 가라앉네, 거의 너무 낮은 편이지, 나는 보다 높은 것이었으면 하지만(하긴 만일 수천 개의 그런 발코니가 있고 그보다 적지 않다면 그런 높은 발코니를 발견하겠지), 그러나 이것은 하등 실제적인 불이익은 없어. 해가 저녁 6시까지도 나를 강렬히 비춰주고, 주변의 초록은 사랑스럽고 새들과 도마뱀들이 가까이 찾아오기 때문이네.

지금까지 최고의 호텔에 속하는 하나에 묵었네, 아니 어쩌면 아예 최고급의 호텔에. 왜냐하면 같은 범주의 다른 집들이 문을 닫아 버렸기 때문이네. 손님은 어떤 저명인사 급의 이탈리아인들과 약간의 불청객들, 나머지의 대부분은 유대인들로, 그들 중 몇몇은 세례를 받은 사람들 (그러나 그런 무시무시한 유대적 힘들이란 세례 유대인 내부에서도 터질 듯이 살아 있다가, 다만 기독교인 어머니의 기독교인 자녀들에게서 조절되는 거라고). 예컨대 어떤 터키계 유대인 융단업자가 있는데, 나는 그와 더불어 몇 마디 히브리어로 말을 나누었네. 용모, 침착성, 평화로움에 있어서 터키인이며, 콘스탄티노플의 대 랍비의 절친한 친구인데, 그는 랍비를 이상하게도 시온주의자로 여기고 있었네. 그리고 거기에 또 프라하의 유대인이 있었는데, 그는 오스트리아와 헝가리가 분할될 때까지도 (비밀이네만) '독일-보헤미아 협회' 회원이자 동시에 '체코 협회' 회원이었지. 그러다 지금은 고위층의 비호 하에 그 독일 카지노에서 탈퇴를 얻어냈으며 - [읽을 수 없을 정도로 지워짐] - 그 아들을 신속하게 체코 실업학교에 전학시켰네. "이제 아이는 독일어나 체코어 어느 쪽도 할 수 없게 될 것이며, 그러니 멍멍 짖게 될 것이다." 물론 그는 '그의 종파에 따라' 표를 던졌네. 그러나 그 모든 것도 그를 전혀 특징지을 수가 없으며, 그의 생명의 신경을 멀리에선 만질 수가 없네, 그저 선량한, 활기찬, 재치 있는, 감격할 줄 아는 노신사라네.

내 현재 숙소의 동아리는(그것을 우연히 발견한 것인데, 그건 오랫동안 운 없이 찾아다니다가 대문의 초인종을 우연히 눌러본 것으로, 이제야 알았는데 좀 전에 주어진 경고를 주의하지 않았지. 지나치게 흥분한 교회 다니는 한 여자가, 그 때가 부활절 월요일이었는데 "루터는 악마요!"라고 길거리에서 내게 소리쳤을 때 말이야) 그러니까 그 동아리는 전원 독일인이자 기독교인이네. 눈에 띄는 것은 몇 사람이 노부인들이네, 그리고는 퇴역 또는 현역의 장군, 하긴 그게 그거지만, 또 한 사람은 대령으로, 둘 다 현명하고 유쾌한 사람들이네.

나는 일반 식당 내의 별도의 작은 식탁에서 대접받기를 요구했는데, 왜냐하면 다른 사람들도 그런 식으로 대접받고 있는 것을 보았기 때문이었네. 더욱이 그편이 내 채식이 덜 주목을 받을 것이며, 그리고 무엇보다 더 잘 씹을 수가 있으며 대체로 그것이 더 안전하니까. 그러나 그것이 또한 오히려 웃기는 일이 되었는데, 특히 나만이 혼자서 앉는 유일한 사람이라는 것으로 밝혀졌을 때 말일세. 그 후에 나는 그 일을 안주인에게 말했더니, 그녀가 나를 안심시키기를, 자신도 그 "플레처식 꼭꼭 씹기"*를 알고 있다고 하더군. 나는 체중이 늘기를 바랐으니까.

그러나 오늘 식당에 들어섰을 때(장군은 아직 거기에 없었는데) 대령이 어찌나 정중하게 공동의 식탁으로 초대하던지 나는 응할 수밖에 없었네. 그래서 일은 그렇게 제 갈 길을 갔네. 처음 몇 마디가 오고 간 다음에 내가 프라하에서 온 것이 드러났지. 그들 두 사람, 장군과(그 맞은편에 내가 앉아 있었지) 대령은 프라하에 대해 알고 있었네. 체코인이세요? 아닙니다. 자, 이제 자네가 정말 누구인지, 이 충직

---

* 미국의 영양학자 플레처Horace Fletcher가 도입한 '30회씩 꼭꼭 씹기' 방식이 유럽에서도 유행이었다.

그리운 친구여

한 독일 군인의 눈에다 대고 설명을 해보시게. 누군가가 "독일-보헤미아인"이라 했고, 또 다른 사람은 "블타바 강 좌안 작은 동네"라 하더라고. 그러다가 그 주제는 사라지고 사람들은 식사를 계속하는 것이지. 그러나 오스트리아 군대에서 언어학적으로 훈련을 받아 예리한 청력을 가진 장군은 만족하지 않았네. 우리가 식사를 마친 후, 그는 다시 한 번 내 독일어 발음에 대해 의심하기 시작하는 거야, 아마도 귀보다는 눈을 더 의심하는 것 같았어. 그래 나는 그것을 내 유대인 출신으로 설명하려고 시도할 수밖에. 이제 학문적으로 그는 만족했지만, 인간적 느낌으로는 아니었네. 바로 그 순간 아마도 매우 우연히, 그러니까 다른 모든 사람들이 우리의 대화를 들을 수는 없었을 테니까, 그 어떤 이유에서였는지 일행 전체가 자리를 떠나려고 일어서는 거야(어제는 어쨌건 그들이 오랫동안 서로 어울렸는데 말이네. 내 방문이 식당과 붙어 있어 그것을 들었지). 장군 역시 매우 안절부절못하고, 긴 보폭으로 서둘러 나가기 전에 그래도 예의로써 일종의 마무리 격인 짧은 대화를 하긴 했지만. 인간적으로 그게 나를 만족시킬 수는 없지, 왜 내가 그들을 괴롭혀야 되는가 말이야? 그렇지 않음 뭐 다른 좋은 해결책이 있어야지, 내가 다시 혼자서 우스꽝스럽게 앉아 있지 않아도 다시 외로이 있을 것인데 말이네. 그들이 나를 위해 그 어떤 조처를 생각해내지 못한다면 말일세. 어쨌거나 이제 우유를 마시고 잠자리에 들겠네. 잘 있게.

자네의 카프카

친애하는 펠릭스, 나의 조그마한 소식이 자네에게도 해당되네.

햇빛과 관련해서 나는 결코 그렇게 믿지를 않았다네. 기본적으로 믿지를 않았던 거야, 여기가 날마다 맑은 햇빛 비치는 날이라고는. 사실 그게 사실이 아니네. 지금까지, 오늘이 목요일 저녁인데, 겨우 하루하고 반나절 그런 날이었지. 그리고 심지어 그런 날조차 어쨌든 극히 기분 좋은 쌀쌀함을 동반했어. 그 밖에는 늘 비에다, 거의 추웠다네. 누군들 프라하와 그렇게 밀접한 곳에서 다른 것을 기대할 수 있겠는가? 오로지 식물만이 자네를 속이지. 왜냐하면 이런 날씨에, 프라하에서라면 웅덩이가 얼어붙어 버릴 때, 여기 내 발코니 앞에는 꽃망울들이 서서히 피기 시작하고 있다네.

모든 최고의 소망을! 부인과 오스카에게도 안부를 전해 주게.

자네의 **프란츠**

《자기 방어》한 권을 내게 보내줄 수 있겠는가? (자네의 논문 「기적」이 실린 호를 이미 읽었네).

메란, 1920년 4월 8일/10일.

054

막스 브로트에게

가장 친애하는 막스, 무척이나 고맙네.

뮌헨은 그럴 것 같다고 나는 상상했네만, 그 상세한 일들이 놀랍네. 그것은 이해할 만은 해, 아마도 유대인들이 독일의 미래를 망치지는 않겠지만, 그러나 그들이 독일의 현재를 망치는 것으로 여길 가능성은 있다는 것 말일세. 일직이 그들은 독일에 이런 일들을 재촉해 왔었지, 독일이 오히려 서서히 그들 나름으로 거기에 이르렀던 것이야. 그런데 그런 일들이 대해서 독일은 반대편에 서게 되었는데, 왜냐하면 그것들이 이방인들로부터 나온 것이기 때문인 게야. 제 아무리 가공할 불모의 사업, 바유대주의와 관련된 것들, 그것도 다 독일은 유대인 탓으로 돌리고 있다네.

여기 내 주변 작은 동아리로 말하자면, 그런 적개심들이 오래전에 박혀 있더군. 나는 그 때 그것을 과장했는데, 다른 사람들도 또한 그랬네. 예컨대 그 장군은 다른 사람들보다는 나에게 한층 우호적이며, 그것이 하등 나를 놀라게 하지도 않는다네. 왜냐하면 내게 의심할 여지없이 좋은 사교적 성품이 있기 때문이라네(불행히도 나머지 모든 것들을 희생하고서 단 하나 가진 것이지). 나는 훌륭한 청취자이며, 성실하게 행복하게 경청할 수 있다네. 이 성품이 우리 가족에게 점진적으로 발전해 온 것임에 틀림없어. 나이든 숙모 한 분은 예컨대 특별한 내적인 관심이 없이도 비상한 청취자의 용모를 지니신 거야. 열린 입, 미소, 커다란 눈, 계속되는 고갯짓, 그리고 누구도 흉내 낼 수 없는 목 펴기, 그 목의 자세는 겸손할 뿐만 아니라 다른 사람들의 입술에서 무슨 말이 나오는데 편의를 제공하려는 듯하고 또 실제로 그렇다네. 그러면 나 역시 그렇게 심한 긴장감 없이 전체에다 진실과 생명을 부여했지. 숙모님의 얼굴, 그게 상당히 큰데, 변함없이 내 얼굴 위에 겹쳐진다네. 그러나 장군은 그걸 뭔가 잘못 해석하고, 그래서 나를 어린 사람으로 여기지. 최근에는 예컨대 내가 훌륭한 장서를 가지고 있을 것 같다고 추측의 말을 하더니만, 곧 내 젊은 나이를 고려해서 수정하여 말하는 것이었어, 내가 어쩌면 그런 장서를 이제야 마련하기 시작했을 것이라고. 이렇듯 비록 그들이 나에 대해서 특별한 고려를 할 필요가 없으면서도, 식탁에서의 반유대 감정은 그 자체로서 전형적인 순진성을 드러낸다네. 대령은 내게 사사로이 그 장군을 비난하는데(장군은 대체로 모든 측면에서 부당한 대접을 받는다네), "어리석은" 반유대주의라는 거야. 그들이 유대인의 악질성, 후안무치, 비겁함에 대해서 말하면(전쟁 이야기들이 많은 기회를 제공하지, 혹은 끔찍한 일들이, 예컨대 동유럽의 병든 유대인 한 사람이 자기 부대가 전선으로 진군하기 전날 저녁에 열 두 명의 다른 유대인들의 눈에다 임질균을 뿌렸다는 것이야, 그게 가능이나 한가?), 그들은 어

그리운 친구여

떤 놀라움을 곁들여서 웃고는, 게다가 나중에는 내게 용서를 빌기
도 한다네. 용서받지 못할 것은 유대인 사회주의자들과 공산주의자
들일 뿐이지. 그들은 아예 수프 속에 익사시키고 구운 고기처럼 잘
게 썰어버리지. 그러나 다 철저히 그러는 것은 아니네. 예컨대 켐프
텐뮌헨 근교 출신인 한 제조업자가 있는데(그곳에도 며칠간은 무혈 비유
대적 소비에트 정부가 있던 적이 있었지), 그는 란다우어, 톨러와 다른 사
람들을 구분하며, 레빈에 대한 장중한 이야기도 들려주네.*

　만일 잠을 잘 수만 있다면 나는 건강상으로는 잘 지내고 있네. 체
중은 늘기까지 했네만, 허나 불면증은 근래엔 특히 기승을 부리네.
거기에는 여러 가지 이유가 있겠지, 그 중의 하나가 아마 빈밀레나과
의 교신이네. 그녀는 살아 있는 불꽃이야, 내가 여태 보지 못한 것
같은 그런, 바로 불꽃이라니까. 그 모든 것에도 불구하고 오직 그를
위해서만 타오르는 불꽃. 그러면서 동시에 극도로 부드럽고, 용기
있고, 현명하고, 그리고 모든 것을 희생하지, 혹은 달리 표현한다면
아마 그 희생을 통해서 모든 것을 획득하던가. 도대체 그런 사람은
어떤 인간일까, 그것을 불러일으킬 수 있었던 사람 말일세.

　불면증 때문에 아마도 더 일찍 돌아가게 될지도 모르네, 그래도
좋을 때가 아닌데. 뮌헨에 갈 것 같지는 않네, 볼프출판사에 관심이
있다고 해도 그건 다만 수동적인 관심이라네.

　자네와 부인, 그리고 모든 분들께, 특히 따로 편지를 쓰지 않는

---

* 뮌헨/바이에른 소비에트 공화국 : 1918년 11월 혁명에 이은 이듬해 좁은 의미로 제2의 혁명. 레비네Eugen
　Leviné와 레비엔Max Levien이 공산당전권위원회를 주도했고, 란다우어Gustav Landauer와 톨러Ernst Toller가
　적극적으로 동참했다. 카프카는 처형당한 레비네 또는 실종된 레비엔을 '레빈'이라고 쓴 것으로 보인다.

오스카에게 진심 어린 안부를 보내네. 별반 지장이 없다고는 해도, 누군가 낭독해 주어야 하기에 필연적으로 공개적인 편지를 쓰기란 어려운 결정이네.

자네의 F.

메란, 1920년 5월 초.

막스 브로트에게

고맙네, 막스, 자네의 편지가 나에게 좋은 일을 했네.

그 이야기 역시 제때에 언급된 것이네. 나는 그것을 열 번을 읽었고, 그것에 대해 열 번을 떨었으며, 또한 자네의 언어로 그것을 반복했네.

그러나 우리 사이에 차이는 여전히 남아 있네. 자네가 알다시피 막스, 그건 그러니까 뭔가 아주 다른 것이네. 자네는 막강한 요새를 지니고 있네. 비록 담벼락 중 한 면이 불행에 의해 점령을 당했지만, 자네는 성안 깊숙이 또는 어떻든 간에 자네가 흥미를 지닌 곳에 그대로 있으면서 일을 하고 있지. 방해받으며 일하지, 불안해하며, 그러나 일을 하는 것이야. 그러나 나는 스스로 불타고 있을 뿐, 난 갑자기 아무것도 남지 않은 거야, 들보 몇 개를 제외한다면. 그것들마저 내가 머리로 떠받지 않는다면 무너질 것이야. 아니, 이제 이 오두막 전체가 불길에 싸이네. 내가 불평하던 적이 있었는가? 지금 불평하고 있는 것은 아니네. 나의 외양이 불평을 하네. 내가 어떤 평가를 받았는지 이제야 깨닫네.

두 번째 소식율리에의 개업은 물론 나를 기쁘게 하네. 부분적으로는 나랑 함께일 때부터 비롯하지만. 그동안 나는 이 사람에게 내가 할 수 있는 가장 몹쓸 짓을 했어, 그것도 가장 악랄한 방식으로. 마치 나무꾼이 나무 하나를 내려쳐 자르는 것과 마찬가지로(그러나 나무꾼이야 명령을 받아서 그러는 것이지).[*] 자네가 보다시피, 막스 나로서는 수치심이 여전하다네.

5월쯤에 자네에게 갈 수 있었으면 해, 자넬 만나기를 매우 고대하네. 단 한 가지가 자네 편지를 껄끄럽게 하는군. 건강이 좋아지고 있냐고 묻는 대목 말일세. 아니, 지난 한 달 동안 건강에 대해선 더 이상 아무런 할 말이 없네. 그런데 말이야, 무엇보다도 「카리나 섬」을 쓴 사람은 자네 아니던가.[**]

자네의 **프란츠**

자네 부인에게도 안부를.

혹시, 오틀라에 대해 뭔가 아는 게 있는가? 그 앤 편지도 잘 안하네. 오틀라 결혼식이 7월 중순이거든. 오스카에게 편지 쓰지, 하지만 무슨 내용을 써야 할지, 쓸 일은 단 하나뿐인데 말이야.

메란, 1920년 6월.

---

[*] 이 부분에서 카프카가 세 줄을 전혀 읽을 수 없게 지웠다.

[**] 브로트의 소설집 「실험Experimente」(1907) 중에 「카리나 섬Die Insel Carina」의 주인공 카루스Carus는 당시 브로트가 본 카프카의 모습을 담았다고, 브로트가 말했다.

056

오스카바움에게

친애하는 오스카, 난 자네에게 이미 오래 전에 편지를 썼을 것이네.
  만일 내 건강 회복에 관한 뭔가 특별히 좋은 소식을 쓸 수 있었더
라면 말일세. 그게 바로 의학 용어로는, 농담이든 진담이든, 가망
없는 경우라네. 자네 문외한의 진단 좀 들어 보려나? 신체의 병은
정신적 병의 강변 범람에 지나지 않는다네. 이제 그것을 다시 강변
으로 회수하려면, 당연히 머리가 거부를 하지, 머리는 고통 가운데
폐병을 내던졌고, 이제 그것을 머릿속으로 회수하고자 하지. 그것
도 그가 다른 질병들을 내던지려는 가장 큰 관심을 가진 순간에. 머
리에서 시작하여 그것을 치료하기, 거기에는 가구짐꾼만한 체력이
필요할 것인데, 그건 바로 앞서 언급한 이유로 해서 내게는 주어질
수가 없어. 그러니 모든 것은 예전처럼 그대로라네. 과거에 나는 늘
어리석은 생각, 그러니까 자기 처방의 초기 단계에서 파악될 법한
생각을 했다네. 이런저런 우연한 이유로 해서 제대로 쉴 수가 없었
다고. 그러나 이제 나는 항시 그 반대 이유를 짊어지고 다녀야함을

알고 있네.

그런 일 말고는 여기는 사랑스런 곳이네, 특히 대지를 적시는 비와 태양이 있는 6월, 부드러운 향기의 공기가 쓰다듬어 주네. 공기는 아무런 죄도 없으면서 나를 건강하게 해줄 수 없음에 용서를 구한다네.

자네가 낭독하는 이야기에 대하여 막스가 편지를 보냈네. 난 너무 기쁘다네, 다시 한 번 자네 곁에서 지내게 될 것이니, 6월 말에 보세. 자네 부인, 아이와 누이에게 안부를 보내며

자네의 **프란츠**

내가 너무 우울증에 빠져든 것을 느끼네, 아니, 알고 있어.

허나 이제 다시 모든 것이 그렇게 나쁜 것만은 아니라네.

취라우, 1920년(?) 6월.[*]

---

[*] 브로트는 카프카의 편지를 펴내면서(1958) 이 편지를 1918년 6월로 분류했으나 여러 정황으로 볼 때, 1920년 여름으로 보는 것이 옳다. 영문판(1977)에는 1920년으로 분류되었다.

057

막스 브로트에게

너무나 고마운 일이었네, 막스. 즉시 자네에게 감사하려네.

내가 자네 부인에게 가서 이층에서 그 작은 그림멘슈타인 체류 허가증을 손 안에 빙빙 돌리고 있었을 때, 그것은 내게 굉장한 선물처럼 여겨졌네. 그 느낌을 잃고 싶지가 않아, 비록 그림멘슈타인에 가지 않더라도 말일세.

나는 가지 않겠네, 왜냐하면 내 자신을 극복하지 못하기 때문이지, 아니 오히려 그것이 나를 압도하기 때문이네. 어떤 고려에도 불구하고 여행 방향을 바꾸기는 쉽지 않아, 허나 이제 그 일은 끝났네. 나는 타트라 산간의 마틀리아리(포르베르거 요양원)로 가려네. 적어도 잠정적으로는 그러하네. 만일 그곳이 별로 좋지 않다면 아마도 거기서 한 시간 가량 떨어진 숀타흐 박사의 요양원 노비 스모코베츠로 가지 뭐. 18일에 떠나려고 하네. 떠나기 전에 프라하에서 자네를 만났으면 싶어, 하지만 더 이상 기다리지는 않겠네.

자네 부인은 그 여행에 대해서 상당히 많이 혹독하고 달콤하게 애기를 들려주었는데, 그녀의 특별하고 가끔은 감동적인 방식으로 판단하면서 씁쓸함과 달콤함을 나누곤 하듯이 말이야. 나는 그 비평에서 자네 『위조범들』의 성공은 순수했다는 것과 자네의 의도들이 전혀 방해받지 않았다는 인상을 받았네. 묘하게도 『에스터』가 성공 가도를 마련해 놓았나 보군.

　타트라에서 편지 하겠네. 그런데 오틀라가 며칠 예정으로 함께 가네. 모든 좋은 소망을!

프란츠

　자네의 누이, 매제, 그리고 테아에게 진심 어린 안부를 보내네.

프라하, 우편 소인 1920년 12월 13일.

막스 브로트에게

친애하는 막스,

　자네의 편지에도 내가 뜨겁게 달아오르지 않는 것을 자네는 믿겠어? 그리고 나는 이 세상 왕국들과 그들의 광영을, 설령 그것들이 내게 제공된다 하더라도 절대로 받아들이지 못할 거야.

　내가 양보하지 못해서가 아니라, 내가 내려가는 와중에 그만 탐욕으로 인해서 자신을 죽이고 말았을 것이기 때문이라네. 나를 베를린으로부터 차단하는 것은 그 큰 약점과 빈곤 말고는 없어, 그게 비록 그 '제안'을 방해했으나, 결코 나를 '제안'에 굴하도록 방해하지는 못했던 것이야. 온갖 주먹을 불끈 쥐고서 난 떠났을 것이네. 자넨 내 야심을 몰라.

　자네의 경우야 그게 다르지. 자넨 가능성이 있었고(베를린의 활력을 본다고 주장하듯이, 나 또한 자네의 활력을 실제로 보네), 자네가 내게 가장 설득력 있게 가장 확실한 결정으로 그것에 양보를 하지는 않았지. 이 방향에서 나에게는 자네의 결정이 너무나도 확실하고 설

221

득력 있기 때문에 나는 꼭 그렇게 인식하게 될 게야, 비록 그것이 이제는 다른 상황으로 변했을지라도. 그런데 자네는 베를린으로 이사 가능성을 지금까지 말하지 않고 있네. 그리고 베를린으로의 유혹에 대해 묘한 점은, 그곳의 긴장도가 자네를 유혹한다지만, 자네의 느낌이, 그러니까 자네의 프라하 생활을 베를린 식으로 긴장시키려는 게 아니라, 도대체가 철두철미하게 베를린 식의 생활이 되어야 한다고 느끼는 것 같아. 하지만 자넨 베를린에서 명령을 들은 것은 아니겠지, 베를린으로 오라는 식으로. 대신 프라하를 떠나라는 명령이었겠지.

그 극장 일은 더 상세한 설명이 없이는 잘 이해 못하겠군. 베를린 역시 나처럼 그 비평들을 읽었겠지. 자네 스스로도 말했지, 모든 가능하면서 불가능한 것이 공연되고 있으며, 그래서 사람들이 자네의 『위조범들』 앞에서 놀라 도망가는가?

F.펠리체가 자네의 독서모임에 안 나왔던가? 그녀의 상황* 때문이었겠지 아마? 베를린에 있으면서 F.를 보지 못한 것이 개인적으로 옳지 않은 일이라는 생각이 드네, 하긴 나라도 아마 그러했겠지만. 나는 F.에 대해 마치 성공하지 못한 장군이 그가 정복할 수 없었지만 '그럼에도 불구하고' 두 아이의 행복한 어머니라거나 뭔가 위대하게 되어 있는 한 도시에 대해 느끼는 것과 같은 사랑을 지니고 있네. 혹시 첫 번째 아이에 대해 아무 소식도 못 들었나?

나에 대해 말하자면, 여기서 좋은 장소를 하나 발견했네. 그러니

---

* 카프카와 결정적으로 파혼 한 이후 펠리체는 1919년 결혼했다.

까 우리가 뭔가 아직도 요양소의 외관을 가지고 있지만, 그런데 사실은 요양소가 아닌 그런 곳을 취하고자 한다면 좋다고 할 그런 곳이네. 이건 요양원이 아니네, 왜냐하면 여긴 또한 관광객, 수렵자, 그리고 도대체가 아무나 받아주니까, 특별한 과잉 사치도 없고, 실제로 먹은 값만을 지불하면 되고. 그런데도 이곳은 엄연히 요양원이라네, 왜냐하면 전문 의사가, 휴식 요법 시설물이 있고, 기호에 따른 음식, 양질의 우유 및 크림의 선택이 가능하기 때문이네. 이곳은 타트라–롬니츠 뒤로 2킬로미터쯤 되는 곳, 그러니까 웅장한 롬니츠 정상에서 2킬로미터쯤 더 가까운 곳에 위치해 있지, 해발 900미터 높이고.

좋은 의사냐고? 그렇다네, 전문가야. 나도 어떤 전문인이 될 수 있다면 좀 좋을까! 그자에게라면 세상이 얼마나 간단해질 것인가! 내 위장 장애, 불면증, 신경증, 한마디로 내가 지닌 상태나 온갖 증상은 폐질환으로 돌아간다네. 그 병이 밖으로 나타나지 않았을 동안 그게 위장 장애, 그리고 신경 장애로 위장되어 있었다니. 많은 경우 폐질환이 – 나도 그렇게 생각해 – 이런 식의 위장으로 사라지지는 않는다는 것이야. 그리고 세상에 대한 고통이 녀석에겐 그렇게도 분명하기 때문에, 놈은 그에 걸맞게 조그마한 가죽 상자 안에, 그게 민족기금모금함보다도 크지 않는 것으로, 그 속에 항상 세상의 구원을 가지고 다닌다네. 그러다가 놈은 만일 세상이 그걸 원하면 그 구원을 뿌려주는 것이야, 12크로네에 피 속에다 주입시키는 것이지. 그리고 실제로 그 또한, 이로써 모든 것이 요약되는데, 잘 생기고 붉은 뺨을 지닌, 힘센 사나이며, 그가 사랑하는 젊은(분명히 유대인) 부인이 있고, 예쁜 작은 딸이 있으며, 그 애가 어찌나 놀랍게도 영특하던지 그는 그것을 입 밖에 낼 수가 없을 정도래. 왜냐하면 그 애가 자신의 아이라서 자랑삼아 뽐내기를 원하지 않기 때문이라지. 그는 매일 나를 찾아오네. 그것은 쓸데없는 짓이지만, 그러나 언짢은 것은 아니네.

대체로 이렇게 말할 수 있네, 만약에 내가 이 왕국을 육체적으로 정신적으로 (특히 같은 장소에서) 몇 달 동안 견뎌내면 건강에 매우 가까이 다가갈 수 있을 것일세. 그러나 아마 그것은 잘못된 결정이며, 다만 이런 뜻이겠지. 만약에 내가 건강하다면, 그러면 건강해질 것이라는 뜻. 첫 주 동안에 1.6킬로그램이 늘었는데, 어떤 것도 증명해 주지는 못하지. 왜냐하면 첫 주 요양에서는 늘 사자처럼 뼈기며 시작하니까.

여기에는 대략 서른 명의 고정 손님이 있다네. 대부분 비유대인으로 보았는데, 전적으로 헝가리 혈통이었지. 그러나 웨이터 수장을 비롯해서 대다수가 유대인으로 밝혀지는 거야. 나는 말을 아주 적게 그것도 몇 안 되는 사람과 나누는데, 대부분 인간에 대한 공포에서지. 그러나 또한 나는 그것(누군가가 사람을 두려워한다면, 그것을 내보이는 것)이 옳다고 여기기 때문이네. 그런데 여기에 코시체슬로바키아 사람이 하나 있는데, 스물다섯 살이고, 볼품없는 치아에, 거의 감긴 약한 눈에, 끊임 없는 소화 불량의 위장에, 신경질적이며, 헝가리어 밖에 모르는데, 여기에 온 이래 처음으로 독일어를 배우고, 슬로바키아어는 한 마디도 못하지만, 사랑에 빠질 만한 젊은이네. 동유럽 유대인의 의미로서 매력적이지. 빈정거림에 넘치고, 불안,

변덕, 확신에 넘치면서 또한 곤궁함으로. 매사를 그는 "흥미롭군, 흥미롭군" 하는데, 하지만 그것이 그저 통상적인 의미가 아니라, 예컨대 "불이다, 불이야" 같은 그 무엇이라네. 사회주의자이지만 유년 시절의 기억에서 많은 히브리어를 재생해내며, 『탈무드』와 또한 『조정목록』을 공부했지. 항상 "흥미롭군, 흥미롭군" 하곤 했네. 그러나 거의 모든 것을 잊어버리네. 그는 모든 종류의 모임에 참석하고, 자네의 연설도 들었으며, 코시체 전체가 그 연설에 열광했다고 이야기했고, 또한 게오르크 랑거가 시온주의 미스라히그룹을 창설했을 때에도 참석했다네.

베를린이 결국엔 자네에게 모든 좋은 일을 가져다주기를! 그리고 그곳에 대해 또 한 가지 내게 편지하게나. 아니면 언젠가 하루쯤 슬로바키아로 여행하지 않겠나? 자네가 지난번에 말한 소설 『유대의 왕 르우벤』은 쓰기 시작했는가?

자네 부인과 모든 분에게 안부를. 그림멘슈타인 체류 허가증에 대해 자네에게 대한 감사를 베를린의 에베르 서점으로 보냈네. 그것이야말로 매우 특별한 친절이었던 것으로 여겨졌고 여전히 그렇게 여기네.

자네의 프란츠

마틀리아리, 우편 소인 1920년 12월 31일.

3
1921~1924년에 쓴 편지
막스 브로트, 오스카 바움, 로베르트 클롭슈토크, 펠릭스 벨치

059

막스 브로트에게

가장 친애하는 막스, 또 다른 후기일세, 그러니까 그 "적"이 어떻게 나타나는가를 자네가 보도록 말일세. 그것들은 정말이지 확실히 내면의 법이야, 그러나 그건 거의 외부의 법을 향해서 장치된 것처럼 보이네. 아마도 자네는 몸소 참여하지 않은 자로서 그걸 더 잘 이해할 게야.

나는 그 '발코니의 불행'에서 조금도 회복의 기미가 없었네. 위쪽 발코니는 이제 조용하긴 하나, 불안에 예민해진 내 귀는 이제 모든 것을 듣는다네, 심지어 그 치과의사의 소리도 듣는다니까, 그는 내 창문으로부터 네 개, 그리고 한 층 정도 떨어져 있는데도 말이야.

[방 배치도가 도식적으로 그려져 있었다는데, 지금은 소실됨.]

비록 그도 유대인이고, 공손하게 인사하고, 확실히 전혀 나쁜 의도는 없을지라도, 그는 나에게는 절대적으로 "낯선 악마"가 된 거야. 그의 목소리는 나에게 심장의 통증을 일으킨다니까. 그 소린 메마르고, 무겁게 움직이며, 사실은 낮은 소리야, 그렇지만 벽을 꿰뚫네. 내가 말했듯이, 난 우선 이것에서 회복되어야 하는데, 잠정적으로 아직 모든 것이 나를 방해하고 있어. 가끔은 나를 방해하고 있는 것이 바로 인생 자체인가 여겨진다네. 그렇지 않다면야 어찌 이 모든 것이 나를 방해한단 말인가?

그리고 참 어제 여기에서 무슨 일이 벌어졌는지, 여기에는 내가 아직 한 번도 본 적이 없는 환자 한 사람 말고도, 또 한 사람 침대에 누워만 있는 환자가 있는데, 체코인이며, 내 발코니 아래에 거주하는데, 폐와 후두결핵을 앓고 있으며('생生 또는 사死' 이외에도 또 다른 변종의 하나이지), 그의 병 때문에, 그리고 자신 이외에 여기에 단 두 명의 체코인들이 있는데, 어쨌든 그 환자에 전혀 관심을 갖지 않기 때문에 그는 소외되어 있다고 느끼나 봐. 나는 그와 복도에서 겨우 두어 번 몇 마디 주고받았을 뿐인데, 그가 객실 당번 여자를 통해서 나더러 한번 그에게 들러달라는 부탁을 했네. 쉰 살쯤 된 친절하고 조용한 분이며, 성년이 된 두 아들의 아버지더군. 나는 방문을 짧게 하려고 저녁 식사 직전에 그를 보러 갔네, 그랬더니 식사 후에 다시 잠깐 들러달라고 하더군. 그러더니 자신의 병에 대해서 들려주며, 작은 거울을 보여주었지. 햇볕이 나면 그의 목구멍 속으로 깊이 삽입해야 하는 거래, 햇빛에 목구멍의 농양을 비추려고. 그리고 또 커다란 거울을 보여주었는데, 그것으로 목 안을 들여다보는 것인데, 그 작은 거울을 적절하게 놔두기 위한 것이라네. 그는 그러더니 나에게 그 종양의 그림을 보여 주었는데, 그게 3개월 전에 처음 나타났던 것이라더군. 그리고서 자기 가족에 대해서 짧게 얘기를 들려주었어, 일주일 동안 그들로부터 아무런 소식이 없으니, 걱정이 된다는 것이었네. 나는 들으면서 가끔 질문을 하기도 했지, 거울과 그 그림을 내 손에 들고 있어야 했어. 내가 거울을 멀리 들었더니, "눈에 더 가까이"라고 하더군. 그리고 마지막에는 별다른 변화가 없기에 자문했지, (난 전에도 가끔 그런 발작이 있었고, 그건 꼭 이런 질문으로 시작된다네). '네가 지금 실신을 하게 되면 어찌 될까?' 그리고는 곧 이 실신 상태가 마치 파도처럼 내 위를 덮쳐오는 것을 보았어. 마지막 순간에는 내가 의식을 단단히 붙들었지, 적어도 그랬다고 생각된다네. 그러나 내가 어떻게 아무런 도움 없이 그 방을 빠져 나올 수 있을지는 상상도 할 수 없었어. 그가 뭔가 더 말을 했는지, 그것도 모르겠어. 나에겐 소리 없는 정적이었지. 마침내 나는 정신을 가다듬고, 뭔가 좋은 저녁이다 그런 말을 했지, 그건 아마 내가 그의 발코니로 비틀거리며 나와서 거기 냉기 속에서 난간에 앉아 있는 데에 대한 설명 같은 것이었지. 난 거기서 겨우 약간 속이 거북하다고 말할 수 있을 지경에 이르렀고, 인사도 없이 그 방을 빠져 나올 수 있었어. 복도의 벽들, 그리고 층계참 의자의 도움을 받아서 내 방으로 겨우 돌아왔지.

나는 그 사람에게 뭔가 좋은 일을 하려고 했는데, 결과적으로 매우 나쁜 짓을 하고 말았네. 아침에 들은 말로는, 그가 나 때문에 온 밤을 전혀 못 잤다는 거야. 그래 놓고도 내 자신을 탓할 수가 없으며, 오히려 이해 못할 것이, 왜 누구나 실신을 하지 않느냐는 걸세. 거기 그 침대에서 보이는 것은 정말이지 사형 집행보다 훨씬 나쁜 것이며, 그래 정말 고문보다도 나쁜 일이네. 사실 그 고문을 어디 우리가 직접 발견한 게 아니지 않는가, 그 대신 질병으로부터 그걸 배우지. 그러나 질병이 그러하듯이 고문하는 사람은 없네. 여기서는 수년간 고문이 자행되었지, 효과적으로 쉬어가면서, 그래서 그렇게 빨리 결딴나지 않게끔 – 가장 특이한 점인데 – 그 고문 당사자 스스로가 그런 강요를 자초하는데, 자의적으로 그 가련한 내면에서, 고문을 길게 늘일 것을 강요하니 말이야. 침대에 누워만 있는 이 완전히 비참한 인생, 발열, 호흡 곤란, 투약, 그 괴롭고 위험한(작은 서툰 움직임으로도 쉽게 불에 델 수도 있으니까) 거울 보기는 다른 목적이 있을 수 없지, 그는 언젠가 농양으로 질식하고 말 것이니까, 이 농양의 성장을 지연시킴으로써 바로 이 비참한 삶, 열 등을 가능한 한 오래 지속할 수 있도록 하는 것이 목적이지. 그의 친척이며 의사들과 방문객은 불길이 타고 있지는 않으나 천천히 작렬하는 장작개비 위에 문자 그대로 어떤 발판들을 구축했으니, 그럼으로 해서 감염의 위험 없이 방문하고 냉각시키고 위로하고 계속되는 비참함에 격려를 할 수 있는 것이라네. 그리고 그들의 방에 돌아가서 그들은 완전히 겁을 먹고서 몸을 씻는다네, 나처럼 말이야.

어쨌거나 나 역시 거의 잠을 못 이뤘네, 하지만 나에게는 두 가지 위안이 있었네, 첫째는 강력한 심장의 통증, 그것은 또 다른 종류의 고문자를 나에게 상기시켰으며, 그자는 훨씬 온건한 셈이지, 훨씬 빨라서. 그리고 나서는 엄습해 오는 꿈들 가운데서 마지막에 이런 꿈을 꾸었지. 내 왼편에 작은 셔츠를 입은 한 어린애가 앉아 있었어 (그 앤 적어도 꿈의 기억에 의하면 아주 확실한 것은 아니나 그래도 내 친자식

231

1921~1924 | 42통의 편지

인 것 같았지, 그게 날 성가시게 하지도 않았고), 오른쪽은 밀레나였는데, 둘 다 나를 밀치듯 다가와 앉았고, 난 그들에게 내 지갑 이야기를 했어, 그게 사라져 버렸거든. 난 그것을 다시 찾았는데, 그러나 그걸 다시 열어보지 않았고, 그래서 또한 그 속에 여전히 돈이 들어있는지도 알 수가 없었어. 만약에 그것을 잃어버렸다 해도 그건 아무래도 좋았어. 만일 두 사람만 내 곁에 있다면 말이야. 아침까지도 나를 휩쓸었던 그 행복감을 이제는 물론 더 이상 따라잡을 수가 없네.

그건 꿈이었네, 그러나 현실은 3주 전에(많은 비슷한 편지들 다음이었지, 그러나 이것은 극도의 필연성에 적절한 것이었지. 나로서는 이제 끝을 냈고, 끝을 내고 또 그렇게 될 필연성에 적절한, 가장 결정적인 편지로) 다만 자비를 청했던 일일세, 더 이상 편지하지 않기, 그리고 우리가 서로 보는 일을 막자고.

그런데 말이지만, 나는 이번 주에도 체중이 불어서, 4주째 총 3.4킬로그램이 늘었네. 펠릭스와 오스카에게 부디 안부를. 오스카의 시칠리아 여행에서 어떤 결과가 나왔는가? 그리고 두 사람 다 뭘 하고 있는가? 딸 루트는 어떻고?

저녁에 발코니의 시원찮은 불빛에서.

이 편지가 며칠 째 그대로 있었네, 아마도 내가 다음에 무엇이 '일어날' 것인가를 덧붙이려고 했는지. 아주 심각한 일은 없었네.

오늘 자네의 편지를 읽고서 난 부끄러웠네, 자네와 그 처녀에 대해서 내가 했던 말 때문이었지. 만약에 내가 결혼을 했던들, 그리고 내 아내에게 그 같은 일을 저질렀더라면, 아마도 과장해서 표현하자면(그 전제보다 더 이상의 과장은 아닌데), 나 자신이 어디 구석으로 들어가서 스스로를 교살할 것이야. 그러나 자네는 그것을 언급조차 하지 않을 만큼 나를 용서하는군. 물론 자네는 지지난 번 편지에서 너무 일반론적으로 썼는데, 나는 그 보편적인 것들을 내가 썼던 것과는 다르게 표현했어야 했어. 그럼에도 불구하고 그것에 대한 내 기본 감정은 변한 것이 없으며, 다만 그렇게 어리석고 쉽게 입증될 것은 아니라네.

어쩌면 내가 자신에 대해서 이야기한다면 그것에 좀 더 가까워질 수 있으려나. 난 지금 자네의 편지를 손에 들고 있지 않네(그것을 가져오기 위해서는 내가 무거운 포장에서 기어 나와야 한다네). 그렇지만 내 생각에는 자네가 이렇게 말한다 싶어. 만일 완전성을 향한 노력이 내게서 여자에게 이르는 것을 불가능하게 하는 것이라면, 그것은 나에게 또한 모든 다른 것도 불가능하게 만들 것이라고, 식사, 사무실 등을.

그것은 옳아. 완전성을 향한 노력이 다만 내 커다란 고르디우스 매듭의 작은 일부에 불과할지라도, 그러나 여기 각 부분이라는 것 또한 전체이며, 그렇기 때문에 자네가 하는 말이 옳아. 그러나 이 불가능성 또한 실제로 존재하지, 이런 식사의 불가능성 따위가, 다만 이것은 결혼 불가능성처럼 그렇게 조야하게 눈에 띄는 것은 아니라는 것이 말이야.

이 문제에서 우리 서로 비교해 보세. 우리 둘은 육신성의 장애를 지니고 있지. 자네는 그것척추기형을 영광스럽게 극복했네. 내가 이러한 생각을 하고 있던 동안에, 스키 타는 사람들이 길 건너 언덕에서 연습을 하는 중이었네. 그들은 여기서 보게 되는 일상적인 호텔 손님이거나 근처의 군 막사에서 온 군인들이 아니었네. 그들은 충분히 인상적인 것이, 지방 도로 위에서 이 진지한 미끄럼 활주, 위에서 아래로의 활강, 아래서 위로의 역주, 그러나 이번에 그 세 사람은 롬니츠에서 왔고, 틀림없이 예술가들은 아니네, 하지만 무슨 일을 해내었는가! 한 키다리가 앞장서고, 좀 더 작은 두 사람이 뒤를 따랐네. 그들에게는 언덕도 도랑도 둑도 없었네. 그들은 자네의 펜촉이 종이 위를 스쳐가듯 땅 위를 미끄러져 갔네. 언덕 아래로는 훨씬 빨라서 그건 바로 질주였어, 하지만 언덕을 오를 때도 적어도 나는 듯 했어. 그리고 그들이 하강하면서 보여준 것이, 글쎄 난 잘 몰라 그것은 정말 위대한 텔레마르크 스윙인지(그것이 옳은 용어인가?), 아무튼 그건 꿈만 같았으며, 건강한 사람이라면 바로 그렇게 깨어 있다가 잠에 빠지겠지. 그게 그런 식으로 15분 동안 이어지더군, 거의 침묵 속에서(그 때문에 내 사랑의 일부이지), 그리고 나서 그들은 다시 한 번 거리로 나섰고, 그걸 달리 표현할 수는 없을 게야, 롬니츠를 향해서 휙휙 덮쳐 내려갔네.

나는 그들을 눈여겨 바라보며 자네를 생각했지, 그런 식으로 자네는 육신성을 극복했구나.

그와 반면에 ― 나는 계속 글을 쓰려고 했네.

그러자 며칠 매우 심한 악몽의 밤들이 닥쳤네. 처음 이틀 밤은 우연한, 잠시 지나갈 하룻밤의 원인에서 왔고, 나머지는 내 천골 부위에 생긴 농양으로 인해서였네. 난 밤낮으로 누워 있어야 했고, 밤이면 잠을 잘 수가 없었네. 그거야 시시한 일들이며, 그리고 만일 그런 종류 농양이 더 나타나지 않으면 난 그 손상을 쉽게 다시 회복할 것이네. 이 이야기를 하는 것은 다만 누군가 내 체중과 체력 증가를 방해하고자 하는 사람이 있다면(지금까지는 다만 내 체중 증가만 확인했는데, 5주에 4.2킬로그램이라네), 그가 내 위에서 안장에 꽉 붙어 앉아 있음을 보여 주려고 그러네.

다른 비교는 오늘은 그만 둘래, 막스, 나는 너무 피곤해. 그것은 또한 너무 복잡한 일이네. 자료는 시간이 경과함에 따라 괴물처럼 불어났고 또 집중은 되지 않아서, 누구라도 그것을 다시 시작하려면 하는 수 없이 수다를 떨 수밖에 없을 것이고.

자네가 오려고? 물론 와야 해, 만약에 그렇게 큰 애로 없이 가능하다면. 그러나 나는 별 가능성을 보지 못하네, 만일 자네가 슬로바키아 여행을 한다면 또 몰라. 자네 편지에서 내가 추측컨대, 자네는 베를린 여행과 연결시키려고 하는지, 이를테면 체–독 국경오더베르크를 경유해서. 안 되네, 그건 너무 힘들 것일세. 그렇게는 하지 말게, 나를 위해서도 하지 마, 그건 내게 너무 과중한 부담을 주니까. 아니면 자넨 혹시 사흘 이상 머물 수 있겠는가, 자네 자신을 위한 휴가로서?

이전의 이야기에 대해 계속 논의를 시작하고 싶어지네, 그렇게 요설이 들끓는구면.

자넨 강조하네, "무엇에 대한 두려움인가" 하고. 그렇게나 많은 것에 대한 두려움, 하지만 이 세속적 차원에서는 무엇보다도 내가 다른 사람의 짐을 지기에 충분치 않다는 두려움, 육체적으로도 안 되고, 정신적으로도 안 되는 그런 것에 대한 두려움일세. 우리가 거의 한마음이 되는 한, 그것은 '무엇이라고? 우리가 거의 한 마음이라?' 하면서 더듬어 찾는 두려움에 불과하네. 그리고 이 두려움이 제 몫을 다했을 때, 그것은 마지막 바닥까지 설득적이고 논박할 여지가 없는, 참을 수가 없는 두려움이 된다네. 아니, 그 일일랑 오늘은 그만 하세, 너무 지나쳤네.

자네는 데멜의 「서한들」*에 대해 언급하고 있는데, 나는 12월 호에 게재된 것들만 알고 있을 뿐이네, 반쯤은 인간적이고 유부남다운.

아무래도 나는 그 문제로 되돌아와야겠네.

자네는 쓰기를 "왜 사랑 앞에서는 인생의 모든 다른 사건들에서 보다 더 두려움을 갖는가?"라고, 바로 그 앞에 "사랑에서 나는 간헐적인 신성함을 가장 가까이 가장 자주 체험했다."라고 하네. 이 두 문장을 합하여 볼 때, 그것은 마치 자네가 이렇게 말하려 했던 것 같네, "왜 여느 가시덤불 앞에서는 불타는 가시덤불 앞에서와 똑같은 두려움을 갖지 않는가?"라고.

그건 정말 이러하네, 마치 내 생애의 과제가 집 하나를 소유하겠다는 것으로 이뤄진 것 같은. 그것 또한 미결이네. 며칠간은 중단, 피로, 약간의 신열 (아마도 농양 때문에), 밖에는 맹렬한 눈보라, 이제는 좀 더 나아지네, 비록 오늘 저녁에는 새로운 장애가 일었지만,

---

* 시인 리처드 데멜Richard Dehmel(1863~1920)의 「데멜의 알프스 기행Dehmels Fahrten in den Alpen」이 《Neue Run-dschau》에 게재된 것을 말한다.

바라건대 그리 심각한 것이 아니라서, 그것을 단지 기록하는 것만으로 억누르려 하네. 식탁의 새 이웃은, 나이든 미혼녀로, 역겹게 분바르고 향수를 뿌리고, 틀림없이 심하게 병들고, 또한 신경성으로 혼란스러운, 사교적으로 수다스러우며, 체코인으로서 부분적으로 나에게 의존하고, 또한 나로부터 먼 쪽의 귀는 잘 듣지 못하는 것 같아(이제는 여기에 체코인들이 몇몇 좀 많아졌는데, 그러나 그들은 금방 떠난다네). 나에게는 효과적으로 나를 보호해 줄 한 가지 무기가 있는데, 오늘 그녀가 나에게 말한 것은 아니지만, 그녀가 좋아하는 신문은 《벤코프》**이며, 특히 그 사설 때문에 그렇다네. 매혹적으로 나는 저녁 내내 그것을 생각하고 있네(그녀는 스모코베츠에서 왔고, 많은 요양원을 거쳤는데 특히 그림멘슈타인이라는 한 곳을 지나치게 칭찬을 하네, 하지만 그곳은 3월에 정부에 매각되었네). 아마도 가장 교활한 방법은 그 설명을 가지고 그녀가 한 말을 취소할 수 없을 어떤 것을 말할 때까지 기다리는 것이겠지. 그림멘슈타인에 대해서는 이렇게 말하더군. "소유주는 유대인인데, 그러나 운영은 기막히게 잘해요"라고. 하지만 그것으로 충분하지는 않지.

그런데 말이야 막스, 내가 쓰는 모든 것으로 미루어 내가 추적망상증을 앓고 있다고 생각지는 말게. 나는 경험에서 빈자리가 없다는 것을 알지, 그래서 만일 내가 내 말 잔등에 앉지 않으면, 그렇다면 바로 추적자가 그곳에 앉게 되는 법.

이제 끝을 낼까 해(그렇지 않으면 자네가 여행 떠나기 전에 이 편지를 받

** Venkov : '토지'라는 뜻으로, 체코의 농업인 조직이며 반유대적 단체에서 발행하는 신문.

지 못할 것이니), 비록 내가 말하고자 한 것을 아직 다 하지 못했고, 이제서도 겨우 나 자신을 우회하며 자네에게 이르는 길을 제대로 발견하지 못했지만. 그게 참 처음에는 적어도 어슴푸레 분명했었는데. 그러나 이것은 단순히 좋지 못한 작가의 전형일 뿐. 그자는 보고해야 할 것을 마치 무거운 바다뱀처럼 팔에 감아 놔두고 있으며, 그가 왼편 오른편 더듬어 찾는 어느 곳이고 간에 그것은 끝이 없고, 심지어 포옹하는 것일지라도 견딜 수 없어 하네. 그러다가 특히 저녁 식사를 마치고 자신의 조용한 방으로 되돌아가면서 단순한 식탁 이웃과의 접촉에서 온 고통스러운 후유증으로 거의 신체적으로 부들부들 떨고 있는 어떤 사람이라도 그렇고말고.

그러면서도 나는 이 편지 전체를 통해서 무엇보다도 두 가지 변수를 생각하고 있네. 첫째는 불가능한 것으로 여겨지는데, 그 《아르덴 신문》 같은 것, 불가능이야, 편집진이 불가능, 작업 과부가(자네가 아마 유일한 음악기고가는 아니겠지?) 너무 심해, 정치적 입지도(그러한 신문의 기고자들은 어떻든 어떤 입장을 견지해야 하니까) 너무 강하고, 그 모든 것이 자네에게는 무가치하네. 유일한 이익이 있다면 아마 그 높은 수입일 것이야.

그러나 두 번째 일, 왜 그것이 가능하지 않느냐고? 무엇을 위해서 정부가 돈을 내는가? 정부란 매우 즉흥적이며 매우 긴급 사태에 있지, 바로 그렇기 때문에 여기저기에서 또한 매우 특별한 것을 만드는 것이고. 그리고 이것은 뭔가 그런 종류의 것이지, 그건 자네가 행한 것에 대한 감사 바로 그것이라네, 아마도 (그와 관련해서 어떤 관료적 제한이 성립하겠는가? 오랜 세월이 지나도록 자네는 그런 종류의 어떤 일에도 개입하려 들지 않았네) 앞으로 행하게 될 그 일에 대한 것도. 말이 났으니 말이지만, 이런 종류의 일들은 체코슬로바키아에서만 일어나는 것은 아니지. 그런 일들은 전시 언론획책의 좋은 유산이네.

묘한 일이야 ─ 내가 이것을 덧붙여야겠네, 그리고 그것은 베를린과 관련한 자네 결정의 어떤 확실성을 지니네, 비록 그것이 그렇게 단도직입적으로 설득력이 있는 건 아니지만 ─ 묘한 일이야, 자네가 자네의 모든 전문적 힘을, 내 말은 자네가 여기로 끌어들이기를 바라는 그 힘을, 시온주의에 주는 데는 망설이다니.

그 슈라이버 관련 논문을 동봉하는데, 그걸 단숨에 빨리 여러 번 읽었네, 어찌나 머리가 핑핑 돌게 쓰였던지(사업상의 서류들에 대한 몇 가지 회피적인 약간의 멋 부려 쓰기를 제외하고선). 그런데 그것이 고발로서 쓴 것인가, 아마 아니겠지? 그리고 그것이 구체적으로 바로 베를린에 맞아 떨어지는가? 아무데나 대도시가 아니라? 적어도 서구적 의미에서, 필수적으로 '삶'을 한층 쉽게 해주는 인습들이 강력해지고 질식할 것처럼 되는 대도시들.

자네는 자네 소설『르우벤』을 카발라 연구와 관련해서 언급하는데, 거기에 무슨 관련이 있는가?

그 시집은 어제 받았네. 자네는 나를 생각하는군.
펠릭스와 오스카에게 부디 안부를, 그들 역시 나를 잊어서는 안 되지, 내가 편지를 쓰지 않을망정.

그런데 말이지만, 일주일 전에 내가 M.밀레나으로부터 또 하나의 편지, 마지막 편지를 받았네. 그녀는 강하고 그리고 변함없네, 어딘지 자네의 의미로. 자네 또한 변치 않을 사람이지. 하지만 아니지, 여자들은 자네를 그렇게 말하지 않지. 아니, 왜 아니겠어, 자네는 어떤 의미에서는, 난 그 점을 특히 높이 사는데, 여자들에 대해서도 변함없으니.

마틀리아리, 1921년 1월 말.

060

막스 브로트에게

가장 친애하는 막스, 자네에게 매우 큰일 하나를 부탁하네, 그것도
당장에 이루어져야 할 일을. 나는 여기에 더 머물고 싶은데, 바로
여기는 아니고, 타트라의 폴리안카에 있는 구르 박사 요양원이 될
게야. 사람들이 내게 추천하는데, 이곳 마틀리아리보다는 물론 훨
씬 비싼 곳이라네.

　나는 다음과 같은 이유로 더 머물고자 하네.

　1. 우선 이곳 의사의 경고 때문. 만약에 지금 내가 프라하에 돌아
간다면 완전한 와해의 가능성. 그리고 내게 약속하기를, 가을까지
머무른다면 근사치의 회복이라는군. 그렇게 되면 매년 6주간의 바
다나 산간 지방 요양만으로 나를 지탱하기에 충분하다는 거야. 이
두 가지 예상은, 물론 두 번째 것이 첫 번째 것보다 과장인데, 어쨌
거나 그는 이 문제로 매일 아침 나를 괴롭히는데, 아버지처럼, 친구
처럼, 모든 종류의 마음씨로 그러네. 그리고 만일 그가 폴리안카로
옮겨가려는 것을 안다면 그의 예언은 어떤 관점에서나 훨씬 후퇴하

리라는 것을 나는 알지. 그럼에도 불구하고 그것은 나에게는 그런 인상을 주네.

2. 집에서는 모두가 내가 여기에 더 머물기를 원한다네, 그들이 실제로 아는 것보다 더 많은 이유로. 지금 내가 폐병 환자들과 여기에서 살아 온 이래 확신하는 것은, 건강한 사람들에게는 전염 가능성이 전혀 없다는 사실일세. 그렇지만 여기 건강하다는 사람들이란 단지 숲 속의 나무꾼들과 부엌의 처녀들뿐이지(나라면 단지 그들 건너편에 앉기도 꺼리는 그런 환자들의 접시에서 먹다 남은 음식을 그냥 집어서 먹어치우는 이들). 도시 출신의 우리 중에서는 단 한 사람도 없네. 그러나 예컨대 어떤 후두염 환자(폐병환자의 피를 나눈 형제이나, 더 슬픈 형제)의 맞은편에 앉는다는 것이 얼마나 혐오스러운가. 그런데 친절하고 무해하게 자네 건너편에 앉는 것이야, 폐병 환자의 신성한 눈으로 자네를 바라보며, 동시에 펼친 손가락 사이로 결핵성 농종의 고름을 자네 얼굴 쪽으로 기침해 내놓은 거야. 그렇게 심각한 것은 결코 아니지, 하지만 내가 집에 가면 그런 비슷한 처지로 앉아 있게 될 것일세, 아이들 사이에서 '선량한 삼촌' 쯤으로.

3. 아마 나는 프라하에서 봄과 여름을 꽤 잘 견딜 수 있을 지도 몰라. 적어도 크랄 박사는 편지로 내게 오기를 권했네. 그러나 이제 다시 그는 부모님께 이 충고를 철회한 것 같아. (이런 헷갈림은 내 자신의 편지 방식으로도 설명되겠지), 아마도 어딘지 반쯤 결정적인 뭔가를 저지르는 편이 더 현명할 것일세. 만약에 의사가 주장한 대로, 그것이 실제로 개선된다면, 그리고 내가 이 고산지대(폴리안카는 1,100미터 이상의 고지라네) 아닌 어느 곳에서 이 따뜻한 계절을 더 잘 보내겠

는가? 내가 혹시 더 잘 지낼 수 있을 곳을 안다면, 가벼운 소일거리를 가진 촌락이겠지. 하지만 그런 촌락을 나는 알지 못하네.

4. 가장 결정적인 요인은 나의 주관적인 상태. 그것은 하긴 물론 무한히 많은 악화가능성이 상존하는 것이지만 좋지 않네. 기침과 호흡곤란은 그 어느 때보다도 더 악화되었네. 한 겨울에 – 고약한 겨울이었네, 혹한과 관련해서가 아니라, 끊임없이 사나운 눈보라 – 호흡곤란 증세는 가끔은 거의 절망적이었네. 이제는 좋아진 날씨에 물론 더 나아졌지. 내 스스로에게 말하네, 나의 주관적 느낌이 옳다면, 그렇다면 내가 어디에 머물거나 아무 상관없겠다. 아니, 난 이 부분에서 혼돈을 일으키고 있네. 그렇게 되면 위치와 더불어 발생하는 일이 상관없지는 않겠지, 그렇게 되면 그게 특히 필요하겠지. 그러나 만일 근사치로 건강해진다면, 그땐 그게 덜 필요하겠지.

나의 병가는 3월 20일에 끝나네. 어떻게 해야 할지 난 너무 오래 고심해 왔네. 순전한 불안과 의구심으로 지금까지 이 마지막 날들을 기다렸네, 이제는 병가 연장을 위한 부탁이 거의 점잖지 못한 공갈 협박이 되어버렸네. 왜냐하면 그 사안은 원래 우선 내가 지사장에게 그의 의견이 어떤가를 묻는 것으로 진행되었으니까. 그 다음에 답변에 따라서 청원서를 썼어야 하지. 그 다음엔 청원이 관리위원회에 회부될 것이고 등등. 그 모든 것을 하기에는 이젠 물론 너무 늦어 버렸지. 편지로는 더 이상 할 수 있는 일이 없지. 그 공갈 같은 일은 다만 말로 청원함으로써 완곡해질 것인데, 그러면 내가 프라하로 갈 수 있어야 하지. 그러나 내가 시간을 낭비해야겠는가? 그렇다면 오틀라에게 가달라고 부탁할 수도 있었겠지. 그런데 그 애의 지금 임신 형편에 그것을 부탁하겠는가? 또한 그 애에겐 모든 것을 자네에게처럼 상세하게 설명하고 싶지 않네. 그러니 내가 이 짐을 지울 사람은, 막스 단지 자네만 남은 거야. 내 부탁은 자네가 가능한 한 빨리 동봉할 의사 소견서를 가지고서 오드스트르실 지사장에게 가는 것이네(의사 소견서를 오후에야 받으러 가네. 그건 아마 우리가 말했던 바 그대로 되었으면 하네). 제일 좋은 시간은 오전 11시경에 가면 좋을 것이네. 무슨 말을 해야 할 것인가는 자네가 물론 나보다도 더 잘 알 테지. 난 그저 내가 어찌 생각하는지만 말하려고 하네, 예컨대 :

아무개는 의심할 여지없이 사무실에 나갈 능력이 된다(곁들어 말하자면, 그곳에서 하는 업무 수행(!) 능력도 된다). 그러나 그것은 아무개가 떠나오기 이전에 역시 그러했다. 그리고 또한 똑같이 의심의 여지가 없는 일은, 아무개가 가을에는 다시 떠나야 할 것이며 또 다시 지난 가을보다도 어딘지 더 나빠진 상태가 될 것이라는 사실이다. 의사는 그에게 4개월 내지 6개월을 체재해야 상근 능력을 보증할 수 있다고 약속한다. 그러므로 아무개는 계속 병가를 청한다. 우선 약 2개월의 연장을, 그 다음에 다시 의사의 상세한 소견서를 보낼 것이다. 아무개는 병가 신청을 내는 것이며, 그것이 여하한 방식으로 주어진다 해도, 예컨대 급여의 전액, 혹은 3/4 혹은 1/2 급여이든 간에, 다만 무급 조건만은 면해주고, 또한 연금 생활도 기다려 달라는 부탁이다. 말이 났으니 말인데, 이 반년은 아무개의 휴가일과 연금에서 공제될 수 있을 것이다. 사실 그러한 제한적 병가 신청은 아무개에게는 심지어 안도가 되는 것 같다. 왜냐하면 그가 그 동안에 공사로부터 이미 허용 받았던 그 많은 병가 모두를 너무도 잘 깨닫고 있기 때문이다. 이제 이렇게 병가를 청하는 방식은 물론 부적절하며, 변명이라면 다만 아무개가 이 지점에 이르기까지 의구심으로 파김치가 되었으며, 그래서 이제야 비로소 의사와 그 일을 충분히 논의할 수 있었다는 게 변명이 될지. 아무개는 또한 청원이 먼저 제출되어야 하는 등등을 알고 있지만, 그러나 어쩌면 그 청원을 추후에 제출케 해줄 수도 있다고 알고 있다. 물론 아무개가 20일에 근무에 들어가야 하는 것이 아니라 여기에 머물게 해준다는 허가를 기대한다는 전제에서이다. 그러나 만일 그것이 불가능하면, 아무개는 잠시나마 프라하에 갈 수는 있을 것이다.

그러니까 대충 이 정도가 할 말이네, 이제 그럼 막스 자네는 내게 전보를 주게나, '거기 머물게' 또는 '여기로 오게'라고.

이제 지사장에 대해 몇 마디 적네. 그는 매우 사람이 좋고, 친절하며, 나에게는 각별히 좋은 분이었네. 물론 거기에는 정치적 동기가 부분적으로 작용했지, 왜냐하면 그는 독일인에게 자기가 그들 중 한 사람에게 각별히 잘해주었음을 말할 수 있을 테니까. 그런데 그자는 결국 유대인에 불과한데 말이네.

부디 그 급여 문제에 대해서는 섣불리 말하지 말게, 그리고 우리 아버지의 재산에 대해서도 언급하지 말고. 왜냐하면, 첫째 아마도 그런 게 있지도 않을 것이며, 둘째 그게 나를 위한 것은 분명히 아니기 때문이네.

내가 청한 절차가 온당치 못하다는 것을 강조하게. 왜냐하면 정확성, 그의 권위 유지 그런 것이 그에겐 큰 비중을 차지하는 것이니까. 대화는 분명히 일반론으로 옮겨갈 것이네. 찾아간 사람이 바로 자네이므로 더욱 그의 편에서야 그러겠지. 그때 자네는 아마도 슬며시 언급할 수 있을 게야 – 그를 매수하기 위해서가 아니라, 그런 것은 내가 전혀 마음에 두지 않네 – 그러나 그에게 기쁨을 주기 위해서, 왜냐하면 내가 그에게 정말이지 많은 빚을 졌으니, 이렇게 말이야, 내가 자주 그의 아주 창조적인 언어력에 대해서 말했고, 또한 비로소 그를 통해서 생생한 구어로서 체코어를 경탄하면서 배웠다고 하더라고. 아마도 자네는 그런 것을 알아차리지 못할지도 몰라. 그가 지사장이 된 이래 그 힘을 거의 상실했으니 말이야. 관료성이란 언어력을 더 이상 부상하게 놔두지 않더군. 그는 말을 너무 많이 해야 하니까. 그런데 그는 사회학 저술가이며 교수라네. 하지만 그런 건 자네가 몰라도 돼. 물론 자네가 원하는 대로 말을 해도 될 게야, 독일어든지 체코어든지.

그러니까 그것이 숙제라네. 내가 자네의 많은 일에 이런 종류의 무엇인가를 덧붙인다는 것을 고려할 때, 나는 – 내 말 믿어 – 그리 예쁘지가 않군. 그러나 누구라도 의구심에 파묻혀 있을 때면 어딘가로 돌파구를 찾아야 하고, 그러니 막스 자네가 고통을 당해야 하는군. 나를 용서해.

자네의

한 가지 더. 오틀라가 제 소신으로 그와 비슷한 일을 착수한다는 것이 불가능하지만은 않네. 그러니 우리 집에다 미리 묻는 것이 현명할 걸세.

자네는 어쩌면 내가 근무처와의 관계 때문에 너무 우려하고 있는 것 같이 느낄지도 모르겠네. 아니네. 사실 근무처가 내 병에 대해 하등의 책임이 없다는 것을 생각해 보게나. 또한 우리 공사가 단지 내 질병만이 아니라 5년 동안 일어난 과정만으로도 고통을 당해 왔음을. 정말이지 우리 공사는 내가 의식도 없이 나날을 허우적대고 있었을 때에도 기꺼이 나를 지탱해 주었음을.

만약에 내가 여기에 머물게 된다면, 아마도 이곳에서 자네를 보게 되겠지. 그럼 참 좋겠네. 자네 부인과 펠릭스와 그의 부인, 그리고 오스카와 가족에게도 많은 안부를.

마틀리아리, 1921년 3월 중순(?).

061

막스 브로트에게

가장 친애하는 막스, 자네가 어떻게 단편 소설「프란치」에서 실패할
수 있겠는가. 자네는 그 긴장을 이겨내기 위해서 평온을 유지하고
있고, 그 소설은 삶 그 자체의 착한 아이로서 탄생해야 하는 것을.
게다가 매사 자네를 위해서 근무처에서도 역시 얼마나 분별 있게
조정되고 있는가 말이야. 예전의 직장에서는 자네가 게으른 공직자
였지, 왜냐하면 근무처 밖에서 자네가 하는 일은 아무짝에도 통용
되지 않았고, 기껏해야 너그럽게 봐주고 용서되는 정도였었지. 그
러나 이번에는 그것이 주요 사안이며, 자네가 근무처에서 행하는
일에다가 본래적 의미의 가치를, 다른 공직자에게는 도달될 수 없
을 가치를 부여하는 것일세. 그러니 자네는 심지어 근무처의 안목
에서조차도 늘 근면한 것이네, 설사 자네가 그곳에서는 아무 일도
하지 않는다 하더라도. 또 최종적으로 무엇보다도 실제로 막강한
손으로 자네의 결혼 생활을 영위하고 게다가 라이프치히를 종횡무
진, 또 양쪽에서 자네 자신을 건사하고 있질 않나, 현실의 힘을 확

신하면서. 비록 사람들이 그것을 이해하지 못한다 해도. 그러니 자네의 어렵고도 드높은 자랑스러운 행로에 모든 행운을!

나 말인가? 그들이 서로 잘 정돈되고, 그러니까 자네 이웃들, 펠릭스, 오스카 말이네, 그리고 내 자신을 그들과 비교하면, 나는 마치 완숙기의 숲 속에 있는 한 어린아이처럼 방황하고 있는 느낌이네.

다시금 하루하루가 권태와 무위 속에서 지나갔네, 구름을 바라보며, 또한 분통 속에서. 정말 그렇다네, 자네들 모두는 성년의 수준으로 진전했는데. 모르는 어느새, 결혼이 여기서 결정적 요인은 아니네. 아마도 역사적 발전과 더불어 인생의 운명이란 것이 있고, 또한 그렇지 않는 운명이 있구나 싶지. 난 이따금 재미 삼아 익명의 한 그리스인을 상상해 보네, 그는 하등의 그런 의도가 없었는데 트로이로 가게 된 것이야. 그는 그곳에서 자신의 입장을 보지 못 한 것이야, 이미 전투 한 복판에 들었지, 신들조차도 무엇이 문제가 되고 있는지를 몰랐으니, 그는 이미 트로이의 전차에 매달려서 그 도시 전체를 두루 끌려 다녔네. 호메로스는 아직 노래를 부르기 전이었고, 하지만 그는 이미 생기 없는 눈으로 거기에 누워 있지. 설혹 트로이의 먼지가 아니더라도 안정요법 의자의 푹신함에 파묻혀서. 그런데 왜? 트로이의 왕비 헤쿠바는 그에게 아무것도 아니지, 헬레나 또한 결정적인 요인이 아니지. 다른 그리스인들처럼 똑같이 신들에게 불려나가서 길을 떠났지. 그리고 신들의 보호를 받으며 싸웠던 게야. 그는 아버지들의 발자취에 따라서 떠났고, 아버지들의 저주 아래서 전투를 했었네. 또 다른 그리스인들이 있었던 것이 다행, 그렇지 않았더라면 세계사가 그의 부모의 집 방 두개와 그 사이의 문

지방에 한정되었을 게야.

내가 편지했던 그 질병은 장염이었네. 지금까지 겪었던 어느 것보다도 너무 특이했기에, 난 장결핵이라고 단정했었네(장결핵이 어떤 것인지는 알지. 펠릭스의 조카가 그 병으로 사망하는 것을 지켜보았으니까). 어느 날엔 40도까지 열이 오르는 거야, 그러나 별 손상 없이 지나갔었나 봐. 체중 감소도 좋아진 거야. 부차적으로 덧붙일 말은, 내가 한때 편지에 썼던 그 고통당하던 사나이는 끝장이 났다네, 반쯤은 고의적으로, 반쯤은 우연히, 달리는 급행열차에서 두 객차 완충기 사이로 추락했다네. 그런데 그는 이미 거의 제정신이 아닌 채 여기서 아침 일찍 나갔다는군, 마치 가벼운 산책을 하듯이, 시계, 지갑, 짐도 없이, 그러다가 산책을 철길까지 연장하여 계속해서 남쪽 포프라드까지 간 거야. 계속해서 급행열차를 타고, 모든 것이 프라하 방향으로, 그의 가족에게로 부활절에 방문하듯, 하지만 그는 방향을 바꾸고 뛰어내렸다네. 여기에 우리 모두는 함께 죄를 지었네, 그의 자살에 대해서는 아니지만 최근의 그의 절망에 대해서. 모두가 그 사람을 아주 비정하게도 피했네, 유난히 사람을 좋아하는 그를. 아주 비정하게도, 온통 난파선에서 팔꿈치로 제쳐 나갈 줄밖에 모르는 사람들이었네. 의사와 간호사, 객실 당번 처녀들은 여기서 제외되네. 이런 관점에서 나는 그들에게 굉장한 존경심을 가지고 있지. 그런데 그 후에 비슷한 환자가 왔어. 그러나 그는 벌써 떠나버렸네.

우연히 내 손에 들어온 《프라하 일간》에서 읽었는데(매리쉬-오스트라우 출신 관광객이 며칠 여기에 있었는데, 뭐 별 다르게 서로 이야기를 나누지도 않았는데 내게 아주 친절하게도 신문 뭉치를 들이밀더군. 그는 정작 이곳에서 사람들이 내게 말해주었듯이 자네의 『유대교를 위한 투쟁에서』를 읽고 있더군). 아무튼 하스가 야르밀라와 결혼을 했더군.* 그 일이 나를 놀라게 하지는 않네, 난 항상 하스에게 대단한 것을 기대했었으니까, 하지만 세상은 놀라겠지. 자네 혹시 더 상세한 것을 아는가?

자네가 자그마한 직장 이야기를 하는군, 아마도 나를 위해서 찾아보게 한 것이겠지. 참으로 고맙네, 또한 읽기에도 매우 위안이 되지만 그건 나를 위한 것이 아니야. 만일 내가 세 가지 소원을 마음대로 빌어도 된다면 뭘까, 시꺼먼 욕망은 제쳐 두고, 우선 어느 정도의 회복이라네(의사들은 그것을 약속하지, 그러나 나는 그 어떤 것도 느끼지 못하네. 지난 몇 년간 얼마나 자주 요양길에 나섰는가, 늘 지금보다는 훨씬 더 좋았다고 느꼈지, 석 달 이상의 요양을 한 뒤에 말이야. 이 3개월이 경과되는 동안 개선된 것은 양쪽 폐보다는 확실히 날씨일 뿐이야. 물론 잊어서는 안 될 것이 이전에 내 몸 전체를 관통하여 확산된 우울증이 이제는 폐에 집중된 것이지만). 그 다음에는 남쪽에 있는 이국의 땅에 가는 것이라네. 꼭 팔레스타인일 필요는 없지. 여기 와서 첫 달 동안에는 성서를 퍽 많이 읽었지만, 그것 역시 조용해졌네. 그러고는 수수한 수작업. 이 건 확실히 썩 그렇게 많이 바라는 것이랄 수는 없겠지, 심지어 아내와 아이들조차 그 바람 중에는 없으니.

마틀리아리, 1921년 4월 중순.

---

* 야르밀라의 남편이었던 프라하의 기자는 아내와 하스의 일 때문에 자살했다.

062

막스 브로트에게

가장 친애하는 막스, 그 책*을 받은 순간 두 번, 거의 세 번을 읽었네, 그런 후 신속히 그것을 반납했네, 그래야 다른 누군가에게도 재빨리 읽혀지도록.

그 책이 되돌아온 후에 나는 네 번째 읽었고, 이제 책을 다시 반납했네. 나는 그토록 서둘렀네. 그러나 그 책은 그럴만한 것이라네, 왜냐하면 그 책은 그렇게도 생명력이 있고, 그리고 누구라도 얼마 동안 어두운 그늘에 서 있다가 그러한 삶을 보게 되면, 곧 거기에 이끌려 들어가지. 그것은 그냥 단순히 추도사가 아니야, 차라리 자네들 둘 사이의 혼인식이네. 혼인식이란 혼인하는 당사자에게 그런 것처럼 슬프고 절망적인 것이며, 혼인을 바라보고 있는 사람들에겐 행복하고 눈이 휘둥그레지고 가슴이 뛰는 일이네. 그런데 누가 거기서 혼인을 하지 않고서 바라만 볼 수 있단 말인가, 그는 세상에서

---

* 브로트가 친구의 죽음 뒤에 쓴 「아돌프 슈라이버 – 한 음악가의 운명」

가장 외로운 방에 웅크리고 있겠지만 말일세. 그리고 이 생명력은 다만 자네 혼자서 그것을 보고한다는 사실에 의해서 더욱 고양되고 있네. 자네, 살아남은 강자가 이 보고를 그렇게도 섬세하게 해내다니, 자네는 망자를 더 크게 울려 지워버리지 않고, 그로 하여금 함께 말하도록 하고, 담담한 목소리로 들을 수 있도록 하고, 심지어 그의 의미에서 필요할 때면 자네의 목소리를 잠재우기 위해서 그의 손을 자네의 입술에 놓을 수 있게 하였네. 참으로 경이로워. 그럼에도 불구하고, 말하자면 – 그 책은 독자의 의지에 헌신하고 있는데, 모든 내적 힘을 가지고서도 의지의 자유를 독자에게 부여하는데 – 그럼에도 유일한 생존자만이, 모든 거대성을 지닌 화자뿐이네, 그건 생존자들을 위해서 죽음에 맞서서 삶을 지니는 힘이지. 그건 마치 묘비처럼 서있지, 그러나 동시에 삶의 기둥들처럼. 그리고 나를 가장 직접적으로 매료시킨 것은, 자네에겐 아마도 별로 본질적인 것이 아닐는지도 모르지만, 예컨대 이런 구절이네.

"자 이제 내가 미쳤었나, 아니면 그였는가?"

여기에 바로 그 인간, 성실한 자, 불변의 영혼, 항상 열려 있는 눈, 결코 불패의 원천이 – 내가 역설적으로 표현하지만 직설적인 의미로 말하지 – 이해할 수 있는 것을 이해할 수 없는 인간이 서 있는 것이네.

어제였네, 내가 몇 마디 더 말하고 싶었던 거야. 하지만 오늘 M. 에게서 편지가 왔네. 나는 그것에 대해 어떤 것도 말하면 아니 될 테지, 왜냐하면 그녀가 내게 편지를 쓰지 않겠다고 자네에게 약속했다니 말이네. 나는 자네에게 이것을 미리 말해 버리는 거야, 그리곤 이제 M.에 관한 한 마치 내가 자네에게 어떤 말도 하지 않은 것처럼 하세, 내 그걸 알고 있어. 얼마나 다행인가, 막스, 자네가 있다는 것이.

하지만 나는 다음과 같은 이유 때문에 그 편지에 대해서 자네에게 편지를 쓰는 것이네. M.은 자기가 병중이라고, 폐병이라고 쓰고 있네. 그건 그녀가 옛날에 그랬던 것이지. 우리가 만나기 전에 잠시, 당시 그것은 가벼웠고, 전적으로 본질적인 병이 아니었어, 병이 종종 그러듯 머뭇거리는 방식으로. 지금은 그것이 한층 심하다고 하네. 그래, 하지만 그녀는 강하지, 그녀의 삶은 강해. 내 환상은 병중의 M.을 상상하기에 미치지 못한다네. 자네 또한 그녀에 대하여 다른 정보를 가지고 있었지 않은가. 어쨌거나 그녀는 부친께 편지를 썼다네, 부친은 친절했고 그녀는 프라하로 와서 부친의 집에서 머물다가, 나중에 이탈리아로 여행할 것이라네(타트라로 가보라는 부친의 권유를 그녀가 거절했다는군, 이제 새 봄의 중턱에 이탈리아로?). 그녀가 부친의 집에 머물겠다는 것은 아주 묘하다네. 만일 부녀가 그렇게 화해했다면, 그녀의 남편은 어디에 머문단 말인가?

그 모든 것 때문에 내가 그 일로 자네에게 편지를 쓰려는 것은 아니야, 그건 물론 순전히 내 문제이지. 그러니까 문제는 자네가 M.의 프라하 체류와 (그에 대해서 자네는 틀림없이 알게 될 게야) 기간을 내게 알려 달라는 거야, 그래서 내가 대강 그 시기에 프라하에 가지 않도록. 또한 M.이 언제쯤 타트라에 오도록 되어 있는지도 알려 주게나, 그래서 내가 적시에 이곳을 떠나도록. 왜냐하면 한 번의 재회가 더 이상 머리카락을 쥐어뜯는 정도의 절망을 의미하는데 그치지 않고, 이젠 두개골과 뇌수의 홈을 갉아 놓고 말걸.

그렇다고 자네가 나를 위해 이 부탁을 들어주면서 이해하지 못한다고는 다시는 말하지 마. 이미 오래 전에 나는 그 일에 대해서 자네에게 편지를 쓰려고 했어, 하지만 너무 지쳐 있었어. 아마도 이미 여러 번 암시는 했겠지. 자네에게 새삼스러운 일은 아닐걸. 하지만 정작 노골적으로 토로한 적은 없었지. 그것은 또한 그 자체로서는 특별한 무엇이 전혀 아냐. 자네가 초기에 쓴 이야기들 중 하나도 그런 이야기를 다루었지 아마, 어쨌거나 공감하면서. 그것은 본능의 발병이자, 시대의 만개. 생명력에 따라서 그것으로 만족할 가능성들이 있는 법이지. 나는 내 생명력에 알맞게 전혀 가능성을 발견하지 못하며, 혹은 기껏해야 도망칠 가능성뿐, 어쨌거나 이방인에게 (그런데 차라리 내 자신에게) 여기에서 무엇을 구원해야 할 것인가를 이해할 수 없게 만드는 그런 상황에서 말이네. 사람이란 자신을 구하기 위해서 항상 달리는 것은 아니지. 바람이 불더미에서 불어 가 날려 버리는 재도 자신을 구하기 위해서 날아가는 것은 아냐.

나는 행복했던 그 시절, 이런 관점에서 행복했던 유년 시절에 대해서 이야기하려는 것이 아니네. 문은 아직도 닫혀 있으며, 그 문 너머 재판소는 협의 중에 있을 때였네(모든 문을 꽉 메운 배심원 – 부친은 그 이래로 벌써 오래 전에 나타났네). 그 후 사실은 마주치는 두 번째 처녀마다 그 육체는 나를 유혹했고, 하지만 내가 (바로 그 때문에?) 그녀에게 희망을 걸었던 처녀의 육체는 전혀 그렇지가 않았었네. 그녀가 나를 피했던 한에 있어(F.), 또는 우리가 하나이었던 한에 있어서(M.), 그것은 오직 먼 곳에서 오는 위협이었으며, 심지어 그렇게 먼 것이 아니었더라도 어떤 시시한 작은 일이 발생하자마자, 모든 것이 망가져 버렸네. 나는 사실 내 존엄 때문에, 내 자존심 때문에 (녀석이 아무리 비굴해 보일망정, 구부정한 서유럽 유대인 주제에!), 나는 내 위로 드높이 놓을 수 있어서 나로서는 도달할 수 없는 그런 것만을 사랑한다네.

이것이 아마도 전체의 핵이네, 어쨌거나 심지어 '죽음의 공포'에까지 엄청 부풀은 전체 말이네. 그리고 그 모든 것이 단순히 이 핵의 상부 구조만이 아니라 또한 하부 구조이기도 하지.

이 붕괴에서 그것은 정말이지 끔찍한 것이었어, 나는 그것에 대해서 이야기할 수가 없네. 다만 이 한 가지만, 임페리얼 호텔 이야기에서 자넨 속았단 말이네. 자네가 열광이라고 생각했던 것은 이빨이 맞부딪치는 소리였지. 나흘에 걸친 밤에서 찢겨 나온 편린들만이 행복이었네. 이미 완전히 난공불락의 상자 속에 갇혀버린 날들, 행복은 이 성취 이후의 신음이었네.

그리고 지금 나는 다시 여기 그녀의 편지를 갖고 있네. 단 한 번의 소식 이외에 어떤 것도 요구하지 않는 편지, 거기에 답장이 따를 필요는 없는 거야. 관자놀이를 괴롭히는 오후를 지났고, 내 앞엔 밤이 놓였네, 그밖엔 아무것도 일어나지 않을 것이네. 그녀는 나로서는 닿을 수가 없어. 그것을 받아들여야 하겠지. 내 힘은 환호하면서 그것을 포기할 그런 상태라네. 그리하여 고통에다 수치심이 더하네. 마치 나폴레옹이 그를 러시아로 불러들였던 악마에게 이렇게 말하는 것 같은 느낌이야, "나는 지금 갈 수가 없다, 아직 저녁 우유를 마셔야 하니까." 그러다가 악마가 재차 "그게 그럼 오래 걸리겠느냐?"라고 물었을 때, 이렇게 말하는 것 같아 "그렇다, 나는 우유를 꼭꼭 씹어야 한다."

그러니까 이제 그걸 이해하는가?

마틀리아리, 1921년 4월 중순.

063

막스 브로트에게

친애하는 막스, 자네가 나의 지난번 편지(슈라이버와 M.에 대해서 쓴
것)를 받지 못했다는 겐가? 주소가 잘못되었을 수도 있겠지. 만약에
난데없는 외부인이 그 편지를 손에 넣었다면 참 유감인걸.

《파리 일지》 문예란을 보내줘서 무척 고맙네. 자넨 그것이 내게
얼마나 큰 기쁨을 주는지 모르는 거야, 그렇지 않다면야 자네가 쓴
모든 것을 내게 보내줄 텐데 말이야. 나는 《자기 방어》에 게재된 것
도 완전히 전부는 몰라. 예컨대 「안톤 쿠ー서평」(조금 거칠고, 조금 높은
음조에, 조금 성급한, 하지만 읽기에 그렇게 즐거운)에 대해서도, 난 다만
제2부만 알고 있어. 그리고 장 밥티스트 라신에 대한 비평 같은 것을
자넨 자주 쓰고 있는가? (자네가 첫 단에서 잠들고 그리고 마지막 단에서
깨어나면서 청중이 그렇게 적은 것을 화내는 그런 식은 참 귀엽네. 또한 자네
가 일종의 절망에서, 그러나 살아있으면서 이 옛 무덤에서 라신의 목적을 구하
고 있다는 데 대해 행복해 하는 방식은 참 특이하네. 왜냐하면 그로써 사람들
은 비록 자네가 거기서 하듯이 그렇게 그 곁으로 가서 아름다운 상상을 하지

않으면서도 동시에 모든 풍향으로 빠져드니까).

  고맙네 또한, 자네가 그 의대생*에 대해서 한 말 말일세. 그는 그
럴 만한 가치가 있지. 어쨌든 그는 아마도 가을까지는 한동안 오래
도시에서 벗어나 있어야 할 게야. 그런데 아직 그는 병의 외향적 징
후가 보이지는 않네. 키가 크고 건장하고 볼이 발그레한 금발 녀석
이네. 옷을 차려 입었을 땐 거의 너무 건장하다 싶지. 아무런 불평
도 없고, 기침도 하지 않고, 다만 이따금 열이 오르나 봐. 내가 외모
로서 그를 약간 소개한 뒤에(침대에서, 잠옷 차림으로, 헝클어진 머리를
하고서, 소년 같은 얼굴을 지닌 것이 마치 하인리히 호프만의 동화책 동판화에
나오는 것 같지, 게다가 진지하고 긴장하게 하면서도 꿈꾸는 듯한 – 그는 정말
이지 그렇게 잘 생긴 거야), 그러니까 이제 그를 소개했으니까, 그를 위
하여 두 가지 일을 청하고자 하네.

  첫 번째 실문은 자네의 경험으로 보아서 아마 그다지 어려움 없
이 대답할 수 있을 것일세. 프라하에서 후원 또는 생계 협조의 방법
으로 그가 프라하에다 희망할 수 있는 것은 무엇인가? 그는 두 개
의 추천서를 가지고 있는데, 봉함된 하나는 부다페스트의 한 랍비
가 슈바르츠 랍비에게 보낸 것이고, 매우 좋은 것으로 하나, 부다페
스트 교구에서 프라하 교구로 보내는 것인데, 에델슈타인이라고 하
는 랍비의 특별히 진정 어린 서한이 첨부되어 있다네, 그의 제자였
다는군. 다만 내가 우려하는 것은 프라하에 오는 외국인이라면 누

---

* 로베르트 클롭슈토크 : 1921년 2월 초, 브로트에게 쓴 편지에서 처음 등장한다. "21세의 의과 대학생이 있
  어, 부다페스트 유대인이며, 매우 노력형이고, 지적이며, 또한 지극히 문학적이네. […] 타고난 의사들이 그
  렇듯이 사람을 그리워하는데, 반시온주의자야. 예수와 도스토예프스키가 그의 안내자라는군."

구나 그러한 추천서를 가지고 있다는 것. 그 다음, 만일 그가 체코 슬로바키아 시민권을 획득하게 된다면, 그것이 과연 대학입학 허가와 그 밖에 다른 생활에 본질적인 경감을 의미하는가? (아마 그는 그걸 할 수 있을 것이야, 위험하지 않은 이름을 지녔거든, 클롭슈토크라니까. 그리고 그의 오래전에 돌아가신 부친은 슬로바키아 출신이셨다니) ……

자네는 내 건강에 대해서 묻고 있군. 체온은 좋은 편이네. 신열은 극히 드물고, 36.9도 정도는 날마다가 아니라네. 그것도 구강에서 측정된 것이며, 구강 계측은 겨드랑에서보다는 0.2도 내지 0.3도는 더 높게 나오지. 큰 변동만 없으면 거의 정상이라고 할 수 있어. 물론 난 거의 안정요법으로 지내지. 기침, 담, 호흡 곤란은 줄어들었지만, 그러나 날씨가 좋아진 후로 그만큼 좋아진 것이지, 그러니 폐의 호전이라기보다는 차라리 날씨의 호전을 말하는 것이겠지. 체중 증가는 약 6.5킬로그램. 성가신 것은 지속적으로 이틀을 완전히 건강하지 못하다는 데 있다네, 폐와 우울증을 제외하고서도. 자네의 충고를 완전히 무시하지는 않았네. 그러나 로코판 연고는 이곳에서는 알려져 있지 않고, 롬니츠의 예쁘고 가냘프고 키 큰 금발에 파란 눈의 처녀 약사는 내가 그녀를 바보 취급하려는 게 아닌지 시험하듯이 쳐다보더라니까. 아무도 장난삼아 어떤 희한한 이름을 만들어 가지고서는 물어볼 수도 있겠지, 이 연고가 있느냐 하고. 그 주사 말인데 글쎄, 크랄 박사는 찬성, 외숙은 반대, 여기 의사는 찬성, 스모코베츠의 숀타흐 박사는 반대, 그리고 나는 진료 중에 반대를 표명하지.

막스 자네는 특히 그것에 대해서 아무것도 비난 할 수가 없지, 특히 자네의 책에서 경고하기 때문이네. 접종에 관한 논문은 나도 벌써 읽었네. 《오스트라우 조간》은 지금 여기에서 거의 매일 받는 유일한 신문이네. 의학 관련이지만 그래도 부분적으로는 분명히 유머 감각이 있는 저술가가 쓴 이 논문 또한 읽고 있네(그런데 말이네만 그것이 이곳 의사, 내가 매우 좋아하는 의사의 유일한 전문적인 독서일 것이네). 그 논문에는 통상적인 인위적인 통계들이 들어 있는데, 그것들은 자연요법의 이의들("어떤 접종도 죽음 전에 행복하게 찬양할 것은 아니다.")에 대해서는 사소한 것이며, 의학은 극히 한정된 시간 내에 해악의 결과를 탐구하며, 그 대신 자연요법은 다만 경멸을 받을 뿐이네. 결핵이 통제될 것이라는 것도 믿을 만한 사실이네, 모든 질병은 결국에는 통제되니까. 그것은 전쟁과 같은 것이야. 모든 전쟁이 끝이 나지만, 전쟁이 그치지는 않으니. 폐결핵은 폐 내부에 그 자리를 가지지 않은 것이, 예컨대 세계 대전이 최후통첩에서 그 원인을 지니는 만큼도 안 된다네. 질병이 하나 있다, 더 이상은 아니야. 그런데 이 하나의 질병이 의학에 의해서 맹목적으로 사냥되는 것이라네, 마치 끝없는 숲 속에서 맹수 한 마리가 사냥되듯이. 나는 자네의 충고를 무시하지는 않았어. 그런데 자네는 어찌 그런 생각을 하는가.

프란츠

마틀리아리, 1921년 4월.

064

오스카 바움에게

친애하는 오스카, 그러니까 자네는 나를 잊지 않았군. 그 동안 내가 자네에게 편지를 쓰지 않았다는 비난을 하마터면 자네에게 하고 싶다네. 그러나 이 엄청난 무위 가운데 편지쓰기란 나로선 일종의 활동이라네, 거의 다시 태어나는 것 같은, 세상에서의 새로운 정지 작업 같은 것, 그러다가 곧 다시 그 역겨운 안정요법 의자가 따라 오겠지, 그리고선 - 꽁무니를 뺄 것이고. 그렇다고 그것으로 내가 그러는 것이 옳았다는 인상을 일깨우려는 것은 아니야, 아닐세, 전혀 아닐세.

자네에 대한 소식은 거의 아무것도 듣지 못했네, 비록 오토 바이닝거에 대한 강의를 한다고 읽기는 했지만(임의의 원고가 혹시 없는가, 그 논문의 교정본이라도 없는가?) 비평가 지위에 대한 소문들, 그 밖에는 없다네. 나는 막스와 더불어 늘 나 자신에 대해서 지껄이며, 그에게 다른 일에 대해서 쓸 기회를 거의 주지 않네. 그러니 그 사이 몇 년 동안 무슨 일이 죄다 일어났겠지, 자네는 몇 번 시칠리아를 여행했을 수도 있고, 얼마나 많은 일을 했을 것이며, 레오는 거의 대학에 갈 때가 되었을 것이야. 안정요법 의자에 누워서는 시간을 규정하기가 어렵다네. 넉 달쯤 지난 것처럼 생각되는데, 정신을 차리고 보면 몇 년이 지났음을 알게 된다네.

다행히도 그에 상응하게 나이를 먹어간다네. 이제 예컨대 부다페스트에서 온 작은 여자가 떠났네(아란카라는 이름이었지. 셋 중 하나는 그 이름이라네, 둘 중 하나는 일론카. 예쁜 이름들이지, 클라리카라는 이름도 많지. 그리고 모두가 이름만으로 호명된다네. "어떻게 지내오, 아란카?") 그러니까 이 부다페스트 여자가 떠났네. 그녀가 특별히 예쁜 것은 아니었네. 어딘지 비뚜름한 뺨에, 완벽한 모양새가 아닌 눈, 통통한 코, 하지만 그녀는 젊었지. 그런 청춘이라니! 옷마다 그녀의 예쁜 몸에 들어맞았지. 그리고 쾌활했으며 사랑스러웠어. 모두가 그녀에게 사랑에 빠졌다네.

나는 의도적으로 그녀로부터 일정한 거리를 유지했네, 내 자신을 소개하지도 않았지. 그녀는 여기에 석 달을 체류했는데 그녀와 단 한마디도 직접 나눈 적이 없었다네. 그것은 이렇게 조그마한 집단에서는 쉽지 않다네. 그리고 이제 마지막 날 아침 식탁에서 (점심과 저녁은 혼자 방에서 먹지) 그녀가 나에게 건너와서 알아듣기 힘든 헝가리식 독일어로 꽤 긴 연설을 시작했네. "제가 감히 박사님께 작별 인사를 드리고자 하는데요," 등등. 마치 우리가 온통 낯을 붉히며 불확실하게 나이 든 권위자에게 향해 말하듯이 말이네. 그 동안 정말이지 난 무릎이 다 부들부들 떨리더군.

이 책『불가능한 것으로의 문』을 다시 읽는 것이 즐겁다네, 이 책은 어떤 의미로선 제어할 수 없는 이유들로 해서 내가 자네의 저술 중 좋아하는 것들의 하나이네. 그 속에서 산다는 것이 그렇게도 좋다네. 따스함, 그것은 마치 잊힌 채 그러나 그럴수록 일어나는 모든 것을 더욱 강렬하게 함께 체험하게 되는 방 한구석 같지. 유감스럽게도 그 책을 빌려주어야 했지. 하지만 내일 돌려받네. 나의 식탁 친구, 이번에는 일론카인데 그녀가 이 책을 보고 어찌나 졸라대는지 빌려주어야 했어. 그녀는 사실 전 생애를 통해서 좋은 책일랑 한 권도 읽지 않은 양 그렇게 열렬히 원했지. 그녀의 예쁜 점은 부드러운, 거의 투명한 피부이지. 그래서 나는 그녀가 자네의 책을 읽는 기쁨으로 달아오를 때 그 피부가 어떨지 보고자 했던 것이라네.

진심 어린 안부를 자네와 자네 부인, 아이 그리고 누이에게.

자네의 프란츠

마틀리아리, 1921년 봄.

065

로베르트 클롭슈토크에게

나의 친애하는 클롭슈토크,

안정요법실, 오래된 불면증 속에서, 눈에는 오래된 열기에, 관자놀이에는 긴장감에

······ 이런 것을 고려할 때 이처럼 회의적인 때는 결코 없었네, 그러나 놀라고 불안해하면서도 머릿속에는 그렇게나 많은 의문들, 이들판 위의 모기 수효보다 더 많은 의문들로 가득 찬 채. 나는 어쩌면 내 옆에 핀 이 꽃의 처지에 있지, 싱싱하지 않은 머리를 태양을 향해 쳐들고 있는 꽃, 하긴 누구 안 그런 사람 있겠나? 하지만 뿌리에 그 수액 안의 고통스런 진행 때문에 비밀스런 걱정으로 가득 차 있는데, 분명 무슨 일이 벌어진 거야, 여전히 그곳에서 일이 벌어지고 있어. 그러나 꽃은 그에 대해서 겨우 불분명한, 고통스레 불분명한 소식만을 알고 있을 뿐이며, 이제는 스스로 구부릴 수도, 땅을 긁어볼 수도, 살펴볼 수도 없지. 대신 형제들을 따라서 모방해야 하고 스스로 키를 세워야 할 뿐. 이 꽃 역시 그렇게 하지, 그러나 지쳐서.

나는 *키르케고르의 해석과* 다른 아브라함을 생각해 볼 수도 있겠어.[*] 그는 – 물론 그것을 족장에게, 아니 헌옷 상인에게까지도 가져가지는 않겠지만 – 희생자의 요구를 마치 급사처럼 당장에 기꺼이 충족시켜 줄 준비가 되어 있겠지, 하지만 그 희생을 완수하지는 못할 것이야, 왜냐하면 집을 떠날 수가 없고, 그는 여기에 필수 불가결하고, 사업 경영은 그를 필요로 하고, 계속 무엇인가를 돌보아야 하고, 집은 아직 완성이 되지 않았고, 집이 완성되지 않고서는, 이러한 고려가 없이는 그는 떠날 수가 없는 것이야. 그것을 성서도 인식한 것이지, 이렇게 쓰인 것을 보면 말이야. "그는 그의 집을 정돈하였으니." 그리고 아브라함은 실제로 오래 전에 모든 것을 풍요롭게 소유하고 있었지. 그가 집이 없었던들 어디에서 자식을 길렀겠으며, 그 희생의 칼을 어떤 들보 속으로 찔러 넣었겠는가?

이젠 다른 날 쓰네. 이 아브라함에 대해서 많은 생각을 해 보았네. 그건 오랜 옛 이야기이며 더 이상 논의할 가치가 없네. 특히 그 진짜 아브라함은 필요 없네. 그는 이미 오래전에 모든 것을 소유했지, 유년 시절부터 그렇게 되도록 키워졌으니, 난 비약을 볼 수 없어.

만약 그가 이미 모든 것을 소유했으며 그리고도 더욱 더 높이 나아가게 되어 있다면, 그럼 그로부터 무언가가 적어도 겉보기에라도

---

[*] 키르케고르는 아들 이작을 희생 제물로 바친 아브라함을 "신앙의 기사"라고 불렀다. 윤리적으로는 이해할 수 없는 아브라함의 행위를 심미적·윤리적·종교적, 최종적으로는 그리스도교적 실존에 따라 다각도로 바라보면서 오로지 믿음을 통해서만 가능한 행위라고 말한다. 그리고 이것이 바로 우리에게 공포와 전율을 불러일으키는 원인이라고 한다. – 「공포와 전율」(1843)에서.

박탈되었어야 해. 그것이 논리적이며, 거기엔 비약이 아니야. 그와
는 다르게 위에 언급한 아브라함들은 건축 현장에 서 있지, 이제 갑
자기 모리야 산정에. 혹시 그들은 심지어 아직 아들도 하나 없는데
아들을 희생양으로 바쳐야 하는 거야. 그건 불가능이며, 사라가 웃
는다면 그녀가 옳지. 그러니까 이 남자들이 의도적으로 자신들의
집을 완성하지 않으리라는 의심만 남게 되지, 그리고 굉장한 예를
하나 들자면 얼굴을 마법의 3부작^{베르펠의 『거울사나이』}에 처박고 있
다는 의심 말이지. 고개를 쳐들어서 먼 산을 바라보지 않으려고 말
이야.

또 다른 아브라함도 있지. 철저하게 제대로 희생을 치르려고 하
며 그 전체 사안을 제대로 예감하는 그 한 사람은 그러나 믿을 수가
없는 것이야, 그게 자신을, 이 역겨운 노인을, 그리고 자신의 아이,
곧 그 더러운 소년임을 뜻한다고는. 그는 진실한 신앙이 부족한건
아니야, 이런 신앙을 가지고 있으니까. 그는 올바른 양식으로 희생
하기를 바랄 것이야, 만일 그게 자신을 뜻한다고 믿을 수만 있다면
야. 그는 아브라함으로서 아들과 함께 출발하게 되리라, 그러나 도
중에 돈키호테로 변신할까 두려워한다네. 그걸 바라보았다면 아브
라함에 대해서는 그 당시 온 세상이 경악했을 것이야. 하지만 이 자
는 이제 세상이 그 광경을 보고서 죽도록 비웃을까 두려워하는 거
야. 그가 두려워하는 것은 그 우스꽝스러움 자체가 아니라네 ─ 어
쨌거나 그는 그것도 두려워하지, 특히나 합세한 웃음을 ─ 그러나
그가 주로 두려워하는 것은 이 우스꽝스러움이 그를 더욱 늙고 역
겹게 할 것이며 그의 아들을 더욱 더럽게 할 것이기에, 참으로 소명

하는 바를 더욱 무가치하게 만들 것이라서. 소명되지 못한 아브라함이라니! 마치 이런 것이지, 최우수 학생이 학년 말에 장중하게 우수상을 받게 될 것으로 기대감 넘치는 정적 가운데, 최하위 학생이 잘못 듣고서 더러운 마지막 걸상에서 앞으로 나가고, 온 학급이 폭발하듯 웃는 것 같은. 그런데 그건 어쩌면 잘못 들은 것이 아니고, 그의 이름이 실제로 호명되었고, 최우수 학생의 표창은 교사의 의도에 따른 최하위 학생의 처벌과 같은 것이리니.

끔찍한 이야기들 그만 하지. 자네는 고독한 행복을 불평하는데, 그럼 고독한 불행은 어떤가? 사실, 그건 거의 하나의 쌍을 이룬다네.

헬러라우에서는 아무 소식이 없군, 그게 나를 우울하게 만드네. 만일 헤그너_{출판업자}가 고려를 하고 있다면, 엽서 한 장이라도 보내줄 수 있었을 텐데, 그가 고려하고 있다는 소식만이라도. 헬러라우에 대한 우리의 관심은 확고하게 결속되어 있는데.*

자네의 K
마틀리아리, 1921년 6월.

---

* 카프카는 헬러라우에 있는 헤그너 출판사에 클롭슈토크를 위한 일자리를 얻으려 노력하고 있었다.

066

막스 브로트에게

가장 친애하는 막스, 계속하려던 쪽지를 며칠 전에 치워 버렸네. 갑자기 생각이 떠오른 건데, 자네가 혹시나 내게 화를 내고 있을까 하는 생각 때문에.

내가 그 편지를 썼을 때, 그때 눈곱만치도 그런 생각을 하지 않았네. 그리고 또 이론상 그건 정말 자네 부인에 대한 보다 깊은 예의였지, 사실 인생에서 지금까지 감히 해왔던 것에 비해 더 깊은. 그러다가 이제 그러니까 다행히도 그렇지 않을 수 있으리라는 생각의 가능성이 떠오른 것이야. 어쨌거나 내가 든 예는 잘못이었네. M.은 하기야 거의 모든 유대 여자를 증오하네, 그리고 문학이 그런 영향을 주었겠지만, 그러나 또한 자네의 반대 예도 취약하긴 매한가지네. 이 '기독교적' 우정은 인종적 매력을 고갈시키는 것이 아니라네. 그들이 어떻게 더 깊이 갈 수 있겠는가? 무엇보다도 나는 그 부정적인 면, 즉 우정의 결여를 그렇게 많이 강조하고 싶지 않네. 그러므로 그 이론은 남아 있네, 내 살에 박힌 가시와 같이 확고히 남아 있지.

책『르우벤』이 그렇게나 진척되었는가? 그리고 그렇게 행복한가? 그런데 나는 그것에 대해서 아무것도 모르네, 이렇게 멀리, 이렇게 멀리 떨어져서. 발트 해에서도 그것에 관해서 아무것도 들을 수 없겠지. 이제 솔직히 말하지, 자네와 함께 가는 것 외에는 더 어떤 좋은 것을 몰랐다고. 완전히 침묵을 할 수도 없었고, 솔직히 말하기도 마찬가지였네. 왜냐하면 사실상 그것은 일종의 구급차 이송이었을 것이니 말이야. 만일 내가 예컨대 이런 관점에서 나 자신을 자네 입장에 대치시켜 보면 알게 되네, 내가 만일 건강하다면 옆 사람의 폐질환이 나를 굉장히 성가시게 할 것임을. 그건 어쨌든 항상 존재하는 감염 위험성뿐만이 아니라, 무엇보다도 끊임없는 병증이라는 것이 더럽기 때문이지. 얼굴과 폐의 모습 사이의 모순이 더럽고, 모든 것이 더럽지. 다른 사람이 침 뱉는 것은 내가 구역질하며 겨우 참을 수 있을 것이고, 나는 실제로 침 뱉을 그릇을 가지고 있어야 하지만 가지고 있지 않다네. 그런데 이제는 모든 이런 고려도 다 소용 없다네. 의사가 내게 무조건 북해로의 여행을 금지시키네. 그로서는 나를 여름 동안 여기에 붙잡아두려는 관심 따위를 가진 것은 아니라네. 그 반대로 그는 내게 떠나는 것을 허용한다네, 숲 속으로는, 어디든지 내가 가고 싶은 곳으로, 그러나 바다는 안 된다네. 하긴 바다로 가도 되긴 한다네, 심지어 네르비리구리아 해변라 해도, 겨울이라면. 그게 그리 되었다네. 그런데 나는 이미 벌써 목을 빼고 기뻐했지, 자네를, 여행을, 세상을, 바다의 노래 소리를. 물론 초원을 둘러싼 시냇물의 속살거림, 나무들, 그것 또한 안정을 주지, 하지만 그건 의지가 되지 않아. 병사들이 나타나고 – 이제는 계속 그곳에 있으며 숲 속의 초원을 객주집으로 만들어 버리네 – 그러면 시냇물도 숲도 그들과 더불어 소음을 내네. 그건 망령이야, 그들 모두의 안에 들어있는 악마라고. 자네가 충고한 대로 난 여기에서 벗어나려고 시도하고 있네. 마음에서 말고 그 어디에서 안정의 가능성을 찾는단 말인가?

예컨대 어제는 타라이카라는 곳에 갔지, 산 속의 한 객주인데, 1,300미터 이상의 고도에다 자연 그대로 아름다운 곳이지. 나는 대단한 대우를 받았지, 그들은 나를 위해 가능한 모든 일을 해주려 했어, 엄청 많은 손님들이 예약되어 있었는데도 불구하고. 내게 야채요리를 해주려 했지, 여기보다 훨씬 근사한, 높은 곳에서 자란 것으로 음식을 해주려고.

이건 이미 옛 이야기가 되었네. 그곳은 이곳보다 더욱 시끄러웠지, 관광객들과 집시음악으로. 그래서 나는 다시 여기에 머무르며 움직이지 않고 있어, 마치 내가 뿌리를 내려버린 것처럼, 물론 그런 일이야 있을 수 없는 일이지만. 말할 것도 없이 무엇보다도 – 일반적으로 그것에 대해서 깊이 생각해 보지 않고서 하는 말인데 – 나는 보험공사가 제일 두렵네. 내가 이토록 오랫동안 근무지를 떠나 있은 적이 없지, 취라우를 제외하고는. 그러나 그곳에서는 달랐지, 그곳에서는 내가 달랐어, 옛 상관이 나를 약간은 챙겨주었지, 공사에 대한 내 빚은 너무도 엄청나 갚을 길이 없어. 그래서 그건 점점 더 증대될 수밖에 없지. 공사에 대해서는 다른 변경 가능성이 없는 거야. 그러니 이제 문제들을 이런 식으로 해결하곤 하네, 그러니까 그들이 나를 삼켜버리도록 내버려두는 것이지. 하긴 여기서도 그러고 있는 셈이지.

오러서 보내준 것들에 대해 감사하는 것을 잊었군. 거기 모두에는 행복과 긍지, 그리고 그것들에 의해 가벼이 인도하는 손길이 들어 있네. 한편 오스카의 글들은 어떻게나 우수에 차 있는지, 왜곡되고, 가끔씩 고통에 절은, 특히나 어떤 사교적 감각으로는 부족한 듯한, 하긴 전반적으로는 그가 그럴 수 있지 그 비타협적인 사람이. 펠릭스는 나에게 태만하네. 《자기 방어》를 벌써 몇 호째 보내지 않았으며, 여기 의사인 레오폴트 슈트렐링어 박사도 아무것도 받지 못했다네, 내가 그에게 새로운 구독자라고 신청을 했거든.

얼마 전에 카를 크라우스의 『문학』을 읽었네. 자네도 아마 그것을 알고 있지? 그 때 당시의 인상으로는 그것은 비상하게 마음에 와 닿았어, 마음속을 적중하는 것 같았지. 하긴 시간이 지남에 따라 약해지긴 했지만. 이 좁은 독일계 유대인 문학계에서 그는 독보적이야, 아니 오히려 그에 의해 대변되는 원칙이 독보적이지. 그 원칙에 그는 경탄스러울 정도로 종속된 나머지, 심지어 자신마저도 원칙과 혼동될 지경이며, 다른 사람들로 하여금 함께 혼동하게 만들지.

내 생각에는, 내가 상당히 구분을 잘 하지 않는가, 그 책 속에서는 다만 재치뿐이네, 여하간 매우 현란한 재치가 있어. 그 다음엔 연민을 자아내는 빈약한 것, 그리고 마침내 진실인 것, 적어도 그게 마치 내가 글을 쓰는 손처럼 그렇게나 많은 진실이, 그렇게나 분명하고 불안하게도 육신적으로 형이하학적인 것이지. 재치라면 주로 유대 투의 언어, 그런 유대 투의 말을 크라우스만큼 하는 사람은 없지. 비록 이 독일계 유대 세계에서 누구라도 유대 투의 말 이외에 어떤 다른 것을 할 수 있을까마는. 유대 투의 말을 가장 넓은 의미로 사용해서, 하긴 그건 그렇게 밖에는 사용할 수가 없지만, 즉 낯선 유산의 큰 소리, 또는 조용히 침묵하는, 또는 자학하는 오만불손으로 말이야. 그건 받는 것이 아니라, 어떤 상대적으로 날쌘 쟁취를 통해 도둑질하는 것이며, 낯선 유산은 유지되는 것이야, 단 하나의 언어 오류도 입증될 수 없다 하더라도. 왜냐하면 여기에는 정말이지 후회의 순간에 양심의 아주 작은 외침을 통해서 모든 것이 입증될 수 있는 것이니까. 유대식 언어를 반대해서 하는 말은 아니네. 유대식 언어 자체는 아름답기까지 하지. 그것은 탁상 독일어와 표정 언어(이것은 얼마나 조형적인가. "어디에 그 위에 그가 재능이 있는가?" 또는 이 상박上膊을 뻗치고 턱을 앞으로 내밀며, **당신은** 그리 생각하시오! 라거나, 아니면 무릎을 서로 부비며, "그는 글을 쓴다, 누구에게 대해서?")의 유기적 결합이기도 하지.* 그것은 또 부드러운 언어 감각의 결과이네. 그 언어 감각으로 보면, 독일어에는 다만 사투리와 그것들 이외에는 극히 고지독일어표준어만 실제로 살아 있고, 그 반면 나머지 언어적 의미에서 중산층은 잿더미일 뿐이야. 그리고 이 재는 살아남은 유대인들의 손이 그것을 파헤침으로써 오직 가상의 생명을 얻을 수 있는 것이라고. 그것은 사실이야, 재미있든 끔찍하든 마음대로 생각하라지. 그러나 어찌하여 유대인들은 그렇게도 저항할 수 없이

---

* 이 인용된 문장들은 독문법 내에서 가벼운 오류를 포함한다. 따라서 다소 완벽하지 않은 문장으로 번역했다.

그 언어에게로 유혹되는가? 독일 문학은 유대인의 해방 이전에도 존재했고 위대한 영광을 누렸네. 특히 독일 문학은 내가 보기로는 평균적으로 오늘날에 비해서 하등 덜 다양했다고 할 수 없지. 어쩌면 오늘날 다양성을 잃었다고 할 게야. 그리고 이 두 가지가 본디 유대 정신과 연관되어 있다는 것, 더 자세히 말하자면 젊은 유대인들이 그들의 유대 문화와 갖는 관계, 이 세대의 끔찍스런 내적인 상황과 연관되어 있음을 특히 크라우스가 인식했다는 것이야. 더 바르게 말하자면, 그에게 비견되어서 더욱 분명하게 드러났다는 것이지. 그는 오페레타에서 할아버지 같은 존재이지. 그와 구별되는 것이라면 단지 그가 간단히 "오"라고만 말하는 대신 여전히 지루한 시를 써나가고 있다는 것이지(나름대로 어떤 정당성을 지니고서, 말이 났으니 말인데, 쇼펜하우어가 지옥으로 추락하면서도, 그러니까 그 자신이 인식한 끊임없는 추락 속에서도 어지간히 즐겁게 살았던 것과 동일한 정당성이지).

심리 분석보다 더 내 마음에 드는 것은 이 경우, 많은 사람들이 거기에서 정신적으로 자양을 취하는 이 아버지 콤플렉스가 죄 없는 아버지가 아닌 아버지의 유대 정신에 해당된다는 인식이라네. 독일어로 글을 쓰기 시작한 대부분의 사람들이 원한 것, 그들은 유대 문화에서 멀리 떨어져 있고자 했네, 대개는 아버지들의 막연한 동의와 더불어(이 막연함이 분노를 치밀게 하는 것이었지), 그러나 뒷발로는 여전히 아버지의 유대 정신에 들러붙어 있고, 앞발로는 새로운 땅을 발견하지 못했지. 그에 대한 절망이 그들의 영감이었어.

다른 어떤 영감이나 마찬가지로 영예로운, 그러나 보다 가까이 관찰하면 그래도 약간의 서글픈 특이성을 지닌 영감. 우선 그들의 절망이 방전되어 있는 그것은 겉으로는 독일 문학인 것 같아 보였지만 독일 문학이 될 수 없었지. 그것은 세 가지의 불가능성 속에서 살았던 거야. (내가 다만 우연히 언어적인 불가능성만을 일컫는데, 그건 그것들을 그렇게 일컫는 가장 쉬운 것이지. 하지만 그것들은 전혀 다르게 지칭될 수도 있을 것이야.) 곧, 글을 쓰지 않는 불가능, 독일어로 쓰는 불가능, 그리고 다르게 쓰는 불가능이지. 어쩌면 네 번째 불가능성을 덧붙일 수 있을지도 몰라, 쓰는 불가능이라고(왜냐하면 절망이란 정말이지 뭔가 글쓰기로서는 안정시킬 수 없는 무엇이니까. 그건 생의 적**이면서** 글쓰기의 적이지. 글쓰기는 여기에서 다만 임시방편일 뿐으로, 예컨대 목을 매달기 직전에 유언장을 쓰는 누군가처럼 – 그러니 일생을 족히 지속될 수 있을 임시방편). 그러니까 그것은 모든 측면에서 불가능한 문학이자 집시의 문학이지, 독일 어린이가 요람에서 훔쳐서는, 누군가가 밧줄 위에서 춤을 추어야 하니까 그냥 성급히 어떻게 마무리한 것(그런데 그건 또 독일 어린이도 아니었지, 아무것도 아니었어, 그냥 누군가가 춤을 추었다고만 말했을 뿐이야). [편지가 중단됨]

마틀리아리, 1921년 6월.

[막스 브로트의 앞서 편지에 동봉된 설문지에 카프카가 기입하고 보낸 것]

설문지

체중 증가는?	8킬로그램
총 체중은?	65킬로그램 이상
폐의 객관적 소견은?	의사의 기밀, 말하자면 양호함
체온은?	일반적으로 열없음
호흡은?	좋지 않음, 차가운 저녁에는 거의 겨울 수준
서명 :	나를 당황하게 하는 유일한 질문이네

067

로베르트 클롭 슈토크에게

친애하는 로베르트, 여행프라하 귀향은 매우 편했네. 내가 이를 언급하는 이유는 다만 꿈같이 뒤얽혀 일어난 수많은 우연들 때문이야, 덕분에 나는 좋은 좌석을 얻게 되었고. 열차는 넘쳤지, 사람들은 우선 여기저기에 트렁크 위에 앉을 수밖에, 나중에는 더 이상 서있을 자리도 거의 없었어. 브루트키슬로바키아에서 두 개의 빈 객차가 연결될 거라 했는데, 그곳에서는 그러니까 좌석들이 있을 것이란 얘기였지. 브루트키에서 내려서는 그 객차 쪽으로 달리는 거야, 모든 것은 넘치고, 뿐만 아니라 낡고 더러운 객차들이야, 나는 다시 내가 탔던 객차로 뛰었네, 곧바로 찾을 수가 없어서 다른 객차로 올라탄 거야, 그게 다 정말 그거지 뭐, 모든 것이 꽉 차버린 거야. 이 객차에는 다른 사람들 사이에서 세 명의 부인들이 벽 쪽으로 밀리는 거야, 그들은 롬니츠에서 프라하로 가는데, 그들 중 한 명 나이든 교사를 내가 마틀리아리에서 잠깐 알고 지낸 거야, 그곳에서 그녀가 한 번은 기술자 G.씨를 내가 앉은 식탁에 데려온 적이 있었어, 다른 좌석이 없어서였지. 이제 내가 객차 안에서 그들에게 약간의 작은 봉사를 하는 거야. 그 교사는 분기충천한 노부인이자 여교사의 에너지를 합해서 객실에서 다른 객실로 가보면서, 그래도 좌석 하나를 얻어내려고 결심을 한 것이야. 실제로 그녀는 멀리 떨어진 일등 객실에서 하나의 좌석을 찾아내고, 또 어찌 우연으로 인해서 그곳에 두 번째의 좌석이 비는 것이야. 그러니까 두 부인은 거기에 앉기로 했고, 세 번째 부인도 그들을 따라 이동하는 거야. 곧바로 그 객실에서는 이런 일이 일어나는 거야, 나머지 네 명의 여행자들 가운데 두 명이 하급 철도청 직원인가 뭐 그렇다네, 그들은 매우 애를 써서 차장을 설득하는 거야(그들은 이등칸에 탈 권리밖에 없으니까) 그 객실을 이등칸으로 지정해 달라고.

차장은 예외적인 경우에 이러한 변경 권한을 가지고 있지. 마침내 차장이 동의하는데, 그로 인해서 일등식 권리를 가지고 있던 다른 승객들이 마음이 상하면서 완전히 빈 일등 객실을 요구하는 거야, 차장은 그들의 요구를 해결해 주고, 그로 인해서 다시금 두개의 좌석이 빈 거야, 하나는 세 번째 부인, 그리고 하나는 ─ 그 부인들이 봉사에 대한 감사를 표시하고자 하니까 ─ 나에게 떨어지고, 그들은 사람 가득찬 통로를 통해서 나를 부르고, 나는 어찌되는 것인지도 도통 모른 채. 왜냐하면 그들은 내 이름을 모를 뿐만 아니라 여교사는 나중에 드러난 바에 따르면 그녀가 언제 처음으로 나와 말을 나누었는지 기억도 못했으니 말이지. 어쨌거나 나는 그들이 부르는 소리를 듣고 그쪽으로 건너간 거야, 바로 그 순간 차장이 커다랗게 '2' 자를 유리문에다 써 붙였지.

여행 음식 중 최고는 자두였네, 훌륭한 자두들.

프라하에 몇 가지 변화가 있네. 예컨대 독특한 노외숙의 사망일세. 그분은 한두 달 전에 돌아가셨다네, 며칠 전에 내가 마틀리아리에서 처음으로 엽서를 보냈는데 말이야,

"근일 간 뵙기를 고대하면서 진심 어린 안부를 보냅니다."라고.

내가 친척을 통하여 프라하대학의 뮌처 교수와 매우 좋은 관계를 가지고 있다는 것이 신속하게 판명되었네. 만일 그러한 종류의 취직자리 가능성이 있다면, 그건 자네에게 영향을 끼칠 수 있을 것이네, 만일 제때에 - 그러니까 예컨대 2월을 위해서는 지금 - 준비를 시작하면 말이네. 다만 어떤 문서라도 내게 보내 보게, 교수님의 서한 따위를.

아마도 나는 또 석 달 동안을 독일의 요양원에 가게 될 걸세.

모든 소망과 모든 행운의 소망을 빌어준 데에 감사!

자네의 K

프라하, 1921년 9월 2일.

068

로베르트 클롭슈토크에게

친애하는 로베르트, 일들이 정말 그렇게 나쁘진 않아. 그냥 좋은 것
도 아니며, 나는 확실히 떠나네, 아마 괴르베르스도르프작센라네.

마틀리아리보다는 비용이 더 들 것 같지는 않네. 물론 나로서는
차라리 어딘가 더 먼 곳으로 갔으면 해. 라인 강변이나 함부르크로.
하지만 그곳으로부터 제대로 된 회답을 받지 못했어. 열은 37.3도
이상으로는 올라가지 않아. 그러나 날마다 37도 이상은 되지.

왜 자신에 대해서는 아무것도 쓰지 않나? 건강, 스모꼬베츠, 추
천서, 아우스 호수 등등.

일론카가 초콜릿을 보내왔네, 상냥도 하지. 작은 가신처럼 그녀
는 조공을 보내며 감히 거기에 한 마디도 하지 않네. 그녀는 얼마나
조용했는지, 추억 속에서 더욱더 조용해졌나 봐.

......

최근에 구스타프 야누흐가 단 하루 예정으로 시골에서 여기에 왔
네. 그는 편지로 자신을 알려왔더라고. 전혀 악의가 없고 특히 자네

의 편지가 그에게 큰 기쁨을 주었다는군. 그는 사무실로 나를 찾아왔지, 울며, 웃으며, 외치며, 내가 읽어야 할 책을 무더기로 가져왔지. 그러고선 사과를, 마침내 그의 애인을, 자그맣고 친절한 산림지기의 딸을 데려 왔다네, 그가 그녀의 부모와 함께 저 밖에서 살고 있다네. 스스로 행복하다고 말하며, 그러나 때때로 걱정스러운 혼란스러운 인상을 주기도 하지. 또한 나빠 보이기도 하고, 졸업 시험을 보려고 하고, 다음엔 의학 ("왜냐하면 조용하고 수수한 일이기 때문에") 또는 법률을 ("왜냐하면 정치로 이끌기 때문에") 공부하고 싶어 한다네. 이런 불을 지피는 것이 어떤 악마인가?

홀츠만이 하이델베르크에서 공부하게 된다고? 헤그너에서는 그러니까 잘 안된 건가? 유감이군. 그렇다면 그는 이미 부분적으로는 슈테판 게오르게 쪽에 속하겠지, 그는 나쁘지는 않지만 엄격한 신사이지.[*]

마틀리아리 사람들은 무엇을 하는가? 특히 글라우버는, 그의 포프라드_{슬로바키아} 계획들은, 뮌헨아카데미는 뭐라고 회답했는가? 시나이는 이미 거기 와 있는가?

거듭 인사를 보내며.

K

프라하, 1921년 9월 중순.

---

[*] 당시 하이델베르크대학에는 상징주의와 신낭만주의를 대표하는 시인 슈테판 게오르게Stefan George(1868-1933)의 친구이자 전공자인 군돌프Friedrich Gundolf 교수가 있었다.

069

로베르트 클롭슈토크에게

친애하는 로베르트, 내게 아직 며칠 그 교수님을 뵈러갈 시간이 있다니 다행이네.

폼메른에서 온 방문객민체은 아주 잘 지나갔네, 아주 짧기도 했고. 그러나 이제는 뭔가 대단한 일이 일어났어. 그 편지의 주인공밀레나이, 왜 자네도 예리한 규칙적인 서체를 알지 않는가, 그녀가 프라하에 와 있고, 불면의 밤들이 시작되었네.

만일 이레네 양이 자네 지난번 편지에서처럼 이해하고 있다면, 그렇다면 그것은 좋은 일이지. 다만 칩스 출신 남편에 대한 애도만 남네. 하지만 그녀는 그에게 너무 다정하게 대했는지 몰라. 그녀가 나오게 되어서 정말 매우 기뻐. 그건 마치 주사위 놀음 같았지. 처음에는 자네의 학생이 헬러라우 자리를 얻을 것으로 보였지, 그러다가 내 조카가 가능성이 있다가 자네였지(부록으로 나와 함께), 그러더니 홀츠만이고, 마침내는 이레네 양이 얻는군. 우린 그녀에 대해서 전혀 몰랐지, 함께 협력했는지도 몰랐으니. 드레스덴에서 이미 전보가 왔는가?

자네의 사촌누이는 베를린에 오랫동안 머무를 건가? 그곳에서 그림을 그린다고?

난 바를[*]에는 가지 않겠네, 로베르트. 차라리 타트라에 더 오래 머무를 수는 있을 것이야, 그러나 다시 돌아간다는 것, 그것은 마치 거기 남겨 두었던(그렇다고 내가 병을 덜 가진 것도 아니면서) 내 질병에 다시 감염되려고 하는 것 같은 느낌이 들어. 난 이 질병을 다시 어딘가 다른 곳으로 가지고 가려네. 의사들 역시 신체 마사지, 압저포 용법, 석영 램프, 보다 좋은 음식이 있는 제대로 된 요양원을 바란다네. 게다가 괴르베르스도르프는 마틀리아리보다 더 비싸지도 않다네, 물론 괴르베르스도르프에 가는 것도 즐겁지는 않아. 우리의 겐퍼 호수 계획이 최상이었지.

의지가 병에 어떻게 작용하는지 놀랍기만 해, 물론 의지로 인해 어떻게 끔찍하게 작용되는지도. 이틀 동안 나는 거의 기침을 하지 않았네, 그것이 그렇게 이상한 것도 아닐 거야. 그러나 담도 거의 없어, 사실 굉장히 뱉어 냈거든. 하지만 차라리 진짜 기침을 했으면 싶어, 이 '기흉술氣胸術'을 지니고 다니는 대신에.

《자기 방어》, 그리고 《콩그레스 신문》일은 나도 자네와 같네, 나도 그것들을 받지 못하고 있으니. 마틀리아리에는 가지 않는가?

----

[*] Berlangliget, Barl., B.로 표현되는 이 장소는 알려지지 않았다.

대체 시나이가 폐병이라니? 그는 어디로 간다던가, 운터슈멕스 광천인가? (아 그래, 운터슈멕스라, 그곳은 폐병 요양원이 아니지?) 그리고 G._{갈곤} 부인은? 일론카 양은 어디로 떠나는가?

잘 지내게.

자네의 K

프라하, 1921년 9월 말.

070

로베르트 클롭슈토크에게

친애하는 로베르트, 나는 며칠 더 슈핀델뮐레크로코노셰산맥에 머물렀네, 그런데 거기에서 더 이상은 편지를 쓰고 싶지 않았지, 지친 나날들.

그 전보가 왔을 때에 나는 겨우 도착했네, 어머니가 회신을 보냈으며, 그래서 그 이상한 단어들이지, 그 다음에 피크의 전보가 왔고 (내가 그에게 화를 내는지, 혹은 그가 나에게 화를 내는지, 그는 나에 대해서 아무것도 모르네, 우리가 그저께 길거리에서 서로 지나친 것을 제외하고선), 그 다음은 편지들이었네. 그 모든 것은 내게는 괴로운 수치야, 용서하게나. 오늘 오후에 여권이 도착했네, 나는 곧바로 그곳으로 갔지만, 그게 그렇게 간단하지가 않았네. 아무것도 그리 간단하지는 않지, 사람들이 그러더군, 이 여권은 이미 기한 연장의 한계까지 연장된 것이라 새 여권을 발급받아야 하고, 그러기 위해서 새 사진이 필요하다는 거야.

내 말은 명령권자나 외교관 같은 사람이라면 이 여권의 연장을 받아낼 수 있지 않을까 주장하는 것은 아니라네. 자네의 부다페스트 여행, 직행 기차, 자네의 가난 때문이라는 내 호소를 친절하게 경청해 주었지만, 별다른 효과는 없었지. 그러니 로베르트 자네는, 사진을 보내야 해. 생보자 증명은 가지고 있지 않은가? 요양원에서 온 서류에는 뭐라고 쓰였는가? 왜 그것을 동봉했는가?

진심 어린 안부를 보내며.

자네의 K

프라하, 우편 소인 1922년 2월 23일.

071

로베르트 클롭슈토크에게

친애하는 로베르트, 편지를 쓴 지가 오래되었군, 알고 있어. 하지만 우선 자네의 편지 중에서 가끔 좋든 싫든 내게 짐 지워준 수치심을 버리는 데 시간을 들여야 한다네.

가장 묘한 것은 항상 자네가 이곳저곳 – 마지막 편지에서는 대단한 규모로 – 자네 표현대로 "그 친애하는 선량한" 사람들에 대한 자네의 입장에 대해 한탄하곤 하는 것이었네. 그런데 말이야 나는 "친애하는 선량한" 것이 자네와 비슷하다고 느낀다는 것이고, 그렇게 쓰인 것을 읽으면서 내가 쓴 것이 아닐 때는 그게 차라리 진짜라기보다는 우스꽝스럽게 느껴지네. 인류에게 제공되는 생일 소원, 모두에게 소속된, 말을 압도하는 배후의 사고가 담긴 소원.

이제 자네의 세 번째 편지가 와 있네. 많은 것을 답변하지 않은 채, 나는 아무것도 모르겠고 그저 피곤해. 내가 말할 수 있는 것은 고작, 오게나, 자네를 고갈시키는 마틀리아리에서 사람들 틈에서 빠져 나오라는 것이야. 정말이지 그들에게 자네는 자신의 확증을 훨씬 넘어서 경이롭게 대하고, 생기를 주고, 이끌 줄 아는 것이네. 그러면 이제 비로소 자네의 편지들에서 형성되기 시작한 이 환영은, 자네 손아래 편지에서 있을 뿐, 아직 마틀리아리에는 존재하지 않았던 이것은, 바로 나여야 하지만, 내가 그 앞에서 도망칠 정도로 영원히 침묵할 정도로 놀라고 있는 존재임을 (그 자체로서 놀라움을 주는 것이 아니라 나와 관련해서) 자네는 곧 인식하게 될 게야. 또한 그런 것은 존재하지 않음을, 다만 참기 어려운, 자신 안에 파묻힌, 낯선 열쇠를 가지고서 자신 안에 고립된 한 인간이 있음을, 자네는 전혀 어려움 없이 인식하게 될 게야. 그러나 그는 보는 눈을 가지고 있고, 자네가 옮겨 내딛는 전진의 발걸음마다 매우 기뻐할 것이며, 자네에게 비춰오는 세상과 더불어 자네의 위대한 대전을 기뻐할 것이야. 그밖에 또 뭐? 나는 사람들이 신경이라고 부르는 것으로부터 나를 구하기 위해서 얼마 전부터 조금씩 글을 쓰기 시작했네. 저녁 7시부터 이른바 책상에 앉아서, 그러나 그건 아무것도 아니네. 세계 대전에서 손톱으로 긁어 파는 참호 같은 것, 다음 달에는 그것 또한 멈출 것이며, 사무실 생활이 시작되네.

부다페스트에서 좋은 시간 갖게나!

그리고 일론카에게 안부를! 모든 것에도 불구하고 서글프네. 이 부정적인 영웅 행위들, 파혼, 포기, 부모에게 반항, 그건 그렇게 하찮은 것인데 그렇게 많은 것을 끊어 버리다니.

자네의 K

책이 몇 권 있는데, 자네가 정말 읽어보기를 권하고 싶은 것이네. 하지만 이것을 보내는 건 엄청 성가시고 위험스런 일이네. 내 책들이 아니라서.

프라하, 1922년 봄/3월 말(?)

그리운 친구여

072

막스 브로트에게

친애하는 막스, 나는 숙소에 잘 묵었네, 어쨌거나 믿을 수 없을 정도로 오틀라가 제 편안함을 희생한 덕택이었지, 그러나 이런 희생이 없었더라도 '내가 지금까지 본 중에' 여기가 좋겠어, (왜냐하면 누구라도 '실언'을 해서는 안 되니까), 이전에 어느 여름 휴양지보다 한층조용해, '뭐뭐 하는 한.' 처음에는 여기로 오는 동안 이곳을 걱정했지. 도시에는 아무 볼 것이 없다, 블뤼어가 그랬나? 그런데 바로 도시에만 볼 것이 있네, 왜냐하면 열차 창문을 지나쳐 가는 모든 것은 공동묘지였거나 아니면 그런 비슷한 것들, 온통 시체 위에서 자라는 것들뿐이었지. 반면에 도시는 대단한 강력함과 생명력으로 그것들과 구별되었어. 여기에서 맞는 나의 두 번째 날은 모든 것이 더할나위 없이 좋아. 시골과 교통하는 것은 묘하지, 소음이 첫날은 없었는데 둘째 날에 와 있더군. 나는 급행열차로 왔는데, 놈은 아마도완행을 타고 왔나 봐. 나는 방해받은 오수의 시간을 그 생각으로 보내고 있어, 그러니까 자네가 어떻게 그 신축 공사장 옆에서 『프란치』를 썼을까 하는 생각으로. 자네의 작업에 무한한 행운을, 흐름은 흐르게 하라! 사무실에서 한 달 반이나 묵은 매우 친절하고 매우 부끄러움을 주는 볼프의 편지를 찾았네. 나의 자체 평가는 두 가지 견해를 지니네. 하나는 그것이 진실로서 나를 행복하게 할 것이야, 만일 내가 그 역겨운 이야기「첫 번째 시련」를 볼프의 서랍에서 꺼내어 그의 기억에서 지울 수 있다면야. 그의 편지는 나로서는 읽을 수가 없어. 그러나 그 다음엔 자체 평가가 불가피하게 방법 문제가 되며, 예컨대 볼프로 하여금 그것에 동의할 수 없게 하네. 그것도 위선에서가 아니라, 그런 건 그가 내게 사용할 필요가 없을 테니까, 대신 방법의 힘으로. 그리고 나는 항상 그 점에 놀라는데, 예컨대 아돌프 슈라이버의 자체 평가는 그래도 진실이요 또한 필연적인 방법 둘 다였는데, 진실로서가 아니라 (진실은 원래 결과가 없지, 진실은 다만 파괴된 것을 파괴할 뿐이야) 방법으로서 성공을 하지 못했다는 것에 놀라지. 어쩌면 진짜 곤궁함이 그를 가로막았기 때문일지도, 그러한 거미줄 짜기 식의 성공을 생성치 못하게 했을 것이니.

무슨 공론인가! 검찰관*만이 명상해도 좋을 일들이 있지, 이런 마지막 문구로, '대체 내가 무슨 이야기를 했나?'

자네의

플라나, 우편 소인 1922년 6월 26일.

---

* 고골리Nikolai Gogol(1864~1952)의 『검찰관』의 주인공을 빗대어 말한다. 브로트는 《프라하 석간》(1922. 6. 4.)에 평론을 썼다.

073

막스 브로트에게

친애하는 막스, 자네의 편지에서 우울한 기분의 핵심을 추출하기가 쉽지는 않네, 언급된 세부 사항이 별로 충분치가 못하네. 무엇보다도, 소설『여신과의 삶』이 살아 있는데, 자신의 삶을 증명하는 데에 그것이면 충분치 않는가? 아니지, 그것으로 충분하시 않겠지, 그러나 그것으로 살기에는 충분치 않는가?

　그러기에는 충분해, 충분하다고, 기쁨 속에서 여섯 필의 말이 끌고 가는 삶을 살기에는. 다른 문제인가? E.가 정규적으로 편지를 쓰지 않는다, 하지만 그 이상은 아니라면서, 내용이 나무랄 데 없다면서? 로젠하임에서의 편지요, 드라이마스켄 출판사의 외교적 실수 아닌가?

　그것 또한 외교적으로 좋게 할 수 있지. 섬뜩한 뉴스들인가? 예컨대 라테나우 장관의 암살 사건* 말고 다른 것 말인가? 참 알 수

---

* Walther Rathenau (1867~1922) : 유대 혈통으로, 영향력 있는 독일의 산업계 인사이며 정치가로서, "서로 잘 알고 있는 300명의 인간이 전 유럽 대륙의 경제적 운명을 좌우하고 있다."는 1909년의 발언으로 유명. 1922년 6월 24일에 암살되었다.

없네, 오히려 왜 그리 오래 그를 살려 놨는지. 벌써 두 달 전에 프라하에 그의 암살 소문이 나돌았었네. 뮌처 교수가 그 소문을 퍼뜨렸는데, 정말 신빙성 있었고, 또 정말로 유대의 운명이자 독일의 운명에 속했지, 자네 책『여신과의 삶』에도 정확히 쓰여 있지 않은가. 그러나 이건 너무 많은 말이었네. 그 사안은 내 지평을 훨씬 넘는 일이네, 여기 이 내 창문 주위의 지평만도 나에게는 너무 크다네.

정치 뉴스들은 지금은 – 속상하게도 만일 내게 다른 신문이 오지 않으면, 물론 온다면 그걸 탐독하겠지만 – 오로지《프라하 석간》에서 진지하게 훌륭한 형식으로나 내게 이르네. 이 신문만 읽다 보면 세상사를 그런 식으로 통지받는 거야, 마치 전쟁 상황을《신 자유신문》을 통해서 통지 받았듯이. 당시에 전쟁이 평화스러웠듯이, 이제는《석간》에 의하면 온 세상이 그러하네.

이 신문은 우리의 걱정을 말끔히 날려버리지, 아예 걱정을 갖기도 전에. 이제야 나는 이 신문에서 자네의 평론이 갖는 위치를 알겠어. 자네 글을 사람들이 읽는다면, 자넨 더 이상 좋은 환경을 바랄 것도 없겠지. 옆구리에서 그 어떤 혼란스러운 것도 자네의 글에 섞이지 않지, 자네 주변은 완전히 조용하지. 평론들을 여기에서 읽는 것은 자네와 왕래하는 정말 아름다운 방식이야. 나도 역시 기분에 따라서 그것들을 읽지, 스메타나와 스트린드베리는 나에게는 완곡한 것 같고, 그러나 「철학」은 분명하고 좋아.* 「철학」의 문제는 말이 났으니 말인데, 분명히 유대적인 문제점으로 여겨지네. 그건 혼란에서 생겨나는

---

* Nikolai Gogol(1864~1952)의 『검찰관』의 주인공을 빗대어 말한다. 브로트는《프라하 석간》(1922. 6. 4.)에 평론을 썼다.

거야, 토박이들은 현실에 비해서 너무 낯설게 느껴지고, 유대인들은 현실에 비추어 너무 가깝게 느껴지는 혼란으로, 우리는 이것도 저것도 제대로 평형으로 다룰 수가 없는 것이지. 그리고 이 문제점은 이 나라에서 비로소 심해졌지, 전체 이방인이 인사를 하지만 다만 몇몇 사람만이 답례 하는 곳, 뭔가 위엄 있는 노인이 어깨에 도끼를 메고 국도를 행진해 가면, 우린 나중에는 아무리 애를 써도 그를 따라 잡아서 인사 답례를 할 기회를 갖지 못하는 곳이니.

만약에 조용하기만 하다면 여기도 좋을 것이야, 그래도 한 두 시간은 조용해, 하지만 훨씬 못 미치지. 구스타프 말러처럼 작곡을 위한 오두막은 아니네. 그러나 오틀라는 놀랄 만큼 애를 쓰고 있어, (그 애가 안부를 전하라네. 마침 자네의 안부는 좀 잘못된 케이크로 속상하던 차에 큰 위안이었나 보네). 오늘은 불운한 날이네, 나무꾼이 하루 종일 안주인을 위해서 나무를 쪼개고 있어. 그가 하루 종일을 팔과 뇌수로 믿을 수 없으리만치 잘 견디는데 난 귀만으로도 견딜 수 없으니. 심지어 귀마개를 써도 소용이 없어(귀마개란 참 좋은 것이야, 그걸 귀에다 꽂으면 이전과 똑같이 들리는 해도, 시간이 지나면서 약간의 가벼운 머리 마비가 목표이고, 보호되고 있다는 가벼운 감각이 오지, 글쎄, 대단한 것은 아니고). 또한 어린아이들의 소리와 그 밖의 것들. 게다가 오늘은 며칠간 방을 바꿔야 했네. 지금까지 지내던 방은 매우 아름다웠지, 크고, 밝고, 두 개의 창문에다, 널찍한 전망, 그리고 완전히 초라하지만 호텔 같지 않은 품에 "거룩한 소박함"** 이라는 어떤 것을 지녔지.

** Friedrich Hölderlin(1770~1843)의 시 「생의 절반Hälfte des Lebens」(1805)에 나오는 구절 "거룩하고 소박한 물속으로"에서.

그렇게 소음 가득한 날, 그런 날들이 이제 며칠 다가오고 있다네, 며칠은 확실하고 아마도 여러 날이, 그런 날에는 나는 세상에서 쫓겨난 느낌이 들어, 다른 때처럼 한 발짝이 아니라 수백 수천 발짝 멀리. ― 루돌프 카이저의 편지는 (그에게 답장을 하지 않았네. 독일 지역 이외의 절망적인 출판 때문에 편지를 쓴다는 것은 너무도 좀스런 일이니까) 물론 나를 기쁘게 했지. (궁핍과 허영이 그런 일들을 얼마나 잘 핥아먹는지!) 그러나 그가 내 방식에 감동을 받지 않은 것은 아니었더군, 단편「단식 광대」또한 견딜 만할걸, 나는 볼프에게 보낸 단편「첫 번째 시련」에 대해서 말했지, 사심 없는 사람이라면 그것에 대해서 의심을 가질 수 없을 게야.

자네와 두 여인에게 안부를. 또한 펠릭스에게도, 유감스럽게도 그에게 작별 인사를 할 수가 없었네.   자네의

여백에 적은 메모 :

『수양딸』의 모델 프라이소바 부인이 여기에 거주한다고 하네.

한 번쯤 그 여자를 만나서 이야기 나누고 싶은 마음이 간절하기도 하고, 어쨌거나 두려움 또한 똑같이 크다네, 그런 모험에 대한 불편함도 있고 해서. 어쩌면 그녀는 아주 거만하겠지. 어쩌면 모든 방해에 대해서 꼭 나처럼 절망적일지도 몰라. 아니, 그녀와 이야기를 나눌 생각이 없네.

자넨 카이저에게 뭐라 답하려나? 하웁트만은 자네와 가까우니, 그에 대해 편지하는 건 거절할 수가 없을 것이야.

플라나, 우편 소인 1922년 6월 30일.

074

오스카 바움에게

친애하는 오스카, 헌데 자네들은 얼마나 선하고, 정확하고 민감한 사람들인지!

자네가 내게 준비해 준 모든 것, 그리고 내게 충고해 준 것들은 필요한 일이고 또 훌륭하네. 그러니 내가 가겠네, 아마도 꼭 15일은 아니겠지만, 20일 전에는 가네. 게다가 더 일찍 갈 수 있다면 환영일 텐데, 왜냐하면 마드리드 외숙께서 8월에 오신다고 했고, 날짜는 확정짓지 않았지만, 그러니 내가 대략 8월 20일에 (그분은 보통 이주일쯤 계시거든) 프라하에 다시 가있어야 할지도 모르겠어, 외숙님을 뵈려면 말이네. 15일과 20일 사이 도착하는 정확한 날짜는 자네들에게 전보로 알리겠네. 만일 자네들이 그래도 좋다면, 무엇보다도 그 주인과 교섭을 맡아준다면 말이네. 또한 다른 이유로도 그 날짜는 나로서는 매우 만족스러운데, 왜냐하면 이곳으로, 여기 오틀라네 집은 정말 좋거든, 이 시기에 많은 손님들이 모인다네. 그러면 장소가 아마 약간 좁을 듯하고, 그에 대처해서 그럼 여기로 8월 말에 돌아올 수도 있을 것이고. 오틀라는 9월 말까지는 머물 것이 거의 확실하네.

자넨 아마 느꼈을 것이네, 내가 필요한 것 불필요한 것을 뒤죽박죽 섞어서 쓰고 있음을.

그게 또 나름대로 좋고도 나쁜 이유가 있다네. 다른 모든 것을 제쳐두고서 나를 게오르겐탈 쪽으로 내모는 것은(자네와 자네 식구들과 잠시 함께 사는 것, 가까이에서 자네의 작업을 지켜보며, 잠시 취라우 시절을 음미하고 ― 그 시절은 당시 내가 가졌던 모든 것들과 더불어 내게서 멀리 사라져버렸으니 ― 잠시 세상을 바라보고, 그 어딘가에는 나 같은 폐를 위해서도 아직도 숨 쉴만한 공기가 있다는 것을 자신에게 확신시키고, 그래 그러한 인식으로 세상이 더 넓어지는 것은 아니겠지만 뭔가 갉아먹는 욕구를 잠재워 주는 것이지), 그 모든 것을 제쳐두고서 나로서는 가야만 할 지극히 중요한 이유가 있으니, 나의 불안이네. 자넨 이런 불안을 틀림없이 어떻게든 상상은 할 수 있을 게야, 그러나 그 깊이에까지는 이를 수 없을 것이네, 그러기에는 자넨 너무 용감무쌍해서. 솔직히 말하자면 여행에 대해서 가공할 불안을 느끼네, 물론 딱히 이 여행에 대해서가 아니라, 변화에 대해서라네. 그 변화가 크면 클수록 불안 역시 더 커지긴 하나, 그것은 다만 상대적일 뿐. 다만 아주 작은 변화들로 한정해서 말해야 할 것이네 ― 산다는 것이 그걸 허용하지는 않지만 ―, 그러니까 결론적으로 내 방의 책상 위치 이동이 게오르겐탈로의 여행보다 덜 끔찍한 것이 아니란 말이네. 말하자면 게오르겐탈로의 여행만 끔찍한 것이 아니라, 그곳에서 출발하는 것 또한 그러할 것이네. 이 마지막 이유나 그 직전의 이유들로 해서 그건 정말이지 죽음의 공포라네. 부분적으로는 신들로 하여금 나를 주시하게 하는 공포이기도 하고. 내가 이곳 방에서 계속 살고 있으면, 하루는 다른 날들과 마찬가지로 규칙적으로 지나가겠지, 물론 누군가가 나를 돌보겠지만. 그러나 일은 이미 시작되었네, 신들의 손길은 다만 기계적으로 고삐를 잡고 있어, 너무도 아름다워, 너무 아름답다고, 전혀 눈에 띄지 않는다는 것. 만일 나의 요람에 요정이 서 있다면, 그건 '연금생활'이란 이름의 요정일 것이네. 그러나 이제 이 일의 아름다운 진행을 버리는 일, 널따란 하늘 아래 자유로이 짐 보따리를 들고서 역으로 나가는 일, 세상을 소란케 하는 일, 하긴 그런 일은 자기 내면의 혼란일 뿐, 세상 아무도 아무것도 알아차리지 못하겠지만, 그것이 끔찍하네. 그런데도 그런 일이 일어나야 하다니, 나는 하여간 그게 꼭 아주 오래 걸려야 하는 건 아니겠지만 인생을 완전히 습득해야 할 거야. 그러니까 15일에서 20일 사이에 보세. 모두에게 안부를 보내네. 또한 자네의 비서에게도 감사를 보내네.

내가 같은 날 저녁에 게오르겐탈에 도착하게 될 것이 참 좋네. 그곳이 아마도 게오르겐탈–오르트이겠지?

자네의 프란츠

플라나, 1922년 7월 4일.

075

막스 브로트에게

친애하는 막스, 잠 못 이루는 밤을, 플라나에서 첫날밤을 그렇게 지새우고 나서 난 모든 다른 일을 할 수가 없지만, 자네의 편지는 어쩌면 평상시보다 더 잘 이해할 수 있을 것 같아, 자네 자신보다도, 어쩌면 난 그것을 과장하는 것이며, 그냥 그것을 아주 잘 이해하네, 왜냐하면 자네의 경우는 나의 경우와 다른 한에 있어서 또한 사실이 아니기도 하지만, 그러나 내 경우보다는 현실에 가깝지. 나에게는 이런 일이 일어났네. 나는 자네가 알다시피 게오르겐탈로 가야 했네, 난 결코 그것에 이의를 제기한 적이 없네. 내가 언젠가 그곳에는 너무도 많은 작가들이 모이게 될 것이라고 했다면, 그것은 닥쳐올 일의 예감이었을 것이야, 그러나 이의로서는 전혀 진정이 아니었고, 다만 해본 소리였지. 반대로, 가까이에서는 나는 모든 작가들을 경탄하지 (그렇기 때문에 내가 프라이소바에게 가려는 것이지, 그녀에 대해서는 자네 아내도 말렸지만), 하긴 나는 모든 사람들을 경탄하지, 하지만 특히나 그 작가를 경탄하네, 무엇보다도 내가 이전에 사적으로 알지 못하는 그 작가를. 나는 그가 이 부박하고 처절한 왕국에서 어떻게 그렇게 쾌적하게 정주하였는지, 그가 그곳에서 어떻게 정돈된 경영을 해나가는지 상상할 수가 없거든. 내가 아는 대부분의 작가들은 나로서는 적어도 인간적인 점에서는 쾌적해 보이네. 예컨대 루트비히 빈더라 하더라도. 그리고 셋이라면 내 형편상 특히 기분 좋을 것이야, 내 문제가 거론되지 않을 것이고, 나는 옆으로 비껴 있을 수 있고, 그럼에도 혼자서는 아니고, 혼자라면 난 두렵거든. 그렇지 않고도 또한 오스카가 내게는 의지가 되지, 내가 좋아하고 또 나에게 잘해 주는 그가. 그리고 나는 다시 한 조각 새로운 세상을 보게 될 것이야, 8년이 지나서야 다시 한 번 독일을. 그건 싸게 먹히고 또한 건강에도 좋고. 그리고 이곳 오틀라 집에서 좋기는 하지만, 특히 요즈음에는 다시 내 옛날 쓰던 방을 쓰게 되어서 좋지만, 그러나 바로 이달 말과 내달 초쯤에는 매제네 가족이 손님으로 오고, 장소는 다시금 약간 협소해질 것이야. 그러니 내가 지금 떠난다면 매우 좋을 것이야, 물론 나는 다시 돌아올 텐데, 오틀라가 9월 말까지는 여기 머물 것이니까. 그러니 여기에는 이성적으로나 감성적으로 결함이 없네, 여행은 무조건 추천될만하지. 그리고 이제 또 어제 오스카의 친절하고 상세한 편지가 왔는데, 아름답고 조용한, 발코니가 딸리고, 안정요법 의자도 있고, 섭생도 좋은, 정원으로 전망이 있고, 하루 150마르크 하는 방을 발견했다네. 난 그냥 받아들이기만 하면 되고, 아니 난 이미 미리 받아들이기로 했네. 왜냐하면 무엇인가 그곳에 있을 곳이 있기만 하면 틀림없이 가겠노라고 말했으니까.

그리고 이제 무슨 일이냐고? 우선 아주 보편적으로 말을 하지만 여행에 대한 불안이 있네. 난 그걸 벌써 예감했지, 지난 며칠 간 오스카의 편지가 없는 것이 기뻤을 때. 그러나 그것은 여행 자체에 대한 불안이 아니지, 어쨌거나 난 이리로 오지 않았는가 말이네, 하긴 이곳으로는 2시간이었고, 그곳으로는 12시간일 게야. 그리고 기차 여행 자체는 지루했지만 뭐 그런대로 견딜만했지. 그건 여행의 불안이 아니야, 예컨대 우리가 최근 이탈리아에 가려고 했다가 베네샤우에서 되돌아와야 했다던 미슬베크*에 대해 읽었던 것 같은 건 아니야. 그건 또 게오르겐탈에 대한 불안도 아니지, 내가 그리로 가야 되면 틀림없이 당장에 그러니까 바로 그날 저녁이면 익숙해질 곳이니까. 그건 또한 의지박약도 아니야, 그 경우라면 이성이 모든 것을 상세히 계산한 뒤에 그때서야 결심이 나타날 것이니까. 그건 또 대개의 경우 불가능한 일이고. 이것은 이성이 실제로 계산을 할 수 있고 항상 다시 내가 가야한다는 결과에 이르는 극단의 상황이야. 그건 차라리 변화에 대한 불안이야, 내 형편으로는 대단한 일을 함으로써 내게 신들의 주목을 끄는 것에 대한 불안이랄까.

내가 오늘 잠 못 이루는 밤에 아픔을 느끼는 관자놀이 사이에 모든 것을 다시금 왔다 갔다 하게 놔두었더니, 최근 충분히 안정된 시간 동안 거의 망각하고 있던 사실을 의식하게 되었네. 얼마나 취약한 지반, 혹은 전혀 존재도 하지 않는 지반 위에서 내가 살고 있는

---

*Josef Václav Myslbek(1848~1922) : 프라하 바츨라프 광장의 '성 바츨라프 기마상' 이 대표작으로 체코 현대 조각의 창시자라 할 미슬베크는 1922년 7월 2일, 카프카가 이 편지를 쓰기 바로 며칠 전에 사망했다. 베네샤우는 프라하에서 아주 가까운 위치이다.

지, 어두운 세력이 제 의지대로 솟아오르고, 내 더듬는 말로 되돌아오지 않고서 내 인생을 파괴하는 그런 암흑 위에서 살고 있음을. 글쓰는 일이 나를 지탱하네, 그러나 이런 종류의 인생을 지탱한다고 말하는 것이 더 바른 말이 아니겠는가? 이게 뭐 물론 내가 글을 쓰지 않으면 내 인생이 더 낫다고 말하는 것은 아니네. 아마도 그렇게 되면 훨씬 더 나쁘고, 완전히 참을 수 없을 것이며, 정신착란으로 끝날 것일세. 그러나 그것은 물론 실제로 그렇기도 하거니와 내가 글을 쓰지 않는다 해도 역시 작가이며, 글을 쓰지 않는 작가는 어쨌거나 정신착란을 부르는 괴물이라는 전제에서 말이네. 하지만 작가라는 존재 자체가 어떻단 말인가? 글쓰기는 달콤하고 신기한 보상이지, 하지만 무엇을 위해서? 밤이면 나는 어린이의 직관 강의에서처럼 명백함으로 이 보상이 악마에의 봉사를 위한 것임을 분명히 느꼈지. 이러한 어두운 힘들에게로 내려감, 억매인 정신들로부터 자연의 사슬풀기, 의심쩍은 포옹들, 그리고 저 아래서 진행되는 모든 것, 우리가 태양 빛을 받으며 이야기들을 쓰고 있다면 위에서는 아무것도 모르는 것이지. 어쩌면 또한 다른 글쓰기도 존재하겠지, 난 다만 이것을 알 뿐이야. 밤이면, 불안이 나를 잠 못 이루게 하면, 나는 다만 이것만을 알지. 그리고 거기에서 악마성을 난 분명히 느꼈어. 그건 허영이요 향락욕이야, 계속 자신의 또는 타인의 형상 주변에서 – 움직임은 그렇게 되면 다양해지지, 그건 허영의 태양계가 되네 – 지저귀며 그것을 즐기는 것. 순진한 사람이 가끔 소망하는 것, "난 죽어서 볼 테다, 사람들이 얼마나 나를 애도하는가," 그것을 작가는 계속 실현하며, 그는 죽고 (혹은 살지 않고) 자신을 계속 애도하지. 그렇기 때문에 처절한 죽음의 공포가 오는 것이야, 죽음의 공포라고 말해서는 안 되는, 그 대신 변화에 대한 공포로서, 게오르 겐탈에 대한 공포로서 등장해야 하는 것.

이 죽음의 공포에 대한 이유는 두 그룹으로 나뉘지. 첫째는 그가 죽음에 대한 처절한 공포를 가지고 있다는 것, 왜냐하면 아직 살아 보지도 못했으니까. 이것으로써 삶은 처자식과 농토와 가축이 필수 적이라고 말하려는 것은 아니네. 삶에 필수적인 것은 다만 자기향 락을 포기하는 것, 집을 경탄하고 화환을 둘러줄 것이 아니라 집에 드는 것. 그에 대해서 이렇게 말할 수도 있겠지, 그건 운명이고 누 구의 손에도 주어진 것이 아니라고. 그러나 그렇담 사람들은 왜 후 회를 하는가, 왜 후회가 그치지 않는가? 자신을 더 아름답고 더 장 식적으로 만들기 위해서? 물론 그것도 그래. 그러나 왜 그것을 넘 어서 그러한 밤들에 결어가 항상 남는가 말이야. 나는 살 수 있다, 그런데 살고 있지 않다고. 두 번째 주요 이유는 – 아마도 그건 다만 하나뿐인지도 모르지, 이제 그 둘이 제대로 구분이 되려고 하지 않 으니 – 이런 판단이지, "내가 연기했던 것은 실제로 일어난다. 나는 글쓰기로 인해서 나를 팔아 내몰지는 않았다. 나는 생애 동안 내내 죽었으며 이제 나는 정말로 죽을 것이다. 내 삶은 다른 이들의 삶보 다 더 달콤했고, 내 죽음은 그만큼 더 처절할 것이다. 내 안의 작가 는 곧 죽을 것이다, 왜냐하면 그러한 인물은 지반도, 지속도 없으니 까, 또 먼지에서 나온 것도 아니니까. 다만 미친 듯한 속세의 삶 속 에서 약간 가능할 뿐이며, 향락욕의 구조일 뿐이니까. 이것이 작가 이다. 나 자신은 그러나 계속 살아갈 수 없다, 살아보지도 않았으니까. 나는 점토였다. 불꽃을 불로 일으키지 못했고, 대신 내 시신의 조명으로 이용했다." 그건 독특한 장례가 될 것이네, 그 작가, 그러니까 더 이상 존재하지 않는 그것은 옛 시신을, 예로부터의 시신을 무덤에 양도하지. 나는 충분히 작가이네, 그것을 완전한 망아의 상태에서 – 깨어있음이 아니라 망아가 작가 존재의 제1의 전제 조건이지 – 모든 감각을 지니고서 향유하고, 또는 그게 동일한 것이지만 이야기하려고 하기에는. 그러나 그런 일은 일어나지 않을 것이야. 그런데 나는 왜 다만 실제의 죽음에 대해서만 말하는 걸까. 삶에서는 그게 정말 동일한 것인데. 내가 여기에 작가의 편안한 자세로 앉아서, 모든 아름다운 것을 향해서 준비를 하고서, 그리고는 아무 행동도 없이 바라보아야만 하는데 – 왜냐하면 내가 글쓰기 이외에 무엇을 더 할 수 있을 것인가 – 내 진정한 자아, 이 불쌍한 무방비의 자아가 (작가의 현존재는 영혼에 대한 논쟁이다. 왜냐하면 영혼은 사실이 실제의 자아를 신뢰하니까. 그런데 다만 작가가 되었고, 그것을 잘 하지도 못했으니까. 자아의 분리가 영혼을 무력화시킬 수 있을까?) 임의의 동기에서 게오르겐탈로의 작은 여행에 (난 그것을 멈추어 서게 할 수가 없어, 그건 또한 이러한 방식에서 옳지 못하지) 악마로부터 괴로움을 당하고 매질당하고 거의 가루가 되도록 짓이겨지는 것을 보고만 있어야 하다니. 어떤 권리로 내가 놀라는가, 집에 있지 않았던 내가 그 집이 갑자기 무너지는 것을. 도대체 나는 그 붕괴에 앞서 무슨 일이 일어났는지 아는 것인가, 집을 떠났지 않은가, 그래서 그 집을 모든 사악한 힘에 넘기지 않았던가?

어제 오스카에게 편지를 써두었네. 나의 불안을 언급하긴 했지만, 나의 도착을 확언했고 편지는 아직 부치지 않았는데 그 사이 밤이 되었네. 어쩌면 하룻밤 더 기다려야 할 게야, 그것을 극복하지 못하면 난 그래도 사절해야 할까봐. 그렇게 한다면 이제 확정되는 것은, 내가 보헤미아 밖으로는 더 이상 떠나서는 안 된다는 것이네. 이 다음에는 그러면 프라하로 한정해야 할 것이고. 그다음은 내 방만으로, 그다음은 내 침대로, 그다음은 어떤 특정 신체 부위로, 그다음은 더 이상 아무것도. 아마도 그리되면 나는 글쓰기의 행복조차 자발적으로 ― 자발성과 기쁨이 관건이네 ― 체념할 수 있을 것이야.

이 모든 이야기를 작가적으로 요점 정리하기 위해서 ― 내가 요점 정리하려는 것이 아니라 일 자체가 그러네 ― 내가 덧붙여 말하지 않을 수 없는 것은, 여행에 대한 내 공포심에는 심지어 내가 적어도 며칠간을 책상에서 떨어져 있게 되겠구나 하는 생각도 한 역할을 했다는 사실이네. 그리고 이 우스꽝스러운 생각이야말로 실제로는 유일한 바른 생각이라는 것이지. 왜냐하면 작가의 현존재는 실제로 책상에 의존해 있으니까. 작가는 본래 정신착란에서 벗어나려면 절대로 책상을 멀리해서는 안 되고, 이빨로 꽉 물고 달라붙어 있어야 하네.

작가의 정의는, 그러한 작가의 정의는, 그리고 그의 영향의 설명은 ― 도대체가 영향이 있다고 하면 ― 이런 것이네. 작가는 인류의 속죄양이다. 그는 인간에게 죄를 죄 없이 거의 죄 없이 향유하도록 허락한다.

그저께 나는 우연히 역에 있었네, (매제가 떠나려고 했기에, 그러다가 떠나지는 않았네), 우연히 이곳에 빈행 급행이 정지했고. 프라하행 급행열차를 기다려야 했기 때문이었는데, 우연히 자네 부인이 그곳에 있었네. 기분 좋은 놀람이었지. 우리는 몇 분간 대화를 나누었고, 자네 부인은 소설의 종결에 대해서 이야기했네.

내가 게오르겐탈에 간다면, 열흘 후에는 프라하에 가겠네. 행복하게 자네의 소파에 누워서, 자넨 책을 읽어줄 것이고, 그러나 내가 떠나지 않으면 –

난 오스카에게 취소 전보를 했네. 달리는 도저히 안 되겠어. 흥분에 달리 대처할 수가 없었지. 그에게 어제 쓴 편지가 내게는 아주 낯익게 여겨졌네. 그런 식으로 F.에게 편지를 쓰곤 했지.

플라나, 우편 소인 1922년 7월 5일.

076

펠릭스 벨치에게

친애하는 펠릭스, 나의 소음에 대해 자네가 한 말은 거의 옳다네.

아무튼 나는 자네로부터 의견을 수렴했고, 그건 나의 상당한 보조 구성이 되었네, 그 상대적으로 거창한 골조들 중의 하나인 것이지. 이제 나는 그것들을 가지고서 나의 이 초라한 판자방에서 일하고 있으며, 세상이 밀집된 결과 겨우 극복한 소음은 다시 새로 극복해야 할 놈으로 끊임없는 순서로 교대하고 있네. 이제 그러니 그건 다만 '거의 옳은' 것이고, 자네가 인용하는 그것들을 가지고서 대답을 시도하는 것은 난센스가 아니면 천박함이네, 오히려 이 소음은 – 이것은 묘사의 방식에 문제가 있는 것이 아니라 사실이 문제이네 – 동시에 자네에게 마음을 쓰는 모두에 대한 외침의 비난인 게야. 그들은 여기서 약하고 구제불능으로 드러나며 동경의 눈으로 책임을 꺼리지, 그 대신 그러나 그로 인해서 더 무거운 책임을 지게 되는데. 소음은 또한 뭔가 매혹적인, 도취적인 것이 있네. 만일 내가 – 다행하게도 가끔 두 개의 방 중 선택을 하게 되는데 – 어느 한 방에 앉아있으면, 그리고 자네가 불평했듯이 톱 앞에 앉아 있으면, 때로는 참을 만도 하지만 그러다가 회전 톱을 돌아가게 하면, 그런 일이 최근에는 계속 일어났는데, 사람에게 생을 저주하게 만들어 버리면, 이 불행의 방에 들어앉아서 난 떠날 수가 없다네. 내가 옆 방으로 갈 수는 있으나, 또 그래야 하지, 그것을 배겨낼 수 없으니까, 그러나 이사는 할 수 없고 다만 이리저리 왔다 갔다 하면서 두 번째 방에서 그곳 역시 불안정하며 창문 앞에선 아이들이 뛰놀고 있음을 확인하는 것이네. 사정이 그러하다네. 나는 계속해서 희망하기를, 그 회전 톱날이 갑자기 멈추게 되었으면 하지. 실제로 한번인가는 그런 일도 있었지. 나는 그곳 회계사를 슬쩍 알게 되었는데, 그것마저도 내게는 약간의 희망을 준다네. 그는 물론 그의 회전 톱이 나를 괴롭히는 것도 모르며, 뿐만 아니라 나를 염려해 줄 아무런 관심도 없고, 도대체가 자폐적인 사람이고, 만일 그가 트인 사람이었더라도 만일 톱질할 일이 있다면야 그 회전 톱을 중지할 수는 없을 것이네. 그런데도 나는 절망적으로 창밖을 내다보며 그래도 그를 생각한다네. 아니면 나는 구스타프 말러를 생각해 보네, 그의 여름 생활이 어디엔가 서술되었을 텐데, 그가 날마다 아침 5시 반이면 일어났고, 그는 그 당시 매우 건강했고, 아주 잘 잤고, 야외에서 목욕을 하고, 그러고 나서 숲으로 내닫곤 했다지. 그곳에 "작곡의 오두막"이 있었으니까 (아침이 이미 그곳에 준비되어 있고), 그리고는 한낮 1시까지 그곳에서 일을 하고, 나무들은 나중에는 톱날 안에서 엄청 소음을 내게 될 것이지만 그때는 조용히 소리 없이 무리지어 그의 주위에 자라고 있었다네. (그런 다음 오후에는 잠을 자고 4시 이후에야 그는 가족들과 생활을 했고, 그의 아내는 어쩌다가 겨우 그가 자신의 아침 작업에 대해서 말하는 것을 듣는 행운을 맛보곤 했다네.) 그런데 내가 원래 톱 이야기를 하려고 했었지. 나 혼자서는 그것으로부터 해방될 수가 없네. 누이가 와서 그 입장에서는 믿을 수 없으리만치 쾌적감을 희생하고서라도 내게 다른 방을 내주어야 하네. (그것 역시 작곡의 오두막은 아니지만, 그러나 그것에 대해서는 이제 더 이상 말하지 않으려네.) 이제 나는 잠시 동안 톱에서 해방되나 보네. 그리하여 자네에게도 조용한 방으로 안내할 수 있도록.

자네 편지의 첫인상은 찬란했네. 나는 처음엔 그것을 내 손에서 빙그르르 돌리면서 편지 받은 것이 기뻤고, 슬쩍 들여다보면서 단 두 곳만을 보았지, 한 곳에서는 윤리 어쩌고 쓰여 있고, 다른 곳엔 "루트헨딸이 굉장해." 그렇게 쓰여 있었네. 그래 나는 물론 매우 만족했지. 물론 나는 자네에게서 온 다른 편지도 가지고 있지. 부모님들의 저녁에 대한 것이라거나 (특별히 좋았어), 혹은 라테나우에 대한 것 (자넨 혹시 라테나우에 관한 H.의 문예란 서평을 읽었는가? 다른 부분은 그렇게나 틀림없는 이 글에서 그 놀라울 몰취미성이라니, 청원자가 살해된 그의 보호자를 대하는 이 아이러니, 우린 자기도 모르게 그런 인상을 갖게 되지, 사자에 대해서 그렇게나 동등하게 아이러니로서 말하는 이 보고자는 적어도 부분적으로는 스스로 죽은 것임에 틀림없을 것이라고. 여기에서 전체의 월계관은 정말이지 자기 아이러니이네, 왜냐하면 만일 H.가 라테나우에게서 이런 말을, 그러니까 "우리들 라테나우가는 노동하는 말들이외다." 정도를 기대했더라면, 난 또 H.가 어디엔가는 이렇게, 예컨대 "불초 하급 편집진 불쌍한 개"라고 쓰게 될 것이라고 믿어 의심치 않는다네. 그렇다고 그걸로 그를 괴롭히려는 것은 아니며, 나라도 같은 의미로 더 잘못 쓸 것이니까. 나라면 그것을 출판하지 않을 것이고, 아마도 그런데 다만 그것이 훨씬 더 잘못 쓰였기 때문일 것이네.)

그저 그것과 관련해서 몇 가지 더 말하고 질문할 것이 있는데, 내가 – 생각해 보게나! – "불안" 때문에 독일로 가지 않는다는 것, 그것도 내가 오스카에게 나를 위해서 그곳에 방을 하나 구해달라고 청했고, 또 그가 그 일을 사랑스럽고 완벽하게 해주었는데도 말이라네. 그건 여행에 대한 불안이 아니네, 더 나쁜 것이지, 그건 일반적인 불안이니까.

진심 어린 안부, 무력한 소망들을, 아내와 아이에게도 안부를 보내네.

자네의 F.

오틀라가 안부 전하네.

플라나, 1922년 7월 초.

077

막스 브로트에게

가장 친애하는 막스, 나는 주변을 어슬렁거리거나 돌처럼 앉아 있
곤 한다네, 절망적인 동물이 자신의 동굴 안에서 해야 하는 것처럼,
도처에는 적으로 둘러싸인 채, 이 방 앞에는 아이들이 그리고 다음
방 앞에 또한, 그래 내가 막 떠나려고 했는데, 거기에 다만 순간적
으로나마 고요가 깃들고, 그래서 자네에게 편지를 쓰네. 자네는 플
라나에서는 모든 것이 완전히 혹은 거의 완전히 아름답고 그래서
그것이 내가 머무르는 주요한 이유라고 생각해서는 안 되네. 거처
자체는 가정의 평화와 관련해서 거의 정교하게 설비되어 있어, 시
설은 그냥 사용하기만 하면 되고, 그리고 정말 사려 깊은 오틀라 또
한 그렇게 해서, 그녀, 아이 그리고 처녀로부터는 우리가 벽과 벽을
사이에 두고 살고 있어도 낮이고 밤이고 미세한 방해도 받지 않지.
그러나 어제는 예컨대 오후에 아이들이 내 창문 앞에서 뛰노는 거
야, 바로 내 창 아래에 나쁜 녀석들이, 멀리 왼쪽으로는 얌전한 녀
석들이, 사랑스럽게 지켜보고 있는 쪽인데, 그러나 양쪽의 소음들

은 똑 같아. 나를 침대에서 쫓아내어 절망해서 집밖으로 내모는 거야. 지끈거리는 관자놀이로 들과 숲을 지나, 완전히 절망적으로, 밤부엉이 신세라. 저녁에는 평화와 희망 속에서 드러눕지, 세시 반에 잠이 깨어 다시는 잠이 들지 않는 거야. 가까운 기차역에서, 역은 그러나 아주 심하게 방해가 되지는 않는데, 계속해서 목재들을 싣고, 그러면서 계속 망치질을 하는 것이지, 그러나 가만가만 간격을 두고서. 그런데 오늘 아침에는, 글쎄 난 잘 모르겠어, 이제 그게 항상 그러려는지, 아주 이른 시각부터 시작되더니, 조용한 아침을 뚫고 잠을 더 자고 싶어 하는 뇌를 관통해서 그 소리는 낮과는 전혀 다른 울림이 되었어. 그건 너무도 나빴지. 그래서 나는 아침에 일어나네. 이러한 관자놀이의 상태에서 그건 전혀 일어날 이유가 아닌데 말이야. 그러나 그때까진 참 커다란 행복이었던 거야. 며칠 전부터는 이곳에 대략 200여명의 프라하 학생들이 묵고 있다니까. 지옥 같은 소음, 인류의 재앙. 난 이해 할 수가 없어, 어찌해서 그 해당 지역 사람들이 – 그게 그 고장에서 가장 크고 가장 품격 있는 장소인데 – 미쳐서 집에서 뛰어나와 숲으로 도망치지 않는 건지 말이야. 더구나 그들은 진짜 멀리 도망가야 해, 왜냐하면 이 아름다운 숲들 가장자리 전체가 오염되었으니까. 나는 전체적으로는 그것과 화해를 하고서 지내왔지, 그러나 매 순간이 경악을 불러일으킬 수 있고, 이미 여러 번 그런 자잘한 일들이 있었고, 때로는 나는 오히려 찾으면서 기대감에 차서 창밖을 내다보는데, 불쌍한 죄인인 나. 나는 괜찮은 소음에도 완전히 정신을 잃고, 사람들이 예컨대 극장에 모이는 것이 오직 소음 때문이라는 사실이 나에게는 불가사의하게 되어버리네. 다만 비평들은, 특히 자네가 지금 쓰거나 특히 이곳에서 좋게 읽히는 그런 좋은 비평들은 바라건대 언제라도 이해할 것이야. 우리가 인쇄된 것 이상 아무것도 알지 못한다면, 사람들은 막연히 생각하겠지, 여기 한 사나이가 밤과 일하는 낮의 깊은 고요로부터 저녁에 떠올라서, 혼자서 내면적 기쁨으로, 최선의 눈과 귀로 복을 받아서, 극장을 헤매고 다닌다고, 그러면서 줄곧 생을 버리는 비밀과 계속해서 강한 관련을 맺고 있다고. 알로이스 이라세크에 대한 좋은 연구, 또는 「탄산칼륨과 진주층」에 대한 연구 같은 그런 기쁨을 주는 작은 연구들도 (그날 저녁에는 모든 것이 제대로 되었는가?) 혹은 아레나에 대한 글, 여기에서 비록 동료들에 대해 쓴 작은 문단이 뭔가 나를 성가시게 하지만 우연은 아니지, 원칙적으로 그래.* 난 우리의 의견이 어디에서 약간 갈라지는 그것도 모르겠어. 이점에서 나에게 뭔가 시각이 부족한 것인가, 아니면 판단력이?

자네가 나의 경우에 대해서 말하는 것은 옳다네. 외부로는 바로 그렇게 나타나는 것이겠지. 그건 위안이며, 어떤 때엔 절망이기도 하지. 왜냐하면 끔찍한 것들 중에서는 어떤 것도 그냥 관통하지 않고 모든 것이 내게 저장되어 남는다는 것이 드러났기 때문이지. 이 어두움, 나 혼자서만 바라보아야 하는 것, 그러나 나도 멀리 보면 항상 그러는 것은 아니니, 그 날 이후 그 다음 날에는 벌써 보지 않게 되었네. 그러나 나는 그 어둠이 존재하고 있으며 나를 기다리고 있음을 알고 있어. 만일, 그래 이제 내가 만일 나 자신과 더불어 잘

---

* 《프라하 석간》에 실린 글들을 말한다.

못해 나간다면. 자넨 참으로 아름답고도 바른 말로 모든 것을 설명하고 있음이야, 만일 자네가 나를 그런 식으로 베를린에 초대하면 난 확실히 갈 것이네. 가능하다면 그래 바움과 함께 가고 싶어, 우리가 함께 프라하에서 출발할 수 있다면 말이야. 그리고 나의 신체적 허약함은 여전히, 오틀라가 하듯이 고려에 넣어야지. 그리고 외국 화폐 쓰는 여행자의 꼴불견도, 그는 다만 값이 싸기 때문만으로 떠난 것이니. 그리고 또한 소요에 대한 근거 없지 않은 불안 – 많은 이유들, 그래도 단 하나 이유, 내가 어린 시절 어딘가에서 옷핀 크기만큼 보았다고 생각했는데, 이제는 그것 말고는 더 이상 아무것도 없음을 알고 있는데.

그리고 글쓰기 말인가? (그런데 말이지만 그게 이곳에서는 중간 이하 정도로 나아가고 있네, 그밖에는 아무것도 없지. 그리고 끊임없이 소음으로 위협당하고 있어.) 가능하지, 내 설명이 자네에게는 전혀 맞지 않는 일이 가능해, 그러니 다만 그것 때문에 자네의 글쓰기를 가능하면 내 글쓰기와 가까운 관련으로 두고 싶은 것이지. 그리고 이 차이는 확실히 존재해, 내가 그러니까 만일 내가 글쓰기로 인한 그것과 관련된 것 없이 행복해야 했는데, (난 잘 모르겠어, 내가 행복했는지), 그런데 곧 전혀 글을 쓸 수 없었던 것이지, 그로 인해서 모든 것이, 아직 여행 중이었는데, 곧장 전복된 것이야. 왜냐하면 글쓰기를 향한 동경은 도처에서 중량 초과였으니까. 그러나 그렇다고 해서 기본적으로 타고난 진정한 작가적 특성으로 결론 낼 것은 아니지. 나는 집을 떠나 항상 집을 향해서 글을 쓰지, 비록 집의 모든 것이 이미 오래 전에 영원 속으로 헤엄쳐 들어가 버렸을지라도 그래. 이 완전한 글쓰기는 섬의 맨 위 꼭대기에 세워둔 로빈슨 크루소의 깃발 바로 그것이지.

불평을 통해서 잠시 안도감을 갖기 위해서 말하지, 오늘 세시 반에 다시금 짐 싣는 트랩, 망치질, 통나무 구르는 소리, 짐꾼들의 외침소리네. 어제는 일찍 여덟시 정각에 영영 그쳤거든. 그런데 오늘은 그 화물차가 새로운 화물을 실어 왔고, 그래서 지금까지는 그래도 좋았던 오전부터 계속 그럴 모양이네. 휴식 시간을 채울 양으로 이제 약 백 걸음 전방에 윈치를 작동시켰네. 대부분의 경우 그놈은 조용히 있거나 얌전한 말들이 끌던데, 그러면 그놈들은 말이 필요 없지 않나, 그런데 오늘은 황소에 매어졌고, 그놈들에게는 한 걸음마다 '호트 휘외'* 그런 소릴 해대야 하네. 사는 게 뭐란 말인가?

반제의 별장이라니, 막스! 그리고 내게는 부디 조용한 다락방을 (음악실에서 멀리 떨어진) 주게나, 거기서 나는 전혀 나오지 않으려니까. 사람들이 아예 내가 거기에 있는지도 모르라고.

그러나 잠정적으로는 다만 이 고통이로구면, 매번 다시, 이번은 동기가 무엇인가? 상상도 되지 않는군, 그러나 그것을 듣게 되면 그건 또 항상 옳지, 모든 위안의 가능성들을 넘어서. 그런데 자네가 고민을 한다면서 동시에 백조의 호수를 꿈꿀 수 있다니 그래서 감상평을 기고하고, 그게 어떻게 가능한가? (마술 같아, 난 이제 그것을 다시 읽었네 – 총체적인 멜랑콜리로 미끄러지듯 질주함이며 – 우울함이 소파 위로 가득

---

* '오른쪽으로 왼쪽으로!'에 해당하는 의성어, 체코어로는 욕설이다.

쌓이네 – 러시아의 고성 – 발레리나 – 호수 속의 익사 – 모든 것). 자네 최근 며칠 사이 다시금 본원적으로 좋아진 모양일세. (우와! 한 녀석이 내 창문 아래서 그렇게 소리 지르네, 역의 쇠사슬을 절그렁거리고, 단지 황소들이 좀 쉬고 있구먼. 참 힘든 오전이 될 것 같네. 날씨가 시원하단 말일세, 그렇지 않다면야 태양이 아이들로부터 나를 지켜 줄 것인데. 오늘 같으면 내가 게오르겐탈로 여행할 힘이 있을 것도 같아.) 자넨 물론 신체적으로 이번처럼 아파 보긴 처음이었지 아마, 자네가 뭐 아니라고 해도 말일세. 이러한 신체적 고통을 나는 E.에게서는 용서할 수가 없어, 물론 그녀가 그 고통에 책임이 없다고는 해도. 벌써 자네가 만들어낸 관계 때문만으로도 그러하네.

나도 역시 펠릭스로부터 불평의 편지를 받았네. 내 생각으로는 우리 모두 중에서 그를 돕기가 가장 쉬울 것 같아, 그런데도 아무도 그를 돕지 않다니.

자넨 내 엽서를 받았는가? 그 소설을 프라하에 놓아둘 수 있겠는가? 하웁트만에 대해서도 평을 썼는가?

모든 좋은 소망을, 이제껏 보다 더 많이!

F.

추신 : 클롭슈토크에 대해서 무엇인가 아는 것이 있는가? 얼마 동안 그는 나에게 편지를 쓰지 않고 있어, 하긴 나의 불만스러운 답장들로 미루어 매우 이해가 되지만.

학부모 저녁 모임은 (사적인 견해에서) 어땠는가? 내 누이가 어떻게 연설하던가? 내년에 유대초등학교 생도들을 뽑는가? 오틀라가 방금 뉴스를 가져오네, 그녀는 (자발적으로, 내가 절대로 주의를 환기시킨 것이 아니었는데, 그리고 안마당을 마주하고 있는 아래쪽 부엌에서는 그 애가 아이들 소리를 거의 들을 리가 없는데) 아이들을 좇아버렸으며, 그 아이들이 – 얌전한 녀석들로 – 기꺼이 가버렸다는군. 짐 싣는 트랩, 잠 못잔 사람, 상대적으로 늦은 시간, 망쳐버린 날, 그래도 오틀라의 배려로 견딜 수 있게 되었지. 아니야, 그 말썽장이들, 통제가 안 되는 녀석들, 안주인을 숙모라 하는 녀석들이 내 창 앞에 있네.

자네는 숲에 대해서 묻더군, 숲은 아름답지. 그곳에서는 고요를 찾을 수 있어, 그러나 "작곡의 오두막"은 아니지. 저녁에 (그런데 말이지만 매우 다양한 모습의) 숲을 지나는 것, 새들의 소음이 잦아지고 (말러의 오두막이라 했더라도 새들이 나를 방해했을 것이네) 다만 여기저기서 불안스레 지저귀면 (그걸 나에 대한 공포라고도 말할 수 있을 거야, 그러나 그건 저녁에 대한 공포이지) 그리고 거대한 전망을 바라보며 숲 가장자리 어느 특정한 벤치에 내려앉음, 그것은 매우 아름다워, 그러나 그건 단지 고요의 밤과 고요의 낮을 보냈을 경우에만 그러하지.

플라나, 우편 소인 1922년 7월 12일.

078

오스카 바움에게

친애하는 오스카, 오늘은 단지 몇 마디만 하려네. 외관상으로 나의
여행 포기가 정당화되었네, 이제 밝혀지다시피 어떤 경우에도 자네
들에게 갈 수 없었음이 말이야. 처음 계획대로라면 15일에는 여행
을 떠나야 했네, 그러나 14일 오후에 플라나에서 진보를 받았는데,
우리 아버지께서 프란첸스바트에서 병이 위중하셔서 프라하로 이
송되셨다는 게야. 나는 즉시 프라하로 돌아왔는데, 아버지께서는
그날로 그러니까 14일 저녁에 수술을 받으셨네. 그것은 아마 악성
은 아닌 것으로 보이며, 기질성 질환도 아닌 것, 배꼽 탈장에서 오
는 장중첩이거나 뭐 그 비슷한 것으로 (나는 감히 의사들에게 물어볼 수
없었고, 만일 그들이 대답을 해주었더라도 그 말을 이해하지도 못할 것이네),
어쨌든 매우 신중한 수술이었다네. 칠십 고령에, 그 조금 전까지도
가지고 있었고 어쩌면 이러한 통증과도 관련되었을 질병으로 쇠약
해진 상태이시니, 그런데 그게 심장병이시니. 수술 이틀 후인 오늘
까지는 모든 것이 신기할 정도로 잘 진행되고 있다네.

그러나 이제 내가 여행 떠나지 않은 이야기를 하려네. 나는 자네의 엽서를 자세히 검사하려고 마음먹었네. 단어 하나하나에, 단어마다 그 뒤에 숨은 뜻에. 첫 번째로 그리고 두 번째로 읽었고, 엽서는 지극히 아름답고 안심을 주었네. 그러나 나중에는 – 나는 검토를 끝내지 않았지, 프라하로 가야 했기에 – 여기저기에서 더듬거렸네. 특히나 "배려의 습격"이란 단어에서는. 자넨 어떻게 감히 오스카, 그러한 단어를 써 보낼 수 있단 말인가? 배려의 습격이라 (나는 그런 단어를 단 한 번도 쓸 수가 없네, 그건 질문으로나 써야 하는 것 아닌가?), 그런 배려에서 내가 날이면 날마다 자네 집으로 건너가고, 자네 작업을 방해하고, 가장 좋은 전차 연결을 자네에게서 얻어내고자 시도한단 말이지, 내가 질문만 충분히 하면 아마도 전차만 타고서도 게오르겐탈에 갈 수 있으리라는 비밀스런 희망을 가지고서. 그러니 제발 배려의 습격이란 말일랑 그만 두게나!

그리고 자네가 오직 이 플라나에서의 아름다움이 내가 그리로 가는 것을 방해했다고 믿음으로써 나의 고통을 오해하지 말게! 플라나는 정말 아름답지, 그러나 나는 아름다움으로부터도 고요를 구하고 있어. 그리고 그곳에서도 게오르겐탈로의 상상의 여행을 전후해서 이미 소음의 날들을 체험했네.

내가 내 인생을 저주하고, 소음의 공포, 소음에 대한 실패한 적이 없는 잠복성, 머릿속의 혼란, 관자놀이의 통증들을 떼어내기 위해서 여러 날이 필요했다네. 그러나 거기에는 정말 조심성 많은 오틀라가 취한 조처의 효과가 다시 약해졌고, 새로운 끔찍한 소음들이 마련되는 것이었네.

오늘은 이만 하세, 모든 좋은 소망을 자네와 자네 식구들에게!

자네의 F.

호른 부인은 왜 아무 말이 없다지?

프라하, 1922년 7월 16일.

079

막스 브로트에게

가장 친애하는 막스, 어제 아침 자네를 보러 갈 시간이 없었는데 나로서는 떠나야 할 일이 이미 다급했네. 나는 불규칙적인 생활을 너무도 충분히 맛보았고 (규칙적인 생활을 위해서는 플라나가 프라하에서보다 덜 어울리지만), 그러나 다만 소음 때문이고, 다른 건 전혀 아니지. 나는 그것을 항상 다시 반복하는데, "상부"에서 그걸 내게서 빼앗아 가지 않게 하려면 말이네. 그럼에도 불구하고 만일 아버지께서 나를 어떻게든 필요로 하신다고 보았더라면 아마도 머물러야 했겠지. 그러나 어제는 전혀 그런 경우가 아니었네. 아버지의 나에 대한 호의는 날이 갈수록 (아니지, 두 번째 날에는 가장 컸지만, 그 다음엔 점차로) 감소했고, 어제는 나를 방에서 더는 그럴 수 없이 아예 몰아내시는 것이었어. 반면에 어머니께는 남아있으라 강요하셨고. 그런데 말이지만 어머니께는 이제 특별한 새로운 소모성 고통의 시기가 시작되고 있네. 비록 모든 것이 지금까지처럼 그토록 좋은 방향으로 진척되고 있어도. 왜냐하면 아버지는 지금까지는 끔찍한 기억들의 압박으로 인해서 침대에 누우신 것을 어쨌거나 은혜라 받아들이셨는데, 아버지에게는 누워 있는 큰 고통이 이제야 시작되신 것이라네. (아버지는 등에 흉터가 있어서 예로부터 오랜 시간 누워 계시는 것이 거의 불가능하셨는데. 게다가 육중한 몸의 위치 변경에서 오는 어려움들, 불안한 심장, 커다란 붕대, 기침에서 오는 상처의 통증, 그러나 그 무엇보다도 소란하고 당신 스스로 절망적인 어두워진 정신이 따르네), 내 생각으로는 앞서 있던 것을 넘어가는 고통일세. 이 고통은 이제는 총체적인 회복 상태에도 불구하고 밖으로 드러나네. 어제는 아버지께서 내가 알기로는 이미 밖으로 나가고 있던 기특한 누이에게 대고 뒤에서 손동작을 하셨는데, 아버지의 언어로는 단지 "짐승!"이라는 말을 의미할 수밖에 없는 것이었지. 그리고 이러한 그의 처지는, 완전히 황량한 끔찍함에서 아마도 다만 내게서나 완전히 이해되는 것인데, 아주 좋아 보아야 겨우 열흘 정도 지속될 것이고, 그 중에서 어머니께 전가할 수 있을 것은 완전히 철저하게 전가될 것이야. 지금 어머니 앞에 놓인 것과 같은 열흘간의 낮밤 지키기라!

그러니까 자네를 보러 갈 틈이 없었네, 하지만 아마 시간이 있었더라도 갈 수 없었을 것이야. 자네가 내 노트『성』원고의 부분를 벌써 읽었을 경우에 매우 부끄러웠을 것이기 때문이야, 그러니까 내가 자네의 소설 뒤에다 감히 덧붙여 놓은 노트 말이네. 비록 난 그것이 다만 쓰라고 있는 것이고 아직 읽히라는 것이 아님을 알고 있었는데도 그랬네. 그렇게도 완벽하고 그렇게도 순수하고, 그렇게도 바로 써나간, 그렇게나 신선한 소설 다음에는 하나의 희생이지. 그 연기가 위에서는 마음에 들 것이 틀림없네. 그런데 그것이 내게는 너무도 소중하므로, 내 부탁하네, 시작 부분을 완전히는 말고 교수 가족이 나오는 대목까지, 그리고 마지막 종결 부분을 다시 한 번 숙독해 주게나. 시작은 약간 이리저리 혼란스러워, 적어도 전체를 알지 못하는 사람에게는. 그래서 그는 휴식을 위해서는 쾌적한 그러나 실제로 전체적으로는 상처를 주는 부차적인 허구들을 찾는 것 같지지. 그것들은 정말이지 실제에서는 전체적으로 완전히 거부감을 주지만 처음 시작에서는 약간 번개가 번쩍 하는 것. 그런데 종결은 숨이 너무 긴 것 같아, 그동안 여전히 숨과 더불어 싸우고 있는 독자는 그로 인해서 혼란되어 시선의 방향을 잠시 잃게 되는 거야. 이 말로써 이미 나를 설득한 바 있는 편지 형식에 대해서 이의를 제기하려는 것이 아니네. 나로서는 이 소설이 나의 "작가"라는 견해에 어떻게 삽입되는 것인가 전혀 모르겠다는 거야. 그렇지만 내 걱정은 말게, 나는 소설이 존재하는 것만으로 행복하다네.

그런데 어제는 내 견해에도 좋은 양분이 공급되었어, 여행 중에 조그만 레클람판 『슈토름 : 추억들』을 읽었거든. 뫼리케를 방문하고. 이 두 선량한 독일인들이 평화로이 거기 슈투트가르트에 마주 앉아서 독문학에 대해서 담소하는 것이야, 뫼리케는 『프라하 여행 중의 모차르트』를 낭독하고 (하르트라우프, 그는 뫼리케의 친구로서 그 소설을 이미 잘 알고 있는데, "존경스러운 감동을 품고서 그 낭독을 쫓아갔다. 보아하니 그는 그 감격을 억제할 수 없는 것 같았다. 휴지부에 들어갔을 때, 그가 나에게 소리쳤다. '그런데 제가 청하건대 계속해 주시오.'라고." – 그건 1855년의 일이네. 그들은 이미 나이든 남자들이고, 하르트라우프는 목사), 그리고 그들은 또한 하이네에 대해서도 이야기하고 있네. 하이네에 대해서는 이미 이 회상에 쓰여 있기를, 슈토름에게 독문학의 문은 괴테의 『파우스트』와 하이네의 『노래의 책』이라는 이 두 마력적인 작품으로 인하여 활짝 열렸다는 거야. 뫼리케에게도 하이네는 큰 의미를 지니는데, 왜냐하면 뫼리케가 소장하고 있다가 슈토름에게 보여준, 매우 귀중한 몇 안 되는 친필 서명 책들 중에서 "많이 수정한 하이네의 시 한 편"이 있다는 거야. 그럼에도 불구하고 뫼리케는 하이네에 대해서 이야기하며, 그건 비록 여기에서는 다만 항간의 견해의 재현에 불과할지라도 적어도 일면 내가 그 작가에게 대해서 생각하고 있는 것들을 보여 주네. 눈부신 그리고 여전히 항상 비밀 가득한 요약으로나마. 내가 생각하고 있다는 것도 일면 항간의 견해에 불과하고. "그는 완전 완벽한 시인이다."라고 뫼리케는 말하네, "그러나 내 그와 함께라면 15분도 채 못 살겠다, 그 전 존재의 거짓 때문에." 탈무드 주해서註解書를 거기 끌어내게나!

자네의

추신 : 자네는 《석간》을 위한 자료 부족으로 고생이라 했지. 괜찮은 뭔가를 알 것도 같아, 조각가 프란치세크 빌레크를 위해서 뭔가 써 보게나. 우선 그것에 대해서 써 봐. 콜린에 있는 후스기념물을 알고 있겠지? 그게 자네에게도 독보적인 큰 인상을 주지 않았나?

플라나, 우편 소인 1922년 7월 20일.

080

막스 브로트에게

가장 친애하는 막스, 벌써 저녁 9시 15분이니, 편지 쓰기에는 너무 늦었네. 하지만 낮은 가끔 너무 짧아서 말이야.

부분적으로는 아이들 때문이지, 왜냐하면 그 녀석들이 남겨준 쉬는 시간만이 겨우 쓸 만한 낮이라서, 또 부분적으로는 나의 허약함과 게으름 때문이지. 오틀라는 그와 관련해서 내가 두 번째로 사직을 해야만 한다고 말하네.

그러나 그건 사소한 것들이네. 그런데 자넨 얼마나 고통을 받나! 얼마나 대단한 망상이, 어느 것으로도 혼란될 수 없을, 소설로서도 진정되지 못할 망상이 자네를 겨냥하여 작동하고 있는지! 자네 또한 취소한다는 그 "가족회의"를 난 도대체 이해할 수 없네. 자네에 대한 E.의 관계는 가족 내에서 새로울 것도 아니지 않는가. 세 누이들과 매부는 싫든 좋든 편으로 얻었고, 그러니 이젠 부친과 형님이네. 멀리서 보면 그게 어쨌거나, 자네 그 소설들이 나를 가르친 한에서, 라이프치히 누이의 작은 간계, 그러나 별 성공을 거두지 못한 간계로 보인다네. 그 누이는 이런 점에서 내게는 매우 활동적으로 상상된다네.

난 그 베를린 여인*의 편지를 읽었더라면 하는 마음이네. 그런데 보게나, 그녀는 그래도 답장을 했다면서. 다시금 그렇게 수다스럽고 신뢰를 보내며 계속되는 편지로 유혹하는가, 지난 번 편지처럼? 그 "진정 올바른 인간"은 한편으로는 그 소설을 예감하는 인용이며, 다른 한편으로는 그러나 그를 실제로 보고자 한다는 초대일세. 자기학대의 흔적이, 물론 이해할 만한 불안을 제외하고도 – 자네는 그를 너무도 높이 세웠어, 그 소설 속의 산악인간보다도 더 높이 – 그것이 자네를 방해함이야.

자네가 나의 지난 번 편지를 받았는지는 잘 모르겠군. 그 소설 이야기를 전혀 하지 않으니. 그 신문 조각 보내주어 자네에게 감사하네, 의역들에 대해서도. 그것들은 내가 이제 이것이 어찌 되어야 할지에 대해서 정확한 표상을 갖지 않고서도 나로 하여금 그 소설에 대한 코멘트를 한번 써야겠다는 생각으로 나를 이끄네. – 뫼리케가 아니라 – 최근에는 앙드레의 집에서 본 디더리히 출판사의 『현대문학사』에서 (저자는 오토 폰 데어 라이엔이든가 그 비슷한 이름으로)** 절제 있는 독일적 입장을 뒤적여 보았네. 그 속의 거만한 음조는 편자

---

* "E." 또는 "S.양"이라고 표현되는 여성은 에미 잘베터Emmy Salveter로, 막스 브로트의 인생과 카프카의 편지에서 크게 부상하게 되었다. 브로트를 처음 만났을 때 베를린에서 호텔의 객실 당번으로 생계를 꾸렸던 에미는 그의 재정적 지원으로 여배우로서 직업을 갖게 되었고, 브로트는 그의 소설에 그녀를 묘사했으며, 카프카의 『성』에 나오는 페피Pepi에게도 에미의 어떤 성격이 인용되었다고 한다.

** Friedrich von der Leyen(1873~1966)의 『최근 독일문학Deutsche Dichtung in neuer Zeit』(1922)이 카프카의 서재에 있었다고 한다.

의 개인적인 특색 같았고, 그의 입장에 속한 것은 아닌 것 같네.

아침 7시 45분, 아이들은 (추신 : 그러다 오틀라로부터 게서 쫓겨났지만) 벌써 나와 있었네. 어제는 놀라울 만큼 좋은 날을 보냈는데, 애들은 벌써 곧장 여기에 모인 것이야. 우선 처음 두 놈들하고 유모차 한 대, 그것이면 충분하지. 그들이 나의 "가족회의"이네. 내가 만일 − 방 한가운데서도 벌써 그들이 거기 있는 것을 보네. − 그들이 거기 있는 것을 확인하면, 내가 돌멩이를 드는 것 같아. 그리고는 그곳에서 자명한 것, 기대한 것, 그렇지만 두려워했던 것을 보네. 지네들 그리고 밤에 기어 나오는 모든 것들, 그러나 그건 분명히 전염이지. 어린이들은 밤의 미물들이 아니야. 오히려 녀석들은 그들 놀이 중에 내 머리로부터 돌멩이를 들어올리며, 내게 또한 한 눈길을 "베푼다네." 그들도 또한 "가족회의"도 최악은 아닌 것이, 둘은 아마도 현존재로 끼워져 있는 것이네. 오히려 나쁜 일은, 그것에 대해서 그들이 죄가 있는 것도 아니고 차라리 그들은 그것을 두려워하기보다는 사랑하게 만들 것인데, 그것은 그들이 현존재의 마지막 단계라는 것이네. 그들이 이제 그들의 소음으로 인해서 겉보기에 놀란다거나 혹은 그들의 정적으로 인해서 겉보기에 행복해 하건 간에, 그들 뒤에서는 오셀로에 의해 고지된 혼돈이 시작된다는 것이지. 여기에 우리는 다른 측면에서 작가 문제에 부딪치게 되네. 내가 잘은 모르지만, 그 혼돈을 장악하는 어떤 사람이 글을 쓰기 시작할 수 있으리라는 것이 아마 가능할 거야. 그것들은 성스러운 책이 되겠지. 아니면, 그가 사랑하는 일이 가능하든지. 그럼 그것은 사랑이 되겠지, 혼돈에 대한 공포가 아니라. 리스헨은 잘못하고 있어. 어쨌건 다만 용어적인 의미에서라도. 비로소 정돈된 시계에서라야 시인이 시작하는 거야. 하웁트만의 서사시 『안나』의 독서가 무슨 말인가, 그것을 읽게 되기를 내 오랫동안 고대하고 있는데, 그게 자네가 하웁트만에 대해서도 뭔가 썼다는 말인가? 자 이제는 그러나 『부활절 축제』도 읽어야 되는지, 여행 중에라도?

『문학사』에 대해서 : 나는 겨우 일 분간 그것을 뒤적여 보았네. 그걸 자세히 읽는다면 흥미로울 것 같아. 그것은 블뤼어의 『제체시오 유다이카』에 수반하는 음악처럼 보이며, 그리고 놀라운 일은 어떻게 일분 내에 한 독자에게, 확실히 좋은 기질을 가진 사람이지만, 그 책의 도움으로 사물들이 정돈되는가 말이네. 예컨대 '우리나라'라는 장에 등장하는 절반쯤은 유명한, 분명히 존경할 만한 작가 대중이 어떻게 지명에 따라서 정돈될까 말이네, 어떤 유대적인 손아귀에도 접근될 수 없을 독일적인 자산. 그리고 만일 야코프 바서만이 날마다 아침 4시에 일어나서 일생동안 뉘른베르크 지방을 한쪽 끝에서 다른 끝까지 갈고 다녔다면, 그곳은 그에게 대답해 주지 않을 것이네, 공기 중의 아름다운 속삭임들을 그는 그들의 대답으로 받아들여야 할 것이니까. 그 책에는 인명색인이 없더군, 그렇기 때문에 나는 자네 이름이 단 한번 그리 불친절하게는 아니라 아무튼 언급되어 있는 것을 보았네. 그것은 헤르만 뢴스의 소설과 자네의 『티호』간의 비교였던 것 같네. 『티호』에는 극히 조심스럽게 변증법의 혐의를 두고 있었네. 나는 심지어 칭찬되었더군, 물론 반쯤만 그것도 한 아름다운 드라마를 썼다는 프란츠 코프카라는 이름으로(분명히 프리드리히 코프카였을 것이네).

빌레크에 대해서는 자네 또한 언급하지 않고 있네, 난 자네가 그를 두 팔에 안았으면 하는데. 나는 오랫동안 대단한 감격으로 그를 생각해 오고 있다네. 최근에는 《트리부나》에서 다른 사안들을 다루는 문예란 글에서 (에마뉴엘 할루브니의 글이었던 것 같은데) 그에 대한 언급이 있어서 비로소 다시 그를 떠올렸네. 프라하와 보헤미아의 이 치욕과 부당하고 무의미한 빈곤화를 제거하는 일이 가능하다면 좀 좋겠나. 라디슬라브 살로운의 후스기념비와 같은 어중간한 작품들 또는 스타니슬라브 수하르다의 프란치셰크 팔라츠키 기념비와 같은 처참한 수준의 작품들이 영예롭게 세워지고, 그 반면에 의심할 여지없이 비교도 안 될 빌레크의 스케치들, 그러니까 얀 지슈카 또는 요한 아모스 코메니우스기념비를 위한 스케치들이 상론도 되지 않고서 내버려져 있다는 것이지, 이런 일을 제거할 수만 있다면, 많은 일을 한 것이 될 게야, 그럼 정부 기관의 문서면 올바른 도약점이 될 게야. 물론 그것들을 상론하는 일이 유대인들의 손에 의해서 수행되어야 옳은지는 나도 모르겠어. 그러나 나는 또한 그런 일을 할 수 있는 다른 어떤 손들을 알지도 못하며, 그러니 자네의 손에 모든 것을 믿네. 그 소설『성』에 대한 자네의 코멘트는 나를 부끄럽게 하고 또 기쁘게 하네. 마치 내가 오틀라의 딸 베라를 기쁘게 하고 또 부끄럽게 하는 만큼이나, 예컨대 그 아이가, 그런 일은 너무도 자주 일어나지, 비틀비틀 걸음마를 하다가 잘못해서 작은 엉덩방아를 찧을 때 내가 이렇게 말하는 거야, "하지만 우리 베라 잘한다." 자 이제 그 애는 반박할 여지없이 알고 있지. 왜냐하면 그 앤 제가 잘못 주저앉았음을 엉덩이로 느끼니까. 그런데 내 탄성이 그 애한테 엄청

328

그리운 친구여

힘을 발휘해서, 그 앤 그만 즐겁게 웃기 시작하고서는, 지금 막 진짜로 주저앉기 재간을 부렸다고 확신하는 것이야.

그 반면 펠릭스의 부친 벨치 씨의 전달은 별로 설득력이 없네. 그분은 선험적으로 확신하시는 것이지, 사람이란 자기 아들을 칭찬하고 또 사랑하는 것밖에 할 수 없다고. 그러나 이 경우에는, 눈을 빛내시는 것의 근거가 무엇이란 말인가. 결혼도 못하는, 이름을 넘겨줄 자식도 낳지 못하는 아들, 39세의 나이로 연금 생활에 들어간, 자신의 영혼의 구원 또는 파멸을 겨냥한 글쓰기 이외에는 아무것도 하지 않는, 사랑스럽지도 않은, 신앙에도 소외된, 영혼의 구원을 위한 기도 한마디로 녀석에게서 기대될 수 없는데, 폐병에 뿐만 아니라 아버지의 외면상으로 완전히 옳으신 견해에 의하자면 그 병을 회복했는데, 처음으로 잠시 아동실을 떠났을 때 이미, 자립이라곤 그 어떤 것도 불가능해서 건강에 나쁜 쇤보른의 방을 구해 들었던 녀석인데. 이것이 그 열광할 자식이네.

F.

펠릭스는 무엇을 하고 있는가? 그는 더 이상 나에게 답장을 하지 않네.

플라나, 1922년 7월 말.

막스 브로트에게

가장 친애하는 막스, 나는 프라하에서 거의 나흘을 보냈고 상대적
으로 평화로운 이곳으로 돌아왔네. 이 분할, 도시에서의 며칠과 시
골에서의 몇 달이 나에게는 옳은 것일지도 모르네. 여름에 도시에
서의 나흘은 분명히 너무 많은 것일세. 예컨대 누군들 반 벌거숭이
의 여인들에 대해 더 오래 버틸 재간이 있겠는가. 여름에 접어들면
서 그런 종류의 여인들의 육신을 엄청 보게 되지. 그것은 부드러운,
넘치는 수분을 함유한, 약간은 부풀어 오른, 단지 며칠 동안만 싱싱
할 육신이지. 실제로는 그건 물론 더 오래 견디지. 그러나 그것은
인간 생명의 단명에 대한 증거에 지나지 않아. 인생은 얼마나 짧아
야 하는지, 만일 그러한 육신이, 그래 우리가 그 소멸성 때문에, 다
만 순간만을 위한 원숙함 때문에 (어쨌건 걸리버가 그걸 발견했던 대로 –
그러나 나는 대체로 믿지 못하겠어 – 땀, 비계, 털구멍과 털들로 일그러진 채)
감히 그것을 건드리지도 못한다면 말이야. 인생은 얼마나 짧아야
하는지, 만일 그러한 육신이 인생의 큰 부분을 넘어서 유지된다면

말이야.

이곳에서는 여인들이 전혀 다르네. 여기에도 많은 피서객들이 있
긴 해, 예컨대 비할 바 없이 아름답고 비할 바 없이 뚱뚱한 블론드
의 여자라거나, 그녀는 몇 걸음 뗄 때마다 배와 가슴을 제 자리에
갖다 놓기 위해서 몸을 뻗쳐야 하지, 마치 남자가 조끼를 잡아당기
듯이 말이야. 옷은 마치 아름다운 독버섯처럼 차려 입고서, 냄새는
– 사람들은 멈추지를 못하네. – 마치 가장 먹음직스런 버섯 같아
(나는 물론 그녀를 전혀 알지 못하지, 여기서는 거의 아무도 몰라) 하지만 우
린 피서객들을 지나쳐 바라보곤 해. 그들은 우스꽝스럽거나 무관심
하지, 그러나 여기 여자들에 대해선 내가 대부분 감탄을 하지. 그들
은 절대로 반 벌거숭이로 다니지도 않고, 거의 한 벌 이상 옷도 없
는 것 같지만, 항상 완전히 입고 다니네. 뚱뚱해 지는 건 아주 나이
가 들어서야 비로소 그렇고, 풍만한 건 가끔 여기저기 한 처녀 정도
나 (예컨대 내가 저녁이면 가끔 지나가는 반쯤 퇴락한 장원의 외양간 처녀, 그
녀는 주로 외양간의 문안에서 그녀의 젖가슴으로 싸우고 있다네). 그러나 여
인들은 말랐어, 아마도 멀리에서나 사랑에 빠질 수 있는 그런 건조
함이지. 전혀 위험해 보이지 않은, 그렇지만 훌륭한 여인들. 그건
특별한 건조함이지, 바람에, 폭우에, 노동에, 배려와 출산에서 유래
한, 그러나 도시의 참상은 전혀 없는, 그 대신 고요하고 솔직한 즐
거움이지. 우리 거처 근처에 한 가족이 살고 있는데, 그들은 꼭 "베
셀리즐거운"이라고 이름 할 필요가 없네. 부인은 서른둘에 아이가
일곱이라. 그 중에서 아들이 다섯, 아버지는 방앗간 노동자인데, 주
로 밤일을 하지. 이 부부를 나는 존경하네. 그는 오틀라가 말한 것

처럼 마치 팔레스타인의 농부 같은 모습이네. 이제 이것이 가능하지, 중간키에, 약간 창백한, 그 창백함은 그러나 검은 콧수염의 영향이지 (자네가 언젠가 에너지를 빨아들이는 콧수염이라고 썼던 그런 수염 중의 하나야), 조용하고, 머뭇거리는 움직임에, 만일 그의 고요함이 아니었다면 그가 수줍어한다고 말할 수도 있을 정도야. 건조한 여인들 중의 하나인 그 부인은 영원히 젊고, 영원히 나이든, 파란 눈에, 쾌활하고, 주름 잔뜩 짓는 웃음, 이해할 수 없는 방식으로 이 한 무더기 자녀들을 삶 속에서 이끌며 (한 녀석은 타보르에서 실업학교에 다니지) 물론 끊임없이 고민을 하지. 한번은 그녀와 이야기를 나누었을 때, 나는 그녀와 결혼을 하기라도 한 그런 느낌이었어. 왜냐하면 아이들은 나에게도 내 창 앞에서 고민거리를 만들어 주니까. 그러나 이제는 그녀 또한 나를 지켜주네. 물론이지, 그건 어려워. 아버지는 가끔 낮에 잠을 자야 하고, 그러면 아이들은 집밖으로 나가야 하고, 그들에게는 내 방 창문 앞 말고는 거의 다른 장소가 남아 있지 않거든. 풀이 자라는 거리 한 귀퉁이, 그리고 몇 그루 나무가 있는 울타리 쳐진 초원 한구석, 그건 남편이 염소들 때문에 사두었던 것이야. 한번은 어느 날인가 오전에 그는 그곳에서 잠을 자려고 시도했다네. 그는 그곳에서 처음에는 등으로 누워 있었고, 팔을 머리에 베고 있었지. 나는 책상에 앉아서 계속해서 그를 주시하고 있었는데, 그에게서 눈을 차마 뗄 수가 없어, 다른 일을 할 수도 없었고. 우린 둘 다 정적을 필요로 했지, 그건 하나의 공통점이었고, 그래 그 유일한 것이었지. 만일 내가 정적에서의 내 참여의 지분을 그에게 제공할 수 있었다면, 난 기꺼이 그리 했을 것이야. 그런데 말이지만 그게 그리 조용하지 못했거든. 그의 아이들은 아니나 다른 아이들이 소음을 냈고, 그는 몸을 돌리더니 얼굴을 손에 묻고서 잠을 청하려 했지만, 그건 불가능했고, 그러다 일어나서 집으로 들어갔어.

그런데 내가 자네에게 막스, 내가 차츰 깨닫게 되는데, 자네에겐 전혀 흥미 없을 이야기를 하고 있군. 그것을 그렇게 이야기하는 것이 오직 무엇인가를 이야기해야 하고 또 자네와 무슨 연결이라도 가지고 있기 위해서야. 왜냐하면 나는 매우 우울하고, 재미없이 프라하에서 돌아왔기 때문이네. 원래 전혀 편지를 쓸 생각이 아니었지, 자네도 도시에 살았다시피, 도시의 소음과 불행감에는 편지들이 어울리겠지, 그러나 그곳 바다의 고요 저편에 있는 자네를 방해하고 싶지는 않았어. 자네가 내게 마지막으로 프라하에서 보낸 엽서는 그 점에서 나를 단단히 맘먹게 했지. 그러나 이제 내가 프라하에서 돌아왔으니, 계속 고통을 받고 계시는 아버지 때문에 약간 서글퍼져서 (아마도 그 일은 그래도 잘 되어 갈 것이야, 벌써 일주일 전부터는 날마다 산책도 하시고, 하지만 통증, 불쾌감, 불안정, 불안 등은 계속 가지고 계시지), 대단히 용감하신, 정신적으로 매우 강하신, 그러나 아버지를 돌보시느라 점점 더 망가져 가는 어머니 때문에 서글퍼져서, 또한 다른 몇 가지, 훨씬 덜 중요하나 거의 더 많이 압박해 오는 일들 때문에 서글퍼져서, 내가 이제 벌써 자기 파괴에 머물다 보니까 자네 또한 생각하게 되네, 오늘은 자네의 꿈도 꾸었어, 여러 가지, 그 중에서 다만 기억나는 것이 자네가 창밖을 바라보는데, 끔찍할 정도로 말라서, 얼굴은 아예 정삼각형 – 그리고 거기 모든 것이 그랬기 때문에 (나 또한 최근 며칠의 "자연을 거스르는" 생활로 인해서 상대적인 균형에서 흔들렸고, 곧장 지금까지 단 하나였던 그 길이 바로 내 발 앞에서 끊어져 있음을 보는 터라서) 그래서 그냥 자네에게 편지를 쓰는 것이야, 외적인 생각과 내적인 어려움에도 불구하고. 그것은 그러니까 자네가 마지막으로 프라하에서 보냈던 것 같은 방식에 의한다면 항상 라이프치히의 편지들을 (그리고 편지 한 장이 온 다음엔 전보다도 더 고통스레) 노리고 있음직하지, 그래서 자네는 내 꿈에서처럼 그런 모습일지도 몰라, 자네가 – 내 진심에서 자네에게 기원하는데 – 휴가 중에 벌써 약간이라도 회복을 했다면 몰라도. 하긴 그게 정말 가능한 일일 게야, 이제 자네가 편지들이 주는 끊임없는 고통 대신에 끊임없는 살아 있는 전달이 주는 행운을 가졌으니.

S.잘바터양에게는 기꺼이 안부 전하고 싶었네만 그럴 수가 없네. 난 그녀를 점점 더 모르게 되네. 나는 그녀를 자네가 그녀에 대해서 이야기해 준 것에 따라서 굉장한 여자 친구라고 알고 있네. 그 다음에는, 이해할 수 없기는 하지만 결코 고발할 수 없는 소설의 여신으로서 알고 있네. 마침내는 그러나 또한 자네를 파괴해 내고 있는, **그러면서 동시에 그럴 의도는 아니었다고 부정하는** 편지 친구로서 알고 있네. 그것들은 너무도 모순 덩어리야, 거기서는 어떤 인간도 생겨나지 않네. 난 자네 곁에 있는 사람이 누구인지 모르겠어. 그래서 그녀에게 안부를 전할 수 없네. 그러나 자네는 잘 있게나, 그리고 건강히 돌아오게.

F

플라나, 1922년 8월 초.

082

막스 브로트에게

친애하는 막스, 나는 정리를 하려네, 내가 자네보다 더 잘 이해하고 있는 것, 그 다음에는 내가 전혀 이해하지 못하고 있는 것을. 아마도 그러면 내가 전혀 이해하지 못하고 있음이 밝혀질지도 모르지, 그런 일이야 흔히 가능한 것이고. 왜냐하면 화두는 광범위하며 거리 또한 그러하네, 게다가 또 자네에 대한 염려가 끼어드네. 사실 스스로 인정하는 것보다도 아마 더 힘들게 지내고 있을 자네 말이네. 그 모든 것에서 생성되어 나오는 것은 다만 안개 낀 영상뿐이네.

  우선 무엇보다도 내가 이해할 수 없는 것은 자네가 왜 W.빙클러의 장점들을 그렇게나 찬양하는가 하는 점이네, 어쩌면 그럴 (조용히 편지 쓰기는 글렀네. 폭풍이 오고, 내 매제는 약간은 황량한 사람, 그가 왔고, 내 책상에 다가 앉았지. 내 책상? 그건 정말이지 그의 책상이로군. 그리고 그 좋은 방을 내게 넘겨준 일, 또 세 식구가 작은 방 한 칸에서 - 어쨌거나 커다란 부엌은 예외로 하고 - 함께 잠을 자는 것, 그것은 혜량할 수 없는 선심이지. 특히 내가 이 배분이 아직 달랐던 처음 며칠간을 생각하면 더욱 그래. 그때 매제는 아침에 즐겁게 자기 침대에서 기지개를 켜면서, 그가 여름 별장에서 최고라고 하는 것이 아침에 일어나자마자 침대에서 먼 데 보이는 숲하며 등등 이렇게 넓은 전망을 갖는 것이라고 했으니. 그러다 며칠 지나서 그는 작은 방에서 이웃의 마당과 제재소의 굴뚝을 전망으로 갖고 있으니 말이지 – 나는 이 모든 것을 뭐 하려고 말하느냐 하면 – 아니지, 목적은 그냥 말하지 말고 내버려둬야지).

자 이제 자네 일을 이야기하세. W.는 모든 말에 의하면 전혀 우세를 지닌 게 아니야. 그러나 평형 저울은 적어도 이 순간에는 조심스럽게 평행을 유지하는 것 같아, 모두를 끔찍하게 괴롭히기 위해서 딱 필요한 만큼. W.는 우세를 지니지 않아. 그는 결혼을 할 수도 없어, 그는 도움을 줄 수가 없어, 그는 E.를 어머니로 만들 수도 없거니와, 달리 말하면 만일 그가 그것을 할 수 있었더라면 진작 그렇게 했을 것이며, 그렇다면 그건 자네에게 대해서 훨씬 강력한 선전 포고가 되었을 것이야. 그러므로 그쪽의 품위 있는 동기라거나 이쪽의 나쁜 동기에 대해서는 더 이상 말하지 마. 그가 E.를 사랑하고 자네도 그녀를 사랑하네. 누가 여기에서 결정을 하겠다는 말인가, E. 또한 결코 그 결정을 할 수 없는 것을.

그는 나름대로 청춘의 모습과 매력을 지녔지, 나이 들어가는 여자를 위해선 딱이지, 그건 대단한 거야. 특히나 자네가 유대인인 점이 더욱 짐이 되지는 않는다 해도 그를 광영으로 채우느니. 그러나 솔직히 자네는 훨씬 더 많은 것, 그리고 더욱 지속적인 것을 가지고 있네, 남자다운 사랑, 남자다운 도움, 부단히 때로는 예술가 생활의 꿈을 때로는 그 실제를 주고 있네. 이런 관점에서 무엇이 자네를 절망하게 한단 말인가? 솔직히 그건 자네의 투쟁의 전망이 아니라 투쟁 자체이네, 그리고 그의 돌발 사건들이지. 그 점에서 자네가 물론 옳아. 그것을 나는 결코, 그런 일의 털끝만한 암시라도 난 견디지 못할 것이네. 그러나 얼마나 많은 것을 자네는 참고 있는지, 나라면 달아나 버릴 일, 아니면 내 앞에서 제가 달아나 버릴 일인데. 여기에서 나는 아마도 자네를 과찬하는데 이르렀나 봐. 여기서는 자네의 힘에 대해서 아예 정신 나가거나 아니면 겨우 어정쩡한 판결을 내릴 밖에.

그 다음 이야기로 가세. E.는 거짓을 말하네, 그것도 한도 없는 거짓이야. 그건 뭐 그녀의 거짓됨의 증거이기보다는 그녀의 고민의 증거이네. 그리고 그것은 일종의 사후의 거짓 같아 보인다는 말이네. 그러니까 뭐랄까 그녀가 말하기를, 그에게 말 놓으며 "자기"라 하지 않는다고 주장하네, 그건 사실이지. 그렇지만 그 다음에는 곧 실제로 그에게 그렇게 말하지. 부분적으로는 그 주장으로 인해 혼동되어서, 그리고는 이제는 그 주장을 철회할 능력이 없는 것이지. 뭐 어찌 되었건, 이런 건 내가 기대하지도 않았고 또 여전히 전혀 이해하지도 못하겠는데, 또한 자네가 어떻게 자기비하 운운할 수 있는 것인지 이해할 수 없네. 왜냐하면 그것은 사실상 그녀의 체계의 붕괴이자, 남자로서 원조자로서 자네에게 그것을 어떻게든 좋게 만들어 달라는 탄원인데 말이야. 그녀는 정말이지 완전히 자네에게 도망쳐 오는 것이야, 적어도 자네가 그녀 곁에 있는 한. 그녀가 자네의 부탁에도 불구하고 썼던 편지는 내가 제대로 이해한다면 오로지 너무너무 자네의 의미에서 쓰인 것이네, 내게 써 보낸, 고통당하면서도 진실한 엽서와 비슷하지.

더 어렵게만 되는 부차적인 상황들은 내버려 두기로 하세, 이 사건에 그런 것들이 오죽이나 많은가 말이야. 나는 기본 도식을 이렇게 보네, 즉 자네는 단념할 수 없는 필요에서 나오는 불가능한 것을 원하네. 그건 대단한 것이 아니지, 그런 것은 많은 사람들이 원하는 것이니까. 그러나 자네는 내가 알고 있는 어떤 사람으로서 그걸 계속 밀고 나가며, 목적지에 빠듯하게 다다른 거야, 다만 빠듯하게. 완전히 목적지에 이른 것은 아니고. 왜냐하면 그건 바로 불가능한 것이니까. 그리고 바로 이 "빠듯함" 때문에 자네는 고통을 느끼고 있어, 고통을 느낄 수밖에. 불가능한 것에는 단계적인 점층이 있네. 글라이헨 백작슈미트본의 주인공도 뭔가 불가능한 것을 시도하지 ─ 성공 여부에 대한 질문에는 아마도 무덤들도 대답을 못할 것이네 ─ 그러나 그건 자네의 경우처럼 불가능하지는 않았지. 그는 그녀를 동방에 남겨두지 않았고, 지중해를 넘어서 그녀와 결혼을 이루었지. 이 마지막 이야기도 그가 그의 의지와는 반대로 첫 아내에게 묶여 있다면 가능한 일이 되겠지. 그래서 그녀에게서 동경 또는 공허함 또는 피난처에 대한 갈망 또는 악마 같은 고양이 짓이, 그에게서는 고맙고 다행스럽게도 자신의 첫 번째 결혼에 대한 절망이라면. 그러나 여기서는 그런 경우가 아니네. 자네는 절망하지 않고, 자네 아내는 자네에게서 심지어 수고로운 인생을 경감해 주고 있지 않은가. 그렇다면 나의 견해로는, 자네가 자기 파괴에서 자신을 구할 양이면 (나는 자네가 또한 집으로도 편지를 써야 한다고 생각하면 소름이 끼쳐), 다른 어떤 것도 남아 있지 않고, 그냥 그 엄청난 일을 저지르는 것이네(엄청나다고 해도 자네가 근년에 겪은 엄청난 것들에 비하면 다만 표면상 엄청난 일일 뿐). 실제로 E.를 프라하로 데려오든지, 아니면 이것이 여러 가지 고려에서 너무도 민망한 일이라 치면, 자네 아내를 베를린으로 데려가는 것, 그러니까 베를린으로 이사를 해서 공개적으로, 적어도 자네들 3인 간에는 공개적으로 셋이서 사는 것이네. 그렇게 되면 지금까지의 모든 악이 소멸하는 것이지 (비록 새로운 미지의 악이 들이닥칠지도 모르지만).

W.에 대한 불안, 미래에 대한 불안(W.의 극복 이후에도 여전히 남을), 자네 아내에 대한 염려, 후손 때문에 생기는 불안, 그리고 심지어 경제적으로도 자네의 인생은 부담이 줄어들 것이네 (왜냐하면 E.를 베를린에 따로 살게 하는 비용이 이제 지금까지의 짐을 열 배로 만들 테니까). 다만 나로서는 프라하에서 자네를 잃게 될 것이네. 그러나 이제 자네 주위에 두 여인을 위한 자리가 있는데, 나를 위해서는 어디엔들 한 자리가 없다 하려는지.

잠정적으로 나는 정말이지 자네가 이 지옥의 휴가에서 구원되어 다시 돌아와 있는 것을 보고 싶네.

F.

추신 :

자네의 아내, 아마도 그 계획에 대해 그녀를 설득하기가 그렇게 절망적으로 어려운 일은 아닐 것이야. 프라하에 있는 동안에 펠릭스와 이야기했는데, 그는 그녀가 아무것도 모르고 있다는 것이 불가능하다고 생각한대나(다시 말해서 그녀가 상대적으로 명랑하게 견디고 있는 것이라고). 나 역시 언젠가 그녀가 좋아하면서 보여주었던 슈토름의 편지가 생각나는군.

플라나, 우편 소인 1922년 8월 16일.

083

막스 브로트에게

친애하는 막스, 내가 예컨대 독일에 가지 않았을 때 나를 이끌었던 "올바른 본능"에 대해서 아무 말도 하지 말게. 그것은 뭔가 다른 것이었네. 여기에 돌아온 지는 일주일 되었으며, 이번 주를 그리 재미 있게 보내진 못했네. (왜냐하면 나는 『성』 이야기를 사실상 영영 파기해야 했기 때문이네. 프라하에 가기 일주일 전에 시작되었던 "졸도" 이래 그것을 다시 연결할 수가 없었네. 플라나에서 썼던 부분이 자네가 보았던 것처럼 그렇게 완전히 나쁘지는 않았는데 말이네).

재미있지는 않았지만 이곳이 매우 조용했고, 난 좀 뚱뚱해진 편. 그런데 내가 오틀라하고만 있으면, 그러니까 매제도 손님들도 없이 단 둘이만 있으면 가장 조용히 지내지. 어제 오후는 다시금 매우 조용했고, 내가 안주인의 부엌을 지나가는 거야, 우리는 간단한 대화를 나누게 되지, 그녀는 (복잡한 인품인 것이) 지금까지 형식적으로 친절하고, 그러면서 냉정하고, 퉁명스럽고, 뒤로는 우리에게 간계를 썼다가, 최근 며칠 사이에 완전히 설명할 수 없는, 솔직하고, 진심으로, 우리에게 친절하게 되었거든, 그러니까 우린 간단한 대화에 이르렀는데, 강아지에 대해서, 날씨에 대해서, 내 모습에 대해서 (당신이 왔을 때 당신은 사색을 띠었었죠!) 그러다 어떤 악마가 나에게 바람을 넣는 거야, 허풍을 떨라고. 나는 여기가 참 마음에 들며, 무조건 가능한 한 여기 머물 거라고, 다만 주막의 음식에 대한 고려가 그걸 막을 뿐이라고. 나에게 조금 불안스런 그녀의 언급을 나는 웃어넘기는 일로서 거부하는데, 이제 우리의 전체적인 형편에 의하면 (또한 그녀는 유복한 부인이지) 완전히 예상 밖의 일이 벌어지는 거야, 그녀가 나에게 음식을 제공하겠다고 제안하다니, 그것도 내가 원할 때까지. 그러면서 그녀는 벌써 세부적인 일들을 말하는 거야, 저녁 식사와 그 비슷한 것을. 나는 그녀의 제안에 무척 기뻐 감사를 하고, 모든 것이 결정되었지. 나는 틀림없이 겨울 내내 이곳에 머물 것이라고, 다시 한 번 감사를 드리고서 지나간다네. 그러다 내가 내 방으로 층계를 올라가는 중에 곧장 이 "졸도"가 일어나는데, 그게 이곳 플라나에서 네 번째야. (첫 번째는 아이들이 떠들던 날, 두 번째는 오틀라의 편지가 왔을 때, 세 번째는 오틀라가 9월 1일에 벌써 프라하로 옮겨가므로 내가 한 달은 더 주막에서 식사를 해야 되는 것이 거론되었을 때였지).

　이러한 상태의 외관에 대해서 묘사할 필요는 없겠지. 그걸 자네도 알지, 물론 자네는 경험에서 알고 있는 가장 최고로 고조된 것을 생각하겠지, 돌아보는 곳에서 넘어질 수도 있듯이. 무엇보다도 내가 잠을 잘 수 없으리라는 것을 알지. 수면 기능이란 놈에게서 심장이 물어 뜯겨 나갔고, 그래 나는 정말 이제 잠을 잘 수 없네. 불면증을 문자 그대로 미리 경험하고 있네. 나는 고통당하네, 마지막 밤을 잠들지 못하고 있었던 양. 그러면 나는 집을 나서네, 난 다른 것을 생각할 수가 없어, 엄청난 불안 아닌 어떤 것도 골몰하지 않고, 보다 밝은 순간에는 또 이 불안에 대한 불안이 일고 있음이야.

십자로에서 나는 우연히 오틀라를 만나게 되는데, 그건 우연히도 내가 오스카에 대한 답장을 들고 가다가 만났던 그곳이야. 이번에는 그때보다는 약간 더 잘되는 거야. 이제는 정말 오틀라가 말하게 되는 것이 매우 중요하거든. 만일 그 애가 이 계획에 대해서 간단한 동의의 말을 하게 되면, 그럼 나는 연민 없이 적어도 며칠을 보내게 될 것이니까. 왜냐하면 내 자신도 그것이 바로 내 문제의 경우에는 그 계획에 대해서 마음속에서 단 한마디의 이의도 떠오르지 않거든. 그것은 오히려 커다란 소망의 성취일 것이야, 홀로, 조용히, 잘 부양받으며, 비싸지 않고, 가을 겨울을 나로서는 특히 쾌적한 지방에서 보내는 것. 그렇다면 뭐 이의를 달 것이 있는가? 불안 이외에는 아무것도 없지, 그건 이의는 아닌 것이고. 만일 오틀라가 아무런 이의를 달지 않으면, 나는 스스로 그것을 위해 싸울 수밖에 없지, 그러니까 내가 머무는 것으로도 틀림없이 끝나지 않을 파기의 싸움을. 그런데 이제 다행히 오틀라가 곧장 말하기를, 내가 남아 있으면 안 된다 하네. 공기는 너무 거칠고, 안개에다 등등. 그로써 긴장은 해소되었고, 나는 내 고백을 할 수 있는 거야. 물론 제안의 수락 때문에 난점이 아직 남아 있기는 하나, 그것은 오틀라의 견해로는 사소한 것이라네. 나로서는 어쨌든 엄청난 것인데, 그 모든 일의 정도가 엄청 큰 사태로 밀려간다니까. 잠정적으로는 난 어쨌거나 약간 안심하지, 아니면 오히려 그냥 이성일지, 이성이 이 사태에 관여하는 한에 있어서. 나 자신은 안심을 하지 못하네, 너무 많은 것이 주문되었어. 이제 자발적으로 사는 것이며, 더 이상 말 한마디로 진정될 수 없는 것이고, 일정한 시간의 흐름이 필요할 뿐. 그래서 혼자서 숲 속으로 걸어 들어가네, 매 저녁마다 그러하듯이. 어두운 숲 속은 내가 가장 좋아하는 시간, 그러나 이번에는 놀랄뿐이네. 그건 저녁 내내 계속되었고, 밤에는 잠을 잘 수가 없어. 아침에 정원에서, 햇볕에서야 그게 약간 걷히네. 오틀라가 내 앞에서 그 일에 대해서 안주인과 말하고 있고, 나는 약간 관여를 하고 내가 너무도 놀라는 가운데 (놀라움은 이성과는 전혀 무관하게 생기네) 이 다른 곳 어딘가에서 세상을 진동하는 이 사안이 여기에서 몇 마디 가볍게 주고받는 문장으로 깨끗하게 정리되는 것이야. 나는 그곳에 걸리버처럼 서있는 거야, 거인 여자들이 이야기를 나누고 있는데. 심지어 안주인은 그 제안을 진지하게 받아들이지도 않는 것처럼 보이네. 나는 그러나 종일 푹 꺼진 눈을 하고 있어.

자 그럼 그것이 무엇이냐고? 그것을 곰곰이 생각해도, 그건 다만 한 가지야. 자네는 나더러 보다 큰 사안에 자신을 검증해봐야 한다고 말하지. 그것은 어떤 의미에선 맞는 말이네, 다른 한편으로는 그 비율을 결정하지 않는 말이지. 나는 나의 쥐구멍에서도 내 자신을 검증해 볼 수 있네. 그리고 이 한 가지 일이란, 완전한 고독에 대한 불안이라네. 만약에 여기에 혼자서 머문다면, 나는 완전히 고독한 것일세. 여기 사람들과 말을 할 수가 없으며, 만약에 그럴 수 있더라도, 그것은 고독의 고양일 뿐일세. 그리고 나는 고독의 끔찍함을 암시적으로는 알지, 고독한 고독의 끔찍함은 아니고, 사람들 사이에서의 고독함, 예컨대 마틀리아리에서의 처음 얼마간 또는 슈핀델뮐레의 며칠간, 그렇지만 그것에 대해서는 이야기하지 않으려네. 그러니 고독이 어쨌다는 말이냐고? 원칙적으로 고독은 나의 유일한 목적이기도 해, 나의 가장 큰 유혹이요, 나의 가능성, 그리고 도대체 내가 나의 인생을 "조성했다고"하는 점에 대해서 이야기를 나눌 수 있다고 전제한다면, 고독이란 그 안에서 편안하게 느낀다는 점을 고려한다면 말일세. 그리고 내가 사랑하는 그것에 대한 불안에도 불구하고. 훨씬 더 쉽게 이해되는 것은 고독의 유지를 위한 불안일세, 그건 똑같이 강렬하고, 즉시에 외칠 수 있네 (아이들이 소리 질렀을 때, 오스카의 편지가 왔을 때의 "졸도"), 그리고 나선형의 중도에 대한 두려움이 차라리 더 이해하기 쉽지. 또 이 불안은 셋 중에서 가장 약한 것이네. 이러한 불안들의 와중에서 나는 으깨질 것이야 – 세 번째 것이나 도움이 될는지, 내가 도망치려한다는 것이 느껴지면 말이네 – 마침내 어떤 거대한 방앗간 주인이 내 뒤에다 욕설을 퍼부을 게야, 엄청 일을 했는데도 전혀 양분 있는 것이 나오지 못했다고. 어떻든 개종한 내 외숙처럼 그런 인생을 사는 건 나에게는 전율일 게야, 비록 내 앞에 놓인 삶이 바로 그것이지만. 물론 목표로서는 아니지, 외숙에게도 그게 목표는 아니셨지, 그냥 마지막 영락의 시절에서야 비로소 그렇게 되었고. 특이한 것은 뭐냐면, 나에게는 텅 빈 방들이 그렇게 좋단 말이네, 다만 완전히 텅 빈 것이 아니라 그 안에는 사람들에 대한 기억들로 가득 차 있고, 계속되는 인생을 준비하는 그런 방들이 좋아. 가구가 갖춰진 부부용 침실, 유아실, 부엌이 있는 집들, 아침 일찍 다른 사람을 위해 우편물이 배달되고 다른 사람을 위해 신문이 배달되는 집들이. 다만 실제로 살 사람들은 결코 오지 않고, 마치 내게 최근에 일어났던 것처럼, 왜냐하면 그러면 난 무지하게 방해를 받거든. 자, 이것이 "졸도" 이야기네.

　자네의 좋은 소식은 나를 기쁘게 하네. 그끄저께 그 편지가 왔을 때, 그때도 기뻐할 수 있었고, 오늘도 또한 다시 천천히 기쁘네. 베를린으로는 내가 이제 함께 가지 않네. 오틀라는 거의 나 때문만으로 이곳에 한 달을 더 머물었네. 그런데 이제 내가 떠나야 하겠는가? (자네는 왜 10월 30일에 떠나려는가?) 나도 또한 그 첫 공연에 가고 싶네, 그러나 두 번을 가는 것은 나로서는 너무 대단한 일이야. 그리고 E.문제에 관한 한, 그 여자가 나를 싫어하고, 나 역시 그녀를 만나는 것이 두려워. 그리고 자네로 말할 것 같으면 나의 영향력은, 만일 그런 것이 있다면 내가 나타나는 것보다는 숨어버리는 편이 더욱 강할 것이야.

　내가 슈파이어에게서 마음에 들지 않았던 부분을 자네도 말하는군.[*] 기숙학교, 시작 부분의 크리스테와 블랑쉬는 흔치 않게 좋아, 아주 경직된 의미를 풀어내고 있어, 그러나 그러다가 그의 손이 가라앉더군. 독서를 하다가 이 가라앉는 손을 따라가기가 힘들어. 그러다가 물론 충분히 존중할 만한 구절들이 있지, 그러나 더 이상은 아니야. 다른 한편 나중의 몰락은 이미 초반에서 예고된 것이야, 뭐랄까 동급생들의 편안한 성격 묘사 또는 도입의 장에서. 만일 누군

[*] Wilhelm Speyer(1887~1952)의 『계절의 우울증Schwermut der Jahreszeiten』(1922).

가가 11월의 밤에 티베트의 고요함과 독일의 그것 사이의 비교를 목적으로 창문을 열어본다면, 가장 좋은 방법은 그에게 창을 다시 닫아주는 일이겠지. 여기에 슈토름의 정취가 과장되어 있음이야.

『안나』 또한 나를 조금 내리 누르네. 어찌되었건 난 별로 재미가 없더군. 게다가 내가 그것을 두 번이나 읽었지. 한 번은 나를 위해서, 그 다음엔 16개의 장을 오틀라를 위해서 읽은 것이야. 난 정말이지 구조에 있어서나 풍부한 정신의 생동하는 대화들에, 그러니까 많은 부분에서 대가성을 인식하네. 그러나 전체는 이 무슨 홍수란 말인가! 그리고 유스트를 제외하곤 어떤 인물도 나에게 살아 있지 않네. 그러면서 나는 그 순전한 희극, 품위 없는 코미디를 전혀 생각하고 있지 않아, 예컨대 살았던 적도 죽은 적도 없으며 그런데 계속 모조품 무덤에서 끌려나오는 에르빈도 (우린 그에 대하여 읽으면서 그저 웃을 수밖에), 테아도, 할머니도. 그러나 거의 모든 인물들 또한, 우린 불쌍하게 죽은 자들에 대비해서 우리의 가련한 인생을 확인하게 되지.

자네는 안나가 아니라 E.를 사랑하고, E.때문에 안나를 읽은 것이 아니라, E.때문에 다시금 E.를 읽고, 안나라 하더라도 자네를 그 일에 방해할 수 없을 것이야. 가장 내 마음에 드는 것은 경건주의자들이며, 자네가 묘사했듯이 작가가 그렇게 무조건적으로 그들에 반대 입장을 취하지는 않았다고 보네. "그리고 그들은 눈에 부정할 수 없는 기묘한 광휘를 지녔다, 깊고 훌륭히." – 『안나』 중에서

베를린에서 많은 행복을!

F

플라나, 우편 소인 1922년 9월 11일.

084

오스카 바움에게

친애하는 오스카, 편지 고맙네, 플라나를 경유해서 받았다네(내가 월요일 이후로는 프라하에 있네). 나는 자네가 내게 화났을 것이라고 매우 걱정했으며, 아직도 걱정하고 있네, 왜냐하면 그러한 상연에 대처하여 누군들 어찌 잘 지낼까 싶으니.

내가 이 끔찍한 상연을 얼마나 가까이 내 생명처럼 여기고 있는지를 힘들여서라도 생각한다면 또 몰라도. 나는 가능한 한 빨리 가겠네. 플라나에서는 몇몇 셀 수 있을 만한 중단을 제외하곤 정말 잘 지냈네. 끝나가려 했을 때에 비로소 내가 떠났던 것이 거의 기뻤어. 겨울을 그곳에서 보내는 것보다 더 좋을 일이 어디 더 있겠는가, 특히 잠꾸러기에게는.

난 그런데 그런 사람에 속하지는 못해, 나는 그곳에서 자유롭게 해방된 자연의 정령들 사이에서 견딜 수가 없을 거야. 자네는 음악의 시즌에 묶여서 기껏해야 2, 3일 떠나올 수 있을는지.

레오아들는 행복할지어다! 그의 양친에게 찬양을! 그처럼 성장하고, 건강하며, 힘 있고, 세련되고, 신체적으로도 노련한, 그래 뭇 처녀들에게서 선망의 대상이 되다니, 그들의 시선은 더욱 더 발전을 촉진시키고 유도하는 법이지!

막스에게서 슈파이어의 『계절의 우울증』을 빌려 보게나, 그 책에 기숙학교가 그려져 있더군. 그에 비해서 교육을 기본적으로 완전히 고독한 너무도 추운 혹은 너무도 더운 소년의 침상에서 완성했던 사람이라면 이렇게 말하고 싶을 것이야, "나는 저주받았다." 그건 다 옳지는 않아, 하지만 그걸 이야기하기는 재미있지.

자네, 부인 그리고 누이에게 진심 어린 안부를 보내며.

자네의 F.

1922년 9월 22일.

그리운 친구여

로베르트 클롭슈토크에게

친애하는 로베르트, 언제 자네는 마침내 덧칠 없이 내가 실제로 어떠한지 그대로를 보려나, 여기 이 소파에 속수무책으로 누워 있는 나를. 내 건너편 저 위 러시아 교회의 아주 꼭대기에는 함석장이들이 기어올라가서 일하면서 노래를 부르네, 바람과 빗속에서. 난 열린 창을 통해서 그들을 바라보며 선사시대의 거인들을 보듯이 감탄하네. 내가 이 시대의 인간이라면, 그들은 선사시대의 거인들이 아니고 뭐겠는가. 이것 말고는 내가 편지를 쓰지 않은 이유가 없네, 아니면 또 하나의 이유, 자네를 설득시켜야 할 무기력.

매우 고맙네. 점차로 하긴 약간의 도움으로 이 위대한 사람엔드레 오디이 헝가리의 어둠 속에서 여기저기 노출되고 있군. 그렇지만 잘못된 표상들, 무엇보다도 잘못된 유추가 들이닥치네. 그러한 번역은 약간은 매체의 고통스러운 무능에 대한 사람들의 불평들을 상기시키네. 여기에 바로 독자와 번역가의 매체적인 무능이 연합하지. 그러나 그 산문은 보다 분명하며, 우리는 산문에서는 그를 약간 더 가까이에서 보게 되지. 많은 것은 내가 이해하지 못하겠네만, 전체로는 이해가 돼, – 그런 경우 대개 그렇듯이 – 그가 있었다는 사실, 있다는 사실, 그러니까 어떻게든 그와 동류라는 사실에 대해서 행복해지네, "아무와도 유사하지 않다."라고 되어 있지, 그러니까 바로 그 점에서 동류인 것이라네. 시의 번역은 사실상 통탄스럽네, 다만 여기저기 한 단어 또는 한 음이라면 몰라도. 나는 원전과의 관계를 확정하기 위해서 나와 지붕 이는 장인 사이의 관계를 척도로 가지고 있네.

그 편집인에 대해서는 자네가 약간 부당하네. 그가 가진 이득이 무슨 상관인가? 기생에 대해서 무슨 이의란 말인가, 만일 그것이 공개적이고 정직하고 타고난 능력으로 보편적인 효용을 위해 일어나는 일이라면. 우리는 뭐 기생충이 아닌가, 그는 우리의 안내자가 아니던가?

뿐만 아니라 그 둘의 단합은 매우 박력 있고 또 인식을 요청하고 있네, 그토록 말을 많이 하는 사람과 그토록 아예 침묵하는 사람 사이의 단합이니. 또한 후기에도, 적어도 나에게는 새로운 것들이 들어 있네. 나의 삶은 다행하게도 최근에는 매우 일정했지. 다만 막스가 때때로 오고, 한 번은 베르펠도 왔었지. 나를 제메링에 초대하기 위해서. 그건 참 친절한 일이었네, 그러나 의사가 내 여행을 허용하지 않았고, 결국 나는 나흘간의 방문객을 받았지.

이제 곧 내가 마틀리아리에 도착한 1주년이 다가오고 있으며, 부자에다 뚱뚱한 젊은 신사가 두 젊은 여인들 사이에 따뜻하게 앉아서 《신 자유신문》 성탄호를 읽고 있네.

잘 있게나.

자네의 K.

자네의 특급 우편이 방금 도착했네. 자네로선 사실상 나를 알게 될 다른 방도가 없지, 증오 이외에는. 또한 종래에는 나의 행동이 자네 마음속에서 증오를 불러일으키고야 말 것이네.

부디 글라우버에게 나의 안부를.

갈곤 부인은 무얼 하는가?

일론카 양은 최근 나에게 편지를 썼네.

프라하, 1922년 11월 22일.*

---

* 영문판에서는 이 편지를 1년 앞선 1921년 12월로 본다. 그 근거로서는 편지 내용 중 1921년 12월 초의 어느 날이 암시되기 때문이다. 내용 중에 "나흘 예정의 방문객"은 밀레나가 틀림없다고 한다.

막스 브로트에게

친애하는 막스, 주로 자네에게 정보를 위해서 쓰네. 왜냐하면 베르 펠이 자네를 보러 갈 것일세, 그리고 덩달아서 자네의 생각으로 나 자신을 위안시키려 하네.

어제 베르펠이 피크와 함께 나를 찾아 왔네. 그 방문은 내게 큰 기쁨을 주었어야 했는데, 그만 절망시키고 말았네. 베르펠은 내가 그의 극 『말없는 사람』을 읽었다는 것을 알고 있었고, 그래서 나는 그것에 대해 언급해야 함을 미리 짐작을 했었네. 그것이 단지 일상 적인 불만이었더라면 그런 정도에 대해서는 어떻게든 우회할 수가 있었겠지.

그러나 그 극작품은 나에게 많은 것을 뜻했네, 그것은 나에게 아 주 치명적이어서, 가장 혐오스러운 것 중에서도 혐오스럽게 나를 강타한 것이야. 그런 일은 꿈에라도 생각해 본적이 없었지, 내가 베 르펠에게 언젠가 그것에 대해서 이야기해야만 하는 상황이 되리라 고는. 심지어 그 역겨움의 이유들조차 분명치가 않았으니, 왜냐하면 나로서는 그 극과 더불어서 눈곱만치도 내적인 논쟁조차 일지 않았으니까. 다만 그것을 떨쳐 내버리고 싶은 욕망뿐이었지. 예컨 대 내가 하웁트만의 『안나』에 대해서 귀머거리가 되었다면, 이번의 안나와 그녀 주변의 괴물에 대해서는 고통에 이르도록 너무도 잘 들리네. 이 청각 현상들이 온통 뒤얽혀 있다니까. 내가 오늘 이 혐 오감의 이유를 요약해야 한다면, 예컨대 이런 정도이네. '말없는 사람'과 안나는 (마찬가지로 그녀의 가까운 주변 사람들, 그러니까 끔찍한 볏단 자르는 사람, 교수, 강사) 인간들이 아니네. (다만 더 먼 주변인들, 그러니까 보좌 신부, 사회민주주의자 등에서야 비로소 약간의 삶 비슷한 것이 성 립되지.) 이것을 참을 수 있게 하기 위해서 그들은 그들 지옥의 현상 을 변용하는 전설을, 심리학적인 이야기를 꾸며내고 있음이야. 이 제 그들의 본성에 따라서 다시금 다만 무엇인가 마찬가지로 비인간 적인 것을 창출해 내는 것이야, 그들 자신과 똑같은 것을, 그래서 경악은 배가되는 것이지. 그러나 그것은 다시 가상적이고 모든 것 을 사선으로 회피하는 전체의 순진무구함으로 인하여 열 배로 되어 버리지.

내가 베르펠에게 무엇이라고 해야 했을지, 내가 감탄하는, 심지 어 이 작품에서도 감탄하는 그에게. 이 작품에서는 특히 이 3막의 진창을 건너가는 그 힘만으로도 감탄하는데. 그런데 이 극에 대한 내 감정은 너무도 개인적이어서 그것이 오직 나에게만 해당된다는 느낌이었지. 그리고 그가 온 것이네, 매력적인 우정을 지니고서 내 게로. 나는 그가 만일 몇 년 만에 한 번 오는데 그러한 소화되지 않 은, 소화될 수 없는 평가를 지닌 채 그를 맞이해야 하다니. 그러나 달리 어쩔 수 없었고, 내 마음의 구역질을 약간 지껄여댔지. 나는 저녁 내내 그리고 밤새 그 결과에 괴로웠네. 뿐만 아니라 아마도 피크를 모욕했던 것 같아, 흥분 속에서 그를 거의 주의하지 않았으니까. (그런데 말이지만 그 극에 대해서는 피크가 가고 난 다음에야 비로소 이야기를 했는걸).

건강상으로는 내가 더 잘 지내고 있네.

모든 좋은 소망을, 삶에서나 무대에서나.

F.

프라하, 1922년 12월.

로베르트 클롭슈토크에게

친애하는 로베르트, 나는 단지 먼저 번 것을 대답할 수밖에 없네,
즉, 예컨대 자네의 마지막 편지 같은 것은 불안의 동인이다, 또는
그것은 초조함이다, 또는 그것은 뭐랄까 이런 언급 "······ 그렇게 고
집할 순 없는 것이, 비록 우리 모두의 대다수가" 따위의 언급에는
그 어떤 진실의 흔적도 들어있지 않다고. 그럼에도 불구하고 그것
은 그것과는 무관하게 불안일세, 이 순간 – 미래에 관해서는 전혀
말하지 않겠네 – 불가분의, 강조해서, 결정적으로(비밀리에 행해지는
협약은 제외하겠네). 불가분성의 모든 성사들을 갖춘, 하늘 앞에서 장
엄하게 뿌리를 내리는 결속에 대한 불안. 결속이란 나에게는 여자
들과도 불가능했지만 남자들과도 마찬가지네. 이 방랑에서, 이 구
걸에서 그런 거창한 일들을 가지고서 뭘 하겠다는 건가? 수치감도
모르고 허풍 떨게 되는 매 순간 불가피한 계기, 황홀하게 이용한 계
기들이 있지. 무엇하러 더 이상의 기회들을 구한단 말인가. 그뿐만
아니라 상실이란 가끔 보기보다는 그렇게 크지 않기도 하지. 뭔가

공동체감의 방향을 느낀다면, 거기에 충분한 결속이 있는 것이네. 그 밖의 것은 별들에게 맡겨 두세나.

　그리고도 이 모든 불안, 마치 자네에게 엄습하기라도 하듯이 내게 계속 파묻고 있는 그 불안은 정말이지 나에게만 엄습하는 것이라네. 여기서 뭔가 속죄를 통하여 또는 그 비슷한 무엇을 통하여 도달될 수 있는 것이라면, 나는 그 짐을 지려네. 그러나 이런 불안에 대체 뭔가 특별한 것이 있단 말인가? 한 유대인이자 게다가 독일인에 게다가 병자에 게다가 개인적으로 첨예한 상황에 있는데 — 이건 화학적인 힘들이네, 나는 그 힘에 의해 당장에 황금을 자갈로, 또는 자네의 편지를 내 편지로 변하게 해서, 그것으로써 정당성을 보유하겠다고 나서려네.

프라하, 1923년 3월 말 / 1922년 4월 중순(?).

오스카 바움에게

친애하는 오스카, 나는 바로 그날 저녁에 무서움에 떨면서 그것_{자네}의 「괴물」을 죄다 읽었네, 그 강철 같은 동물의 생김, 그리고 그것이 소파 위로 덮쳐 오는 무서움에 떨었지.

그러한 일들은 아마도 우리 모두에게 가까이 있는 것이야, 그러나 누가 그것을 그렇게 해낸단 말인가? 나 또한 그것을 몇 년 전에 무력하게나마 시도했지. 그러나 나는 책상 앞으로 더듬어 나아가는 대신 소파 밑에 기어가는 것을 더 선호했으며, 나는 여전히 그곳에서 발견되고 있다네. 위안스러운 것은 자네의 이야기에 있는 두 번째의 온건한 수수께끼네, 화해를 원하는. 그것은 물론 화해하기에는 너무도 미약해. 희망에 대해서는 어떤 전망도 없고, 다만 희망의 상실뿐. 인간적이라 하기는 별로 아니고, 또한 너무 비현실적이나 나머지는 매우 좋은 것 같이 생각되네, 이 널름거리는 불길의 온화한 포옹이라니.

시작은 나에게는 밖에서 보기에 약간 너무 불안정한 것 같고, 너무 호텔 같기도 탐정이야기 같기도 하다네. 그렇지만 그것이 어찌 달라야 할지는 말하기 어려워, 아마도 바로 그것이 가장 필요할 게야, 적어도 누군가가 자신의 방을 지나가고 야수성이 그곳에서 조용히 누그러질 수 있다는 것은 빼어난 것이네. 나는 이 비난을 아예 느끼지도 깨닫지도 못했을 것이야. 내가 만일 자네가 그러한 시작을 선호하는 것이라 의심하지 않았었더라면. 그리고 바로 이 혐의 때문이었네, 다른 어떤 이유로도 여기에서의 필연성을 조금은 의심했을 것이라는 혐의 때문.

매우 고맙네.

자네의 F

1923년 여름.

로베르트 클롭슈토크에게

나의 친애하는 로베르트, 자신의 경험에 기초해서도 나는 결코 이해할 수 없네, 이해할 가능성도 결코 없어, 그밖에는 쾌활하고 기본적으로 근심 없는 사람으로서 다만 폐병으로 망가져버릴 수 있다는 것을. 글라우버와 관련해서 자넨 실제로 잘못 알고 있는 것 아닌가? 그게 정말 그렇게까지 되었나, 그 누구도 그의 말을 믿으려 하지 않았지만 그가 항상 주장했던 것처럼? 그리고 이제 이 비 내리는 여름에, 낡아빠진 "타트라"의 집, 그 무정한 산맥들, 그것은 좋지 않지. 그를 위해서나 자네를 위해서나.

자네의 병과 관련해서는 나는 전혀 걱정을 하지 않아. 자네는 식사에 소홀하고, 감기 들어도 소홀하고, 그럼 뭔가 발생하기 쉽지, 뭐 큰 의미를 지닌 것은 아니더라도.

나의 두통과 잠은 좋지 않네, 특히나 최근 며칠간은. 내 머리가 깨끗했던 것은 오래 되었네. 처음에는 내게 오직 잠만을 선사했던 캠프는 이제 다시 잠을 아주 빼앗아 가고, 아마도 다시 한 번은 주게 될 것이지만, 그것은 바로 살아 있는 관계이네.

우리는 여기를 월요일 아침에 떠나기로 하네. 물론 내가 혼자서 남아 있을 수 있다면 더 남아 있을 수는 있네. 캠프만으로는 그러나 나는 이런 의미에서 머무를 수가 없어. 왜냐하면 그곳에서는 다만 객에 불과하니까. 게다가 분명한 객도 아닌 것이, 그게 날 괴롭게 하네. 분명치가 않다는 것은 일반적인 관계에 사적인 관계가 첨가되니 말이네.

그러나 성가신 세부 사항들이 있기는 하지만, 인생을 유지하는 데에는 충분치 않더라도, 뮈리츠에서 또 뮈리츠를 넘어서 내게 가장 중요한 것은 그 캠프라네.

베를린에서는 하루 이틀 머물 것이네. 만일 그리 피곤하지만 않다면, 모험을 해서 하루쯤 칼스바트에 가려네. 베를린에서 칼스바트를 경우해서 프라하로 가는 거야. 그게 어쩌면 그리 비쌀 것도 아니고. 모험이라면 생각에 따라서는 내 용어에서 들리는 것처럼 그렇게 대단한 것은 아닌 것이, 왜냐하면 나는 생각 속에서는 이미 그것에 익숙해 있었기 때문이네. 마리엔바트로 부모님을 뵈러 가지만, 날씨가 나빠서 부모님은 벌써 일찍이 프라하로 가신다, 그러니 그곳에서는 만날 수 없다고. 그러므로 곧장 프라하로 가는 대신 칼스바트를 경유하는 것이 나로서는 어떤 의미에서는 참 미미한 모험인 것이지. 마치 러시아 황제라도 자신의 여행 계획들을 자의적으로는 변경할 수 없듯이, 왜냐하면 이미 준비된 길목에서만이 그가 기습들로부터 보호를 받을 수 있을 것 아닌가. 그러니 나의 생활 태도 역시 대단하기가 그만 못하지 않다네.

그리고 그 다음에는, 프라하 다음은 어떠냐고? 그건 나도 모르네. 자네는 베를린으로 이주하고픈 생각이 있나? 가까이로, 유대인들에 아주 가까이로?

K.

급성 폐렴 카타르라고 하는 어떤 질병이 있는가?

안부 전해 주게, 안부 받을 모두에게.

뮈리츠, 1923년 8월 초.

090

막스 브로트에게

친애하는 막스, 내가 자네로부터 뭔가 속내를 들은 지 오래되었네. 나는 지금 재회를 불과 며칠 앞두고 자네에게 베를린 주막집 정원에서 편지를 쓰다가, 이제는 또 호텔에서 계속하고 있네. 마치 자네를 직접 손으로 느끼기 전에 신체적 접촉을 갖고 싶은 그런 느낌이네.

　자네는 발트 해 기간에 아예 입을 봉했었네. 어찌 지내고 있을지? 나로 말하자면 내가 어떠한지를 알지 못하고 있네. 어쨌거나 나는 처음으로 혼자 있는 이 첫날의 좋지 않은 영향을 매 순간 점점 강하게 느끼고 있네. 그런데 아주 혼자는 아니지, 어젯밤에는 예컨대 세 명의 동구 유대계 여자들과 실러의 『군도』공연에 갔었지, 물론 나로선 대단한 피로감 이외에 별다른 많은 것을 느끼지는 못했던 공연이었네. 에미 양을 내가 방문하게 될 것 같지는 않아. 나는 너무 힘도 없고, 게다가 에미 양이 나를 어찌 생각하는지 알 수도 없는데다가, 그런 경우에는 모든 것을 두려워하는데 무엇에 도움이 되겠는가. 그 다음엔 또 끊임없이 겁을 주는 이 베를린이라니. 모레는 틀림없이 자네에게 갈 것이네. 아내와 펠릭스 그리고 오스카에게 안부 전해 주게, 그들 소식은 까맣게 모르네. 이제 떠오르는데, 아마 자네는 그 회의장칼스바트의 시온주의자회의에 나갈 것이니 우린 전혀 만나지 못하겠군. 그건 자네로서는 좋은 일이겠으나 내게는 안된 일이네.

베를린, 우편 소인 1923년 8월 8일.

091

막스 브로트에게

친애하는 막스, 내가 도통 편지를 쓰지 않는 것은 사실이네, 무슨 감출 일이 있기 때문이 아니고, (그것이 내 생애의 직업이 아닌 한) 자네 와의 친근한 시간을 그리워하지 않기 때문은 더더욱 아니지, 우리 가 북부 이탈리아의 호수에서 함께 지냈던 이후로 우린 별로 그런 시간을 갖지 못했다는 생각이 들곤 한다네. (이것을 말하는 것은 어떤 특정한 의미가 있지, 왜냐하면 당시에 우리는 그런 참으로 순수함을 지녔지, 비록 동경할 가치는 없을지언정. 그리고 그 사악한 힘들은 좋은 일에서건 나쁜 일에서건 겨우 입구들을 가볍게 건드리고 있었지, 바로 그 입구들을 통해서 언 젠가 침투할 일은 벌써 참을 수 없이 기쁜 일이었고). 그러니 이제 내가 편 지를 쓰지 않는다면, 그건 무엇보다도 "전략적인" 이유가 있는 것 이지, 그게 근년에는 내게서 곧잘 법칙이 되어 버린 게야. 나는 말 이며 편지들을 신뢰하지 않아, 나의 말과 편지들을. 내 마음을 사람 과 나누고 싶어. 말들을 가지고서 유희를 일삼고, 편지를 부화뇌동 의 혀를 가지고서 읽는 그런 유령들과 나누진 않겠어. 특히나 편지들을 믿지 않아, 심지어 편지란 수취인에게 확실하게 전달되게 하려고 편지 봉투를 붙이는 것만으로도 충분하다는 것은 기이한 믿음이지. 이 점에는 그런데 말이지만 전쟁 시기의 검열이, 특히 허깨비들의 반어적 솔직성의 시대에 검열은 교육적인 효과가 있어.

그런데 나는 바로 또 이런 이유로 덜 쓰게 되는데 (위의 언급에 뭔가 덧붙이는 것을 망각했군, 내게는 도대체가 예술의 본성, 예술의 현존재란 단지 그 "전략적 고려"만으로도 설명될 수 있을 것 같아, 사람과 사람 사이 진실된 말의 교환을 가능하게 하는 것만으로 말이야), 그러니까 내가 당연한 일이겠지만 나의 프라하 생활을, 나의 프라하 "작업"을 계속하기 때문이고,[*] 그것에 대해서야 더 할 말이 없으니까. 그러니 자네는 내가 여기에서 베를린 고유의 끔찍한 압박도, 교육적 압박도 받지 않고, 그저 반쯤은 시골풍으로 살고 있다고 생각하면 되네. 그것 또한 버릇없게 하기 십상이지. 내가 한번 자네와 더불어서 레스토랑 요스티에 갔었지, 한번은 에미에게, 한번은 푸아에게, 한번은 카페 베르트하임에게 갔었지. 사진을 찍으러 가기도, 한번은 돈을 가지러 가기도, 한번은 집을 찾아보려고. ─ 그것이 아마 4주 동안 베를린에 소풍 나간 전부였고, 거의 매번 처량한 느낌으로 돌아왔고, 내가 슈테글리츠에 살고 있다는 것에 깊은 감사를 느꼈지. 나의 "포츠담광장"은 슈테글리츠 군청사 광장이며, 그곳에 두 세대 전차가 다니고, 그곳에서 작은 소통이 이루어지는데, 그곳에 울슈타인, 모세 및 쉐를출판사 지사가 있고, 그곳에 걸려 있는 신문 일면에서 내가

---

[*] 1923년 10월부터 12월까지 카프카는 「작은 여인Der kleine Frau」과 「굴Der Bau」을 썼다.

견딜 만한 독을 흡입하지, 물론 가끔은 (바로 지금도 현관방에서는 거리 투쟁에 대해 이야기되고 있네). 순간적으로 견디기 힘든 것까지도. ― 그러나 그럼 나는 이 공중을 떠나, 만일 그럴 힘이 남아 있다면 조용하고 가을 정취를 풍기는 가로수 길에서 망아를 즐기지. 나의 거리는 마지막으로 상대적 도시풍이다가, 그 다음에는 모든 것이 정원과 빌라들의 평화 속에서 풀리네. 모든 거리는 평화로운 정원 산책로이거나 그런 정도.

나의 하루 또한 정말이지 매우 짧아. 9시경에 일어나지만, 상당히 누워 있네, 특히 오후에는, 그것이 아주 필요하거든. 조금은 히브리어 책을 읽는데, 주로 요제프 브레너의 소설을 읽고 있어. 허나 그건 내게 아주 어려워. 그 모든 어려움에도 불구하고 지금까지 30쪽 독서라면, 만일 4주간의 답변서를 요청 받았다고 할 때 결코 정당화할 만한 업적이랄 수 없지.

화요일. 그런데 말이지만 나는 그 책을 소설로서는 그렇게 대단하게 즐기고 있지를 않아. 브레너에 대해선 처음부터 어떤 경외심을 품고 있었지. 정확히 왜 그랬는지는 몰라. 들은풍월과 상상이 그 속에 섞이었을지. 항상 그의 슬픔에 대해서 언급되곤 했으니까. 그리고 "팔레스타인에서의 슬픔"이든지?

우리 차라리 베를린의 슬픔에 대해서 이야기하세, 그게 더 가까이 있으니까. 조금 전엔 전화로 중단했네, 에미였어. 그녀는 벌써 일요일에 와야 했는데, 오지 못했던 것이 유감이야. 뿐만 아니라 방

그리운 친구여

문객도 있었다는군, 그것이 그녀를 즐겁게 했겠지, 뮈리츠에서 알던 작은 여자틸레 뢰슬러와 베를린의 젊은 화가로, 사람을 사로잡는 매력을 지닌 두 아름다운 젊은 사람들이지, 나는 에미에게도 그런 것을 희망했지. 지금은 그날의 동요들과 사랑의 동요에 깊이 빠져 있는 그녀를 위해서. (그런데 말이지만 내가 항상 파티를 열고 있다고 생각하진 말게, 그것은 우연히 일어난 일이었고 단 한 번이었어. 나는 프라하에서와 꼭 마찬가지로 사람들을 두려워할 뿐이야.) 그러나 그녀가 오지 않았어, 감기에 걸렸거든. 그러고 나서 우리는 어제 전화로 서로 이야기를 나누었지, 그녀는 동요했고, 베를린의 동요들이 (총파업에 대한 두려움, 환전의 어려움, 그런데 그것은 그 동물원에서만 아마도 어제만 그랬던 것 같아, 예컨대 오늘은 프리드리히슈트라세역에서 그런 밀침 같은 일 없이도 환전이 되었거든), 베를린의 동요들이 프라하의 고통들과 섞이었어. (난 다만 이렇게 말할 수 있을 뿐이네, 막스가 뭔가 9일에 대해서 편지를 쓰고 있구나 하고.) 그리고 여기 베를린 사람들은 실제로 전염성이야, 전화통화 이후에 여전히 밤중에도 그들과 싸우고 있다니까. 어쨌든 그녀는 오늘 저녁에 오겠다고 약속했고, 나는 그 사이에 위로될 만한 힘을 모을 수 있겠구나 희망했지. 그러나 이제 그녀가 전화를 했고, 올 수 없다고 하네, 이유는 그녀가 동요된 때문이라는데, 그건 사실은 단 하나의 이유일 뿐이네. 다른 이유들은 다만 장식으로서 그 주변을 감싸고 있지, 즉 자네의 여행 날짜야. 동생의 결혼식은 장애 이유로서 인정되지 않고, "그이는 기분 전환으로 한 번 다른 사람의 마음에도 상처를 줘야 된다고요." 그러더군. 그 비슷한 말을 그 비슷한 계기에 내가 프라하에 있을 때에도 들었던 것 같아.

가련한 사랑스런 막스! 행복한 불행한 자여! 만일 내가 E.에게 할 수 있을 어떤 충고를 줄 수 있다고 자네가 생각한다면, 내 기꺼이 그 일을 하겠네. 나 자신도 순간적으로는 아무것도 모르겠어. 그럼 내가 내일 그녀에게로 갈 수 있을까 물었지, 그녀가 말하기를 언제 집에 돌아와 있을지 모르겠다는 거야, (물론 모든 말을 친절하고 또 솔직하게) 아침 일찍은 한 시간 수업이 있고, 오후에는 친구 집에 가는데, "그 애 역시 미친 애지요!" 그렇게 말하는군 그래, (에미는 내게 그 여자 이야기를 몇 번인가 했었지.) 마침내 우린 합의했어, 내일 다시 서로 전화로 말하자고. 그게 전부야, 적고도 많지.

수요일. 지금 막 9시에 나는 다시 E.와 이야기 나누었네, 일은 더 잘 될 것 같고, 오늘 저녁 자네와의 전화 통화는 그 위안을 전제로 하지. 아마 틀림없이 오늘 저녁에는 그녀가 올 거야. 새로운 전화 통화, 새로운 변경이지. E.는 정오에 벌써 오겠다고 하더군. 나는 항상 생각해 보지, 어떻게 사랑과 음악이 E.를 고양시키는가, 그러나 이런 결론을 내릴 수밖에 없어, 전에는 어려운 삶의 한 가운데에서도 지극히 용감하게 살았던 그녀가 이제는 이 모든 베를린적인 경악에도 불구하고 표면상 그래도 훨씬 가벼워진 인생을 살면서도 외관 때문에 그토록 고통을 당하고 있다는 사실을. 나야 내가 아는 부분에 한해서 이 마지막 것을 잘 이해하지만, 어쩌면 그녀보다 훨씬 더, 그러나 난 정말이지 그녀의 초기 생활이라면 견뎌 내지 못했을 것이야.

다시 자네의 질문으로 돌아가세. 나는 내 한정된 히브리어로 벌써 몇 마디 말을 한다네. 게다가 여기서 겨우 15분쯤 걸리는 달렘에 있는 유명한 원예학교에 다니고 싶었는데, 거기 청강생이자 팔레스타인이며, 또한 D.(디아만트가 그녀의 이름이지)의 친지인데, 그가 나를 격려시키려는 의도로 정보를 줌으로써 나를 겁먹게 했네. 나는 실기 수업에는 너무 나약하고, 이론적인 교육에는 너무 불안정하지. 더구나 해가 너무 짧고 나쁜 날씨에는 외출할 수가 없네. 그래서 그냥 포기했네.

프라하에는 꼭 갔어야 했을 것을, 그 비용과 고생에도 불구하고, 다만 자네와 함께 있고, 마침내 펠릭스와 오스카도 만나기 위해서라도. (E.에게 보낸 자네의 편지에 오스카에 대한 놀라운 문장이 있더군, 그 언급은 단지 어떤 기분에서 나온 겐가 아니면 사실인가?) 그러나 오틀라가 만류했지, 마침내 어머니도 그러셨고. 그게 더 나은 일일 게야, 나는 아직 거기 손님이 아닌 것이야, 바라건대 난 너무 오래 밖에 머물고 있어서 손님이 될 수나 있을까 싶어.

자네의 F

자네 동생의 결혼식에 대해서 내게 조언 좀 해주게나. 자네의 여동생과 매제에게 안부 전해 주고.

나는 겨울 용품들을 11월까지는 족히 기다릴 수 있네.

자네 작업이란 무엇인가? 그 소설『르우벤』은 쉬고 있나?

베를린 슈테글리츠, 우편 소인 1923년 10월 25일.

막스 브로트에게

가장 친애하는 막스, 그 일이 내 머리 속에 어떤 모습으로 그려지는
지 간단히 설명할게, 어쨌거나 오늘은 여러 가지 이유로 약간 충격
을 받은 머리라서. 그에 대한 자료로는 주로 어제 그러니까 목요일
에 E.와 나누었던 대화 내용이네. 그녀는 7시경부터 10시까지 우리
집에 있었네. 그런데 말이지만 자네의 편지가 도착한 바로 그 시간
이었지, 난 그것을 그녀 앞에서 개봉하기 싫었고.

　그 점에서는 자네 말이 옳아, 만일 베를린 사정이 대체로 작년 수
준이었다면, 그러니까 생활은 쉽고, 가능성들은 많고, 쾌적한 방심
상태 등등이라면, 그렇담 그것은 그러한 돌발 사태로까지는 나아가
지 않았을 것임에 틀림없어. 그러니 화산에 불길이 없어서가 아니
라 그것이 다만 다른 통로들을 찾았을 것이기에 그래. 그것이 상황
에 따라서는 평화로운 시대가 되었을 것이야, 물론 지속적은 아니
겠지. 왜냐하면 그것은 고통의 중심점이니까, 그 속에서는 수많은
것들이 섞이고, 상이한 시대에는 – 자네의 현재 사실상 막강한 영

향력 하에서 – 아주 전적으로 상이한 견해를 가져다주기 때문이지, 그러나 항상 거기 존재하는 것이야. 거기에 대해서 우리는 그런 식으로 행동할 수 있고, 그래 표면상의 평화로 만족하는 것이지. 그것은 또 정말이지 아주 많은 것이지, 왜냐하면 결국은 이러한 잠정적인 평화 이후에 또한 정말 기대했거나 기대하지 않았던 일들로 인해서 언젠가는 진정한 평화가 도래할 수도 있으니까. 이 잠정적인 평화에도 이제 오늘의 베를린은 다가갈 수가 없어, 비록 자네가 초인간적으로 분투노력하고 또 자네는 그것을 유감스럽게도 실제로 한 것 같은데 말이야. 그러나 베를린이 그것을 할 수 없기에 우리가 후속 도움을 주어야 하며, 이 후속 도움이란 바로 자네가 4주마다 오는 일일세. 그것은 최고의 상자들보다도 더 영양가 있는 일일 게야. 자넨 마지막 돌발 사태를 위한 그 어떤 직접적인 계기를 구해서는 아니 되네. 2주 전에만 해도 요구사항이란 고작 자네가 오는 것에 한정되었지. 이제 비로소 그건 엄청 상승해 버렸어. 그렇기 때문에 나는 그녀가 자네의 개인적인 영향력을 통해서 다시금 한정하게 되리라고 믿는 것이야. 그리고 바로 이러한 희망에서 어제 자네로서는 경악했을 제안이자 내 상상력권 내부에서는 해결할 만한 제안을 했던 거야. 자네들 둘이서 최소 며칠간 더 이상은 설왕설래 편지로 전화 통화로 서로를 괴롭히지 말라고, 그 대신 모든 것을 눈과 눈을 맞대고 풀자고 내버려두자는 것이었지. 그렇게 되면 거기서 다시금 "잠정적인 평화"를 희망할 수 있을 테니까.

E.의 현재 주된 요구 사항은 엄청나네. 나는 그것을 느끼고 있어, 막스 자네와 함께 심각하게. 그러나 그것은 질투심만이 아니라네,

비록 그것 역시 자네가 말한 대로 "무의미한" 것은 아닐지라도. 그것은 질투심만이 아니라네. – 난 이 말을 자네가 그것이 뭔가를 알지 못해서 하는 것이 아니라, 이 기이하고 감춰진 수수께끼 같은 고통 속에 있는 자네에게 가까이 가고자 말하는 것이야. – 이것은 또한 이해의 불가능성이기도 해, 그것이 자네 편에서는 설명의 불가능이듯이. 자네는 "다만 의무가 나를 여기 이 결혼에 묶어둔다."라고 말한다면, 그것으로써 자네가 E.를 반박했다고는 생각할 수 없겠지. 거기다 대고 그녀가 반박하지 못할 그 어떤 말을 할 수 있겠는가 말이야! 게다가 자명한 것을. 그것은 바로 "의무"만은 아닌 것이야, 그러나 이 순간에는 달리 어떻게도 표현할 수 없지. 그러나 자네는 그 말로써 뭔가를 반박할 희망을 가져서는 안 되지.

그런데 말이지만 E.는 아마도 아직은 그녀 말대로 "행복하게 하는" 전화 통화의 영향으로 (그건 자네의 편지로 인하여 완전히 취소되어야 했겠지만) 아주 좋아 보였네. 리허설에서도 성공을 했고, 뿐만 아니라 교회의 콘서트에서 함께 노래할 전망이 있었고, 그래서 총체적인 인상은 절대로 절망적으로 보이지 않았어. 다만 이따금씩 폭발하면, 그럴 땐 "의무"와 관련된 질문이거나 아니면 자네로 인한 영향력과 마취에 대한 불안이었지, 자네가 여기 오게 되면 말이야.

어머니께는 얼마 전에 여하간 자네가 베를린에 오게 될 것이라고 편지 드렸네. 이제 그것을 취소해야 하겠군. 그러나 그것 또한 아무 의미가 없을 것이야, 난 그래 착각을 했을 수 있으니까. 자네가 물건들은 가져올 수 있다면, – 어떻게 처리하던 짐은 남네 – 그럼 부디 가져오게나. 물론 그것이 절대적으로 필요한 것은 아니야, 그렇지 않고도 또 그것을 입수할 어떤 계기를 발견할 수 있겠지. 만일 자네가 그것을 가져온다면, 수하물표를 그냥 간단히 철도택배사무소에 내 현재 주소로 줘 버리게. 아마 내가 자네에게 제 때에 새 주소를 (11월 15일부터 통용될 주소) 보낼 것이야, 그러면 트렁크가 쉽게 곧바로 배달될 것이니까. 하지만 그 모든 것보다도 중요한 것은 우리가 곧 만나게 된다는 것이로군.

F

베를린 슈테글리츠, 우편 소인 1923년 11월 5일.

093

막스 브로트에게

가장 친애하는 막스, 오랫동안 내가 편지를 쓰지 못했네.

나에게는 온갖 종류의 장애가 있었고, 온갖 종류의 피곤함까지. 그건 마치 바로 (은퇴한 관리로서) 이 황량한 이국땅에서 싸워 나아가야 하는 기분이야, 그리고 더더욱 어려운 것은 아예 이게 황량한 세상 속에서라니. 그때 자네의 문예란 글에 대해 내 불행한 손을 놀려서 생긴 그 소동들은 아마 벌써 다 지나갔겠지, 아니 벌써 그때 당시에 지나가 버렸지 뭐. 왜냐하면 E.가 내게 말해준 대로라면 바로 그 다음날 자네는 정말이지 용서를 비는 선의의 엽서를 받았으니까 말이야. 그렇기 때문에 나 또한 그 다음에는 더 이상 그것을 무겁게 생각하지 않았네. 금전 문제는 이제 내가 아주 잘 이해하고 있네, 다만 그때 11월의 위기를 함께 체험했고 또 오해도 했지만, 그땐 자네가 나보다도 더 잘 해석을 했는데, 그 이후 이제도 왜 자네가 12월의 위기에 그런 일에 (질투심, 전화 통화의 어려움 등등) 그렇게 빠져있었나 하는 점을 이해할 수가 없는 것이야. 마치 이 위기가 본질적으로 11

월의 위기와는 사뭇 다른 것인 양 왜 그러느냐고. 그것은 자네들이 함께 있음으로써 그렇게 아름답게 해결되었고, 그래서 그건 미래 전체에 좋은 징조를 보여주었지 않았는가 말이야. 아무튼 어찌되었건, 자네가 어떤 주문이 있고 또 내편에서 어리석은 짓을 할 위험을 너무 많이 걱정하지만 않는다면, 나를 잊지 말게나.

자네의 극작품『분터바르트 재판』에 대한 언급은 무엇을 의미하는가? 그것이 벌써 공연이 되었는가? 나는 (구독료가 올라서) 신문을 읽지 않고 있네, 또한 일요신문 마저도 포기했어. (새로운 세금들에 대해서만은 이래저래 안주인 때문에 너무도 제 때에 알게 된다네). 그래서 프라하에 있을 때보다는 세상사에 대해서 훨씬 깜깜하다네. 예컨대 무질의『빈센츠』에 대해서도 정말 알고 싶어, 그것에 대해 아는 것이라곤 첫 공연이 지난 한참 뒤에야 아카데미에 가는 (세계로의 관문) 길목에 극장 포스터에서 읽은 제목이 전부니까 말이야. 그러나 사실 그것이 본질적인 고통은 아니지 뭐. 그런데 말이지만 자네 극작품 일로 피어텔이나 블라이와 접촉할 수 없겠는가? 그들은 거의 친구지간이지. ─ 오스카에게는 《신 전망》지와 관련해서 그의 소설「괴물」때문에라도 진작 편지를 썼어야 하는 건데, 그러나 그 일은 아직도 진행 중이지, 말하자면.

도라가 안부 전하네, 그녀는 작곡가 야로슬라브 크리카에 대한 글을 보고서 황홀해 하네.

베를린 슈테글리츠, 우편 소인 1923년 12월 17일.

094

오스카 바움에게

나의 친애하는 오스카, 자네는 어쩌면 기껏 그렇게 비참한 대변인
을 두었는가!

그의 선한 의지는 어디다 써먹는단 말인가? 그런 정도 비참함으
로는 그가 손해만을 끼치겠네. 그런 과제를, 그것도 자네로부터 그
렇게 전망 좋은 과제를 맡아서 나는 황홀했지, 진짜로 황홀했어. 자
이제 물론 내가 직접 전화로 곧장 달려가지는 않았네. (굉장하네! 전
화라니! 그것이 실제 내 책상 위에 있으니!) 그러나 내 온 힘을 다해서 누
군가 다른 사람에게 밀어붙였네. 두 번의 전화는 실패했네. 나는 그
것을 더 한층 교활한 절차를 요구하는 징후로 받아들였고, 편지를
썼으며, 그리고 한 친구에게 그것을 가지고 가게 했네. K.카이저가
말로 양해하도록 강요되게끔 그런 생각이었네. 그러나 K.는 더욱
교활해서, 옆방으로 사라지더니 받아쓴 편지를 가지고 돌아왔었지.

"그로서는 참 안 되었군요. ‒ 그러나 특집에다가 편집상의 난점
들이 있어서 ‒ 지금까지는 불가능합니다. 그런데 이제는 새로운 아

이디어가 떠오르는데요, (난 오늘까지도 알 수 없는 것이, 그 아이디어라는 것이 자네의 소설과 관련된 것인지 말이야,) 그것에 대해서 그가 기꺼이 나와 이야기를 나누고 싶어 하는데, 내가 그에게로 가든지 전화로 알리던지 하랍니다."

그것은 의식적이 아니더라도 교활했어, 왜냐하면 그 둘 다 내게 불가능한 일이었으니까. 나는 더욱 교활해서 두 번째 편지를 보냈지, 다시금 내 친지를 통해서, 그 속에 두 가지의 불가능성을 설명했고, 그리고 화급하게 부탁을 했지, 자네의 소설에 대해서 내 친지와 상세히 이야기를 나누어 달라고. 그러나 교활함은 하늘 꼭대기까지 쌓여만 갔지. 이 두 번째 편지에 대해서 그가 말하기를, 그 주 안에 내게로 오겠다는 것이었지. 그런데 이제 그는 점잖게 빠져나갔지, 왜냐하면 그가 나에게 오지 않았으니까. 다음 주에 나는 다시금 (그 말은 다시금 직접 내가 아니라) 그에게 그 소설 때문에 문의할 것이야. 그에 대해서 그는 성탄절 이후에야 오게 될 것이라고 말하지. 그러나 그 소설에 대해서라면 그건 무조건 받기는 했는데, 출판 시기에 대해서는 아무런 할 말이 없다는 것이지. 희한한 일이지, 그러한 대단한 작전이 세상 흘러가는 통에 밀려들어갈 수 있다는 것인지, 오묘하게, 눈곱만한 것도 변화시키지 않고서.

오스카, 친애하는 친구여, 내게 부디 화내지 말게!

진심 어린 안부를 자네와 자네 가족에게 보내며.

F.

베를린 슈테글리츠, 1923년 12월.

095

막스 브로트에게

친애하는 막스, 우선 내가 편지를 쓰지 않았던 것은 아팠기 때문이
네(고열, 오한 그리고 후유증으로 단 한번 의사의 왕진에 160크로네를 들였지.
D.가 나중에 교섭을 해서 그것을 절반으로 내렸지만. 어떻든 그 이래 나는 병
나기가 열 배는 두렵네. 유대인 병원에서 2등실 병상이 하루 64크로네라네. 그
러나 그것은 다만 병상과 식비의 값이며, 그러니까 간호 비용도 의사 비용도
아니고서 그렇다네). 그 다음엔 또 왜 쓰지 않았나 하면, 자네가 쾨니
히스베르크로 여행 중에 베를린에 들릴 것이라 생각했던 때문이네,
그런데 말이지만 E. 또한 당시에 그렇게 말했지, 자네가 그녀의 오
디션에 참석하기 위해 3주 후에 올 것이라고.

   그리고 나서 이 생각이 지나가 버렸을 때는 (쾨니히스베르크 일은 어
찌 되었는가? 사람들이 『분터바르트』에 대해서 거부감을 보인다는 것은 아직
나쁜 일은 아닐 것이야, 난 이제야 드디어 꼭 읽어보고 싶다네. 그리고 『클라리
사』의 경우에도 처음에는 그렇지 않나, 물론 『클라리사』가 두 번째 극작품에
길을 열었어야지.) 그러니까 그 일이 지나 버렸을 때 그리고 자네의

이곳 여행이 아예 멀리 미루어진 다음에는, E.와 더불어 – 이번에 그녀가 어찌 행동할지는 난 잘 모르네 – 한숨이나 쉴 수밖에. 그리고는 가벼운 마음의 울적함으로 쓰지 못했네, 소화 장애 뭐 그런 것이 야기한 일이었지. 그러나 이제 자네의 엽서가 나를 깨웠네. 물론 나는 E.에게 가서 온 힘과 재주의 한계를 총동원해서 모든 것을 해보려고 노력했지, 비록 나이든, 사실상 변덕스럽고 또한 고집스런 숙녀분의 적대감이 어쨌건 뭔가를 의미했더라도 말이야, 헌데 그 양반은 간계에도 일가견이 있는 것 같아 보였다네. 나에게 도움이 된 것은, 하긴 또한 뭔가 내게 손해를 끼치기도 했지만, 그것은 내가 E.와 그녀의 일을 연기의 영역에서 보게 되는 것을 애당초 기쁘게 생각했다는 것이지, 그것은 물론 나로서는 후두, 가슴, 혀, 코, 그리고 이마의 비밀처럼 그렇게 전적으로 차단된 것은 아니었지, 내 말이 설사 어떤 가치를 가졌다 하더라도 그로 인해서 가치를 잃어 버렸지. 그러나 주요 장애는 역시 내 건강이네. 오늘은 예컨대 E.와의 전화 통화를 약속했었지, 허나 그 추운 방안으로 건너갈 수가 없단 말이네, 왜냐하면 열은 37.7도이고 침대에 누워있으니까. 그건 물론 특별한 일은 아니네, 그 정도는 자주 올라가고서도 별 다른 후속 문제가 없었네. 날씨의 변덕 또한 거기에 관여되었겠지, 내일이면 보아하니 지나갈 것이로구먼. 어쨌거나 그것은 거동의 자유에는 심각한 장애이며, 그밖에도 의사의 왕진비에 대한 암호가 맹렬한 숫자로 내 침대 위에서 둥실 떠다니네. 아마도 나는 내일 오전이면 시내로 아카데미에 가게 될 것이며 E.의 집에 들를 수 있을 것이네, 그녀를 여전히 이런 날씨에도 끌고 나오는 것은 – 그녀 또한 약간 감기가 든 것 같아 – 좋지 못할 것이야.

　나아가서는 E.를 어쩌면 낭송 배우 미디아 피네즈⑦와 인사시키려는 계획을 가지고 있네, 그 여자 이야기는 내가 전에 한번 했었지. 그녀는 며칠 예정으로 베를린에 와서 노이만그래픽갤러리에서 낭송을 하게 될 것이네, (그녀는 『카라마조프 형제들』에서 은둔자의 생애를 외워서 낭송한다네.) 그리고는 틀림없이 나를 방문할 것이야. 아마도 그것은 E.에게는 예증적인 영향력을 지닐 것이야, 피네즈 또한 언어학 교사이며, 젊은 처녀이니까. 그 낭송은 내가 E.로부터 즐겨 듣는 것이라네, 또한 그녀에게 오래 전에 솔직한 심정으로 그것을 부탁했네(오랜 시간이 지난 뒤에 괴테의 시구를 듣기 위해서 만이라도). 다만 외적인 사정들이 그것을 지금까지 방해했는데, 그 중에는 우리가 2월 1일 자로 가난하고 지불능력이 없는 외국인들로서 지금의 좋은 아파트에서 추방당하게 되는 일도 들어 있네. "따뜻하고 배부른 보헤미아"를 상기시켜 주는 것은 자네가 옳아. 그러나 사정은 그리 좋지 못해, 그래도 어느 정도는 버티네. 셸레젠은 당치도 않네, 셸레젠은 프라하야. 뿐만 아니라 나는 따뜻함과 배부름을 40년간 누렸고, 그 결과는 더 이상의 그 시도가 매혹적이지 않다는 것이네. 셸레젠은 나에게도, 아마 우리들 모두에게 너무 작을 것이야, 또한 나는 "학습"에 익숙해지지는 않았어, 학습이란 애당초 존재하지 않고 다만 기초도 없는 형식적인 기쁨뿐이라는 것을 제외하면 말일세. 그러나 사물들의 이치를 이해하는 어떤 사람을 가까이 한다는 것, 그것은 나에게 특별한 고무가 됨을 의미하지. 틀림없이 이것은 사물에 대해서라기보다는 그 사람이 내게 중요하다는 말일세. 어쨌

그리운 친구여

거나 그것이 셸레젠에서는 가능하지 않지, 그러나 아마도 실제로 –
자네의 언급을 듣고서 그게 나에게 떠올랐는데 – 어떤 다른 보헤미
아 지방 또는 모리비아 지방이 가능할지, 그 점에 대해서 나는 곰곰
이 생각하고 있다네.

　본질이라고 하는 것이 그렇게 무상하지만 않다면, 누군들 정말이
지 현상을 그려낼 수 있지 않을까 싶어. 왼쪽에는 뭐랄까 D.가 있어
그를 지지해 주고, 오른쪽에는 뭐랄까 그 사람이. 예컨대 어떤 "악
필"이 그의 목을 뻣뻣하게 할지도 모르지, 이제 다만 그의 발아래
땅만 굳어 있다면, 그 앞의 심연은 메워질 것이고, 그의 몸을 둘러
싼 독수리들은 내쫓기고, 머리 위 폭풍은 잠재워지겠지. 그 모든
일이 일어난다면, 이제 그러면 약간 그런대로 되어가겠지. 나는 또
한 빈을 생각하기도 했는데, 그러나 최소한 100크로네를 여행 경비
로 쓰는 일이나, (나는 그래 아주 훌륭하게 처신하고 계시는 부모님, 최근에
는 또한 여동생들에게도 신세를 지고 있으니) 게다가 프라하를 경유하고
그밖에도 불확실한 곳으로 여행하기는 너무 모험적이기도 해. 아마
그래도 아주 이성적으로 아직은 잠시 동안 여기에 머무르게 될 것
이야, 베를린의 어려운 단점들이 어쨌든 그만큼 더 기쁘고 교육적
인 효과를 지니기 시작했으니. 아마도 그런 다음 언젠가 우리는 E.
와 더불어 이곳에서 떠날 것이네. 모든 좋은 소망을, 특히 내가 듣
기로는 이제 자네가 돌아가려 한다는 그 소설『루우벤』이 잘 되어가
기를 비네.

자네의 F.

자선 소포 고맙네. 우리가 그것을 받아 두는 것이 약간은 부끄러웠네. 내용물은 비록 모두 칭찬의 가치가 있을망정 그리 매력적이지는 않았네. D.는 큰 케이크를 굽게 하여, 그녀가 지난해 침모針母로 있었던 유대 고아원에 가지고 갔네. 거기에서 억압되고 기쁨 없는 삶을 사는 아이들에게 큰 사건이었다는군. 이것으로 더 이상 자네에게 부담이 되지 않도록, 내가 누이 엘리에게 몇몇 주소를 보냈네, 그들 모두에게 소포를 보내면 되네.

최근에 카츠넬존이 아내와 함께 나를 보러 왔었네. 리제 부인이 말하기를, 자기 모친이 자네를 성탄절에 보덴바흐에서 보셨다는데, 여기에 왔었느냐고? 나는 아니라고 말했지. 당장에 재치 있게 카츠넬존이 말하더군, 마치 자네에게서 사주를 받은 듯이, "틀림없이 그는 그럼 츠비카우에 갔군." 바로 그 순간 그가 오히려 의심쩍어 보였다네.

도라는 브레슬라우 출신의 만프레트 게오르크를 잘 아는데 (그는 지금 베를린에 와 있어), 그리고 자네로부터 그에 대한 몇 마디 판단의 말씀을 듣고 싶어 조바심인가 보네. 자네도 그를 알지, 내가 착각이 아니라면, 아니 계속 착각이 아니라면, 그가 편집한 선집에 자네에 대한 글이 한 편 들어 있을 것이야.

베르펠의 작품 공연에 대해서 자네가 쓴 글은 매우 좋아, 매우 고무적이며, 힘을 실어 주고, 여러 번 읽을 가치가 있네. 그러나 왜 영웅적인가? 오히려 탐닉적, 아니 그래도 영웅적이네, 영웅적인 탐닉이지. 만약에 모든 사과에 벌레만이 진짜 탐닉자가 아니라면.

자네의 글 「프와레 극장」도 좋아, 좋다고. 이들 에세이에만 한정한다 해도 자네는 정말 굉장한 작가야! 무소르크스키에 관한 그 글을 나는 얼마나 자주 읽었는지 (아직도 그 이름의 철자를 어떻게 적는지도 모르지만) 오히려 무도회장의 입구 문설주에 달라붙어서 이방인들의 큰 잔치를 바라보는 어린아이 같다고 할지.

자네는 에른스트 바이스의 『불의 심판』을 읽어보았나? 나는 몇 주간 그것을 가지고 있었는데, 한 번 읽고 절반을 다시 읽었네. 그것은 화려하고 그의 다른 어떤 글보다도 더 어렵더군. 글이 비록 개인적이고자 하면서도 또한 방향 전환과 굴곡으로써 그것을 회피하고자 하고. 그에게 아직 감사를 전하지 않았네, 나의 양심에 몇 가지 그러한 부담을 가지고 있어. 그런 것들을 조금이나마 자신으로부터 털어내고자 묻는데, 자네는 바이스의 『나하르』에 대해 평을 썼는가?

펠릭스와 오스카에게 부디 나의 안부 말을 전해 주게(카이저에 대해서도 통 소식을 듣지 못했는데, 아마도 더 이상 아무 소식도 못 받을 것 같네).

클롭슈토크에 대해서 뭔가 알고 있는가? 《석간》에 뭔가 발표된 것이 나왔는가?

베를린 슈테글리츠, 1924년 1월 중순.

로베르트 클롭슈토크에게

친애하는 로베르트, 아니라네, 여행은 아니야, 그러한 거친 행동은
안 돼, 우리는 그렇게 하지 않고서도 함께 하게 될 것이네, 더 조용
하고 또 약한 뼈에 알맞은 방식으로.

　아마도 – 실은 우리가 이제야 그 생각을 한다네 – 우린 곧 프라
하로 가려고 해, 빈의 요양원이 고려 대상이라면 그렇다면 확실하
네. 나는 요양원에 반대하고 있고, 또한 하숙도 반대하네, 그러나
내가 열에 대항할 수 없으니 무슨 소용인가. 38도는 일상의 양식이
되었고, 저녁 내내 밤의 절반을 그러네. 그밖에는, 그럼에도 불구하
고 이곳은 매우 좋아, 베란다에 누워, 태양이 어려운 두 대상에다가
그렇게도 상이한 과업을 수행하는 것, 나 그리고 내 옆의 자작나무
를 자연의 생명으로 일깨우는 과업을 바라보는 것 말이네(그 자작나
무는 훨씬 앞선 것 같네만).

　여기를 떠난다면 매우 싫어, 그러나 요양원에 대한 생각을 전적
으로 거부할 수는 없어. 왜냐하면 열 때문에 벌써 몇 주째 집밖으론

꼼짝도 못하고 있으니. 누워 있기에는 충분히 힘이 난다고 느끼지만, 어떤 움직임에도 첫걸음에서 벌써 거창한 일의 성격을 받아들여야 하지, 때로는 살아서 평화로이 요양원에 묻힌다는 생각이 아주 불쾌한 것만도 아니라네. 그러고 나면 심지어 자유를 위해 점지된 이 따뜻한 몇 달마저도 잃어버려야 한다는 생각을 하면 다시금 매우 끔찍하게 느껴지네. 그런 다음에는 다시금 아침저녁으로 기침이 일고, 거의 날마다 가득 채운 물병, 또 다시 요양원 문제가 거론된다네. 그러나 그런 다음에는 예컨대 다시금 그곳의 끔찍한 식사 의무에 대한 공포가 이네.

지금 자네의 최근 편지가 왔네. 그러니까 자네는 동의하는가, 아니면 다만 강요된 것인가? 나는 자네가 스스로 정정하고 외숙을 더 이상 단순히 "차가운 신사"로 보지 않아서 기쁘네. 또한 "차가움"이 어찌 단순할 수 있단 말인가? 거기에는 이미 틀림없이 항상 다만 어떤 역사적으로 설명될 현상이 있는 것이므로, 그것은 정정되어야 당연하지. 그리고 또, 그를 차갑게 보이게 하는 것은 틀림없이 그가 그의 의무를 수행하고 "독신의 비밀"을 고수하기 때문이라네.

자네의 병든 소녀에 대한 소설을 나는 잘 기억하네. 그녀는 꿈속에서도 아브라함이 나오고 그러는 여자 아니었나? 아르투르 홀리처의 회상을 읽으면서 자네 생각을 많이 했네. 그것이 《전망》에 게재되었는데, 두 번째와 세 번째 연재물을 내가 읽었네. 자네와 그 사이에 전혀 직접적인 연관성을 규정할 수 없지만, 기껏 헝가리인 그리고 우리 모두에게 해당되는 유대인이라는 것 정도 말고는. 그러나 나는 지역성에 기꺼이 집착하는 편이며, 거기서 그것들이 보여

주고 있는 것 이상으로 많은 것을 인식할 수 있다고 생각해. 그런데 말이지만 홀리처 자신은 생각하기를 자기에게는 헝가리 정신이 없으며, 그냥 단순히 독일인이라는군, 자네는 그러한 부다페스트 사람들에 대해 나에게 말한 적이 거의 없었네. 그 회상록에는 매우 좋은 것들이 있네, 폴 베를렌의 등장과 함순의 등장이네. 그에게도 또 독자에게도 함께 부끄러운 것은 유대적인 것에 대한 그의 독특한 탄식의 방식이야. 우리가 어떤 집회에서 수 시간 동안 특정 고통의 요소를 논구하고 나아가서 보편적 동의하에서 그 치유 불능성을 확인했고, 모든 것이 끝난 뒤쯤에, 누군가가 또 한 사람 구석에서 나와서 바로 이 고통에 대해서 참담하게 탄식하기 시작하네. 그러나 좋아, 기괴한 참담함에 이를 지경으로 솔직하고. 그럼에도 불구하고 이런 느낌이지, 그건 아직도 멀었구나.

나로서는 또한 젊은 시절의 "문학적" 회상이 그 즐거움을 강화해 주며 랑엔 출판사의 출판목록을 근본에까지 그리고 항상 새로운 것까지 보는 것이네. 지칠 줄 몰랐고, 또 내가 거기서 거론된 책들을 대개 손에 놓을 수 없었기 때문에 또한 대개 이해하지 못했으니까. 파리와 문학의 영광은 나에게는 수년 동안 홀리처와 그의 소설들의 제목이었으며, 이제 그 노경의 남자가 온통 그 시절의 고충을 스스로 털어놓다니. 그는 당시에는 불행했다고, 그러면 우리는 생각하지, 우리도 한번이라도 그렇게 불행했었다면 이런 식으로 시도해 보았을 것인가. 그런데 말이지만 거기서 역시 폐병이었던 함순은 설명하더군 – 그것은 사실상 나를 위로하기 위한 것 같았네, 그러나 진짜 거칠고 서툴게 꾸며져 있었지만 – 파리의 겨울이 그를 매우 압박혔었다고, 옛 폐병이 다시금 신고를 하고, 그래 저 위 노르웨이의 작은 여름 요양원으로 가야 했다고, 그리고 파리는 도대체가 너무 비싼 곳이라고.

이제 다보스의 경이로운 사실이 드러나네. 그 모든 것이 얼마나 어려울 것이며 나는 또 나를 위해서 다른 사람을 얼마나 쥐어짜야만 할 것인지. 그런데 자네는, 로베르트, 1,000크로네에 대해서 한탄을 하는구면. 자네는 얼마나 버릇없는 독립적인 자유의 귀족인가 말이네.

이제 우리는 정말 만나게 될 것이네. 외숙은 나더러 이곳에서 곧장 인스브루크로 가라고 제안하셨네. 오늘 외숙에게 내가 왜 프라하로 가는 쪽을 선호하는지를 설명해 드렸네. 아마도 외숙은 동의해 주실 것이네.

베를린 첼렌도르프, 우편 소인 1924년 3월 초.

로베르트 클롭슈토크에게

친애하는 로베르트, 오로지 의료적인 것들이고, 그밖에 다른 모든 것은 너무도 부차적인데, 그러나 이것은 − 그 유일한 장점인데 − 기쁠 정도로 단순하네. 해열제로 액체 피라미돈 일일 3회 − 기침약으로 데모폰 (유감스럽게도 듣지는 않아) − 그리고 아네스테신 정제. 내 착각이 아니라면 데모폰에 아트로핀을 추가. 요건은 아마도 후두이네. 말로는 물론 어떤 정확한 이야기를 듣지 못하고 있어, 그럴 것이 후두 결핵에 관련해 상담할 때는 누구나가 머뭇거리며 회피하며 멍한 눈을 하고서 말을 하게 되니까. "뒤쪽에 부기", "침윤", "악성은 아닌", 그러나 "정확한 것은 아직 말할 수 없소", 그것이면 아주 심한 통증과 관련지어서 충분히 알게 되네. 그밖에는 좋은 방에다, 아름다운 시골에, 나는 보호 대상이란 감을 전혀 느끼지 않네.

기흉요법을 언급할 기회는 없었네, 전체적으로 좋지 않은 상태에서는 (겨울옷을 입고서도 49킬로그램이니) 그것도 전혀 고려 대상이 못돼. 요양원과 나머지 다른 소통은 전혀 없네, 침대에 누워서, 정말이지 오직 속삭일 수 있을 뿐, (어쩌나 빨리 일어난 일인지, 예컨대 프라하에서 세 번째 날엔가 그게 처음으로 넌지시 시작되었거든). 발코니와 발코니 사이가 커다란 잡담망인 것 같아, 현재로선 그것이 나를 방해하지 않네.

비너발트 요양원, 우편 소인 1924년 4월 7일.

098

막스 브로트에게

가장 친애하는 막스, 방금 자네의 편지를 받았네, 그것이 나를 너무 너무 기쁘게 하네. 오랫동안 자네 글씨 한 자도 못 본 것 같았거든.

무엇보다도 나 때문에 자네 주변을 에워싸는 편지나 전보의 소음을 용서하게. 그것들은 대체로 필요 없는 것으로, 나약한 신경 때문으로 촉발되었나 봐, (내가 얼마나 떠벌리며 말을 하는지, 오늘은 또 몇 차례나 밑도 끝도 없이 울었어, 이웃 환자가 밤중에 죽었거든). 그리고 또 역시나 비너발트에 있는 그 지독한, 억압적인 요양원 때문이기도 했어. 후두결핵이라는 사실과 타협을 했다면, 나의 상태는 견딜만해, 현재로선 나는 다시 뭔가를 삼킬 수 있으니. 그리고 병원 체재도 자네가 상상하는 만큼 그렇게 나쁘지는 않아. 오히려 그 반대지, 많은 면에서 그것은 하나의 선물이네.

자네의 편지를 토대로 하여 나는 베르펠로부터 다양한 매우 친절한 일들을 경험했네, 우선 그와 잘 아는 여의사의 방문, 그 여자는 또한 교수와 이야기를 나누었지. 그러더니 그는 나에게 또 탄들러 교수의 주소를 주었는데, 그의 친구라는군. 그는 내게 소설책_{베르펠}의 『베르디』과 (내게 적당한 책에 굉장히 굶주렸는데) 장미를 보냈어. 그리고 내가 오지 말라고 부탁을 했는데도 (왜냐하면 이곳은 환자에게는 빼어난 곳이지만, 방문객에게는, 또 그런 점에서는 역시 환자에게도 혐오스런 곳이니까) 엽서에 따르면 오늘 중에 오려고 하는가 봐. 저녁에는 베네치아로 간다고.

나는 이제 도라와 함께 키얼링으로 가네.

자네가 나를 위해서 훌륭하게 수행한 그 모든 수고로운 문학 사업에 무척 고맙네. 모든 좋은 소망을 자네에게 그리고 자네의 인생에 속하는 모든 것에!

F.

내 주소야, 아마도 도라가 나의 부모님께 불분명하게 써 보냈을까 싶어서.

호프만 박사 요양원

니더오스트리아 클로스터노이부르크 근교 키얼링

키얼링, 1924년 4월 20일로 추정

099

막스 브로트에게

가장 친애하는 막스, 자네가 내게 얼마나 잘해 주는지, 그리고 자네에게 지난 몇 주 동안 모든 것에 얼마나 감사하고 있는지. 의료 건에 대해서는 오틀라가 자네에게 말해 줄 거야.

　나는 매우 허약하네, 그러나 여기에서 극진히 보살핌을 받고 있어. 우리는 아직까지 탄들러 교수를 요청하지 않았네. 아마 그를 통해서라면 아주 좋은 곳에 위치한 그림멘슈타인에서 무료 병상이나 또는 값싼 자리를 얻을 수 있을 것이네. 그러나 나는 지금 여행을 할 수 없고, 아마 그것도 그 밖의 단점이 있을 것이야. 블라우 박사님께는 다음에 그 추천서에 대해서 감사를 드리려네, 안 그런가? 그 증정본은 내게 대환영이지, 그 호만 받아 보지 못하고 있었으니. 지금까지 목요일, 금요일 호만 받아 보았으며, 그 외엔 아무것도 받지 못했고, 부활절 호도 아직 오지 않았네.

　주소가 불명확해, 한번은 키부르크라 쓰였더군, 친절을 베풀어 그 사이 한 번 더 가보려나, 아마 부활절 호를★ 보내 줄 수도 있겠지. 자네의 소포는 둘 다, 특히 두 번째 소포는 내게 큰 기쁨을 주었네, 레클람 서적들은 마치 나를 위해 점지되어 있었던 것 같아. 내가 정말로 읽고 있다는 말은 아니야. (아니, 베르펠의 소설은 한없이 천천히, 규칙적으로 읽고 있는 중이네.) 다 읽기에는 너무도 지쳐 있다네. 감겨 있다고 하는 것이 내 눈의 자연스런 상태일 거야, 그러나 책과 잡지들과 노니는 것이 나를 행복하게 하네.

잘 있게, 내 좋은 친애하는 막스.

F.

★ 방금 그것을 집에서 받아 왔네, 발송은 제대로 된 것 같아.

키얼링, 우편 소인 1924년 4월 28일.

100

막스 브로트에게

가장 친애하는 막스, 이제 그러니까 그 책이 역시 여기 도착했네, 그냥 보기에도 대단하며, 샛노랑과 붉은색이 약간의 검정과 붉은색이 검은 터치와 어울리며, 매우 유혹적인데다, 그리고 더욱이 공짜라니. 사실상 타우벨레스 서점의 선물일세, - 내가 도라의 순진성에 밀려서 자네에게 직선적으로 뻔뻔하게 그 책의 "조달"을 부탁했었다니, 그것은 알코올 중독의 여독이 틀림없었을 거야 - 왜냐하면 매일 한두 번 주사를 맞는데, 그 중독이 겹치니, 항시 여독이 있다네 - 단지 내가 어떤 강력한 알코올 주사를 거기다 사용했더라면, 자네의 방문 동안에 뭔가 더 사람답게 굴었으면 좋았을 것을, 그걸 그렇게 고대했건만 그렇게 침울하게 지나버렸으니. 어쨌거나 그것이 예외적으로 나쁜 날은 아니었네, 자네는 그렇게 생각해서는 안돼. 그것은 그냥 그 전날보다 더 나빴을 뿐이었고, 그런데 바로 그런 식으로 시간이 가고 열이 간다네. (지금은 로베르트가 피라미돈으로 그것을 시도하려고 하네). 이런 저런 불평거리들 말고 물론 몇 가지 사

소한 즐거움도 있어. 그러나 그것을 전달하기는 불가능하며, 아니
또 다른 방문을 위해서 아껴두려네, 나로 인해서 참담하게 망쳐 버
린 저번 방문 같은 것이라도 말이네. 잘 있게나, 매사에 감사하네.

F.

펠릭스와 오스카에게 안부 전하게.*

키얼링, 우편 소인 1924년 5월 20일.

---

* 카프카는 이 편지를 쓴 뒤 6월 3일에 사망했기에 그의 마지막 편지에 해당한다. 키얼링요양소에서 끔찍하고
고통스런 죽음의 병 후두결핵을 앓는 동안 가능하면 말을 하지 말라는 권유로 카프카는 더 이상 말을 하지
않았다. 그의 시신은 프라하로 옮겨졌고 장례식은 6월 11일 유대인 묘지에서 행해졌다.

부록
프란츠 카프카와 등장인물(가나다순)

프란츠 카프카 Franz Kafka(1883~1924) : 체코슬로바키아의 프라하 출생으로, 카프카가 태어날 당시 프라하는 오스트리아－헝가리 제국에 속했고, 흔히 이중제국이라고도 불리는 이 제국은 빈과 부다페스트에 수도를 두고 있었다. 헝가리가 독립해 나간 1918년에 보헤미아왕국으로 독립하려던 이 고장은 체코슬로바키아공화국이 되었고, 후일 1993년에 체코와 슬로바키아로 평화적으로 나뉘게 된다. 프라하는 1230년경부터 보헤미아왕국의 주도로서 14세기(1346년, 1583년)에는 신성로마제국의 수도가 되어 유럽의 문화 중심지였고, 1348년에 유럽 최초의 대학이 들어선 곳이기도 하다. 카프카는 유대인 부모의 장남으로 태어나 독일어를 사용하는 프라하 유대인 사회 속에서 성장했다. 처음에 독문학을 공부하려고 했다가 자우어August Sauer 교수에게서 받은 실망감으로 인해 마음을 돌렸고, "빵을 위한 공부"로서 법학을 택했다. 1906년 법학 박사 학위를 취득, 1907년 프라하의 보험회사에 취업했으나, 일생의 유일한 의미와 목표는 문학 창작에 있었다. 1917년 결핵 진단을 받고 1922년 보험회사에서 퇴직, 1924년 오스트리아 빈 근교의 결핵요양소 키얼링에서 사망하였다. 카프카는 누이동생이 셋 있었다. 아홉 살 어린 막내 오틀라는 카프카와 가까웠고, 병이 나자 오빠를 돌보기도 했다. 카프카는 독일어를 제1언어로 배웠으나 체코어도 유창했고, 프랑스어와 그 문화도 알게 되었다. 그가 좋아하는 작가 중의 하나는 플로베르였고, 카프카 문학의 배경을 말할 때에는 형식에 관한 한 플로베르의 영향을 들 정도이다. 『감정교육』(1869년), 『성 앙투안의 유혹』(1874) 등을 브로트와 함께 원문으로 읽었다고 한다. 미끈한 산문을 혐오하여 오히려 언어를 연장으로 사용했고, 법조계나 자연과학자의 어휘들을 사용하여 특정한 아이러니의 면밀성을 부여했다. 김나지움 상급반 때에는 니체에 몰두했고, 특히 『차라투스트라는 이렇게 말하였다』(1883~1885)를 탐독했다. 키르케고르에게서 동질성을 발견했고, 프로이트의 개념인 망상이나 특히 분열증에 관해서도 익히 알고 있었다. 유대교의 구전 또는 저술들도 그에게 많은 영향을 주었다. 카프카는 사망과 더불어 자신의 원고나 편지들을 없애달라고 친구인 브로트에게 유언했다. 나치스 시대에는 유대작가로서 "치욕스럽고 탐탁지 않은 저술"을 생산해 낸 작가로 낙인 찍혔고, 분서대상목록에 들었다. 그런데도 2차 대전 후 체코슬로바키아의 공산당은 카프카의 명예 회복을 불허했고, 데카당으로 분류했다. 특히 『소송』에서는 미리 바르샤바조약국들에 존재하는 모욕과 인민재판에 대한 고발을 보았기 때문이다. 1963년 탄생 80주년 카프카－콘퍼런스에서야 찬사가 터져 나왔다. 그러나 1968년 프라하의 봄이 진압된 뒤에 다시금 금서목록에 들어갔다. 체코(슬로바키아)는 카프카와의 관련을 오랫동안 의식하지 않았는데, 그것은 그가 전적으로 독일어로 집필했기 때문이었다. 지금은 프라하에

그리운 친구여

카프카가 적극적으로 수용되고 있고 카프카 관광 붐이 이는 등 다른 많은 부대 행사들이 이루어지고 있다.

게오르크 랑거 Georg Mordechai Langer**(1894~1943)** : 프라하 태생의 유대 혈통으로 독일어, 체코어, 헤브라이어로 쓴 작가로, 『카발라의 에로틱』(1923)으로 유명. 카프카와 브로트는 1921년 가을에 그에게서 히브리어를 배웠다. 형 프란치셰크Frantisek Langer(1888~1965)도 극작가로 1920년대에 독일에서 매우 성공적이었다.

구스타프 야누호 Gustav Janouch**(1903~1968)** : 프라하의 한 동료의 아들로서 17세 때인 1920년 5월에 카프카를 그의 사무실로 찾아오기 시작했다. 그는 대화를 필기해서 『카프카와의 대화Gespräche mit Kafka』(1951)로 출판했고, 카프카 연구에 중요한 자료가 된다.

그레테 블로흐 Grete Bloch**(1892~1944)** : 베를린 태생으로 펠리체의 친구였다. 펠리체와 카프카 사이를 중재하려고 1913년 10월 말경에 프라하에서 카프카를 만났고, 카프카가 기대했던 오랜 친구로서가 아니라 21세의 속기사로 등장했고, 지적이고 감수성이 예민하며 상큼한 외양의 이 여성에게 카프카는 곧 사랑에 빠졌다. 그 후 일 년여 (1913년 11월에서 1914년 7월 사이) 편지 왕래가 있었다. 펠리체와의 결혼 계획에도 불구하고 카프카는 그레테에게 상당히 매달렸고, 1914년 5월 그레테에게 쓰기를 "이 번쩍거리는 황금과 누런 도자기가 나를 놀라게 하여 펠리체의 몸에 다가가기를 저어하게 된다."라고 썼다. 7월 11일 카프카의 표현대로 '법정'이라 불린 삼자 대질이 있었고, 곧바로 파혼이 선언되었지만 펠리체와의 관계는 유지되었다. 그레테는 1936년 이탈리아로 이주하여 플로렌스에서 여관을 운영했는데, 독일군이 이탈리아를 점령했을 때 다른 유대인들과 함께 체포되었고 결국 살해당했다. ─ 1940년 4월자로 음악가 쇼켄Wolfgang Schocken에게 쓴 편지에 보면 그레테가 1914년 카프카에게서 낳은 아들이 있다고 한다. 아기는 입양되었고 1921년 일곱 살로 죽었다고 한다. 카프카는 생전에 그 사실을 몰랐고, 이 편지 이외에는 어느 곳에도 카프카의 아들에 관한 기록은 없다. 1981년 노벨문학상을 수상한 엘리아스 카네티Elias Canetti(1905~1994)는 이를 주장하지만 카프카 연구에서 중론은 이를 의심하는 쪽이다.

도라 디아만트 Dora Diamant**(1898~1952)** : 카프카는 1923년 동해의 뮈리츠에서 동생 가족들과 여름휴가를 보냈고, 그곳에서 어린이를 돌보는 20세의 도라를 만났다. 도라는 동구의 전통 유대식으로 교육을 받았으며 서구를 두려워하는 여성이었다. 겸손하고 순진무구하면서도 성숙한 자태에 카프카는 깊은 인상을 받았고, 베를린으로 함께 이주할 결심을 했다. 이것을 두고 카프카는 프라하와 양친으로부터의 독립이라는 대성과로 이해했고, 그러나 카프카는 줄곧 병석에 누워 있고 도라는 희생적으로 간호를 하는 생활이었다. 두 사람은 결혼 계획으로 도라가 아버지에게 그것을 알리자 아버지는 또 랍비에게 의논을 했는데, 랍비는 카프카가 실제로 유대교인이 아니라는 점을 들어서 반대했다. 그래도 두 사람은 동거생활을 계속했고, 카프카의 병증은 눈에 띄게 나빠졌다. 트리쉬의 의사인 뢰비 삼촌이 요양소를 찾아보라는 권고로 그해 3월 프라하로 돌아온 카프카는 베를린에 남아 있던 도라에게 날마다 편지를 썼는데, 부모 집에서의 생활을 카프카는 마지막 좌절이라 여겼다. 벌써 4월에는 비너발트의 요양원에 보내졌고, 후두결핵 진단을 받은 카프카는 키얼링요양소로 옮겼다. 키얼링은 한적한 시골을 원한 도라가 결정한 것으로, 도라는 식사 시중까지 직접 들면서 마지막을 보살폈다. 목격자들은 카프카가 중병에도 불구하고 이 마지막 도라와의 생활에서처럼 더 행복하고 구원받은 삶은 살지 못했을 것이라 했다. 도라의 사랑은 차라리 배려와 같은 것으로, 영적으로 물질적으로 지주가 되었고, 그것은 부모의 가정에서 한 번이라도 자유를 얻기 위해 병이 들 지경이었던 그에게 필수적이었다. 1920년 후반에 배우 생활을 했고, 나중에 공산당에 들어갔다. 경제통이자 공산당 간부와 결혼했고, 딸을 낳았다. 1936년 나치를 피해서 시부모와 함께 소련으로 도망가고, 남편은 스탈린의 숙청에 희생된 반면 도라는 딸과 함께 런던으로 도망할 수 있었다고 한다.

레오시 야나체크 Leoš Janáček**(1854~1928)** : 체코의 북모라비아 지방이 낳은 최대의 작곡가로, 성 아우구스티노회 수도원의 성가대에 들어갔던 경험으로 합창곡과 오페라가 창작의 중심을 이루게 되었다. 매우 특이한 개성으로 다음 세대 헝가리의 바르토크에 앞서 현대적인 민족주의 음악의 방식을 취하고 있었고, 동양적 사상에 따른 구성 원리 등으로 뒤늦게 인정받았는데, 출세작인 오페라 『수양 딸Jenůfa』(1904)도 프라하 국립극장에서의 수용이 매우 늦었다. 이 첫 공연을 브로트가 번역했다.

로베르트 무질 Robert Musil**(1880~1942)** : 오스트리아 작가이자 연극평론가. 문제작 『생도 퇴를레스의 혼란Die Verwirrungen des Zöglings Törleß』(1906)로 벌써 문명을 얻었고, 1차 대전에서는 오스트리아-헝가리 제국 육군에서 사무관으로 종사했다. 이때의 공습에서 가까스로 살아남은 체험을 「검은 지빠귀Die Amsel」에서 표현했다. 그는 카프카의 『관찰』이 출판된 이래 카프카 예찬자 중의 한 사람이 되었다. 무질은 잠시 《신 전망Neue Rundschau》의 편집인이었고, 카프카에게 기고를 부탁했던 일이 있다. 근대소설의 불후의 명작 『특성 없는 사나이Der Mann ohne Eigenschaft』를 미완으로 남겼다.

로베르트 클롭슈토크 Robert Klopstock**(1899~1972)** : 카프카는 타트라의 요양소(마틀리아리)에서 젊은 의학도인 클롭슈토크를 사귀었다. 이 우정은 카프카의 죽음에 이르기까지 지속되었는데, 그는 카프카의 반려자가 된 도라Dora Diamant와 더불어 카프카의 마지막 병상인 빈 근교의 키얼링에 있는 호프만 요양원에서 16년 연상의 친구를 간병했으며 임

종했다. 그는 후일 박사요 장결핵에 관한 연구 등 빼어난 연구자가 되었다.

루돌프 카스너 Rudolf Kassner**(1873~1959)** : 오스트리아 문화철학자, 심미학자 겸 비평가. 부계로 슬라브 혈통이며 모계로 독일 혈통인 그는 릴케, 오스카 와일드, 폴 발레리 등과 교우하며 폭 넓은 글을 썼다.

루돌프 카이저 Rudolf Kayser**(1889~1964)** : 독일의 문예사학자, 작가이며 비평가로, 피셔 출판사에서 원고감사인, 《Neue Rundschau》(1922~1933)의 편집인을 지냈다. 1930년에는 독문학사의 유명한 주인공 안톤 라이저라는 필명으로 장인 아인슈타인의 전기를 썼다.

루돌프 푹스 Rudolf Fuchs**(1890~1942)** : 독일어를 사용하는 체코지역에서 태어나 평생 두 개의 언어를 사용했다. 시인이자 번역가로, 카프카는 1917년 빈에 머물렀을 때 그를 만난 적이 있었다. 대부분 슐레지엔의 체크 민족이 당한 억압을 다루고 있는 체코의 사회주의 시인 페트르 베즈루치Petr Bezruč(1867~1958)의 독어 번역으로 유명했다.

루트비히 빈더 Ludwig Winder**(1889~1946)** : 유대 혈통의 오스트리아 작가, 언론인, 비평가이며, 벨치, 브로트 등과 가까운 사이였다. 《차이트Die Zeit》등 여러 신문에서 연극 비평을 담당했다.

루드비히 폰 피커 Ludwig von Ficker**(1880~1967)** : 인스부르크에서 격주 문예문화지《불타는 사람Der Brenner》을 창간하고 편집했다.

마르가레테 키르히너 Margarethe Kirchner**(1896~1954)** : 1912년 여름 브로트와 함께 바이마르를 방문했을 때의 첫사랑으로, 혹자는 카프카의 그레트헨이라 부른다. 괴테박물관 관장의 딸 마르가레테에 빠져든 반시간의 열정으로 카프카는 사진을 잘못 찍었다는 핑계로 더 오래 시간을 보내려 했다고 한다. 브로트의 여행 일기에도 "카프카가 관리인의 예쁜 딸을 꼬여내는데 성공했다."고 기록되어 있으며, 두 사람의 사진도 남아 있다. "독일어의 아래쪽 하늘에서 울리는 듯한" 독일어를 썼다는 그녀는 당시에 16세였다는 기록 뿐이다.

막스 브로트 Max Brod**(1884~1968)** : 체코의 프라하 출생 유대계 작가이자 평론가로, 카프카는 1902년 브로트의 강연 「쇼펜하우어 철학의 운명과 미래」에서 그를 알게 되었다. 카프카 생전에는 브로트의 문학 활동이 더 활발했고, 이 편지에서 언급되는 소설 「노르네피게 성」(1908), 소설 『유대여인들Jüdinnen』(1911), 시집/극(?) 『감정의 절정Die Höhe des

Gefühslü』(1913) 등이 출판되었다. 극 『에스터 여왕Eine Königin Esther』(1917), 『위조범들 Die Fäl-scher』(1920)의 공연도 잇따랐고, 그 사이 번역극 『수양딸Jenůfa』(1918)의 공연도 성공적이었다. 소설 『여신과의 삶Leben mit einer Göttin』(1923), 그리고 3부작 장편소설 중 『티호 브라헤의 신을 향한 길Tycho Brahes Weg zu Gott』(1915)과 『유대의 왕 르우벤Reubeni, Fürst der Juden』(1925)도 언급되고 있다. 카프카 사후 유언집행자로 지정되었는데, 그의 작품을 사장하는 것은 문화적으로 무책임할 수 있다고 판단하여, 카프카의 생애와 사고를 세상에 알리는 것이 윤리적 의무라고 믿었다. 브로트는 "우리 시대의 가장 위대한 시인"이라고 그를 칭송했다. 1939년 팔레스타인에 이주하기 전까지 《프라하 일간》의 편집 주간을 맡아 여러 작가를 도왔다. 이스라엘에서는 하비마 극장을 주재하며 유럽 각지에 시오니스트로서의 이상주의적 문화 활동을 펼쳤다.

만프레트 게오르크Manfred Georg(1893~1965) : 후에 George로 개명한 독일 언론인. 1938년에 뉴욕에 갔으며 유대계 독일인의 주간지 《건설Aufbau》(1934~?)을 이민의 지도적인 기구로 만들었다. 동명의 동독 잡지 《건설》(1945~1958)과는 다르다.

모리츠 슈니처Moriz Schnitzer : 북부 보헤미아 지방의 제조업자이자 자연 치료법사. 카프카는 1911년 9월경 그를 만난 적이 있다. 그는 카프카에게 "척추에 해독이 있음"이라고 진단하고 채식, 신선한 공기, 일광욕 및 의사들로부터 멀리하는 것을 권한 일이 있다.

민체 아이스너Minze Eisner(1901~1972) : 19살 민체를 만난 것은 율리에와의 결혼이 수포로 돌아간 직후 1919년 11월 초였다. 민체는 테플리츠의 부유한 유대 가정 출신으로 편답 생활을 시작했던 터였다. 어머니와 이혼했던 아버지를 무척 좋아했고 아버지가 막 돌아가신 직후였다. 카프카와는 처음엔 별로였다가 차츰 직장과 관련된 대화를 오가며 친근해졌고, 카프카 편에서 새로운 용기를 불어넣는 편지를 주고받았다. 민체는 카프카의 영향으로 원예를 배웠고 1923년에 결혼하여 노년까지 살았다.

밀레나 예전스카Milena Jesenská(1896~1944) : 체코 태생으로 언론인, 작가, 번역가로 활동했다. 처음에는 의학을 공부했고, 프라하의 독일-유대인 협회에서 활동하며 브로트, 카프카와 교우했다. 이른 18세에 평론가 에른스트 폴라크Ernst Polak와 문학계에 모습을 드러내다가, 저명한 의사인 아버지의 반대로 정신병원에 감금되었다가 성년이 되어 풀려나 결혼을 했지만, 빈에서 반쯤 불행한 상태로 생계를 위해 체코어 강의나 번역 등의 일을 했다. 카프카는 1919년 후반에 프라하의 한 카페에서 그녀의 친구들과 처음으로 만났다. 밀레나는 카프카의 작품 번역에 관심을 가졌고 빈에서 그에게 몇 차례 편지를 보냈으며, 거기에 대해 카프카는 프라하에 있는 동안 적어도 한 번은 답장을 보냈고, 이어 규칙적인 서신 왕래를 시작으로, 그 사귐은 거의 사랑으로 발전했다. 그와 절친한 사이가 되면서 그의 작품을 번역했고, 주로 편지 왕래로 지속된 아름다운 관계는 가끔 실망스런 만남으로 이루어졌다. 결국 헤어졌지만 카프카가 죽을 때까지 우정은 지속되었다. 언론인으로서 밀레나의 주요 관심사는 체코에서 체코인, 독일인 그리고 유대인의 공동생활이었다. 1927년 프라하 전위파의 유명한 건축가 크레이카Jaromír Krejcar와 결혼하여 딸을 낳은 이후로는 무릎 관절염이 극심해서 모르핀 중독에 걸렸다. 1931년에 공산당에 입당했는데, 1936년에 스탈린 비판으로 출당 당했다. 자유민주진영의 문화잡지 《현재 Gegenwart》에서 해설자가 되었고, 8년의 모르핀 중독에서 치유되었다. 1939년에는 《투쟁 가운데 In den Kampf》라는 잡지에서 불법으로 일하며 폴란드로 유대인의 탈출을 기획하다가 11월에 체포되었다. 드레스덴 미결감으로 이송된 밀레나는 훈방되었지만 "재교육 목적으로" 라벤스브뤼크수용소로 이송되었고 그곳에서 사망했다. 유대인이 아닌 밀레나는 그곳에서 연대의 의미로 유대의 노란별을 달고 다닌 것으로 알려졌다.

발터 퓌르트 Walter Fürth : '카페 아르코'에서 만났던 동우회의 한 회원.

베르타 판타 Berta Fanta : 프라하의 한 약국의 부인으로서, 문학 동우회를 만들고 문화계 인사들을 초대했으며, 카프카도 자주 참석했다.

베르트홀트 피어텔 Berthold Viertel(1885~1953) : 유대 혈통으로 빈에서 태어난 작가이자, 무대와 영화감독, 에세이스트로, 1918년~1921년 사이 드레스덴에서 무대감독으로 일하며 시집을 발간하고 있었고, 뒷날에 미국, 영국 등지에서도 활동했다.

빌리 하스 Willy Haas(1892~1973) : 유대 혈통의 법조인의 아들로 역시 법학을 공부했고, 프란츠 베르펠과 김나지움 동기로 평생지기가 되었으며, 카페 '아르코'의 정기적 동우회 회원으로 문학계 선배인 브로트를 사귀었고, 그를 통해서 카프카와 사귀었다. 1911~1912년 사이에 《헤르더블래터Herderblätter》를 발간했고, 1차 대전 이후에 베를린으로 가서 출판업에 박차를 가하게 된다.

빌헬름 슈미트본 Wilhelm Schmidtbonn(1876~1952) : 본과 베를린 등에서 철학과 문학을 공부한 작가로, 자연주의와 신낭만주의 극작에서 출발하여 중세의 전설적인 인물을 다룬 연극 『글라이헨 백작 Der Graf von Gleichen』(1908)으로 유명했다. 카프카는 이 연극을 1912년에 보았다. 후기에는 주로 소설을 집필했다.

빌헬름 슈파이어 Wilhelm Speyer(1887~1952) : 유대 혈통의 개신교도 작가로, 청소년 소설 등으로 유명해지면서 당대에 많은 독자를 확보했다. 카프카는 이 작가를 대체적으로 칭찬했다. 1933년에는 오스트리아와 프랑스를 거쳐서 미국으로 망명했고, 1949년에 유럽으로 귀향하게 된다.

빌헬름 슈테켈 Wilhelm Stekel**(1868~1940) :** 유대계 오스트리아 국적의 의사, 정신분석학자. 정신분석의 대중화에 기여했다. 『본능과 애정생활의 병적 장애Krankhafte Störungen des Trieb- und Affektlebens』(1917)에 "변신Verwandlung"과 관련된 이미지가 한 환자가 빈대로 변신된 꿈과 관련되어 나타나 있다.

아돌프 슈라이버 Adolf Schreiber**(1883~1920) :** 브로트의 친구이며 작곡가. 막스 브로트 : 『아돌프 슈라이버 - 한 음악가의 운명Adolf Schreiber - ein Musikerschicksal』(1921). 슈라이버는 1920년 9월 1일 베를린 근처 반제에서 자살했다.

아르투르 홀리처 Arthur Holitscher**(1869~1941) :** 소설, 연극, 여행기 작가. 그의 『어느 반항자의 생애Lebengeschichte eines Rebellen』가 《Neue Rundschau》에 연재되었고, 책으로는 1924~1928년에 2권으로 출판되었다. 1912년 3월호부터는 캐나다 여행기를 연재했는데, 이것은 카프카가 매번 거론한 작품이며, 거기서 몇 구절을 낭독하곤 했다. 『아메리카의 오늘과 내일Amerika heute und morgen』, 1913(카프카의 장서). 이 책은 카프카의 『아메리카』 구상에 영향을 주었을 것이라고 한다.

알로이스 이라세크 Alois Jirsek**(1851~1930) :** 체코의 역사 소설가. 1917년 체코 독립 청원에 서명한 그는 평소에 역사소설에서 체코인의 역사의식을 교양하려는 의지가 강했다. 작품은 평이하고 또 소설적 허구 면에서도 뛰어나 널리 대중에게 애독되어 체코 국민의 민족의식의 지주가 되기도 하였다.

야코프 바서만 Jakob Wassermann**(1873~1934) :** 유대계로 뉘른베르크 근교 태생으로 빌헬름 시대에 잘 읽힌 소설가였다. 토착지방을 다룬 소설 『치른도르프의 유대인들Die Juden von Zirndorf』(1897), 『거위 인간Das Gansemännchen』(1915) 등이 있다.

야코프 헤그너 Jakob Hegner**(1882~1962) :** 독일의 출판업자이자 프랑스어 번역가.

에발트 펠릭스 프리브람 Ewald Felix Přibram**(1883~1940) :** 카프카의 김나지움 친구. 카프카와 마찬가지로 다른 시도 이후에 법학을 공부하여 박사 학위를 받았다. 그의 아버지Přibram는 보헤미아왕국 '노동자재해보험공사 AUVA' 프라하 지사장이었고, 아마 이런 이유로 카프카는 1908년 유대인으로서는 거의 불가능한 보험공사 입사에 대해서 감사했다고 한다.

에른스트 바이스 Ernst Weiss**(1884~1940)** : 오스트리아 의사이자 작가. 나중에 오랫동안 카프카와 가까이 지냈고, 유대 집안 출신이었기 때문에 1934년 파리로 이민했지만 의사 일도 할 수 없었고, 독일군이 입성하자 자살했다. 그의 자살은 후일 안나 제거스Anna Seghers의 『통과여행Transit』(1944)의 모델이 되었다. – 카프카의 편지에 나오는 블레슈케 Johanna Bleschke (필명 Rahel Sanzara : 1894~1936)와는 간헐적인 중단을 포함해서 20년을 함께 했다.

에른스트 트뢸취 Ernst Troeltsch**(1865~1923)** : 독일의 신학자, 문화철학자이자 자유주의 정치인. 『기독교의 절대성과 종교사Die Absoluteit des Christentums und die Religionsgeschichte』(1902)는 역사와 신학, 국가와 교회 간의 관계를 다룬, 지금도 영향력이 있는 저서이다.

에마뉘엘 할루브니 Emanuel Chalupný : 체코의 언론인

엔드레 오디 Endre Ady**(1877~1919)** : 헝가리 시인. 대학 재학 시절부터 저널리스트로서 지방신문에서 활약하는 한편, 2~3개의 시집을 발표하여 그 이름을 인정받았다. 20대에 수년간의 파리 체재 체험은 보들레르, 베를렌에 대한 깊은 심취와 더불어 그의 타고난 시재에 커다란 자극을 주었고, 헝가리 문단에 신진 시인으로서 지위를 확립했다. 클롭슈토크는 카프카에게 오디의 작품을 소개했다. 독일어 번역 『새로운 바다 위에Auf neuen Gewässem』는 1921년에 발표되었다.

오스카 바움 Oskar Baum**(1883~1941)** : 체코의 플젠 출생, 유대 혈통으로 선천성 시력장애자이며 유대 성당의 오르겐 연주와 합창 지휘자로 살며 작품을 썼다. 1904년 브로트를 통해서 카프카와 교우했고, 문학동우회는 주로 결혼한 바움의 집에서 모임을 가졌고, 상호 작품을 낭독하거나 다른 작품을 읽기도 하고 음악을 듣기도 했다. 카프카와의 편지에서 처음 몇 년간 편지는 존칭을 사용했다.

오스카 폴라크 Oskar Pollak**(1883~1915)** : 카프카의 김나지움 동창생. 친교는 대학 시절까지 한동안 지속되었다. 화학, 철학, 고고학 그리고 미학을 공부하면서 '프라하 독일대학생 독서토론회'에 참여했다. 1차 대전에 지원병으로 입대하여 오스트리아–이탈리아 전선에서 전사하였다.

오토 그로스 Otto Gross(1877~1919) : 오스트리아의 유명 법조인의 아들로 태어나 의학박사가 되었고, 프로이트를 만난 후 교수 자격 논문을 준비하던 인물로, 여러 문화계 거물과 교류하면서 여성 편력도 심했고, 베를린에서는 무정부주의자들과 교류하다가 프로이센에서 추방되었다. 오스트리아 국경에서 부친에 의해 정신병원에 보내지고 이후 금치산선고를 받고 좌충우돌하는 생을 보냈다. 1917년 프라하에서는 베르펠과 함께 카프카의 손님으로 묵은 적이 있다. 결국 약물 중독의 혐의 중에 일찍 사망했다.

오토 바이닝거 Otto Weininger(1880~1903) : 오스트리아의 철학자.『성과 성격Geschlecht und Cahrakter』(1903)에서 여성의 지적, 정서적 열등성을 논했다. 이 책은 철학 박사 학위 논문으로, 학위 직후에 그는 자만과 열정으로 개신교도로 개종하면서 자신의 유대 혈통 및 유대 정신과 또한 빈의 가톨릭문화와도 결별을 선언했다. 출판 이후 냉담한 반응에 대한 절망에서 온 자살로 그의 책은 베스트셀러가 되었다.

오토 피크 Otto Pick(1887~1940) : 유대계 체코의 시인 겸 작가 및 번역가. 독일어와 체코어를 병용했고, 처음에 은행에 근무하다가 언론 및 문학계로 옮겨 시와 소설을 썼다. 카프카, 브로트, 베르펠 등과 교우했다.

요제프 바츨라프 미슬베크 Josef Václav Myslbeck(1848~1922) : 체코의 조각가. 프라하 국립박물관의 정면에서 광장 쪽으로 쭉 뻗은 대로에 위치한 성 바츨라프의 거대한 기마상 등 최고의 걸작들을 남겼다. 카프카는 미슬베크의 장례식에 참석했을지도 모른다.

요제프 하임 브레너 Josef Chaim Brenner(1881~1921) : 러시아 출신의 히브리어 작가로서, 1909년 팔레스티나에 정착했으며, 팔레스타인 노동자 운동의 지도자이며 아랍민족과의 평화적 협동의 옹호자. 그는 텔아비브 근교의 아랍 소요 와중에서 피살되었다. 소설『불모와 좌절Shekhol ve-Kishalon』(1920년) 등은 극심한 염세 경향을 띠고 있지만, 그의 건설 의지를 손상하지는 않는다.

율리에 보리체크 Julie Wohryzek(1891~1944) : 프라하 상인 가문 태생으로 부친은 도축업을 하다가 유대 성당 관리인이 되었다. 첫 약혼자는 확신에 찬 시오니스트였지만 전사했고, 1919년 예정이던 카프카와의 결혼은 율리에의 방종함에 대한 소문 때문에 카프카 부모의 반대가 격심해서 좌절되었다고 한다. 이듬해 카프카가 밀레나와 친하게 되면서 관계가 단절되었다. 1921년에 결혼한 율리에는 남편이 유대인이 아니었지만 나치스가 프라하를 점령했을 때 아우슈비츠로 이송되었다.

지크문트 블라우 Sigmund Blau : 《프라하 일간Prager Tagblatt》 편집장이자 일찍이 카프카를 경탄한 사람 중의 하나였다. 그는 빈의 토박이로 그곳에서 중병인 카프카를 위해서 지대한 영향력을 행사했다.

카를 크라우스 Karl Kraus(1874~1936) : 오스트리아의 작가, 단독으로 풍자지 《횃불Die Fackel》(1899~1936)을 발행하여 부르주아 언론의 부도덕성 등 모든 영역의 부패와 타락상을 비판하였으며 언어의 순수성을 보전하고자 하였다. 『문학, 또는 우리는 거기서 알게 될 것이다. 마법의 오페레타Literatur, oder Man wird doch da sehn. Eine magische Operette』(1921)에서 크라우스는 베르펠의 "마법의 3부작"에 회답해서, "마법의 오페레타"라고 소극의 형식을 내놓음으로써 논쟁을 제시했다. 카프카는 1911년 가톨릭으로 개종한 크라우스에 대하여 비판적 견해를 지녔다고 한다.

쿠르트 볼프 Kurt Wolff(1887~1963) : 독일의 출판인으로 1913~1940년 사이에 당대에 가장 유명한 표현주의 문학을 위한 출판사를 설립 운영했다. 카프카를 생전에 출판해 준 거의 유일한 출판사이며, 그 외에 대표적 표현주의의 시인이었던 트라클Georg Trakl (1887~1914) 등을 출판했다. 1938년 미국으로 이주한 뒤에도 판테온북스 출판사를 차렸고, 개인적으로 보리스 파스테르나크의 출판과 교우로 유명했다.

파울 아들러 Paul Adler(1878~1946) : 유대 혈통으로 프라하에서 태어나 법률 공부를 하고 변호사로 일 년간 종사하다가 양심의 갈등 문제로 퇴직하고 작가가 되었다. 표현주의와 생의 개혁운동(산업화와 물질화에 반대) 쪽에 가까웠고, 주로 독일에서 활동하며 정치적으로는 사회주의 운동에 참여했다.

파울 카시러 Paul Cassirer(1971~1926) : 유대 혈통의 독일인으로 사촌 브루노Bruno와 함께 미술 갤러리를 설립하여(1898), 거기서 인상파 화가들을 장려했으며, 1908년에 베를린에 인상파문학 전문의 카시러 출판사(1908~1933)를 열었다. 오스트리아 출신 명배우 틸라Tilla Durieux(1880~1971)와의 이혼 직전에 자살했다.

파울 코른펠트 Paul Kornfeld(1889~1942) : 프라하에서 유대 랍비 가문 출생으로, 오스카 바움, 루돌프 푹스, 오토 피크, 요하네스 우르치딜 등과 함께 문학 동우회 '아르코'에 출입했다. 표현주의의 희곡 작가로, 독일로 무대를 옮겼고, 라인하르트M. Reinhardt와 함께 작업하게 된다. 나치 집권 후 영국으로 갈 기회를 마다하고 프라하에 남았다가 폴란드 게토로 이송되고 거기에서 살해되었다.

파울 키슈 Paul Kisch(1883~1944) : 카프카의 김나지움 친구. 독문학 공부를 하면서 카프카와 함께 '프라하 독일대학생 독서토론회'에 참여했다.

펠리체 바우어 Felice Bauer(1887~1960) : 1912년 8월 브로트의 집에서 만났던 펠리체는 브로트의 누이가 시집간 집안의 사람이었다. 역시 유대 가정 출신으로 지금은 폴란드 땅이 된 지역에서 태어나 베를린의 회사에 근무했고, 1914년 6월 1차 파혼에 이어, 1917년 8월 카프카의 각혈 이후 2차 파혼을 통해 완전히 헤어졌다. 펠리체는 곧 결혼하여 자녀를 두었고, 1931년 스위스로 이주했다가 이어서 미국으로 이주했으며, 만년의 건강 악화와 재정 상태의 문제로 카프카와의 편지를 쇼켄 출판사에 넘겼다.

펠릭스 벨치 Felix Weltsch(1884~1964) : 체코의 프라하 출생으로 철학자이자 시온주의자. 브로트의 학우이자 친구로 카프카에게 소개되었고, 카프카와의 우정은 비교적 형식적으로 유지되었고, 처음 몇 년간 편지들은 존칭을 사용했다. 카프카, 브로트, 바움과 함께 문학동우회에서 활발했다. - 사촌 로베르트 벨치Robert Weltsch (1891~?) 는 정치에 관한 저술가였다.

푸아 벤토빔 Pua(Puah) Bentovim(Frau Dr. Pua Menczel) : 팔레스타인에 있는 러시아계 유대인 가문에서 어린 소녀때 프라하에 (나중에 베를린으로) 공부하러 나왔다. 그녀는 1923년 봄 카프카에게 히브리어 수업을 했으며, 유대 아동교육에 활동적이었다.

프란츠 베르펠 Franz Werfel(1890~1945) : 카프카와 같은 프라하 태생으로 유대계 독일어를 쓰는 소설가, 시인, 극작가로, 표현주의의 대표적 작가이자 독특한 종교적 경지를 추구하여 세계적 문호로 인정받고 있다. 1920~1930년대의 베스트셀러 작가였고, 자신은 시를 아끼지만 소설과 극작품에서 평가를 받는다. 하스, 브로트, 카프카 등과 평생의 지기였다. 1900년 즈음해서 카프카와 브로트와는 달리 또 다른 신낭만주의 '젊은 프라하'권에 베르펠 등이 속했다.

프란츠 블라이 Franz Blei(1871~1942) : 오스트리아의 작가이자 번역가, 평론가로 모더니즘에 영향력을 끼친 문학예술잡지 《섬Insel》(1899~1901)의 편집을 맡았고, '테오도르-폰타네-문학상' 결정에 영향력이 있는 사람이었다.

프란치셰크 빌레크 Frantiek Bilek(1872~1941) : 체코의 조각가, 판화가. 보헤미아의 상징적 조각을 대표했다. 그리스도, 〈모세〉(1905) 등 주로 신약 성서의 주제를 조각했고, 카프카와 막스 부부가 1914년 그의 기념물을 보러가자는 카프카의 종용으로 콜린을 방문한

적이 있었다.

프리드리히 코프카 Friedrich Koffka**(1888~1951)** : 유대 혈통의 독일 출신 언론인이자 극작가로, 카프카와 마찬가지로 법학에서 문학으로 이력을 바꾼 경우였기 때문에 문학지에서 이름의 혼동이 있었던 것으로 보인다. 표현주의 계열의 연극 『카인Kain』(1917)은 전쟁 후 짧게 성공했다. 만년에는 영국 BBC에서 활동했다.

프리드리히 푀르스터 Friedrich Wilhelm Foerster**(1869~1966)** : 독일 교육학자이자 평화주의자. 그의 『청소년지도 : 부모, 교사, 성직자를 위한 책Jugendlehre : Ein Buch für Eltern, Lehrer und Geistliche』(1904)은 베를린의 유대민족 가정 캠프에서 사용되었으며(그곳에서 펠리체 바우어는 자원봉사자였음), 카프카는 그 저자에 관심을 가졌다.

한스 블뤼어 Hans Blüher**(1888~1955)** : 독일 작가이자 철학자. '반더포겔(철새)운동'에 앞장서서 일찍이 명사가 되었다. 무신론적, 사회주의적 출발에서 정작 바이마르공화국 시절에는 공화국에 반대하는 왕정주의 쪽이었다.

헤르만 뢴스 Hermann Löns**(1866~1914)** : 독일 청소년운동과 관련해서 유명한 작가이자 편집지. '황무지'를 이상으로 좇는 사냥꾼이자, 자연시, 고향시, 자연연구가, 자연애호가로서 전설적인 인물이 되었다. 48세의 건강하지 않은 몸으로 1차 대전에 지원해서 곧 프랑스 전선에서 전사했다.

헤르만 에시히 Hermann Essig**(1878~1918)** : 독일 목사 가정 출신의 극작가, 소설가, 시인. 본령은 극작이었으며 자연주의, 표현주의, 고전주의적 색채를 함께 지녔다.

헤트비히 바일러 Hedwig Therese Weiler**(1888~1953)** : 1907년 카프카가 외숙이자 시골의사인 뢰비Siegfried Löwy의 집에서 여름 휴가를 보내고 있었을 때 만난 헤트비히는 당시 19세로 빈에서 여러 언어를 공부하는 학생이었고, 트리쉬에는 할머니를 방문 중에 있었다. 두 사람의 서신 왕래는 카프카가 "은애하는 이여"라고 쓴 1907년 8월 29일부터 1909년 4월 10일까지의 편지로 남았으며, 두 사람의 상호 방문은 기록에 남지 않았다. 1909년부터 빈대학에 수학한 그녀는 졸업 후에 엔지니어와 결혼하였고, 유대 혈통임에도 불구하고 2차 대전에서 살아남았다. 몸집이 작고 지독한 근시인 그녀는 사회주의자였고 시오니즘에도 적극적이었다고 한다.

후고 잘루스 Hugo Salus**(1866~1929)** : 프라하에서 의학을 공부하고 부인과 의사로 개업했다. 후에 신낭만주의 계열의 시와 소설들을 발표했고, 그의 시가 작곡이 되는 등 당대에 유명인이자 인기를 누린 작가였다.

프란츠 카프카 Franz Kafka 연보

1883.07.3.	프라하(당시는 오스트리아-헝가리제국)에서 출생, 아버지 헤르만Hermann Kafka (1852~1931)과 어머니 율리에Julie, Jakob. Lowy(1856~1934)의 첫 아이였다. 부모는 유대 혈통으로 장신구점을 운영했고, 집안에서는 주로 독일어를 사용했다.
1885~1888	두 동생이 출생했으나 일찍 사망.
1889~1892	세 명의 누이동생 가브리엘레Gabriele(Elli), 발레리Valerie(Valli), 오틸리에Ottilie(Ottla) 출생.
1889~1893	독일 초등학교와 시민학교 수학.
1893~1901	독일 김나지움 수학, 졸업.
1901	프라하의 카렐대학교에서 화학을 공부하다가 2주 후에 법학으로 바꿈.
1902.10	1학년 때에 막스 브로트Max Brod를 만나서 평생지기가 됨.
1904	「어느 투쟁의 기록Beschreibung eines Kampfes」 초고를 씀, 오스카 바움Oskar Baum을 만남.
1906.06	법학 박사 학위를 취득.
.10	지방법원과 형사법원에서 1년간 시보 생활을 시작함.
1907	「시골에서의 결혼식 준비Hochzeitsvorbereitungen auf dem Lande」 초고를 씀.
08	외숙이 있는 트리슈에서 여름 휴가, 헤트비히 바일러Hedwig Weiler를 만남.
11	이탈리아계 '일반보험회사Assicurazioni Generali'에 취업.
1908.03	소품 산문작품 「관찰Betrachtung」이 《히페리온Hyperion》에 게재됨.
07	보헤미아 왕국 '노동자 산재 보험공사Arbeiter-Unfall-Versicherungs-Anstalt'로 직장을 옮김.
1909	일기를 쓰기 시작함, 프란츠 베르펠Franz Werfel을 만남.
09	브로트와 그의 동생과 함께 북이탈리아로 여행, 「브레샤의 비행기Die Aeroplane in Brescia」 씀, 가을에는 「어느 투쟁의 기록」 교정본 씀.

1911	08~09	브로트와 그의 동생과 함께 북이탈리아, 스위스, 파리를 여행함.
	10	동유대인 극단을 알게 되고 깊은 영향을 받게 됨. 이후 유대어 관련 전시를 관람. 배우 이착 뢰비Jizchak Löwy와 교우.
1912		장편 『실종자Der Verschollene』 초고를 시작했으나 나중에 파기.
	06~07	브로트와 라이프치히와 바이마르를 여행. 출판인 볼프Kurt Wolff와 로볼트Ernst Rowohlt를 만남. 융보른 자연요법요양소에 체류함.
	08	펠리체 바우어Felice Bauer를 만남. 「선고Das Urteil」 탈고, 『실종자』 교정본을 매일 작업.
	12	「변신Die Verwandlung」 탈고, 『관찰Betrachtung』 출판.
1913.01		『실종자Der Verschollene』 작업 중단.
	03	베를린에서 펠리체와 재회.
	05	『화부Der Heizer』(『실종자』 제1장) 출판.
	06	연감 《아르카디아Arkadia》(브로트 편)에 「선고」 실림. 에른스트 바이스Ernst Weiß 와 교우.
1913.09~10		빈, 베네치아, 가르다 호수를 여행. 리바의 하르퉁겐 박사 요양원 체류, 펠리체와 카프카 사이를 중재하려는 그레테 블로흐Grete Bloch를 만나면서 이후 편지 왕래가 활발.
1914.06		펠리체와 약혼.
	07	베를린에서 "법정"(카프카) 같았다는 논의 이후 파혼, 뤼베크를 거쳐 덴마크 여행.
	08	『소송Der Process』 집필 시작.
	10	「유형지에서In der Strafkolonie」 탈고.
	12	「시골학교 교사Der Dorfschullehrer」 단편 탈고.
1915.01		『소송』 집필 포기, 또다시 펠리체와 접촉을 시도.
	04	헝가리 여행.
	07	북보헤미아 룸부르크 요양원 체제.
	10	『변신Die Verwandlung』 출판, 카를 슈테른하임Carl Sternheim이 폰타네 문학상 상금을 카프카에게 양보함.
1916.06		본인의 의지와 상관없이 직업상의 이유로 병역 면제.
	07	펠리체와 마리엔바트 휴가, 결혼을 결심.
	01	뮌헨에서 「유형지에서」 낭독회, 흐라드신 구역에 집필 방을 사용하기 시작. 겨울에 여러 단편을 집필, 「시골의사Ein Landarzt」, 「만리장성의 축조Beim Bau der chinesischen Mauer」 등.
1917.04		「학술원에 드리는 보고서Ein Bericht für die Akademie」 탈고. 여름에 헤브라이어를 배우기 시작.
	09	폐결핵 진단으로 은퇴를 신청했으나 거절되고, 북보헤미아의 취라우 누이 집으로

그리운 친구여

	거처를 옮김.
12	펠리체와 완전히 결별.
1918.11	프라하 북쪽 셸레젠으로 옮겨서 3월까지 거주.
1919.01	셸레젠에서 프라하의 점원 율리에 보리체크Julie Wohryzek를 만나서 여름에 약혼함.
10	『유형지에서』 출판, 율리에와의 결혼은 방을 구하지 못해서 연기됨.
1920.03	보험공사의 비서직에 오름.
04	메란으로 요양 여행, 밀레나 예젠스카Milena Jesenská와 서한 왕래 시작.
	단편소설집 『시골의사』 출판.
07	빈에서 밀레나와 며칠간 함께 보냄, 프라하로 돌아와서 율리에와 파혼.
12	타트라 산간의 마틀리아리에서 8개월 간 요양 생활 시작.
1921.02	의학도 로베르트 클롭슈토크Robert Klopstock와 교우 시작.
08	마지막으로 근무 재개. 8주 후에는 다시 병가.
1922.01	장편 『성Das Schloss』 집필 시작.
02	슈핀델뮐레 요양, 「단식 광대Ein Hungerkunstler」 탈고.
06	「개의 연구Forschungen eines Hundes」 탈고, 3개월 예정으로 남보헤미나의 플라나로 감.
08	『성』 집필 중단.
1923.07	4주 예정으로 동해의 뮈리츠로 갔고, 그곳에서 도라 디아만트Dora Diamant를 만나게 됨.
09	베를린-슈테글리츠로 이주, 도라와 함께 여러 곳에서 거주. 극심한 인플레이션에 고통당함.
11~12	「작은 여자Eine kleine Frau」, 「굴Der Bau」 탈고, 건강이 극도로 악화됨.
1924.03	프라하로 귀향. 「가수 요제피네Josefine, die Sängerin」 탈고, 비너발트의 요양원 체제. 후두결핵 진단, 빈 대학병원으로 이송에 이어 키얼링의 호프만 박사 요양원으로 이송, 도라와 로베르트가 목으로 음식을 거의 삼킬 수도 없고 말을 삼가야 하는 그를 간호함.
06.03	공식적인 사망 원인인 심장마비로 11시경 숨을 거둠.
06.11	프라하-지즈코프 유대인 묘지에 안장.